Conrad Ferdinand Meyer

Jürg Jenatsch

Eine Bündnergeschichte

Nachwort von
Paul Michael Lützeler

Philipp Reclam jun. Stuttgart

RECLAMS UNIVERSAL-BIBLIOTHEK Nr. 6964

Um ein Nachwort ergänzte Ausgabe 2000
Gesamtherstellung: Reclam, Ditzingen. Printed in Germany 2010

ISBN 978-3-15-006964-6

www.reclam.de

ERSTES BUCH

Die Reise des Herrn Waser

ERSTES KAPITEL

Die Mittagssonne stand über der kahlen, von Felshäuptern umragten Höhe des Julierpasses im Lande Bünden. Die Steinwände brannten und schimmerten unter den stechenden senkrechten Strahlen. Zuweilen, wenn eine geballte Wetterwolke emporquoll und vorüberzog, schienen die Bergmauern näher heranzutreten und, die Landschaft verengend, schroff und unheimlich zusammenzurücken. Die wenigen zwischen den Felszacken herniederhangenden Schneeflecke und Gletscherzungen leuchteten bald grell auf, bald wichen sie zurück in grünliches Dunkel. Es drückte eine schwüle Stille, nur das niedrige Geflatter der Steinlerche regte sich zwischen den nackten Blöcken, und von Zeit zu Zeit durchdrang der scharfe Pfiff eines Murmeltiers die Einöde.

In der Mitte der sich dehnenden Paßhöhe standen rechts und links vom Saumpfade zwei abgebrochene Säulen, die der Zeit schon länger als ein Jahrtausend trotzen mochten. In dem durch die Verwitterung beckenförmig ausgehöhlten Bruche des einen Säulenstumpfes hatte sich Regenwasser gesammelt. Ein Vogel hüpfte auf dem Rande hin und her und nippte von dem klaren Himmelswasser.

Jetzt erscholl aus der Ferne, vom Echo wiederholt und verhöhnt, das Gebell eines Hundes. Hoch oben an dem stellenweise grasbewachsenen Hange hatte ein Bergamaskerhirt im Mittagsschlafe gelegen. Nun sprang er auf, zog seinen Mantel fest um die Schultern und warf sich in kühnen Schwüngen von einem vorragenden Felsturme hinunter zur Einholung seiner Schafherde, die sich in weißen beweglichen Punkten nach der Tiefe hin verlor. Einer seiner zottigen Hunde setzte ihm nach, der andere, vielleicht ein altes Tier, konnte seinem Herrn nicht folgen. Er stand auf einem Vorsprunge und winselte hilflos.

Und immer schwüler und stiller glühte der Mittag. Die Sonne rückte vorwärts, und die Wolken zogen.

Am Fuße einer schwarzen, vom Gletscherwasser befeuchteten Felswand rieselten die geräuschlos sich herunterziehenden Silberfäden in das Becken eines kleinen Sees zusammen. Gigantische, seltsam geformte Felsblöcke umfaßten das reinliche, bis auf den Grund durchsichtige Wasser. Nur an dem einen flachern Ende, wo es, talwärts abfließend, sich in einem Stücke saftig-grünen Rasens verlor, war sein Spiegel von der Höhe des Saumpfades aus sichtbar. An dieser grünen Stelle erschien jetzt und verschwand wieder der braune Kopf einer grasenden Stute, und nach einer Weile weideten zwei Pferde behaglich auf dem Rasenflecke, und ein drittes schlürfte die kalte Flut.

Endlich tauchte ein Wanderer auf. Aus der westlichen Talschlucht heransteigend, folgte er den Windungen des Saumpfades und näherte sich der Paßhöhe. Ein Bergbewohner, ein wettergebräunter Gesell war es nicht. Er trug städtische Tracht, und was er auf sein Felleisen geschnallt hatte, schien ein leichter Ratsdegen und ein Ratsherrenmäntelchen zu sein. Dennoch schritt er jugendlich elastisch bergan und schaute sich mit schnellen, klugen Blicken in der ihm fremdartigen Bergwelt um.

Jetzt erreichte er die zwei römischen Säulen. Hier entledigte er sich seines Ränzchens, lehnte es an den Fuß der einen Säule, wischte sich den Schweiß mit seinem saubern Taschentuche vom Angesicht und entdeckte nun in der Höhlung der andern den kleinen Wasserbehälter. Darin erfrischte er sich Stirn und Hände, dann trat er einen Schritt zurück und betrachtete mit ehrfurchtsvoller Neugier sein antikes Waschbecken. Schnell bedacht zog er eine lederne Brieftasche hervor und begann eifrig die beiden ehrwürdigen Trümmer auf ein weißes Blatt zu zeichnen. Nach einer Weile betrachtete er seiner Hände Werk mit Befriedigung, legte das aufgeschlagene Büchlein sorgfältig auf sein Felleisen, griff nach seinem Stocke, woran die Zeichen verschiedener Maße eingekerbt waren, ließ sich auf ein Knie nieder und nahm mit Genauigkeit das Maß der merkwürdigen Säulen.

»Fünfthalb Fuß hoch«, sagte er vor sich hin.

»Was treibt Ihr da? Spionage?« ertönte neben ihm eine gewaltige Baßstimme.

Jäh sprang der in seiner stillen Beschäftigung Gestörte empor und stand vor einem Graubarte in grober Diensttracht, der seine blitzenden Augen feindselig auf ihn richtete.

Unerschrocken stellte sich der junge Reisende dem wie aus dem Boden Gestiegenen mit vorgesetztem Fuße entgegen und begann, die Hand in die Seite stemmend, in fließender, gewandter Rede:

»Wer seid denn Ihr, der sich herausnimmt, meine gelehrte Forschung anzufechten auf Bündnerboden, id est in einem Lande, das mit meiner Stadt und Republik Zürich durch wiederholte, feierlichst beschworene Bündnisse befreundet ist? Ich weise Euern beleidigenden Verdacht mit Verachtung zurück. Wollt Ihr mir den Weg verlegen?« fuhr er fort, als der andere, halb verblüfft, halb drohend, wie eingewurzelt stehenblieb. »Sind wir im finstern Mittelalter oder zu Anfang unseres gebildeten siebzehnten Jahrhunderts? Wißt Ihr, wer vor Euch steht? . . . So erfahrt es: der Amtschreiber Heinrich Waser, Civis turicensis.«

»Narrenpossen!« stieß der alte Bündner zwischen den Zähnen hervor.

»Laß ab von dem Herrn, Lukas!« ertönte jetzt ein gebieterischer Ruf hinter den Felstrümmern rechts vom Wege hervor, und der Zürcher, der unwillkürlich dem

Klange der Stimme seewärts sich zuwandte, gewahrte nach wenigen Schritten den mittäglichen Ruheplatz einer reisenden Gesellschaft.
Neben einem aus dunkeln Augen blickenden, kaum dem Kindesalter entwachsenen Mädchen, das im Schatten eines Felsens auf hingebreiteten Teppichen saß und ausruhte, stand ein stattlicher Kavalier, denn das war er nach seiner ganzen Erscheinung, trotz des schlichten Reisegewandes und der schmucklosen Waffen. Am Rande des Sees grasten die des Sattels und Zaumes entledigten Rosse der drei Reisenden.
Der Zürcher ging, die Gruppe scharf ins Auge fassend, mit immer gewissern Schritten auf den bündnerischen Herrn zu, während ein mutwilliges Lachen die Züge des blassen Mädchens plötzlich erhellte.
Jetzt zog der junge Mann gravitätisch den Hut, verneigte sich tief und begann:
»Euer Diener, Herr Pom . . .«, hier unterbrach er sich selbst, als stiege der Gedanke in ihm auf, daß der Angeredete seinen Namen auf diesem Boden vielleicht zu verheimlichen wünsche.
»Der Eurige, Herr Waser«, versetzte der Kavalier. »Scheut Euch nicht, den Namen Pompejus Planta zwischen diesen Bergen herzhaft auszusprechen. Ihr habt wohl vernommen, daß ich auf Lebenszeit aus Bünden verbannt, daß ich vogelfrei und verfemt bin, daß auf meine lebende Person tausend Florin und auf meinen Kopf fünfhundert gesetzt sind und was dessen mehr ist. Ich habe den Wisch zerrissen, den das Thusnerprädikantengericht mir zuzuschicken sich erfrecht hat. Ihr, Heinrich, das weiß ich, habt nicht Lust, den Preis zu verdienen! Setzt Euch zu uns und leert diesen Becher.«
Damit bot er ihm eine bis zum Rande mit dunklem Veltliner gefüllte Trinkschale.
Nachdem der Zürcher einen Augenblick schweigend in das rote Naß geschaut, tat er Bescheid mit dem wohlüberlegten Trinkspruche: »Auf den Triumph des Rechts,

auf eine billige Versöhnung der Parteien in altfrei Rhätia – voraus aber auf Euer Wohlergehen, Herr Pompejus, und auf Eure baldige ehrenvolle Wiedereinsetzung in alle Eure Würden und Rechte!«

»Habt Dank! Und vor allem auf den Untergang der ruchlosen Pöbelherrschaft, die jetzt unser Land mit Blut und Schande bedeckt!«

»Erlaubt«, bemerkte der andere vorsichtig, »daß ich als Neutraler mein Urteil über die verwickelten Bündnerdinge einigermaßen zurückhalte. Die vorgefallenen Formverletzungen und Unregelmäßigkeiten freilich sind höchlich zu beklagen, und ich nehme keinen Anstand, sie auch meinerseits zu verdammen.«

»Formverletzung! Unregelmäßigkeit!« brauste Herr Pompejus zornig auf, »das sind gar schwächliche Ausdrücke für Aufruhr, Plünderung, Brandschatzung und Justizmord! Daß ein Pöbelhaufe mir die Burg umzingelt oder eine Scheuer in Brand steckt, davon will ich noch nicht viel Aufhebens machen. Man hat mich ihnen als Landesverräter vorgemalt und sie so gegen mich verhetzt, daß ich ihnen einen bösen Streich nicht verarge. Aber daß diese Hungerleider von Prädikanten einen Gerichtshof aus der Hefe des Volks zusammenlesen, mit der Folter hantieren und mit Zeugen, die verlogener sind als die falschen Zeugen in der Passion unsers Heilandes – das ist ein Greuel vor Gott und Menschen.«

»An den Galgen alle Prädikanten!« erscholl hinter ihnen der Baß des die Pferde zum Aufbruche rüstenden alten Knechts.

»So seid ihr aber, ihr Zürcher«, fuhr Planta fort, »daheim führt ihr ein verständiges, züchtiges Regiment und bekreuzt euch vor Neuerung und Umsturz. Täte sich bei euch ein Bursche hervor wie unser Prädikant Jenatsch, er säße bald hinter Schloß und Riegel im Wellenberg, oder ihr legtet ihm flugs den Kopf vor die Füße. Von Ferne aber erscheint euch der Unhold merkwürdig, und eure Zünfte jauchzen seinen Freveln Beifall zu. Euer neugieriger und unruhiger Geist ergötzt sich daran, wenn die Flammen des Aufruhrs hell aufschlagen, solange sie euern eigenen First nicht bedrohen.«

»Erlaubt –«, wiederholte Herr Waser.

»Lassen wir das«, schnitt ihm der Bündner das Wort ab. »Ich will mir nicht das Blut vergiften. Bin ich doch nicht hier als das Haupt meiner Partei, sondern um eine einfache Vaterpflicht zu erfüllen. Lukretia, mein Töchterchen – sie ist Euch ja nicht unbekannt –, kommt aus dem Kloster Cazis, wohin ich sie zu den frommen Frauen geflüchtet hatte, als der Sturm gegen mich losbrach, und ich führe sie nun auf einsamen Pfaden in ein italienisches Kloster, wo sie sich in den schönen Künsten üben soll. Und Ihr? Wohin geht Euer Weg?«

»Eine Ferienreise, Herr Pompejus, um den Aktenstaub abzuschütteln und die rhätische Flora kennenzulernen. Seit unser Landsmann Konrad Geßner die Wissenschaft der Botanik begründet hat, treiben wir sie eifrig an unserm Carolinum. Überdies schuldet mir das Schicksal eine geringe Schadloshaltung für ein gescheitertes Reiseprojekt. Ich sollte nämlich«, fuhr er etwas schüchtern, aber nicht ohne geheime Eitelkeit fort, »nach Prag an den Hof seiner bömischen Majestät gehen, wo mir durch besondere Gunst eine Pagenstelle zugesichert war.«

»Ihr tatet klug daran, es bleiben zu lassen«, höhnte Herr Pompejus. »Dieser klägliche König wird in kurzem ein Ende nehmen mit Schrecken und Schande. Und jetzt«, fuhr er lauernd fort, »wenn Ihr mit der rhätischen Flora vertraut seid, wollt Ihr nicht auch die des Veltlins studieren? So böte sich Euch Gelegenheit, bei Eurem Studienfreunde Jenatsch auf seiner Strafpfarre einzukehren.«

»Angenommen es fügte sich so, ich hielte es für kein Verbrechen«, versetzte der Zürcher, dem dies rücksichtslose

Eindringen in seinen Reiseplan die Röte der Entrüstung auf Stirn und Wangen trieb.

»Ein nichtswürdiger Bube!« grollte Herr Pompejus.

»Mit Gunst, das ist ab irato gesprochen, Herr. Wohl mögt Ihr Euch mit Recht über meinen Schulgenossen zu beklagen haben. Ich verzichte darauf, ihn Euch gegenüber und in dieser Stunde zu verteidigen. – Erlaubt mir lieber, Euch um geneigten Aufschluß zu bitten über jene merkwürdigen Säulen dort. Sind sie römischen Ursprungs? Ihr müßt das wissen, ist doch Euer hochberühmtes Geschlecht seit Kaiser Trajan in diesen Bergen heimisch.«

»Darüber«, antwortete Planta, »wird Euch Euer gelehrter Freund, der Blutpfarrer, Auskunft geben. – Du bist bereit, Lukretia?« rief er dem Fräulein zu, das, als das Gespräch sich zu erhitzen begann, mit bekümmerter Miene still nach dem Saumpfade hinauf sich entfernt und bei den Säulen verweilt hatte, wo ihr jetzt eben Lukas eines der wieder gezäumten Pferde vorführte.

»Gehabt Euch wohl, Herr Waser!« grüßte Planta, sich rasch in den Sattel des zweiten schwingend. »Ich kann Euch nicht einladen, auf Euerm Heimwege bei mir im Domleschg einzusprechen, wie ich es unter anderen Umständen gerne getan hätte. Die schuftigen Hände, die jetzt unser Staatsruder führen, haben mir, wie Ihr wißt, mein festes Haus Riedberg zugeriegelt und das durch sie entehrte Bündnerwappen auf mein Tor geklebt.«

Waser verbeugte sich und schaute eine Weile nachdenklich dem über die Hochebene davontrabenden Reisezuge nach. Dann bückte er sich nach seinem aufgeblättert am Wege liegenden Taschenbuche und warf, bevor er es schloß, noch einen Blick auf seine Zeichnung. Was war das? Mitten zwischen die zwei flüchtig entworfenen Säulen hatte eine kindlich ungeübte Hand große Buchstaben hineingeschrieben. Deutlich stand es zu lesen: Giorgio, guardati.

Kopfschüttelnd preßte er das Büchlein mit dem ein-

gesteckten Stifte zusammen und versenkte es in die Tiefe seiner Tasche.
Unterdessen hatten die Wolken sich gemehrt und verdüsterten den Himmel. Waser setzte seinen Weg durch die sonnenlose Felsenlandschaft mit beschleunigten Schritten fort. Noch heftete sein lebhaftes Auge sich zuweilen auf die großen, dunkeln, jetzt unheimlich grotesken Felsmassen, aber es bestrebte sich nicht mehr, wie am Morgen, mit rastloser Neugierde diese ungewohnten seltsamen Formen sich einzuprägen. Es schaute nach innen und suchte mit Hilfe alter Erinnerungen das Verständnis des eben Vorgegangenen sich aufzuschließen. Offenbar konnten die warnenden Worte nur von der jungen Lukretia geschrieben sein; sie mußte, als die Rede auf Jenatsch kam, des Wanderers Absicht, den Jugendfreund aufzusuchen, durchschaut haben. Offenbar hatte sie sich weggestohlen in der Angst ihres Herzens, um dem jungen Pfarrer im Veltlin ein mahnendes Zeichen naher Gefahr zu geben. Offenbar zählte sie darauf, das Taschenbuch werde ihm zu Gesicht kommen.
Von dem eben Erlebten spannen sich Wasers Gedanken an fliegenden Fäden in seine Knabenzeit zurück. Auf dem düstern Hintergrunde des Julier malte seine Seele ein farbenlustiges Bild, in dessen Mitte wiederum Herr Pompejus mit seinem Töchterlein Lukretia stand.

ZWEITES KAPITEL

Waser sah sich in der dunkeln Schulstube des neben dem großen Münster gelegenen Hauses zum Loch im Jahre des Heils 1615 auf der vordersten Bank sitzen. Es war ein schwüler Sommertag, und der würdige Magister Semmler erklärte seiner jungen Zuhörerschaft einen Vers der Iliade, der mit dem helltönenden Dativ magádi schloß. »Magás«, erläuterte er, »heißt die Drom-

mete und ist ein den Naturlaut nachahmendes Klangwort. Glaubt ihr nicht den durchdringenden Schall der Drommete im Lager der Achaier zu vernehmen, wenn ich das Wort ausrufe?« Er hemmte seinen Schritt vor der großen Wandkarte des griechischen Archipelagus und rief mit hellkrähender Stimme: Magádi!
Diese Kraftanstrengung wurde durch ein schallendes Gelächter belohnt, das der Magister mit Genugtuung vernahm, ohne den Hohn zu bemerken, der im Beifalle seiner belustigten Schüler mitklang. War es ihm doch verborgen geblieben, daß ihm diese alljährlich wiederholte effektvolle Szene schon längst den kriegsmäßigen Spitznamen Magaddi zugezogen hatte, der sich im Wechsel der nachrückenden Geschlechter von Klasse auf Klasse vererbte.
Heinrich Wasers Aufmerksamkeit aber wurde seit einigen Minuten von einem andern Gegenstande gefesselt. Er saß der morschen Eichentüre gegenüber, an welcher sich in längern Zwischenräumen ein zweimaliges, dreimaliges Klopfen hatte vernehmen lassen und die sich dann leise, leise auftat. Durch die Spalte wurden zwei spähende Kinderaugen sichtbar. Als der Drommetenstoß erscholl, mochte der kleine Besuch das tönende Wort für die in einer fremden Sprache an ihn ergehende Aufforderung zum Eintritte nehmen. Es öffnete sich geräuschlos die Tür, und über die hohe Schwelle trat ein vielleicht zehnjähriges Mädchen mit dunkeln Augen und trotzig scheuer Miene. Ein Körbchen in der Hand, näherte sie sich ohne Zögern dem würdigen Semmler, verneigte sich vor ihm mit Anstand und sprach: »Mit Eurer Erlaubnis, Signor Maëstro.« Dann schritt sie auf Jürg Jenatsch zu, den sie auf den ersten Blick in der Schülerschar entdeckt hatte.
Dieser saß, eine fremdartige Erscheinung, unter seinen fünfzehnjährigen Altersgenossen, die er um Haupteshöhe überragte. Seinem braunen Antlitz gaben die düstern Brauen und der keimende Bart einen fast

männlichen Ausdruck, und seine kräftigen Handgelenke ragten weit vor aus den engen Ärmeln des dürftigen Wamses, dem er längst entwachsen war. Beim Eintreten der Kleinen überflog eine dunkle Schamröte seine breit ausgeprägte Stirn. Er behielt eine ernste Haltung, aber seine Augen lachten.

Jetzt stand das Mädchen vor ihm, umschlang den Sitzenden mit beiden Armen und küßte ihn herzlich auf den Mund. »Ich habe gehört, daß du hungerst, Jürg«, sagte sie, »und bringe dir etwas . . . Von unserm gedörrten Fleische, das du so gerne issest!« fügte sie heimlich hinzu.

Ein unbändiges Gelächter durchdröhnte die Schulstube, das Semmlers gebieterisch erhobene Rechte lange nicht beschwichtigen konnte. Die Augen des Mädchens blickten befremdet und überquollen dann von schweren Tränen des Unmuts und der Scham, während sie Jenatsch fest bei der Hand faßte, als fände sie bei ihm allein Schutz und Hilfe.

Jetzt endlich brach sich die strafende Stimme des Magisters Bahn: »Was ist da zu lachen, ihr Esel? – Ein naiver Zug, sag ich euch! Rein griechisch! Euer Gebaren ist ebenso einfältig, als wenn ihr euch beigehen laßt, über die unvergleichliche Figur des göttlichen Sauhirten oder die Wäsche des Königstöchterleins Nausikaa zu lachen, was ebenso unziemlich als absurd ist, wie ich euch schon eines öftern bewiesen habe. – – Du bist eine Bündnerin? Wem gehörst du, Kind?« wandte er sich jetzt mit väterlichem Wohlwollen zu der Kleinen, »und wer brachte dich hierher? Denn«, setzte er, seinen geliebten Homer parodierend, hinzu, »nicht kamst du zu Fuß, wie es scheint, nach Zürich gewandelt.«

»Mein Vater heißt Pompejus Planta«, antwortete die Kleine und erzählte dann ruhig weiter: »Ich kam mit ihm nach Rapperswyl, und als ich den schönen blauen See sah und hörte, daß am andern Ende die Stadt Zürich sei, so machte ich mich auf den Weg. In einem

Dorfe sah ich zwei Schiffer zur Abfahrt rüsten, und da ich sehr müde war, nahmen sie mich mit.«

Pompejus Planta, der Vielgenannte, der angesehenste Mann in Bünden, das allmächtige Parteihaupt! Dieser Name machte auf Herrn Semmler einen überwältigenden Eindruck. Sogleich schloß er die Schulstunde und führte die kleine Bündnerin unter sein gastliches Dach, gefolgt von dem jungen Waser, der bei dem Magister, seinem mütterlichen Ohm, an diesem Wochentage das Mittagsmahl einzunehmen pflegte.

Als sie die steile Römergasse hinunter schritten, kam ihnen gestiefelt und gespornt ein stark gebauter, imponierender Herr entgegen.

»Hab ich dich endlich, Lukrezchen!« sagte er, das Kind auf den Arm nehmend und heftig küssend. »Was fiel dir ein, mir zu entspringen, Kröte!«

Dann, ohne eine Antwort zu erwarten und ohne das Mädchen aus den Armen zu lassen, wandte er sich mit einer nur leichten Verbeugung, aber nicht ohne Anmut gegen Semmler und sagte in fließendem, doch etwas fremdartig ausgesprochenem Deutsch: »Ihr habt seltsamen Besuch in Eurer Schule erhalten, Herr Professor! Verzeiht die Störung Eures gelehrten Vortrags durch meinen Wildfang.«

Semmler beteuerte, daß es ihm zur besondern Freude und Ehre gereiche, das junge Fräulein und durch sie den edeln Herrn Vater kennengelernt zu haben. »Tut mir die Ehre an, hochmögender Herr«, schloß er, »eine bescheidene Mittagssuppe mit mir und meiner lieben Ehefrau zu teilen.«

Der Freiherr willigte ein, ohne sich bitten zu lassen, und erzählte unterwegs, wie er Lukretias Verschwinden spät bemerkt, dann aber gleich sich aufs Pferd geworfen und die Reisende mit Leichtigkeit von Spur zu Spur verfolgt habe. Er erzählte weiter, er besitze in Rapperswyl ein Haus, das er sich auf alle Fälle hin erworben, da es in Bünden wie draußen im Reich nicht mehr ganz geheuer sei. Lukretia habe ihn dahin begleiten dürfen. – Wie er dann von Semmler erfuhr, was das Kind nach Zürich getrieben, brach er in ein schallendes Gelächter aus, das aber nicht heiter klang.

Als nach beendigtem Mahle die Herren beim Weine saßen, während die Frau Magisterin sich mit Lukretia beschäftigte, erkundigte sich Planta, vom Gespräch abspringend, plötzlich nach dem jungen Jenatsch. Semmler lobte seine Begabung und seinen Fleiß, und Waser wurde abgeschickt, ihn aus dem Hause des ehrsamen Schuhmachers, wo er sich in Kost gegeben hatte, abzuholen. Nach wenigen Augenblicken trat Georg Jenatsch in die Stube.

»Wie geht es, Jürg?« rief der Freiherr dem Knaben gütig entgegen, und dieser antwortete bescheiden und doch mit einer gewissen stolzen Zurückhaltung, daß er sein mögliches tue. Der Freiherr versprach, ihn bei seinem Vater zu rühmen, und wollte ihn mit einem Wink verabschieden; aber der Knabe blieb stehen. »Gestattet mir ein Wort, Herr Pompejus!« sagte er leicht errötend. »Die kleine Lukretia ist um meinetwillen wie eine Pilgerin im Staube der Landstraße gegangen. Sie hat meiner nicht vergessen und mir aus der Heimat eine Gabe gebracht, die sie mir freilich besser nicht gerade vor meinen Kameraden überreicht hätte. Doch bin ich ihr dafür dankbar und möchte ihr schon um meiner Ehre willen ein Gegengeschenk anbieten.« Damit enthüllte er aus einem Tüchlein einen kleinen, inwendig vergoldeten Silberbecher von schlichtester Form.

»Ist der Junge toll!« fuhr der Freiherr auf. Dann aber mäßigte er sich sogleich. »Was denkst du, Jürg!« fuhr er fort. »Kommt der Becher von deinem Vater? . . . Ich wußte nicht, daß er über Gold und Silber gebiete. Oder erwarbst du ihn selbst im Schweiße deines Angesichts mit einer Schreiberarbeit? So oder so darfst du ihn nicht wegschenken. Es geht dir knapp genug, und er hat Geldeswert.«

»Ich darf darüber verfügen«, antwortete der Knabe selbstbewußt, »denn ich habe ihn mit dem Einsatze meines Lebens gewonnen.«

»Ja, das hat er, Herr Pompejus!« ließ sich jetzt der lebhafte Waser mit Begeisterung vernehmen, »der Becher kommt von mir. Er ist das Zeichen meiner Dankbarkeit dafür, daß Jürg mich beim Baden aus den Wirbeln der reißenden Sihl, die mich hinuntergezogen, mit eigener Lebensgefahr gerettet hat. Und Jenatsch und ich und Fräulein Lukretia, wir wollen alle daraus auf Euer Wohl trinken.« Sprach's und füllte trotz eines seine unerhörte Kühnheit mißbilligenden Blickes, den ihm sein Ohm zuwarf, das Becherlein mit duftendem Neftenbacher aus dem geblümten Deckelkruge.

Jürg Jenatsch ergriff der Becher und suchte mit den Augen Lukretia. Sie hatte dem Vorgange mit brennender Aufmerksamkeit gefolgt. Jetzt machte sie sich von der Magisterin los und stellte sich ernsthaft zu der Gruppe. Jürg kostete den Wein und reichte ihn mit dem Spruche: »Auf dein Wohl, Lukretia, und auf das deines Vaters!« dem schweigenden Kinde, das langsam von dem Tranke schlürfte, als beginge es eine feierliche Handlung. Dann gab es den Becher seinem Vater, und dieser leerte ihn aus Verdruß mit *einem* Zuge.

»Mag es denn sein, du törichter Junge!« sagte Planta, »aber jetz mach, daß du fortkommst. Auch wir werden bald aufbrechen.«

Jenatsch schied, und Lukretia wurde von der Magisterin zu den Stachelbeersträuchern in den kleinen Hausgarten geführt, um sich, wie die kinderfreundliche Frau sagte, ihren Nachtisch selbst zu holen. Während die Herren, diesmal in italienischer Sprache sich unterhaltend, noch einmal zum Becher griffen, setzte sich Waser still in eine Fensternische mit einem Orbis pictus, in den er angelegentlich vertieft schien. Der Schlaue war des Italienischen nicht unkundig, er hatte es mit Jenatsch halb spielend getrieben und ließ, mit scharfem Ohre lauschend, sich kein Wort des interessanten Gespräches entgehen.

»Ich werde dem Jungen den Kinderbecher zehnfach ersetzen«, begann Planta. »Kein übler Bursche, wenn er nicht so hoffärtigen und verschlossenen Gemütes wäre. Hochmut kleidet schlecht, wo das Brot im Hause mangelt. Sein Vater, der Pfarrer von Scharans, ist ein grundbraver Mann und spricht als mein Nachbar häufig bei mir ein. Früher häufiger als jetzt. Ihr könnt Euch nicht vorstellen, Herr Magister, welch ein schlimmer Geist in unsere Prädikanten gefahren ist. Sie donnern von den Kanzeln gegen den spanischen Kriegsdienst und predigen Gleichberechtigung des Letzten mit dem Ersten zu allen Ämtern im Lande, auch zu den wichtigsten, was bei den gefährlichen politischen Konjunkturen, welche die umsichtigste Führung unsers Staatsschiffleins erfordern, notwendig zum Verderben des Landes ausschlagen muß. Von der unsinnigen protestantischen Propaganda, mit der sie unsere katholischen Untertanen im Veltlin quälen, will ich nicht reden. Ich bin wieder katholisch geworden, Herr, obgleich ich von reformierten Eltern stamme. Warum? Weil im Protestantismus ein Prinzip des Aufruhrs auch gegen die politische Autorität liegt.«

»Stellt Eure Pfarrer besser«, warf Semmler behaglich lächelnd ein, »und sie werden als zufriedene und angesehene Leute dem Untertan von der notwendigen Ungleichheit der menschlichen Verhältnisse den richtigen Begriff zu geben wissen.«

Planta lachte etwas höhnisch über diese der bündnerischen Opferwilligkeit gemachte Zumutung. »Um auf den Jungen zurückzukommen«, sagte er dann, »so gehört er auf einen Kriegsgaul, nicht hinter das Kanzelbrett, und würde dort weniger Unheil stiften. Ich hab es dem Alten oft gesagt: Gebt den Burschen mir, es ist schade um ihn! Aber der besegnete sich vor dem spanischen Kriegsdienste, wohin ich den hübschen Jungen empfehlen wollte.«

Semmler nippte bedächtig seinen Wein und schwieg. Er schien den Widerwillen des Scharanserpfarrers gegen die seinem Sohne geöffnete Laufbahn nicht zu mißbilligen.

»Ein Weltkrieg steht bevor«, fuhr Planta leidenschaftlicher fort, »und wer weiß, wie weit es ein so verwegenes Blut bringen könnte! Tollkühn ist der Bursche über alles Maß. Da muß ich Euch doch etwas erzählen, Herr Magister! Im Sommer vor etlichen Jahren – der Junge war noch zu Hause – trieb er sich täglich mit meinem Bruderssohne Rudolf und mit Lukretia auf dem Riedberg herum. Da kommt einmal Lukretia, als ich durch den Garten gehe, im Sturm mit freudeblitzenden Augen auf mich zugelaufen. ›Sieh, sieh, Vater!‹ ruft sie atemlos und deutet in die Höhe zu den Schwalbennestern meines Schloßturmes. Was erblick ich dort, Herr Magister! Ratet einmal . . . Den Jürg, der rittlings auf dem äußersten Ende eines weit aus der Dachluke ragenden und sich auf und nieder wiegenden Brettes sitzt. Und der Schlingel schwingt noch den Filz und begrüßt uns mit Jubelgeschrei! Der andere mochte drinnen auf dem sicheren Ende der improvisierten Schaukel hocken, und da Rudolf – ich sag es ungern – ein tückischer Junge ist, graute mir vor dem Wagstück. Ich erhob drohend die Hand und eilte hinauf. Als ich ankam, war alles wieder an Ort und Stelle. Ich faßte Jürg am Kragen, ihm seine Frechheit vorhaltend; er antwortete aber ruhig, Rudolf hätte gemeint, er würde sich dessen nicht getrauen, und das hätte er nicht dürfen auf sich sitzen lassen.«

Semmler, dessen Hände bei dieser Geschichte ängstlich nach den Armlehnen seines Stuhls gegriffen hatten, erlaubte sich nun das in ihm aufsteigende Bedenken auszusprechen, ob der Umgang Lukretias mit so wilden Jungen, vornehmlich mit dem durch eine unübersteigliche, mit der Zeit immer größer werdende Kluft von ihr getrennten Jenatsch, nicht die weibliche Zartheit und adelig feine Sitte des kleinen Fräuleins gefährden könnte.

»Flausen!« rief der Freiherr. »Ihr dürft Euch darüber keine Gedanken machen, daß das Kind dem Jungen nach Zürich nachgelaufen ist. Daran ist niemand als der Rudolf schuld. Er tyrannisiert das Mädchen und ängstigt es damit, daß er es seine kleine Braut nennt. – Er mag wohl Derartiges von seinem Vater gehört haben, meinem Bruder wär' es nicht unwillkommen, denn ich bin der Reichere; – aber das liegt in weitem Felde. Kurz, sie hat den stärkern Jürg, den der andere fürchtet, zu ihrem Beschützer gemacht. – Natürlich Kindereien. – Lukretia kommt nächstens zu adeliger Erziehung ins Kloster, und hinter den Mauern wird sie mir sittsam genug werden, denn sie ist nachdenklichen Gemüts. – Was übrigens Eure unübersteiglichen Klüfte betrifft, so meinen wir in Bünden, auch wenn wir es nicht sagen: Das ist Vorurteil. Ehre, Macht und Besitz, versteht sich von selbst, muß haben, wer um eine Planta werben will. Ob es aus Jahrhunderten stamme oder gestern errafft sei, danach fragen wir zuletzt.« –

Hier verjagte der sausende Sturm die vor dem Blicke des jungen Wanderers gaukelnden Bilder seiner Knabenzeit. Waser war wieder um fünf Jahre älter und schritt rüstig auf dem einsamen Saumpfade des Julier abwärts. Und auf rauhe Weise wurde er in die Gegenwart zurückgeholt. Ein aus der Talöffnung des Engadins aufbrausender Windstoß riß ihm den Hut vom Kopfe, den er mit einem verzweifelten Seitensprunge gerade noch erhaschte, ehe der zweite die leichte Beute dem in der Tiefe strudelnden Wildbache zuwarf.

Waser drückte seinen Filz tiefer in die Stirn, schnallte sein Ränzchen fester und sprang, am jetzt steil werdenden Abhange die weiten Windungen des Saumpfades kürzend, eilig abwärts. Erst überschritt er die Wurzeln blitzgeschwärzter, seltsam verdrehter Arvbäume und die harten Rinnen ausgetrockneter Wildbäche, dann trat er weichen Rasen, und plötzlich lag das sammetgrüne Engadin geöffnet ihm zu Füßen mit seinen am blitzenden Inn wie ein Geschmeide aufgereihten Bergseen. Aber es war ein letzter Sonnenstrahl zwischen Wolken, der es erhellte und talabwärts in lichter Ferne über dem See und den Weiden von St. Moritz regenbogenfarbig spielte.

Dem Niedersteigenden gegenüber ragte eine kahle, dunkle Pyramide empor und daneben talaufwärts ein ebenso hoher, mit grünschimmernden Gletschern behangener Grat. Hinter dem Joche, das sie verband, braute sich das Gewitter und drängte seine leise donnernden Wolken durch die Lücke, in der noch zuweilen grell ein entfernteres Schneehaupt auftauchte.

Zur Rechten des Wanderers maskierten die Berge der andern Talwand jene steile Felstreppe, die fast plötzlich durch ein tief eingeschnittenes Tal aus der leichten Bergluft in die Hitze Italiens hinunterführt. Dort hinter der Maloja quollen, vom Südwinde heraufgejagt, die schwülen Dünste wie ein Nebelrauch hervor über die feuchten Wiesen von Baselgia Maria, dessen weiße Türme hinter einem Regenschleier kaum noch sichtbar waren.

Jetzt erreichte der Saumpfad das erste Engadinerdorf, eine Gasse fester Häuser, die mit ihren Strebepfeilern und vergitterten Fensterluken kleinen Festungen glichen. Aber der junge Zürcher klopfte an keine der schweren Holztüren, sondern beschloß trotz der Dämmerstunde auf der Talstraße längs der Seen rüstig südwärts zu schreiten. Sein Vorsatz war, im Hospiz der Maloja zu nächtigen, um in der Frühe des nächsten Tages über den Murettopaß nach dem Veltlin aufzubrechen; denn – Herr Pompejus hatte es erraten – es verlangte ihn, und jetzt mehr als je, seinen Schulfreund Jenatsch zu umarmen.

Zwischen diesen hohen Bergen war es früh Abend und kühl geworden, und der Weg dehnte sich endlos neben den am Gestade plätschernden Wellen. Ein feiner frostiger Nebelregen verhüllte die Gegend und durchdrang nach und nach die Kleider des in gleichmäßigem Schritte vorwärts Eilenden. Eine Schläfrigkeit, wie er sie während der Hitze des Tages nicht gefühlt, fiel auf seine Sinne und Gedanken wie eine leichte Erstarrung. Einmal an einer Stelle, wo der Inn mit raschen Wellen in engem Bette an ihm vorüberschoß und auf dem andern Ufer der stumpfe Turm eines schwerfälligen Kirchleins erschien, glaubte er Pferdegetrappel zu vernehmen. Über die Holzbrücke zu seiner Linken flog ein Reiter, der, nach der Maloja schwenkend, vor ihm her jagte und im Abenddunkel verschwand. War diese in einen Mantel gehüllte Gestalt nicht Herr Pompejus gewesen? Nein, es war ein einzelner scheuer Nachtfahrer, und der Freiherr geleitete und beschützte ja sein Töchterlein, für das er gewiß die sichere Gastfreundschaft seiner Sippe in einem der vornehmen Engadinerdörfer angesprochen hatte.

Endlich, endlich war der letzte See umschritten, trat der letzte Felsvorsprung zurück. Durch den Nebel schimmernder Feuerschein und Hundegebell verkündeten die Nähe eines Hauses, das nur die Paßherberge sein konnte. Waser gewahrte, der dunklen Steinmasse zuschreitend, mit Befriedigung, daß die Pforte der Hofmauer geöffnet war, und sah den Wirt, einen hagern, knochigen Italiener, die tobenden Hunde an die Kette legen, wozu ihm der Stalljunge mit einer Pechfackel leuchtete. Das versprach einen gastlichen Empfang.

Jetzt ergriff der Wirt die Fackel und hielt sie dem anlangenden Wanderer vors Gesicht.

»Was verlangt der Herr? Womit kann ich dienen?« fragte er, in unangenehmer Überraschung einen leisen Fluch, die Äußerung seines ersten Gefühls, unterdrückend.

»Welche Frage!« antwortete Waser in fröhlichem Tone, »Platz an der Feuerstelle, um mich zu trocknen, Abendbrot und Nachtlager.«

»Tut mir leid, Herr – unmöglich!« versetzte der Wirt mit einer sein Bedauern und zugleich seine Unerschütterlichkeit höchst lebhaft ausdrückenden Gebärde, »das Haus ist besetzt.«

»Was, besetzt? Ihr schient ja noch Gäste zu erwarten? Ein Obdach, wie immer beschaffen, könnt Ihr einem Reisenden in dieser Öde und in solcher frostigen Regennacht nicht unchristlich verweigern!«

Der Italiener reckte die Hand aus, gegen Süden weisend, wo der Nebel dünner war und jenseits der Wetterscheide der Maloja über zerrissenen Bergzacken die Mondscheibe durchschimmerte. »Von dorther kommt es besser«, sagte er und holte aus dem Hause einen vollen Becher Wein. »Stärkt Euch damit! Ihr kehrt am klügsten nach Baselgia zurück. Ich wünsche Euch eine gesegnete Nacht.«

Der Trank leuchtete beim Fackelscheine im Glase wie feuriger Rubin. Begierig langte Waser nach dem roten Gefunkel und erquickte sich ohne weitere Gegenvorstellung. Der Wirt drängte ihn höflich und ohne Bezahlung zu verlangen durch die Hofpforte und schob den Riegel.

Der junge Zürcher gab das Spiel noch nicht verloren. Statt einen langweiligen Rückzug auf dem eben durcheilten Wege anzutreten, stieg er, seine Lage bedenkend, den wenige Schritte entfernten Vorsprung hinan, der wie eine Warte hinausragt über das hier mit steilem Abfalle beginnende Bregagliatal, jetzt ein brodelnder

Nebelkessel, aus dem mondbeglänzt die Spitzen der zuhöchst am Rande stehenden Tannen auftauchten. Waser spreitete seinen kurzen Mantel aus, setzte sich darauf und lauschte.

Aus dem Stalle der Herberge erscholl von Zeit zu Zeit das Wiehern eines Pferdes – sonst blieb alles still. Das Brausen der Wildbäche aus der Tiefe war, vom Nebel gedämpft, dem Ohr kaum vernehmbar. . . . Jetzt löste sich von dem fernen Rauschen ein leiser, heller Ton ab, ein Geklingel, das nun verwehte – und nun nach einer Pause deutlicher emporstieg. Wieder verklang es und hub von neuem wieder an, diesmal näher und lauter, als kröche es die Bergwand herauf, den Windungen eines Pfades folgend. – Lange horchte Waser wie im Traume diesem lieblich unheimlichen Bergwunder zu; jetzt aber schlug der Ton von Menschenstimmen an sein Ohr. Offenbar waren es Reiter oder Säumer, die ihre Tiere antrieben, und – sein Schluß war rasch gezogen – die vom Wirte erwarteten Gäste.

Er legte sich flach auf die Erde, um nicht sichtbar zu werden. Er wollte wissen, wer ihn seines Nachtlagers beraube. Nach geraumer Zeit erreichten zwei Maultiere die Höhe, zwei Reiter sprangen ab, offenbar Herr und Diener, bestürmten mit einigen harten Schlägen das sofort sich öffnende Tor und wurden vom Wirte diensteifrig in das noch immer erleuchtete Haus geführt.

Unwille und Neugier stachelten den jungen Zürcher. Wie neubelebt sprang er auf und umschlich die geheimnisvolle Festung. Er erinnerte sich des Feuerscheins, der ihm bei der Ankunft entgegengeleuchtet und der nicht von der Hofseite gekommen sein konnte. Richtig, da war an der Rückseite des Hauses das einzelne Seitenfenster mit seiner durch ein schweres Eisengitter flammenden Helle. Er schwang sich auf die Ruine eines an die Hausmauer gelehnten Ziegenstalles, und es gelang ihm, in die Tiefe des rauchigen Gemaches zu blicken.

Da stand am lodernden Herdfeuer eine steinalte Frau

mit einem grundehrlichen Gesichte und hielt eine Eisenpfanne in der Hand, worin Bergforellen im prasselnden Fette brieten. Ein bleicher Bursche, dessen krankhaft starre Züge in dem Schwalle des dunkeln, verwirrten Lockenhaares fast verschwanden, schlief, in eine Schafhaut gewickelt, auf einer Steinbank im Hintergrunde.

Jetzt galt es klug sein. Waser, als angehender Diplomat, suchte erst lauschend sich die Situation klarzumachen und dann den Punkt zu finden, von welchem aus er sich derselben bemächtigen könnte. Der Zufall war ihm günstig. Der bleiche Schläfer begann mit einem ängstlichen Traume zu kämpfen; erst warf er sich ächzend hin und her, von einer Seite auf die andere, dann richtete er sich plötzlich mit geschlossenen Augen und einem Ausdrucke stumpfen Seelenleidens auf, ballte die Faust, als umschlösse sie eine Waffe, führte einen Stoß und stöhnte mit dumpfer Traumstimme: »Du wolltest es, Santissima!«

Jetzt setzte die Alte rasch ihre Pfanne weg, faßte den Träumer unsanft an der Schulter, rüttelte ihn und rief ihn an: »Erwache, Agostin! Ich will dich nicht länger in meiner Küche. Das sind nicht die Träume des Erzvaters Jakob ... Dich plagt der Böse. Fort ins Heu! Und der Herr behüte dich vor den Fallstricken der Hölle.« –

Die langlockige, schmale Gestalt erhob sich mit gesenktem Haupte und entfernte sich ohne Widerrede.

»Was du für meinen Sohn, den Pfarrer Alexander in Ardenn, mitzunehmen hast, werd ich dir morgen in der Frühe, wenn du hier deinen Tragkorb holst, selber obenauf binden!« rief ihm die Alte nach und setzte dann kopfschüttelnd hinzu: »Eigentlich sollt' ich dem papistischen Querkopfe das teure Erbstück nicht anvertrauen!« ...

»Das könnt' ich Euch besser besorgen, gute Frau«, sprach Waser mit Vertrauen erweckender Stimme zwischen den Eisenstäben hindurch ins Gemach hinein. »Ich gehe morgen über den Muretto ins Veltlin zu Pfarrer Jenatsch, dem Freunde und Nachbar Eures würdigen Sohnes, Herrn Blasius Alexander, dessen Name mir wohl bekannt ist, denn er hat ein gutes Gerücht in protestantischen Landen. Wohlverstanden, wenn Ihr mir bis zur Frühe ein trockenes Schlafplätzchen anweisen könnt, denn der Wirt hat mich andrer Gäste wegen ausgeschlossen.« –

Die Alte griff erstaunt, aber unerschrocken nach ihrer Öllampe. Das Flämmchen mit der Hand gegen den Luftzug deckend, näherte sie sich der Fensteröffnung und beschaute sich den durch das Gitter redenden Kopf.

Als sie das heiter kluge, junge Gesicht und die wohlanständige Halskrause erblickte, wurden ihre scharfen grauen Augen sehr freundlich und sie sagte: »Ihr seid wohl auch ein Prädikant?«

»Ein Stück davon!« antwortete Waser, der in seiner Heimat nicht leicht eine Unwahrheit sagte, aber auf diesem wilden, unwirtlichen Boden den Umständen etwas einräumte. »Laßt mich ein, Mütterchen, das Weitere wird sich finden.«

Die Alte nickte ihm zu, den Finger auf den Mund legend, und verschwand. Jetzt knarrte ein niedriges Pförtchen neben dem Ziegenstalle, Waser kletterte hinunter und wurde von der Alten, die seine Hand ergriff, über ein paar dunkle Stufen hinauf in die Küche gezogen.

»Ein warmes Kämmerchen findet sich wohl – das meinige!« sagte sie, auf eine Leitertreppe neben dem Rauchfange deutend, die zu einer Falltüre in der gemauerten Decke führte. »Ich habe die ganze Nacht am Feuer zu tun – die Herrschaften drüben setzen sich eben erst zu Tische. Haltet Euch droben still, Ihr seid dort sicher, und einen Diener am Wort werd ich auch nicht verhungern lassen.«

Damit reichte sie ihm die Ampel, er stieg ohne weitere Umstände die Leiter hinauf, hob mit der Rechten die

Türe und trat in ein nacktes, kerkerähnliches Kämmerchen. Die Alte folgte ihm mit Brot und Wein, trat dann durch das Seitenpförtchen in der Wand in ein, wie es schien, weites luftiges Nebengemach und kehrte mit einem ansehnlichen Stück gedörrten Schinkens zurück. An der Wand über einem wenig einladenden Schragen hing ein großes, massiv mit Silber beschlagenes Pulverhorn.

»Das, Herr«, sagte darauf deutend die Alte, »will ich meinem Sohne morgen schicken. Es ist das Erbe von seinem Ohm und Paten, ein hundertjähriges Beutestück aus dem Müsserkriege.«

Nach kurzer Zeit streckte sich Waser auf das Lager und versuchte zu schlafen, aber es gelang ihm nicht. Einen Augenblick war er eingedämmert, Traumgestalten bewegten sich vor seinen Augen, Jenatsch und Lukretia, Herr Magister Semmler und die Alte am Feuer, der Wirt zur Maloja und der grobe Lukas setzten sich zueinander in die seltsamsten Wechselbeziehungen. Plötzlich saßen sie alle auf einer Schulbank, Semmler hob als griechische Drommete merkwürdigerweise das große Pulverhorn an den Mund, aus dem die unerhörtesten Klagetöne hervordrangen, beantwortet von einem aus allen Ecken schallenden teuflischen Gelächter.

Waser erwachte, hatte Mühe, sich zu erinnern, wo er sich befinde, und war im Begriffe wieder einzuschlummern, da erschollen, wie er meinte von der Nebenkammer her, in lebhafter Zwiesprache ferne Männerstimmen. Was er jetzt hörte, war kein Traumgelächter.

War es die Aufregung der Reise, war es ein die heimlich aufsteigende Furcht bekämpfender rascher Entschluß oder war es einfache Neugier, was den jungen Zürcher vom Lager trieb? Was immer, er stand schon an der Tür des anstoßenden Raumes, überzeugte sich, erst horchend, dann sachte öffnend, daß er leer sei, und nun durchschritt er auf leisen Zehen die ganze Breite der Kammer, einem schmalen Lichtschimmer folgend, der durch die gegenüberstehende Wand drang. Der schwache rötliche Strahl kam, wie der Tastende sich überzeugte, durch die Spalte einer morschen, mit schweren Eisenbändern beschlagenen Eichentür. Vorsichtig legte er sein scharfes Auge an das klaffende Holzwerk, und was er sah und vernahm, war derart, daß er, seine eigene Lage vergessend, an seinen Posten gebannt blieb.

Es war ein enges, durch eine beschirmte Hängelampe erhelltes Gemach, in das er blickte. Der Redenden waren zwei, und sie schienen sich an einem kleinen, mit Briefschaften und unordentlich zur Seite geschobenen Flaschen und Tellern bedeckten Tische gegenüberzusitzen. Der Nähere wandte der Tür den Rücken zu, und die breiten Schultern, der Stiernacken, der struppige Krauskopf des heftig Sprechenden füllten zuweilen den ganzen von der Spalte gewährten Sehkreis. Jetzt beugte er sich mit demonstrierender Gebärde vorwärts und über seiner Achsel ward in der grellsten Schärfe des Lichtes das auf die Hand gestützte Haupt des andern – Waser erschrak –, des Herrn Pompejus Planta sichtbar. Wie gespannt und gramvoll sah er aus! Tief eingeschnittene Falten zogen seine buschigen Brauen zusammen über den eingefallenen, aber unheimlich blitzenden Augen. Die stolze, kräftige Lebenslust war geschwunden, und in seinen Zügen kämpften heißer Groll und tiefer Jammer. Er schien seit heute mittag um zehn Jahre gealtert.

»Ich willige ungern in das Blutbad, das mir manchen früher befreundeten Mann aus meiner Sippe kostet, und noch schwerer in die dann notwendig werdende spanische Hilfe«, sprach Planta jetzt langsam und gedrückt, nachdem der andere seine sprudelnde, Waser unklar gebliebene Rede vollendet hatte, ». . . aber«, und hier fuhr ein Blitz des Hasses aus den Augen des Freiherrn, »muß Blut fließen, Robustelli, so vergeßt mir wenigstens *ihn* nicht!«

»Den Giorgio Jenatsch!« lachte der Italiener wild und stieß sein Messer in einen neben ihm liegenden kleinen Brotlaib, den er Herrn Pompejus vorhielt wie einen gespießten Kopf an einer Pike.

Bei dieser nicht mißzuverstehenden symbolischen Antwort kehrte der Italiener die Hälfte seines rohen Gesichtes dem Lauscher in nächster Nähe zu. Dieser fuhr zurück und fand es geraten, sich geräuschlos auf seine Lagerstätte zurückzuziehen. Die Szene gab ihm viel zu denken und bestärkte ihn in seinem Vorsatze, auf dem nächsten Wege in das Veltlin zu eilen und seinen Freund zu warnen. Wie er es ausführen könne, ohne sich selbst in diese hochgefährlichen Dinge zu verwickeln, dies überlegend entschlummerte er, von Müdigkeit überwältigt.

Das erste Morgenlicht dämmerte durch ein schmales Fensterlein, das eher eine Schießscharte zu nennen war, als Waser durch ein Klopfen an der Falltüre geweckt wurde. Er fuhr in seine Kleider und machte sich reisefertig. Die Alte trug ihm Grüße an ihren Sohn auf, hing ihm sorgfältig das Pulverhorn um, das sie als eine wertvolle Familienreliquie zu verehren schien, und beförderte ihn mit einiger Ängstlichkeit durch das Küchenpförtchen ins Freie. Hier zeigte sie ihm den in die Berge zur Linken der Maloja sich verlierenden Anfang seines heutigen Weges, den schmalen Eingang zum Talkessel von Cavelosch.

»Seid Ihr einmal drinnen«, sagte sie, »so blickt nach dem kahlen Hange zur Linken des Sees, dort schlängelt sich, weithin sichtbar, der Pfad, und dort müßt Ihr ohne anders den Agostino erblicken. Er ist vor einer Viertelstunde mit seinem Tragkorbe aufgebrochen und geht wie Ihr nach Sondrio hinüber. Den sprecht an und haltet Euch zu ihm. Es ist freilich mit ihm hier«, sie wies auf die Stirne, »nicht ganz richtig, aber den Weg weiß er auswendig und ist sonst wie ein andrer.«

Waser verabschiedete sich mit herzlichem Danke und

entfernte sich schnellfüßig aus dem Umkreise des noch stillen Hauses. Zwischen wilden Felstrümmern, die den Pfad kaum durchließen, betrat er bald das eiförmige, rings von gletscherbeladenen Wänden abgeschlossene Tal. Er erblickte den schmalen Steig mit dem längs dem Abhange schreitenden Agostino und eilte ihm nach.

Der junge Mann hatte die Eindrücke der Nacht noch nicht überwunden, sosehr er sich bemühte, ihrer Herr zu werden und sie in klare Gedanken zu verwandeln. Er ahnte, daß, was er geschaut, schweres Unheil bedeute und daß ihm der Zufall nur einen geringen, für ihn zusammenhangslosen und unverständlichen Teil sich vorbereitender ungeheurer Schicksale enthülle. Trotz seines leichten Jugendblutes war er davon tief erschüttert, denn zwei der hier sich feindlich entgegengetriebenen Persönlichkeiten, sein Freund und Herr Pompejus, besaßen, wenn auch auf verschiedene Weise, seine Liebe und Bewunderung.

Und wie eigen, bezaubernd und schauerlich, war diese jetzt vom Morgen gerötete Gegend. Unten eine grüne Seetiefe, umkränzt von üppig bewachsenen Vorsprüngen und buschigen Inselchen, versenkt in eine überall, überall sich zudrängende, unendliche Wildnis dunkelrot blühender Alpenrosen wie in ein blutiges Tuch. Ringsum ragten senkrechte schimmernde Felswände, durchzogen von den silbernen Schlangenwindungen stürzender Gletscherbäche, und im Süden, wo der im Zickzack sich aufwärts windende Pfad den einzigen Ausgang aus dem Talgrunde verriet, blendete den Blick ein glänzendes Schneefeld, aus dem rötliche Klippen und Pyramiden hervorstachen.

Jetzt hatte Waser seinen Vormann erreicht und suchte grüßend ein Gespräch mit dem Schweigsamen anzuknüpfen, der, in langsames Brüten vertieft, ihn gleichgültig kaum ansah und sich seine Gesellschaft ohne Verwunderung und ohne Neugier gefallen ließ. Er konnte ihm nur wenige Worte abnötigen, und da der Pfad ohnedies immer rauher und bald auf dem Schnee schlüpfrig wurde, gab er seine Bemühungen auf.

Schneller, als Waser erwartet hatte, erreichten sie die Paßhöhe. Hier beherrschte den Ausblick nach Süden eine hochgetürmte, düstere Gebirgsmasse. Waser erkundigte sich nach dem Namen dieses drohenden Riesen. »Er hat deren verschiedene«, antwortete Agostino, »hier oben in Bünden nennen sie ihn anders als wir unten in Sondrio. Hier heißt er der Berg des Unglücks und bei uns der Berg des Wehs.« Von diesen leidvollen Namen unangenehm berührt, ließ Waser seinen wortkargen Begleiter voranschreiten, hielt eine kurze Rast und blieb dann, ohne ihn aus den Augen zu lassen, eine Strecke hinter ihm, um sich in der kräftigen Bergluft allein der freien Lust des Wanderns zu ergeben.

So ging es stundenlang abwärts längs des schäumenden, über Felsblöcke tobenden Malero, während die Sonne immer glühender in die Talenge hinunterbrannte. Jetzt begannen kräftig aus dem Wiesengrunde emporgewundene Kastanienbäume den Pfad zu beschatten, und die ersten Weinlauben grüßten mit ihren schwebenden Ranken. Auf den Hügeln schimmerten prunkbeladene Kirchen, und der Weg wurde immer häufiger zur gepflasterten Dorfgasse. Endlich durchschritten sie die letzte Schlucht, und vor ihnen lag im goldenen Abenddufte das breite, üppige Veltlin mit seinen heißen Weinbergen und sumpfigen Reisfeldern.

»Dort ist Sondrio«, sagte Agostino zu dem jetzt wieder an seiner Seite schreitenden Waser und wies auf eine italienische Stadt mit schimmernden Palästen und Türmen, die dem aus der Einöde Kommenden wie ein Feenzauber durch den dunkeln Rahmen des Felstors entgegenlachte.

»Ein lustiges Land, dein Veltlin, Agostino«, rief der Zürcher, »und dort am Felsen wächst ja, irr ich nicht, der löbliche Sasseller, die Perle der Weine!«

»Er ist im April erfroren«, versetzte Agostino in

schwermütiger Stimmung, »zur Strafe unsrer Sünden.«

»Das ist schade«, versetzte jener, »was habt ihr denn eigentlich verbrochen?«

»Wir dulden unter uns den giftigen Aussatz der Ketzerei, aber wir werden in Kürze gereinigt und das faule Fleisch wird ausgeschnitten werden. Die Toten und die Heiligen haben in feierlicher Versammlung das Für und Wider erwogen, am achten Mai um Mitternacht dort zu San Gervasio und Protasio«, er wies auf eine vor ihnen liegende Kirche, »– der Wächter hat es wohl gehört und ist vor Schrecken krank geworden – sie haben scharf gestritten . . . aber unser San Carlo, dessen Stimme zwanzig gilt, ist Meister geworden.«

Nicht bemerkend, wie spöttisch ihn sein Begleiter von der Seite aus lachenden Augenwinkeln ansah, tat er jetzt, was er unterwegs schon immer getan, wo ein Kreuz oder Heiligenbild am Pfade stand, er setzte, vor einem bunten Schreine der Muttergottes angelangt, seinen Tragkorb nieder, warf sich auf die Knie und starrte mit brennenden Augen durch das Gitter.

»Saht Ihr, wie sie mir winkte?« sagte er nach einiger Zeit im Weitergehen wie geistesabwesend.

»Jawohl«, meinte der Zürcher lustig, »Ihr scheint bei ihr gut angeschrieben zu sein. An was hat sie Euch denn erinnert?«

»Meine Schwester umzubringen!« erwiderte er mit einem schweren Seufzer.

Das war dem jungen Zürcher zuviel. »Lebt wohl, Agostino«, sagte er. »Auf meiner Karte steht ein Seitenweg nach Berbenn, da ist er ja schon, nicht wahr? Ich kann abkürzen.« Und er drückte dem leidigen Gesellen ein Geldstück in die Hand.

Waser wandte sich zwischen den Mauern der Weinberge rechts um den Fuß des Gebirges und erblickte nach kurzer Wanderung das unter dem schattenden

Grün der Kastanien fast verborgene Dorf Berbenn, sein Reiseziel. Ein halbnackter Bube wies ihm die Pfarre. Ein ärmliches Haus – aber an seiner Vorderseite umhangen und beladen mit einem so reichen Prunke von Blättern und Trauben, mit so üppigen Kränzen von übermütigem Weinlaube, daß sein dürftiger Bau darunter verschwand. Ein breites Gitterdach auf morschen Holzsäulen bildete die schwache Stütze dieses lastenden Reichtums und die Vorhalle des Häuschens. Oben spielten die letzten Strahlen der Abendsonne auf den warmen, goldgrünen Blättern, darunter lag alles im tiefsten Schatten.

Während Waser diese noch nie geschaute freie Fülle bestaunte, erschien eine leichte Gestalt in der Türe, und als sie aus dem grünen Schatten trat, war es ein schönes, noch mädchenhaftes Weib, das einen Krug zum Wasserholen auf dem Kopfe trug. Der nackte Arm stützte leicht das auf den dicken braunen Flechten ruhende Gefäß, sie bewegte sich in schwebender Anmut mit gesenkten Wimpern heran, und als nun Waser in achtungsvoller Haltung höflich grüßend vor ihr stand und sie die sanften, leuchtenden Augen auf ihn richtete, war ihm, er habe noch nie im Leben einen solchen Triumph der Schönheit gesehen.

Auf seine Erkundigung nach dem Herrn Pfarrer zeigte sie ruhig mit der freien Hand durch die Weinlaube und den dunkeln Flur nach einer Hintertür des Hauses, wo die goldene Abendhelle eindrang. Von dorther scholl zu Wasers Verwunderung kriegerischer Gesang.

»Kein schönrer Tod ist in der Welt
Als wer vorm Feind hinscheidt . . .«

Das Lied des deutschen Landsknechts, das so todesfreudig und doch so lebensmutig klang, konnte, daran war kein Zweifel, nur aus der kräftigen Kehle seines Freundes kommen. In der Tat, da kniete er im Schatten einer mächtigen Ulme, und womit beschloß der Pfarrer

von Berbenn sein Tagewerk? er schliff am Wetzsteine einen gewaltigen Raufdegen.
Vor Überraschung blieb Waser einen Augenblick wortlos stehen. Der Kniende gewahrte ihn, stieß das Schwert in den Rasen, sprang auf, breitete die Arme aus und drückte mit dem Rufe »Herzenswaser!« den Freund an seine breite Brust.

VIERTES KAPITEL

Nachdem sich der Ankömmling aus der Umschlingung des Pfarrers losgewunden, maßen sie sich gegenseitig mit fröhlichen Augen.
Waser war etwas verblüfft; aber es gelang ihm, nichts davon merken zu lassen. Er fühlte sich ein wenig gedrückt neben der athletischen Gestalt des Bündners, von dessen braunem, bärtigen Haupte ein Feuerschein wilder Kraft ausging. Er ahnte es, die Gewalt eines unbändigen Willens, die früher in den düstern, fast schläfrigen Zügen seines Schulgenossen geschlummert haben mochte, war geweckt, war entfesselt worden durch die Gefahren eines stürmischen öffentlichen Lebens.
Jenatsch seinerseits war von der fertigen und saubern Erscheinung seines zürcherischen Freundes, der mit klug bescheidenen Blicken, doch in seiner Weise sicher vor ihm stand, sichtlich befriedigt und offenbar erfreut, mit einem Vertreter städtischer Kultur in seiner Abgeschiedenheit zu verkehren.
Der Bündner lud seinen Gast mit einer Handbewegung zum Sitzen ein auf die rings um den Stamm der Ulme laufende Bank und rief mit tönender Stimme:
»Wein! Lucia.«
Das schöne, stille Weib, dem Waser beim Eintritte in das Haus begegnet war, erschien bald mit zwei vollen Steinkrügen, die sie mit einer lieblich schüchternen Ver-

neigung zwischen die Freunde auf die Holzbank setzte, demütig sich gleich wieder entfernend.

»Wer ist das holdselige Geschöpf?« fragte Waser, der ihr mit Wohlgefallen nachschaute.

»Mein Eheweib. Du begreifst, daß hier mitten unter den Götzendienern«, Jenatsch lächelte, »ein protestantischer Priester nicht unbeweibt bleiben durfte. Es ist einer unserer Hauptsätze! Überdies schärfte mir das jetzige laue Regiment, das mich aus dem Wege haben wollte und mich auf diese einsame Strafpfarre beförderte, ausdrücklich ein, so viele Seelen als möglich aus dem Pfuhle des Aberglaubens zu ziehen. Das war mein redlicher Vorsatz. Aber bis jetzt ist mir nur *eine* Bekehrung gelungen, die der schönen Lucia. Und wie? Indem ich meine eigene Person dafür verpfändete.«

»Sie ist aus der Maßen schön«, bemerkte Waser nachdenklich.

»Gerade schön genug für mich!« sagte Jenatsch, seinem Gaste den einen Krug überreichend, während er den andern an die Lippen setzte, »und die Sanftmut selbst – sie hat von ihren katholischen Verwandten meinetwegen viel zu leiden. Aber was hast du da für ein stattliches Pulverhorn, Freund? das ist ja das Erbstück aus der Familie der Alexander! . . . Richtig, der Alte in Pontresina ist gestorben, und nun kommt es an den wackern Blasius, meinen Kollegen in Ardenn. Darum könnt' ich ihn beneiden. Doch wie in aller Welt kommst gerade du dazu, es ins Veltlin zu bringen?«

»Das gehört zu meinen Reiseerlebnissen, die ich dir später des nähern berichten werde«, erwiderte Waser, der mit sich selbst noch nicht im klaren war, wieweit er das warnende Abenteuer der Maloja enthüllen könne, ohne gegen seinen Vorsatz von dem heißblütigen Freunde aus der einen Mitteilung in die andere fortgerissen zu werden. »Aber jetzt, lieber Jürg, kläre mich vor allen Dingen auf über die merkwürdigen Ereignisse, die in den letzten Jahren die Aufmerksamkeit aller Politiker auf dein Vaterland lenkten. Quorum pars magna fuisti! Du warst dabei die Hauptperson.«

»Darüber kannst du leichtlich besser unterrichtet sein als ich, wenigstens was den Zusammenhang betrifft«, antwortete Jenatsch, indem er den linken Fuß auf den Schleifstein setzte und ein Bein über das andere schlug, »du arbeitest ja auf eurer Staatskanzlei, und die Herren von Zürich lassen sich nichts zuviel kosten, um nur immer auf dem laufenden zu bleiben. Übrigens ist alles ganz natürlich zugegangen, verkettet nach Ursache und Wirkung. Du weißt also, denn in eurer Ratsstube mag es häufig aufs Tapet gekommen sein, daß seit Jahren Spanien-Österreich unsere Katholiken besticht, um unser Bündnis und freien Durchzug für seine Kriegsbanden zu erlangen, und uns jetzt, aus Verdruß, durch seine Mietlinge nichts erreicht zu haben, dort«, er wies nach Süden, »die Festung Fuentes gegen alle Verträge als eine tägliche Bedrohung an die Schwelle unseres Landes Veltlin gesetzt hat. – Wir können sie morgen besuchen, Heinrich, wenn du willst, und du wirst bei deinen gnädigen Herren in Zürich einen Stein im Brette gewinnen durch die Beschreibung des an Ort und Stelle besichtigten Streitobjektes. – Das war lästig, aber es ging uns nicht ans Leben. Dann aber, als es jedem klardenkenden Kopfe zur Gewißheit wurde, daß die katholischen Mächte zum Vernichtungskriege gegen den deutschen Protestantismus rüsteten . . .«

»Unbestreitbar«, warf Waser ein.

». . . Da wurde es zur Lebensfrage für Spanien, sich die Militärstraße von seinem Mailand ins Tirol durch unser Veltlin, über unser Gebirg, um jeden Preis zu sichern, und zur Lebensfrage für uns, dies um jeden Preis zu verhindern. Unsere spanische Partei mußte zum Nimmerwiederaufstehn niedergeschmettert werden!«

»Ganz richtig«, sagte der Zürcher, »wenn ihr nur nicht zu so gar gewalttätigen Mitteln gegriffen hättet, wenn nur euer Volksgericht in Thusis weniger form- und regellos und seine Strafen weniger blutig gewesen wären!«

»Bündnerdinge! – Wer bei uns Politik treibt, setzt seinen Kopf ein. Das ist herkömmlich und landesüblich. Übrigens war es nicht so schlimm. Wir wurden durch übertriebene Berichte verleumdet, und die beiden Planta zogen an euern Tagsatzungen und in aller Herren Ländern herum, uns anzuschwärzen und schlechtzumachen.« –

»Der keiner Partei verfallene und von allen Rechtschaffenen geachtete Fortunatus Juvalt hat nach Zürich geschrieben, ihr wäret unbarmherzig mit ihm umgegangen.« –

»Geschah dem Pedanten recht! In einer kritischen Zeit muß man Partei zu ergreifen wissen. Es heißt: die Lauen will ich aus dem Munde speien.« –

»Er klagte, es wären falsche Zeugen gegen ihn aufgestanden.« –

»Mag sein. Auch kam er ja mit dem Leben davon und wurde nur zu einer Buße von vierhundert Kronen verurteilt wegen zweideutiger Gesinnung.« –

»Ich begreife«, fuhr Waser nach einer Pause fort, »daß ihr Pompejus Planta und seinen Bruder Rudolf des Landes verweisen mußtet; aber war es denn nötig, sie wie gemeine Verbrecher zu brandmarken und mit Henkerstrafen zu bedrohen, ohne Rücksicht auf die glänzenden Verdienste ihrer Vorfahren und die tiefen Wurzeln ihrer Stellung im Lande?« –

»Niederträchtige Verräter!« fuhr Jenatsch zornblitzend auf. »Die Schuld unserer ganzen Gefahr und Verstrikkung lastet auf ihnen und möge sie zermalmen! Zuerst und vor allen haben sie mit Spanien gezettelt! Kein Wort, Heinrich, zu ihrer Verteidigung!« –

Verletzt durch dies herrische Ungestüm, sagte Waser mit etwas gereizter Stimme und dem Gefühle, jetzt einen wunden Punkt zu treffen: »Und der Erzpriester Nikolaus Rusca? – Er galt allgemein für unschuldig.« –

»Ich glaube, er war es« – flüsterte Jenatsch, dem sichtlich bei dieser Erinnerung unbehaglich zumute ward, und blickte starr vor sich hin in die Dämmerung.

Erstaunt über diese seltsame Aufrichtigkeit schwieg der andere eine Weile. »Er ist auf der Folter mit durchgebissener Zunge gestorben . . .«, sagte er endlich vorwurfsvoll.

Jenatsch antwortete in kurzen abgerissenen Sätzen: »Ich wollte ihn retten . . . Wie konnt' ich wissen, daß der Schwächling die ersten Foltergrade nicht überstehen würde . . . Er hatte persönliche Feinde. Die Aufregung gegen die römischen Pfaffen wollte ihr Opfer haben. Unsere katholischen Untertanen hier im Veltlin mußten eingeschüchtert werden. Es kam, wie geschrieben steht: Besser ist's, daß *einer* umkomme, als daß das ganze Volk verderbe.« –

Wie um die trübe Stimmung abzuschütteln, erhob sich nun Jenatsch, den Freund aus dem dunkelnden Gartenraume ins Haus zu führen. Über der Mauer sah man den schlanken Kirchturm vom letzten Abendgold sich abheben.

»Der Unglückliche hat übrigens hier noch zahlreiche Anhänger«, sagte er, und dann auf die Kirche weisend: »dort las er seine erste Messe vor dreißig Jahren.« –

Im Hauptgemach, das nach dem Flur offenstand, brannte eine Lampe. Als die beiden das Haus betraten, sahen sie die junge Frau an der Vordertür bei einer Freundin stehen, die sie herausgerufen zu haben schien und ihr mit ängstlichen Gebärden etwas zuflüsterte. Hinter den Frauen liefen in der dämmernden Dorfgasse Leute vorüber, und man vernahm ein wirres Getön von Stimmen, aus dem jetzt deutlich der Ruf eines alten Weibes hervorkreischte: »Lucia, Lucia! Ein entsetzliches Wunder Gottes!«

Jenatsch, dem solche Szenen nicht neu sein mochten, wollte, seinem Gaste den Vortritt lassend, die Zimmerschwelle überschreiten, als die junge Frau sich ihm näherte und ihn angstvoll am Ärmel faßte. Waser, der sich umwendete, sah, wie sie totenblaß die gefalteten Hände zu ihrem Manne erhob.

»Geh an deinen Herd, Kind, und besorge uns ruhig das Abendessen«, befahl er freundlich, »damit du mit deiner Kunst bei unserm Gaste Ehre einlegest.« Dann wandte er sich unmutig lachend zu Waser: »Die verrückten welschen Hirngespinste! Sie sagen, der tote Erzpriester Rusca stehe drüben in der Kirche und lese Messe! – Ich will dem Wunder zu Leibe rücken. Kommst du mit, Waser?«

Diesem lief es kalt über den Rücken, aber die Neugierde überwog und: »Warum nicht!« sagte er mit mutiger Stimme; dann, als sie der vorwärts treibenden Menge verstörter Leute durch die Dorfgasse nach der Kirche folgten, fragte er flüsternd: »Der Erzpriester ist doch wirklich nicht mehr am Leben?«

»Sapperment!« versetzte der junge Pfarrer, »ich war dabei, als man ihn unter dem Galgen in Thusis verscharrte.«

Jetzt traten sie durch die Hauptpforte in die Kirche. Das Schiff, welches sie nun durchschritten, war zum Behufe des protestantischen Gottesdienstes von allen Heiligtümern gereinigt und enthielt außer den Bänken für die Zuhörer nur den Taufstein und eine nackte Kanzel. Ein Bretterverschlag mit einer kleinen Türe trennte davon den weiten Chor, der den Katholiken verblieben und von ihnen zur Kapelle eingerichtet worden war.

Als Jenatsch öffnete, befanden sie sich dem Hauptaltare gegenüber, dessen heiliger Schmuck und silbernes Kruzifix in einem letzten durch das schmale Bogenfenster einfallenden Abendschimmer kaum mehr zu erkennen waren. Vor ihnen drängte sich Kopf an Kopf die kniende murmelnde Menge, Weiber, Krüppel, Alte. Längs der Wände schoben sich dürftige Männergestalten, mit den langen magern Hälsen vorwärts lauschend und den Filz krampfhaft vor die Brust gedrückt.

Auf dem Hochaltare flackerten zwei düstere Kerzen, deren Licht mit dem letzten von außen kommenden Schimmer der Dämmerung kämpfte. Die zwei Flämmchen bewegten sich in einem von zerbrochenen Fensterscheiben eingelassenen Luftzuge, der sie auszulöschen drohte, und tanzende Schatten trieben auf dem Altare ein seltsames Spiel. Der streichende Wind bewegte zuweilen mit leisem Geknatter die schwach schimmernden Falten der Altardecke. Erregte Sinne mochten wohl das weiße Gewand eines Knienden auf den Stufen erblicken.

Jenatsch stieß im Mittelgange mit seinem Freunde vor, von den einen, in Verzückung Versunkenen, kaum bemerkt, von den andern mit bösen, feindlichen Blicken und leisen Verwünschungen verfolgt, aber von keinem zurückgehalten. Jetzt stand der athletische Mann, allen sichtbar, dem Altare gegenüber; aber vor diesem hatte sich auch schon eine Anzahl unheimlicher Gesellen wie eine Schutzwehr gegen Heiligenschändung drohend zusammengedrängt. Waser glaubte blinkende Dolche zu erblicken.

»Was ist das für ein unchristlicher Zauber!« rief Jenatsch mit schallender Stimme. »Laßt mich zu, daß ich ihn breche!« –

»Sakrilegium!« murrte es aus der dichten Reihe der Veltliner, die einen Ring um den Bündner zu schließen begann. Zwei griffen nach seiner vorgestreckten Rechten, andere drängten sich von hinten an ihn; aber Jenatsch machte sich mit einem gewaltigen Rucke frei. Um sich nach vorn Luft zu schaffen, packte er den nächsten seiner Angreifer mit eiserner Faust und schleuderte ihn rücklings gegen den Hochaltar. Der Stürzende schlug mit ausgebreiteten Armen, die nackten Füße gegen die Menge streckend, hart auf die Stufen und begrub den buschigen Hinterkopf in die Altardecken. Leuchter und Reliquienschreine klirrten, und es erhob sich ein langes, durchdringendes Wehgeheul.

Dieser Moment der Verwirrung rettete den Pfarrer. Er benutzte ihn blitzschnell, durchbrach gewaltsam, seinen Freund nach sich ziehend, den verwirrten Menschenknäuel, erreichte die offene Sakristei, gewann das Freie und eilte mit Waser seinem Hause zu.

In dem sichern Wohnraume angelangt, stieß der Hausherr einen Schieber an der Wand zurück und rief in die Küche hinaus:
»Trag uns auf, meine Lucia!«
Herr Waser aber klopfte den Staub des Handgemenges aus seinen Kleidern und zog Manschetten und Halskrause zurecht. »Pfaffentrug!« sagte er, diesem Geschäfte mit Sorgfalt obliegend.
»Vielleicht, vielleicht auch nicht! Warum sollten sie nicht etwas gesehen haben? Irgendein Phantom? Du weißt nicht, welche sinnverwirrenden Dünste aus den Sümpfen dieser Adda aufsteigen. – Schade um das Volk; es ist sonst so übel nicht. Im obern Veltlin lebt ein geradezu tüchtiger Schlag, ganz verschieden von diesen gelben Kretinen.«
»Hättet ihr Bündner nicht klüger getan, ihnen einige beschränkte bürgerliche Freiheiten zu gewähren?« warf Waser ein.
»Nicht bürgerliche nur, auch die politischen Rechte hätte ich ihnen gegeben, Heinrich. Ich bin ein Demokrat, das weißt du. Aber da ist ein schlimmer Haken. Die Veltliner sind hitzige Katholiken, zusammen mit dem papistischen Drittel unserer Stammlande würden sie Bünden zu einem katholischen Staate machen – und da sei Gott vor!«
Indessen hatte die reizende Lucia, die jetzt sehr niedergeschlagen aussah, den landesüblichen Risott aufgetragen, und der junge Pfarrer füllte die Gläser.
»Auf das Wohl der protestantischen Waffen in Böhmen!« rief er, mit Waser anstoßend. »Schade, daß du deinen Plan aufgegeben hast und jetzt nicht in Prag

bist. In diesem Augenblicke vielleicht geht es dort los.«

»Möglicherweise ist es für mich rühmlicher, hier bei dir zu sein. Man darf nach den neuesten Nachrichten bezweifeln, ob der Pfalzgraf den Hengst zu regieren weiß, auf den er sich so galant gesetzt hat. – Es ist doch nichts daran, daß ihr euch mit dem Böhmen verbündet habt?«

»Wenig genug, leider! Wohl sind ein paar Bündner hingereist, aber gar nicht die rechten Leute.«

»Das ist sehr gewagt!«

»Im Gegenteil, zu wenig gewagt! Keiner gewinnt, der nicht den vollen Einsatz auf den Tisch wirft. Unser Regiment ist erbärmlich lässig. Lauter halbe Maßregeln! Und doch haben wir unsere Schiffe verbrannt, mit Spanien so gut wie gebrochen und die Vermittlung Frankreichs grob abgewiesen. Wir sind ganz auf uns selbst gestellt. In ein paar Wochen können die Spanier von Fuentes her einbrechen und es ist – kannst du's glauben, Waser? – für keine Verteidigung gesorgt. Ein paar erbärmliche Schanzen sind aufgeworfen, ein paar Kompanien einberufen, die heute kommen und sich morgen verlaufen. Keine Kriegszucht, kein Geld, keine Führung! Und mich haben sie wegen meines eigenmächtigen Eingreifens, wie sie's nennen, das sich für meine Jugend und mein Amt nicht schicke, von jedem Einflusse auf die öffentlichen Dinge abgeschnitten und so fern als möglich von ihren Ratsstuben an diese Bergpfarre gefesselt. Die ehrwürdige Synode aber ermahnt mich, eine faule Friedsamkeit zu predigen, während über meinem Vaterlande stoßfertig die spanischen Raubgeier schweben. Es ist zum Tollwerden! – Täglich mehren sich die Anzeigen, daß hier unter den Veltlinern eine Verschwörung brütet. Ich kann nicht länger zusehen. Morgen will ich selbst noch eine Rekognoszierung gegen Fuentes vornehmen – du kommst mit, Waser, ich habe einen anständigen Vorwand –, und übermorgen reiten wir zum bündnerischen Landeshauptmann nach Sondrio. Er versteht nichts anderes, als am Mark dieses fetten Landes zu zehren, das wir morgen verlieren können, der träge Blutsauger! Aber ich will ihm so zusetzen, daß ihm der Angstschweiß aus allen Poren bricht. – Du hilfst mir, Waser.« –

»In der Tat«, bemerkte dieser zögernd und geheimnisvoll, »auch ich habe auf meiner Reise durch Bünden einige Witterung bekommen, daß etwas im Tun sein möchte.«

»Und das sagst du mir jetzt erst, Kind des Unglücks!« rief der andere scharf und gespannt. »Gleich erzähle alles und ganz nach der Ordnung. Du hast etwas gehört? Wo? von wem? was?«

Waser ordnete geschwind in seinem Geiste das Erlebte, um es seinem gewalttätigen Freunde passend vorzulegen. »Auf dem Hospiz der Maloja«, begann er vorsichtig.

»Sitzt als Wirt der Scapi, ein Lombarde, also mit den Spaniern einverstanden. Weiter.«

»Hörte ich, freilich halb im Schlummer, neben meinem Schlafkämmerlein ein Zwiegespräch. Ich glaubte, es sei von dir die Rede. – Wer ist Robustelli?«

»Jakob Robustelli von Grosotto ist ein ausbündiger Schuft, ein Dreckritter, durch Kornwucher reich und durch spanische Gunst adelig geworden, der Patron und Spießgeselle aller Malandrini und Straßenräuber – jeder Missetat und jeden Verrates fähig!«

»Dieser Robustelli«, sagte Waser mit Gewicht, »trachtet dir, wenn ich richtig hörte, nach dem Leben.«

»Wohl möglich! Das ist nicht die Hauptsache. Wer war der andere, mit dem er zettelte?« –

»Ich hörte seinen Namen nicht«, antwortete der Zürcher, der es für Pflicht hielt, dem Herrn Pompejus das Geheimnis zu bewahren, und als Jenatsch ihn drohend anblitzte, fuhr er herzhaft fort: »Und wüßt' ich den Namen, so will ich ihn nicht nennen!«

»Du weißt ihn! . . . Heraus damit!« drang Jenatsch auf ihn ein.

»Jürg, du kennst mich! du weißt, daß ich mir diese Faustrechtmanieren nicht gefallen lasse, ich verbitte mir das«, wehrte Waser mit möglichst kalter Miene ab.

Da legte ihm der andere liebkosend den starken Arm um die Schultern und sagte mit zärtlicher Wärme: »Sei offen, Herzenswaserchen! Du verkennst mich! Nicht für meine Person sorg ich, sondern für mein vielteures Bünden. Wer weiß, vielleicht hängt an deinen Lippen seine Rettung und das Leben von Tausenden!« . . .

»Schweigen ist hier Ehrensache«, versetzte Waser und machte einen Versuch, sich der leidenschaftlichen Umarmung zu entziehen.

Jetzt fuhr eine düstere Flamme über das Antlitz des Bündners. »Bei Gott«, rief er, den Freund an sich pressend, »sprichst du nicht, so erwürg ich dich, Waser!«, und als der Erschrockene schwieg, griff er nach dem Dolchmesser, womit er Brot geschnitten, und richtete die drohende Spitze desselben gegen die Halskrause des Zürchers.

Dieser wäre sicherlich auch jetzt noch standhaft geblieben, denn er war im Innersten empört; aber bei einer unvorsichtigen Bewegung des Sträubens, die er gemacht, hatte der spitze Stahl seinen Hals geritzt, und ein paar Blutstropfen rieselten unheimlich warm gegen die Halskrause herunter.

»Laß mich, Jürg«, sagte er, leicht erbleichend, »ich will dir etwas zeigen!« Er holte zuerst sein weißes Schnupftuch heraus und wischte sich behutsam das Blut ab; dann zog er sein Taschenbuch hervor, schlug das Blatt mit der Skizze der Juliersäulen auf und legte es auf den Tisch hin vor Jenatsch, der das Büchlein hastig ergriff. Der erste Blick des Bündners auf die Zeichnung traf die von Lukretia zwischen die Juliersäulen geschriebenen Worte und er versank plötzlich in finsteres Nachdenken.

Waser, der ihn schweigend beobachtete, erschrak inner-

lich über den Eindruck, den Lukretias von ihm wider Willen übernommene und bestellte Botschaft auf Jürg Jenatsch machte. Er hatte nicht ahnen können, wie rasch der Scharfsinn des Volksführers den Zusammenhang der Tatsachen erriet und wie sicher und unerbittlich er sie verkettete. Trauer und Zorn, weiche Erinnerungen und harte Entschlüsse schienen über den halb Abgewandten wechselnd Gewalt zu gewinnen. »Arme Lukretia!« hörte Waser ihn aus tiefster Seele seufzen, dann wurde sein Ausdruck immer rätselhafter, verschlossener, und härtete sich zur Undurchdringlichkeit. – »Sie waren auf dem Julier . . . ihr Vater ist also in Bünden . . . Stolzer Herr Pompejus, du hast einen Robustell zum Spießgesellen . . . tief gesunken!« sprach er fast ruhig.
Plötzlich sprang er auf: »Nicht wahr, Waser, meine verwünschte Hitze? Du hattest auf der Schule davon zu leiden, und ich bin ihrer noch immer nicht Herr geworden! . . . Geh zu Bette und verschlafe dein böses Abenteuer! – Morgen in der kühlen Frühe machen wir den Ritt nach Fuentes auf zwei untadeligen Maultieren. Du sollst an mir den leidlichen Gesellen finden von ehedem. Unterwegs läßt sich über manches gemütlich plaudern.«

FÜNFTES KAPITEL

Herr Waser erwachte vor Tagesanbruch. Als er mit Mühe den Fensterladen aufstieß, der von dem üppigen Geäste und Blätterwerke eines Feigenbaumes gesperrt und dicht überflochten war, geschah es im Widerstreite zweifelnder Gedanken. Er war mit dem Vorsatze entschlafen, seinen gewalttätigen Freund und das allzu abenteuerliche Veltlin ohne Zögern und auf dem nächsten Wege über Chiavenna zu verlassen. Ein erquickender Schlaf jedoch hatte die gestrigen Eindrücke gemildert und seinen Entschluß wankend gemacht. Die Liebe zu seinem merkwürdigen Jugendfreunde gewann die Oberhand. War es denn dieser heftigen und, wie er sich sagte, nicht durch städtische Bildung veredelten Natur stark zu verargen, wenn sie losbrach, wo Heimat und Leben gefährdet war? Und kannte er nicht von früher her Jürgs jähen Stimmungswechsel, seine wilden, heißblütigen Scherze! Eines jedenfalls war für ihn außer Frage: Durch plötzliche Abreise hätte er ein Unheil nicht verhütet, das aus dem halben Geständnisse entstehen konnte, welches ihm Jürg abgezwungen; blieb er aber, teilte er seinem Freunde das Erlebte vollständig mit, so erwiderte dieser sicherlich sein Vertrauen und er erfuhr, wie sich Jürgs Verhältnis zu Lukretias Vater so grenzenlos verbittert hatte. Dann erst kam der Augenblick, seinen versöhnenden Einfluß geltend zu machen.

So ritten sie in vertraulichem Gespräche nach Fuentes. Jenatsch kam nicht auf das Gestrige zurück und war freudig wie der helle Morgen. Fast leichtsinnig nahm er Wasers ausführlichen Reisebericht entgegen und bereitwillig antwortete er auf dessen eingehende Fragen. Aber Waser erfuhr weniger und minder Wichtiges, als er erwartete. – Nach einem letzten Universitätsjahre in Basel, erzählte Jürg, sei er ins Domleschg zurückgekehrt. Dort habe er seinen Vater auf dem Sterbelager gefunden und sei nach dessen Ableben von den Scharansern trotz seiner grünen achtzehn Jahre einstimmig zu ihrem Pfarrer gewählt worden. Auf Riedberg habe er einen einzigen Besuch gemacht, wobei er allerdings mit Herrn Pompejus über politische Dinge in Wortwechsel geraten sei. Persönliches habe sich nicht eingemischt; aber der Eindruck auf beide sei der gewesen, daß sie sich besser mieden. Als der erste Volkssturm gegen die Planta sich erhoben, habe er von der Kanzel abgewarnt, denn er sei damals noch der Meinung gewesen, ein Geistlicher müsse seine Hände von der Politik rein halten; als aber das Staatsruder bei wachsender Gefahr keinen mutigen

Steuermann gefunden, habe ihn das Mitleid mit seinem Volke überwältigt. Das Strafgericht von Thusis, das er für eine blutige Notwendigkeit gehalten, habe er allerdings mit einsetzen helfen und ihm sein Tagewerk angewiesen. Die Verurteilung der Planta dagegen, deren Praktiken übrigens landeskundig gewesen, habe er weder begünstigt noch verhindert, sie sei wie ein einstimmiger Schrei aus dem Volke hervorgegangen.

So wendete das Gespräch sich völlig der Politik zu, obwohl Waser zuerst sich bestrebte, es auf den persönlichen Verhältnissen seines Freundes festzuhalten; aber er wurde überwältigt und hingerissen durch das Ungestüm, mit dem Jürg die den Zürcher höchlich interessierenden und von ihm gründlich erwogenen Probleme europäischer Staatskunst anfaßte; er wurde erschreckt und aufgeregt durch die Frechheit, mit der Jürg die harten Knoten rücksichtslos zerhieb, deren behutsame Lösung Waser als die höchste Aufgabe und den wünschenswerten Triumph der Diplomatie erkannte.

Es war ihm denn in diesem raschen Wechsel der Rede und Widerrede kaum die einzige schüchterne Frage gelungen, ob Fräulein Lukretia während der traurigen Wirren im Domleschg auf dem Riedberge gewohnt habe. Da hatte sich Jürgs Antlitz wie gestern abend wieder plötzlich verfinstert und er hatte kurz geantwortet: »Zu Anfang. – Das Kind hat gelitten. Es ist ein treues, festes Herz . . . Aber soll ich die Fesseln eines Kindes tragen? . . . Und dazu einer Planta! – Torheit. – Du siehst, ich habe ein Ende gemacht.« –

Hier hatte er sein Tier so heftig gestachelt, daß es in erschreckten Sprüngen vorwärts setzte und Waser nur mühsam das seinige in Zucht hielt.

In Ardenn trieben sie ihre Maultiere vor die Türe des Pfarrers, aber diese war verschlossen. Blasius Alexander war nicht zu Hause. Jenatsch, der mit den Gewohnheiten seines einsam lebenden Freundes vertraut schien, umging das baufällige Häuschen, fand den Schlüssel zur

Hintertüre in der Höhlung eines alten Birnbaumes und trat mit dem Freunde in Alexanders Stube. Der von den Bäumen des wilden Gartens verdunkelte Raum war leer bis auf die längs der Fensterseite laufende Holzbank und den wurmstichigen Tisch, auf dem eine große Bibel ruhte. Neben dieser geistlichen Waffe blickte aus der Ecke eine weltliche. Dort lehnte eine altväterische Muskete, über welche nun Jenatsch das ihm von seinem Begleiter gebotene Pulverhorn aus dem Müsserkriege an einen Holznagel aufhängte. Dann riß er ein Blatt aus Wasers Taschenbuche und schrieb darauf: »Ein frommer Zürcher erwartet dich bei mir heute abend zur Zeit des Ave Maria. Komm und stärk ihm den Glauben!« Den Zettel legte er in die beim Buche der Makkabäer aufgeschlagene Bibel.

Schon brannte die Sonne heiß, als Jenatsch seinem Gefährten die aus dem breit gewordenen Addatale drohend aufsteigende Zwingburg zeigte, das Ungeheuer, wie er sie hieß, das die eine Tatze nach Bündens Chiavenna, die andere nach seinem Veltlin ausstrecke. Auf der Straße nach den Wällen zog eine lange Staubwolke. Der scharfe Blick des Bündners erkannte darin eine Reihe schwerer Lastwagen. Aus ihrer Menge schloß er, daß Fuentes auf lange Zeit und für eine starke Besatzung verproviantiert werde. Und doch ging in Bünden die Rede, daß die spanische Mannschaft durch die hier herrschenden Sumpffieber auf die Hälfte zusammengeschmolzen sei und der Aufenthalt in der Festung unter den Spaniern als todbringend gelte. Das war Jenatsch von einem blutjungen Lokotenenten aus der Freigrafschaft bestätigt worden, der in Fuentes erkrankt war und, um solch ruhmlosem Untergange auszuweichen, ein paar Wochen auf Urlaub in der Bergluft von Berbenn verlebt hatte. Sich die Zeit zu kürzen, brachte er ein neues spanisches Buch mit, eine so lustige Geschichte, daß er es für unrecht hielt, allein darüber zu lachen, und er sie dem jungen Pfarrer mitteilte, an dessen Umgang er Gefallen fand und der ihm durch seinen Geist und seine Kenntnis der spanischen Sprache zu diesem Genusse vollkommen befähigt schien. Dies Buch war im Pfarrhause zurückgeblieben, und heute gedachte Jenatsch den ingeniosen Hidalgo Don Quixote – so lautete sein Titel – als Schlüssel zu der spanischen Festung zu benützen.

Eben öffnete sich ein Tor der äußersten Umwallung vor dem ersten Proviantwagen, und Jenatsch trieb sein müdes Tier an, um bei dieser Gelegenheit leichter Eingang zu erlangen. Als die Freunde jedoch die Festung erreichten, stand an der Fallbrücke, die Einfahrt beaufsichtigend, ein spanischer Hauptmann, ein gelber, zäher Geselle – nur Haut und Knochen –, von dem das Fieber abgezehrt, was abzuzehren war. Er maß die Ankommenden mit hohlen, mißtrauischen Augen, und als Jenatsch mit anstandsvollem Gruße nach dem Befinden seines jungen Bekannten sich erkundigte, erhielt er die knappe Antwort: »Verreist.« Wie er darauf Argwohn schöpfte und weiter fragte, wohin und auf wie lange, hinzufügend, daß er noch etwas vom Besitze des Jünglings in Händen habe, versetzte der Spanier bitter: »Dorthin. Auf immer. Ihr könnt Euch als seinen Erben betrachten.« – Dabei streckte er den Zeigefinger seiner Knochenhand nach den dunkeln Zypressen einer unfern gelegenen Begräbniskirche aus. Dann gab er der Schildwache einen Befehl und wandte den beiden den Rücken.

Da Jenatsch kein anderes Mittel kannte, in die streng bewachte Festung einzudringen, schlug er dem Freunde vor, weiterzureiten bis an das Gestade des Comersees, den sie in geringer Entfernung lieblich leuchten sahen. Bald erreichten sie den belebten Landungsplatz seines nördlichen Endes. Kühl hauchte ihnen die blaue, vom Geflatter heller Segel belebte Flut entgegen. Die Bucht war mit Schiffen gefüllt, die gerade ihrer Ladung entledigt wurden. Öl, Wein, rohe Seide und andere Erzeugnisse der fetten Lombardei wurden zum Transport über das Gebirge auf Karren und Mäuler geladen. Der Platz vor der großen steinernen Herberge bot den Anblick eines bunten Marktes mit seinem betäubenden Lärm und fröhlichen Gedränge. Mit Mühe bahnten sich, vorüber an Körben voll schwellender Pfirsiche und duftiger Pflaumen, die beiden Maultiere den Weg bis zur gewölbten Pforte des Gasthauses. In dem düstern Torwege kniete der Wirt vor einer Tonne und zapfte ein rötliches, schäumendes Getränk für die durstig sich zudrängenden Gäste. Ein Blick in den anstoßenden Schenkraum überzeugte Jenatsch, daß hier zwischen lärmenden Menschen und bettelnden Hunden keine kühle Stätte zu finden sei, er wandte sich darum nach dem Garten, der eine einzige dichte Weinlaube bildete und dessen mit rankendem Grün überhängte Mauern und zerfallende Landungstreppen von den Wellen bespült wurden.

Als sie durch die Torhalle am Wirte vorüberschritten, der von einem dichten Kreise von Bauern umringt war, welche ihm geleerte Krüge entgegenstreckten, schien er mit einer ängstlichen Gebärde gegen das Vorhaben des Bündners Einsprache tun zu wollen; doch in diesem Augenblicke kam ihnen vom Garten her ein nach fremdem Schnitte gekleideter Edelknabe entgegen und wendete sich mit anmutigem Gruße an den jungen Zürcher, in zierlichem Französisch folgenden Auftrag ausrichtend:

»Mein erlauchter Gebieter, Herzog Heinrich Rohan, der sich hier auf der Durchreise nach Venedig befindet, glaubte von seinem Ruheplatz im Garten aus zwei reformierte Geistliche vor der Herberge absteigen zu sehen und ersucht die Herren, wenn sie dem Gewühl auszuweichen vorzögen, sich durch seine Gegenwart nicht vom Besuche des Gartens abhalten zu lassen.«

Sichtbar erfreut von diesem glücklichen Zufalle und der ihm widerfahrenden Ehre, erwiderte Herr Waser, etwas steif, aber tadellos in demselben Idiom sich bewegend, daß er und sein Freund sich die Gunst erbäten, seiner Durchlaucht für die ihnen zuteil gewordene Berücksichtigung persönlich zu danken.

Die Freunde folgten dem vor ihnen herschreitenden schönen Knaben in die Lauben des Gartens. Gegen Süden hatte er einen balkonähnlichen Vorsprung, durch dessen Laubwände bunte Seidengewänder schimmerten und das Gezwitscher plaudernder Frauenstimmen, durchbrochen von dem hellen Jubel eines Kindes, ertönte. Dort lehnte auf sammetnen Polstern eine schlanke, blasse Dame, deren hastige Rede und bewegliches Mienenspiel die Lebhaftigkeit eines Geistes verriet, der sie nicht zu erquicklicher Ruhe kommen ließ. Vor ihr auf dem Steintische trippelte und jauchzte ein zweijähriges Mädchen, das eine niedliche Zofe an beiden Händchen emporhielt. Dazu klang die melancholische Weise eines Volksliedes, die ein italienischer Junge in schüchterner Entfernung auf seiner Mandoline spielte.

Der Herzog selbst hatte sich an das stillere nördliche Ende des Gartens zurückgezogen, wo er allein auf der niedrigen, von der Flut bespülten Mauer saß, eine Landkarte auf den Knien, mit deren Linien er die gewaltig vor ihm aufragenden Gebirgsmassen zweifelnd verglich.

Waser hatte jetzt den Ruheplatz des Herzogs erreicht und stellte sich und seinen Freund mit einer tiefen Verbeugung vor. Rohans Auge blieb sofort an der in ihrer wilden Kraft seltsam anziehenden Erscheinung des Bündners haften.

»Euer Rock ließ mich auf den evangelischen Geistlichen schließen«, sagte er, sich mit Interesse ihm zuwendend. »Ihr könnt also, obgleich wir uns auf diesem Boden treffen und trotz Eurer dunkeln Augen kein Italiener sein. Da seid Ihr wohl ein Sohn der nahen Rhätia, und so will ich Euch denn bitten, mir von den Gebirgszügen, die ich gestern, den Splügen überschreitend, durchschnitt und die ich zum Teil noch vor mir sehe, einen klaren Begriff zu geben. Meine Karte läßt mich im Stich. Setzt Euch neben mich.«

Jenatsch betrachtete begierig die vorzügliche Etappenkarte und fand sich schnell zurecht. Er entwarf dem Herzog mit wenigen scharfen Zügen ein Bild der geographischen Lage seiner Heimat und ordnete ihr Tälergewirr nach den darin entspringenden und nach drei verschiedenen Meeren sich wendenden Strömen. Dann sprach er von den zahlreichen Bergübergängen und hob, sich erwärmend, mit Vorliebe und überraschender Sachkenntnis deren militärische Bedeutung hervor.

Der Herzog war mit sichtlichem Wohlgefallen und steigendem Interesse der raschen Auseinandersetzung gefolgt, jetzt aber erhob er sein mildes, durchdringendes Auge zu dem neben ihm stehenden Bündner und ließ es nachdenklich auf ihm ruhen.

»Ich bin ein Kriegsmann und rühme mich dessen«, sagte er, »aber es gibt Augenblicke, wo ich diejenigen glücklich preise, die dem Volke predigen dürfen: ›Selig sind die Friedfertigen.‹ Heutzutage darf nicht mehr dieselbe Hand das Schwert des Apostels und das Schwert des Feldherrn führen. Wir sind im neuen Bunde, Herr Pastor, nicht mehr im alten der Helden und Propheten. Die Doppelrollen eines Samuel und Gideon sind ausgespielt. Heute warte jeder in Treue des eignen Amtes. Ich achte es für ein schweres Unglück«, hier seufzte er, »daß in meinem Frankreich die evangelischen Geistlichen durch ihren Eifer sich hinreißen ließen, die Gemüter zum Bürgerkriege zu erhitzen. Sache des Staatsmannes ist es, die bürgerlichen Rechte der evangelischen Gemeinden zu sichern, Sache des Soldaten, sie zu verteidigen. Der Geistliche hüte die Seelen, anders richtet er Unheil an.«

Der junge Bündner errötete unmutig und blieb die Antwort schuldig.

In diesem Augenblicke erschien der Page mit der ehrerbietigen Meldung, die Reisebarke des Herzogs sei zur Abfahrt bereit, und Rohan beurlaubte die Freunde mit einer gütigen Handbewegung.

Auf dem Heimritte erging sich Waser in Betrachtungen über die politische Rolle des Herzogs, der gerade damals seinen protestantischen Mitbürgern in heimischer Fehde einen ehrenhaften Frieden erkämpft hatte. Er meinte, freilich werde derselbe von kurzer Dauer sein, und fand Gefallen daran, die Lage Rohans und der französischen Reformierten seinem Freunde mit den dunkelsten Farben zu malen. Er schien etwas empfindlich und verdüstert, daß seine Person vor dem Herzog neben Jürg sehr zurückgetreten, ja gänzlich verschwunden war. – Seit Heinrich IV., behauptete er, setze sich die französische Politik zum Ziele, die Protestanten in Deutschland gegen Kaiser und Reich zu schützen, den Reformierten im eigenen Lande dagegen den Lebensnerv zu durchschneiden. Sie trachte, durch Wiederherstellung der staatlichen Einheit Kraft zum Vorstoße nach außen zu gewinnen. Es ergebe sich daraus das seltsame Verhältnis, daß die französischen Protestanten unterliegen müßten, damit den deutschen die diplomatische und militärische Hilfe Frankreichs, deren sie höchlich bedürften, gesichert bleibe. – So schwebe über dem Herzog trotz der Hoheit seiner Stellung und seines Charakters das traurige Verhängnis, seine Kraft in unheilbaren Konflikten aufzureiben und am Hofe von Frankreich immer mehr den Boden zu verlieren. Jetzt bringe er wohl Weib und Kind nach Venedig, um bei dem nächstens neu ausbrechenden Sturme freiere Hand zu haben.

»Du bist ja ein durchtriebener Diplomat geworden!« lachte Jenatsch. »Aber findest du es nicht in dieser Ebene entsetzlich schwül? Dort steht eine Scheuer ... wie wär's, wenn wir unsere Tiere eine Weile im Schatten anbänden und du dein weises Haupt ins Heu legtest?«

Waser war einverstanden, und in kurzer Frist hatten sich beide auf das duftige Lager ausgestreckt und waren entschlummert.

Als der junge Zürcher erwachte, stand Jenatsch vor ihm, mit spöttischen Blicken ihn betrachtend. »Ei, Schatz, was schneidest du denn im Schlafe für verklärte Gesichter?« sagte er. »Heraus mit der Sprache! Was hast du geträumt? Von deinem Liebchen?«

»Von meiner innig verehrten Braut, willst du sagen. Das wäre nichts Ungewöhnliches; aber ich hatte in der Tat einen wunderbaren Traum . . .«

»Jetzt weiß ich's . . . dir träumte, du seiest Bürgermeister von Zürich!«

»So war es . . . merkwürdigerweise!« sagte Waser sich sammelnd. »Ich saß in der Ratsstube und hielt Vortrag über Bündnerdinge – über die Bedeutung der Feste Fuentes. Als ich geendet, wandte sich das nächstsitzende Ratsmitglied gegen mich mit den Worten: ›Ich bin ganz der Meinung seiner Gestrengen des Herrn Bürgermeisters.‹ Ich sah mich nach diesem um; aber siehe, ich saß selbst auf seinem Stuhle und trug seine Kette.«

»Auch mir hat geträumt«, sagte Jenatsch, »und recht seltsam. Du weißt, oder weißt nicht, daß in Chur ein ungarischer Astrolog und Nekromant sein Wesen treibt. Mit diesem Gelehrten hab ich mich während der letzten langwierigen Synode nächtlicherweile eingelassen, um zu sehen, was an der Sache sei.«

»Um Himmelswillen, Astrologia! . . . Und du bist ein Geistlicher!« rief Waser entsetzt. »Sie vernichtet die menschliche Freiheit, und diese ist die Grundlage aller Sittlichkeit! – Ich bin ein entschiedener Bekenner der menschlichen Freiheit!«

»Das ist brav von dir«, fuhr der andere unbeirrt fort. »Beiläufig gesagt, es gelang mir nicht, aus dem Hexenmeister etwas Festes und Faßbares herauszubringen. Entweder wußte er nichts, oder er fürchtete von mir

verraten zu werden. – Vorhin im Traume aber sah ich den Mann wieder vor mir und setzte ihm in zorniger Ungeduld den Dolch auf die Brust, um mein Schicksal zu erfahren. Da entschloß er sich, es mir zu zeigen, und zog mit den feierlichen Worten: ›Dieser ist dein Schicksal!‹ den Vorhang von seinem Zauberspiegel.
Anfangs sah ich nichts als eine helle Seelandschaft, dann trat eine grünbewachsene Mauer hervor und da saß, die Karte von Bünden vor sich, mild und bleich, wie wir ihn eben gesehen haben, der Herzog Heinrich Rohan.«

SECHSTES KAPITEL

Unter diesen Gesprächen waren die Freunde auf der staubigen Landstraße, die durch das Veltlin hinaufführt, eine gute Strecke weiter getrabt, und schon erglänzten in der Ferne das Schloß und die Mauern von Morbegno.
Jetzt blickte Jenatsch scharf auf die letzte Windung des in weitem Bogen nach dem Städtchen laufenden Weges. Dort bewegte sich langsam ein kleiner brauner Reiter.
»Bravo«, rief der Bündner, »da machst du eine prächtige Bekanntschaft! Dort kommt der Pater Pankrazi, voreinst – das ist vor einem Jahrzehnt – Almenserkapuziner und Beichtiger der Nönnchen von Cazis. Wir haben ihm sein Kloster aufgehoben. Wären unsere Kapuziner alle so gute Bündner wie er, und so witzige Gesellen, man hätte sie unbehelligt gelassen. Seither hat er sein Unterkommen in einem Ordenshause irgendwo am Comersee gefunden und führt hier herum, predigend und terminierend, ein fahrendes Leben.«
»Er ist mir nicht unbekannt«, erwiderte Waser. »Voriges Jahr kollektierte er in Zürich für die verarmten Überbliebenen eurer verschütteten Stadt Plurs und be-

tonte mit beweglichen Worten als die gute Seite solcher Verheerungen, daß man sich in diesen Jammerfällen über die Scheidewand der Konfessionen hinweg christlich die Bruderhand reiche. Kurz nachher aber kam mir eine gedruckte Bußpredigt von ihm zu Gesichte, worin er – zu meinem ärgerlichen Erstaunen – in der derbsten Sprache behauptet, der Bergsturz sei ein warnendes Gericht und eine göttliche Strafe für die Duldung der Ketzerei. Das heißt in sträflicher Weise mit zwei Zungen geredet.«

»Wer wird das einem Kapuziner und praktischen Manne verdenken!« lachte der andere. »Sieh, er setzt sein Eselchen in Trott, er hat mich erkannt.«

Der Kapuziner trabte auf seinem Tiere, das neben ihm noch zwei volle Körbe trug, so rasch heran, daß der Staub in Wirbeln aufflog. Aber die lustige Begrüßung, die Waser erwartete, blieb aus. Pankrazis kurze Gestalt drängte hastig vorwärts und streckte ihnen die Rechte mit abmahnender Gebärde entgegen, als bedeute er die Reisenden, ihre Maultiere zu wenden. Nun hatte er sie fast erreicht und rief ihnen zu:

»Zurück, Jenatsch! Nicht hinein nach Morbegno!« –

»Was bedeutet das?« fragte dieser ruhig.

»Nichts Gutes!« versetzte Pankratius. »Wunder und Zeichen geschehen im Veltlin, das Volk ist aufgeregt, die einen liegen in den Kirchen auf den Knien, die andern laden ihre Büchsen und wetzen ihre Messer. Zeige dich nicht in Morbegno, kehre nicht auf deine Pfarre zurück, wende dein Tier und flüchte nach Chiavenna!«

»Was? Ich soll mein Weib im Stiche lassen?« fuhr Jenatsch auf, »meine Freunde nicht warnen? Den braven Alexander und den redlichen Fausch auf seinem Bergdorfe Buglio? Nichts da! Ich reite zurück – natürlich das Städtchen umgehend über die Adda. Mein Kamerad hier, Herr Waser von Zürich, kennt keine Furcht ... und du, Pankrazi, tust mir den Gefallen und kommst mit. Du nächtigst bei mir. Meine Berbenner sind nicht so gottverlassen, daß sie des heiligen Franziskus Kutte nicht in Ehren hielten.«

Nach kurzem Besinnen willigte der Kapuziner ein. »Meinetwegen, am Ende!« sagte er. »Heute bin ich dein Schutzpatron, ein andermal bist du der meinige.«

So ritten sie, was ihre Tiere laufen konnten, nach Berbenn hinüber, und wie wenig Waser auch diese wilden Ereignisse zusagten, er machte gute Miene und rechnete es sich zur Ehre, das ihm erteilte Lob der Tapferkeit zu verdienen.

Eben ertönte die friedliche Abendglocke, als sie vor der Pfarre von Berbenn abstiegen. Unter dem niedrigen Eingangsbogen des Laubdaches stand ein breitschultriger, ernster Mann von kleiner Statur, aber mit ausdrucksvollem Kopfe, nachdenklich und aufmerksam seinen Hut betrachtend, welchen er nach allen Seiten drehte und gegen das Licht hielt. Es war ein hoher spitzer Filz von schwarzer Farbe.

»Was stellst du da für tiefsinnige Untersuchungen an, Kollege Fausch?« begrüßte ihn Jenatsch. »Was ist's mit deinem Filz? Oben aufgerissen, wie ich sehe. Willst du ihn hinfür zur Verstärkung deines Basses als Sprachrohr gebrauchen?«

Sorgenvoll erwiderte der Kleine: »Betrachte das Loch näher, Jürg! Seine Ränder sind verbrannt. Es ist eine Kugel durchgefahren, die mir einer deiner Berbenner zuschickte, als ich durch die Weinberge hinunterstieg. Natürlich galt sie dir; denn man sah über der Mauer nur meinen Kopf und der gleicht dem deinigen, wie du weißt, zum Verwechseln. Der Teufel soll mich holen«, fuhr er heftiger fort, »wenn ich nicht den geistlichen Stand quittiere. Der Part ist ungleich: uns ist nur das Schwert des Geistes gestattet, angefallen aber wird unser Fleisch mit Eisen und Blei.« –

»Gedenke deines Schwurs, Fausch, mein Sohn, das Evangelium zu predigen usque ad martyrium«, erscholl aus dem Hintergrunde der Laube von einer tief beschatteten Bank her die etwas dumpfe Stimme eines graubärtigen Mannes, der dort in aufrechter Haltung am Tische saß und sich von der schönen Lucia Sasseller einschenken ließ. Das junge Weib aber erblickte kaum ihren Mann, so eilte es ihm entgegen und schmiegte sich bleich und furchtsam an seine Seite, als suche es Schutz vor einer entsetzlichen Angst.

»Exclusive, Blasius! exclusive! Bis an den Martertod hinan, aber nicht hinein!« antwortete Fausch, sich zu seinem Kollegen wendend, dessen Glas er ergriff und bis auf den letzten Tropfen leerte.

Indessen machte Jenatsch seinen zürcherischen Freund mit dem glaubensstarken Pfarrer Blasius bekannt und stellte ihm dann lachend in Pfarrer Lorenz Fausch einen Schulkameraden aus dem »Loch« in Zürich vor, dessen sich Waser gar wohl erinnerte als eines um ein paar Jahre ältern, ziemlich liederlichen Studiengesellen. »Dieser Mann hat seither in Bündnerdingen eine hervorragende Rolle gespielt«, behauptete Jürg und schlug dem Kleinen auf die Schulter.

Der Kapuziner schien mit beiden Pfarrern auf bekanntem Fuße zu stehen, und Fausch fuhr, diesmal an Waser sich wendend, in seiner aufgeregten Rede fort: »Glaubst du's wohl, Herr Zürcher? Während du in deiner löblichen Stadt sittsam zur Predigt gehst und über das Gesangbuch hinweg züchtig nach deinem Jungfräulein ausschaust, betrete ich armer Streiter Gottes niemals die Kanzel, ohne fröstelnd den Rücken einzuziehen, aus Furcht, es fahre mir das Messer oder die Kugel eines meiner Pfarrkinder zwischen die Schultern! – Aber«, sagte er, nachdem er mit den Männern in die Stube getreten, »nun bin ich auch zum längsten Pfarrer gewesen. Dies Erlebnis«, er zeigte auf das Loch in seinem Filze, »gibt den Ausschlag. Das Maß ist voll. Ich habe von meiner Muhme in Parpan zweihundert Goldgulden geerbt, gerade genug, um ein sicheres Gewerbe zu beginnen. – Herunter mit dem Pfarrock!«, und er legte Hand an sein geistliches Kleid.

»Warte, Freund!« rief Jenatsch, »das verrichten wir zusammen. Auch mein Maß ist heute voll geworden! Nicht eine feindliche Kugel verjagt mich von der Kanzel, sondern eine freundliche Rede. Der Herzog Heinrich hat recht«, wandte er sich an den erstaunten Waser, »Schwert und Bibel taugen nicht zusammen. Bünden bedarf des Schwertes, und ich lege die geistliche Waffe zur Seite, um getrost die weltliche zu ergreifen.« Mit diesen Worten riß er sein Predigergewand ab, langte seinen Raufdegen von der Wand herunter und gürtete sich ihn um den knappen Lederkoller.

»Potz Velten, ihr gebt ein lustiges Beispiel«, rief der Kapuziner mit schallendem Gelächter. »Fast gelüstet mich, es euch nachzutun! Aber meine braune Kutte ist leider zu zäh und hat ein fester Gewebe als eure Röcklein, ehrwürdige Herren!«

Blasius Alexander, der diesem Vorgange ohne Verwunderung, aber mißbilligend zuschaute, faltete jetzt die Hände und sprach feierlich: »Ich aber gedenke zu verharren im Amte bis ans Ende, usque ad martyrium, bis in den Martertod, zu welcher Ehre Gott mir helfe!«

»Kein schönrer Tod ist in der Welt,
Als wer vorm Feind hinscheidt . . . «

sang Jenatsch mit flammenden Augen.

»Ich werde ein Zuckerbäcker«, erklärte Fausch wichtig, »ein bißchen Weinhandel daneben ist selbstverständlich.« Damit setzte er sich an den Tisch, schnallte eine kleine Geldkatze ab, die er um den Leib trug, und begann die Goldstücke, eifrig rechnend, in Häuflein zu ordnen.

Jürg Jenatsch aber umschlang die eben eintretende Lucia und küßte sie mit überströmender Zärtlichkeit: »Sei getrost, mein Herz, und freue dich! Eben hat dein

Georg den schwarzen geistlichen Rock abgeworfen, der dich mit den Deinen verfeindet hat. Wir ziehn hier weg, es wird dir wohlergehn, und du erlebst an deinem Manne Ehre die Fülle.«

Lucia errötete vor Freude und blickte mit seliger Bewunderung in Jürgs übermütiges Angesicht, aus dem eine wilde Freude sprühte. Noch nie hatte sie ihn so glücklich gesehen. Offenbar wich eine dunkle Furcht von ihrem Herzen, an der sie von Tage zu Tage schwerer getragen und die ihr das Leben in der Heimat verleidet hatte.

»Hier, Jürg, mein Bruder«, sagte jetzt Fausch, der mit seiner Rechnung fertig war, »hier mein Eingebinde zu deinem Tauftage als Ritter Georg! Für Gaul und Harnisch. Das Kapital ist gut angelegt. Ich komme mit einem Hundert zurecht.« Und er schob ihm die Hälfte seines kleinen Erbes zu.

Jürg schüttelte die ihm entgegengestreckte kurze breite Hand derb, aber ohne sonderliche Rührung und strich das Gold ein.

Inzwischen hatte sich Waser zu Pater Pankraz gesetzt, um ihm auf den Zahn zu fühlen. Dem Zürcher erschien des Kapuziners keckes Betragen, seine Lustigkeit und Selbstbeherrschung etwas zweideutig und verdächtig. Aber sein Mißtrauen schwand, als er die ungeschminkt herzliche Besorgnis des Paters um das Schicksal seiner bündnerischen Landsleute wahrnahm, und er mußte bewundern, wie richtig Pankraz die gefährlichen Verhältnisse auffaßte, wie scharf er die Vorzeichen des herannahenden Sturmes beobachtet hatte.

»Ich fürchte, es sind große Herren«, sagte der Pater, »Spanier, vielleicht auch Bündner, die diesmal das Spiel in Händen halten und zu ihren habgierigen und herrschsüchtigen Zwecken den frommen, einfältigen Glauben des Veltlinervolks mißbrauchen. Wehe, sie schüren einen höllischen Brand, das Blut, das sie vergießen, wird ihnen bis an die Kehle steigen und sie ersäufen. – In Morbegno hieß es, die Mordbanden des Robustell seien schon auf dem Wege das Tal herunter. Gott gebe, daß solcher Greuel nur in den welschen Köpfen spukt! Eins aber ist gewiß – und das beherzigt, ihr Männer« – sprach er aufstehend und an die drei Bündner sich wendend: »des Bleibens der Protestanten im Veltlin ist nicht mehr.«

Jetzt erhob Jenatsch die Stimme. »Zweifelt nicht, Brüder, Pankrazi rät gut!« sagte er. »Kein Augenblick ist zu verlieren. Fort müssen wir. Wir sammeln in Eile unsere wenigen Glaubensgenossen, treiben unsere geistliche Herde, Mann, Weib und Kind, über das Gebirge nach Bünden und decken bewaffnet den Rückzug.«

Er öffnete eine Truhe und zog eilig Briefschaften daraus hervor, die einen zerreißend, die andern in den Taschen seines Wamses bergend.

Blasius Alexander schüttelte den Kopf, als er von Flucht reden hörte, und lud mißvergnügt seine Muskete, die er mitzubringen nicht versäumt hatte, mit Pulver aus dem großen, an seiner Hüfte hängenden Familienhorn. Dann stellte er die Waffe zwischen die Knie und fuhr fort, langsam aber unausgesetzt, Becher um Becher zu leeren, ohne daß der feurige Wein den kalt ruhigen Blick seines Auges im mindesten belebt oder sein farbloses Angesicht gerötet hätte.

Der junge Zürcher sah diesem Tun bedenklich zu und konnte endlich die Bemerkung nicht unterdrücken, ob der edle Trank, in solcher Überfülle genossen, dem Herrn Blasius nicht zu Kopfe steigen und die im nahenden Augenblicke der Gefahr so nötige Geistesklarheit trüben könnte.

Darauf warf ihm der Alte einen etwas verächtlichen Blick zu, antwortete aber gelassen und ungekränkt: »Ich vermag alles in dem Herrn, der mich stark macht.«

»Das ist ein christlich Wort!« rief der Kapuziner, ließ

die Gläser klingen und reichte dem greisen Prädikanten über den Tisch die Hand.

Unterdessen war der Mond aufgegangen und überrieselte draußen die Krone der Ulme und die schwere Blätterdecke der Feigenbäume mit hellem Lichte; aber nur eine spärliche Helle drang durch die kleinen Fenster in das breite, tiefe Gemach und schattete ihre massiven Gitterkreuze auf dem steinernen Fußboden ab.

Lucia stellte die italienische eiserne Öllampe auf den Tisch und entfachte, die Dochte in die Höhe ziehend, drei helle Flämmchen, die auf ihr über das Gerät gebeugtes liebliches Antlitz einen roten Widerschein warfen.

Der unschuldige Mund lächelte, denn die junge Veltlinerin war freudig bereit, mit ihrem Manne, auf dessen starken Schutz sie unbedingt baute, aus der Heimat wegzuziehen. Waser, dessen Blick von der warm beleuchteten Erscheinung gefesselt war, betrachtete mit Rührung diesen Ausdruck kindlichen Vertrauens.

Da stürzte plötzlich die Ampel klirrend auf den Boden und verglomm. Ein Schuß war durch das Fenster gefallen. Die Männer sprangen allesamt auf, und zugleich sank das junge Weib ohne Laut zusammen. Eine tödliche Kugel hatte die sanfte Lucia in die Brust getroffen.

Schaudernd sah Waser das schöne sterbende Haupt, auf welches das Mondlicht fiel und das Jenatsch, auf den Knien liegend, im Arme hielt. Jürg weinte laut. Während der Pater bemüht war, die Lampe wieder anzuzünden, hatte Blasius Alexander seine Büchse ergriffen und schritt ruhig in den mondhellen Garten hinaus.

Er mußte den Mörder nicht lange suchen.

Da kauerte zwischen den Stämmen der Bäume ein langer Mensch, dessen vorgebeugtes Gesicht dunkle darüberfallende Lockenhaare verbargen, den Rosenkranz in der Hand, stöhnend und betend. Neben ihm lag ein noch rauchendes, schwerfälliges Pistol.

Ohne weiteres legte Blasius sein Gewehr auf ihn an und streckte ihn mit einem Schusse durch die Schläfen nieder. Dann trat er neben den auf das Angesicht Hingesunkenen, drehte ihn um, betrachtete ihn und murmelte: »Dacht' ich mir's doch – ihr Bruder, der tolle Agostino!« – Eine Weile stand er horchend. Nun schlich er über die Gartenmauer spähend wieder dem Hause zu. Durch die Stille der Nacht drang ein ungewisser Lärm an sein Ohr. »Zwei Vögelchen haben gepfiffen«, sagte er vor sich hin, »bald fliegt uns der ganze Schwarm aufs Dach.«

Jetzt mit einem Male scholl aus dem Dorfe ein gellendes Geschrei, und jetzt dröhnte es über ihm – die Kirchenglocke schlug an und läutete in hastigen Schwüngen Sturm. Alexanders Blick fiel auf den wieder ins Dunkel hinausleuchtenden Schein der verräterischen Lampe, er schlug die dicken Laden des Erdgeschosses zu und schritt ins Haus zurück, in der Absicht, es mit den Freunden wie eine Festung bis auf den letzten Mann zu verteidigen; denn schon knallten Schüsse von der Gasse her, und Schläge fielen gegen die vordere Haustür. Fausch hatte sie eben verriegelt und stürzte die Bodentreppe hinauf, um durch die Dachluken auszuschauen. Der Prädikant aber lud seine Muskete wieder und stellte sich an das schmale vergitterte Küchenfenster, das nach der Gasse ging, wie hinter eine Schießscharte.

»Die Schurken!« rief er dem Zürcher zu, der eben hastig aus seiner Kammer trat, wo er sein Ränzchen geholt und seinen leichten Reisedegen umgeschnallt hatte, »wir wollen unser Leben teuer verkaufen!«

»Um Gottes willen, Herr Blasius«, warnte dieser, »gedenkt denn Ihr, ein Diener am Wort, auf die Leute zu schießen?«

»Wer nicht hören will, muß fühlen«, war des Bündners kaltblütige Antwort.

Jetzt aber faßte Pankrazi den tapfern Alten mit beiden Armen um den Leib und riß ihn von dem Mauerloche zurück: »Willst du uns alle verderben mit deiner wahnwitzigen Gegenwehr? – Macht, daß ihr von hinnen und in die Berge kommt!« –

»Misericordia!« dröhnte Fauschens Stimme durch die Treppenöffnung herunter. »Sie kommen in hellen Haufen, sie stürmen das Haus des Poretto! Wir sind verloren!«

»Macht, daß ihr fortkommt!« schrie der Pater, während immer heftigere Beilhiebe gegen die Türe schmetterten.

»Auch gut, Kapuziner«, sagte Blasius, der jetzt mit beiden Armen Reisigbündel und Stroh aus der Küche schleppte und mit geübten Handgriffen im Gange zwischen den beiden Haustüren aufschichtete. »Wir heben uns von hinnen über den Bondascagletscher ins Bergell. Fausch, alle Dachluken auf, damit es Luft gibt! Und dann hierher!«

Fausch krabbelte die Treppe herunter, beladen mit allerlei Mundvorrat, den er oben gefunden hatte, und Waser sah sich jetzt nach Jenatsch um.

»Hier scheiden sich die Wege, Pankrazi«, sagte der alte Prädikant und drückte dem Pater die Hand über den Reisigwall hinweg, während das Mittelstück des Haustors unter dem Geheul der Belagerer auseinanderkrachte. »Dein ist die Vordertür. Unsern Rückzug durch die hintere deckt die Flamme.« Und er entzündete den Holzstoß. »Abgezogen, ihr evangelischen Männer!« –

Während das Feuer in aufrechter Lohe durch die luftige Bodenöffnung emporschlug, trat Jenatsch, die Tote im Arme, aus dem Wohnraume in die flackernde Helle.

In seiner Rechten leuchtete das lange Schwert, auf dem linken Arme trug er, als spürte er die Last nicht, seine Tote, deren stilles, sanftes Haupt wie geknickt ihm an der Schulter ruhte. Er wollte sie nicht auf der Mordstätte zurücklassen. Waser konnte trotz der Gefahr der Stunde den Blick nicht verwenden von diesem Nacht-

bilde sprachlosen Grimms und unversöhnlicher Trauer. Er mußte an einen Engel des Gerichts denken, der eine unschuldige Seele durch die Flammen trägt. Aber es war kein Bote des Lichts, es war ein Engel des Schreckens.
Indes die Bündner durch den Garten nach dem Fuße des Gebirges enteilten, hatte der Pater in der Küche neben Feuer und Rauch standhaft den Augenblick erwartet, wo die Türe in Splitter flog. Jetzt sprang er, das Kruzifix in der vorgestreckten Rechten, zwischen die Pfosten und rief der blutlechzenden Menge entgegen:
»Heilige Mutter Gottes! Wollt ihr mit den Ketzern verbrennen? . . . Feuer vom Himmel hat sie verzehrt! Löschet! Rettet euer Dorf!« . . . Und hinter ihm prasselte die lebendige Glut.
Mit einem Wehgeheul, das nichts Menschliches mehr hatte, wichen die Entsetzten zurück, und es entstand eine unbeschreibliche Verwirrung. Blitzschnell verbreitete sich die Sage, Sankt Franziskus in eigener Person habe die Ketzer im protestantischen Pfarrhause vernichtet und sei in erhabener Gestalt den Gläubigen erschienen.
So gelang es dem Kapuziner, sein Eselchen, das er in einem benachbarten Stalle untergebracht hatte, unbemerkt zu besteigen. Brandröten und Mordgeschrei hinter sich lassend, ritt er auf Umwegen, die Kapuze tief ins Gesicht gezogen, seinem Kloster am Comersee zu.

SIEBENTES KAPITEL

Am Abend des fünften Tages nach diesen außerordentlichen Ereignissen näherte sich Heinrich Waser auf dem von Rapperswyl herkommenden ordinären Markt- und Postschiffe seiner Vaterstadt. Die schlanken Turmspitzen der beiden Münster zeichneten sich immer schärfer und größer auf dem klar geröteten Westhimmel, und bei diesem viellieben Anblick dankte der junge Amtschreiber aus Herzensgrunde der gütigen Vorsehung für das glückliche Ende seiner über Erwarten gefährlichen Ferienreise.

Bei der Abfahrt von Rapperswyl hatte er sich nur in Gesellschaft der Schiffer befunden; denn eine Schar von Pilgerinnen aus dem Breisgau, alte müde Weiber, verbargen ihre sonnenbraunen Gesichter scheu unter den roten Kopftüchern und hatten sich im Vorderteile des Schiffes eng zusammengeduckt. Sie beteten oder schliefen. Sie kamen vom heiligen Gnadenort Einsiedeln und waren noch über die lange Brücke zu den Kapuzinern von Rapperswyl gewandert, um von den als Geisterbanner und Exorzisten bewährten Vätern allerlei Mittelchen einzuhandeln gegen Krankheit von Menschen und Vieh und gegen teuflischen Spuk. Dort hatten die Wallfahrer von einem schrecklichen Strafgerichte gehört, das in einem Tale jenseits der Berge über die Ketzer hereingebrochen sei. Alle seien sie mit Feuer und Schwert vertilgt worden.

Wohl erfüllte die Weiblein mit freudigem Schrecken dies Unglück der Mißgläubigen, aber auch mit dem Wunsche, sobald als möglich den protestantischen Landen, die sie zu durchwandern hatten, den Rücken zu kehren und jenseits der Grenze in ihrer katholischen Heimat diese großen Dinge zu verkündigen.

So war das Gerücht von dem Protestantenmorde im Veltlin schon vor oder doch zugleich mit dem jungen Zürcher hieher gelangt. Auch Waser hatte auf dem Heimwege erfahren, was zu glauben er sich immer noch in innerster Seele gesträubt hatte, daß der Überfall in Berbenn, den er miterlebt, nur eine Einzelnheit, und nicht die grausamste, eines längst geplanten, unerhörten Blutbades gewesen sei. Sogar die nach und nach bei den Dörfern, wo man anlegte, einsteigenden Marktleute waren voll davon.

Es war eine Gesellschaft, die sich nicht erst von gestern her kannte. Die zwei Schiffleute, Vater und Sohn, vermittelten mit ihren Ruderknechten schon seit Jahren den Verkehr zwischen den beiden See-Enden. Der Junge, ein von der Sonne geschwärztes, kräftig aufgeschossenes Gewächs, war Wasers Altersgenosse. Sein Vater hatte ihn von Kindesbeinen an auf den See mitgenommen und ihn früh zum Vertragen der dem Schiffe für die Stadt anvertrauten Briefe und Pakete gebraucht. So war der Bursche mit dem jungen Jenatsch schon bekannt geworden, als der Pfarrer von Scharans seinen Jürg nach Zürich auf die Schule führte, hatte ihm später manche Botschaft gebracht, und wenn Waser zu Ferienanfang seinen Schulkameraden seeaufwärts begleitete, hätte dem lustigen Tage das Beste gefehlt, wenn der wort- und schlagfertige Kuri Lehmann nicht mitgefahren wäre.

Er auch war es gewesen, der mit seinem Vater die müde kleine Lukretia in das Schiff aufgenommen, ihr in Zürich den Weg nach dem Carolinum gezeigt und ihr Mut gemacht hatte, nur frisch und unverzagt dem Jürg ihren Kram auf die Schulbank zu stellen.

Auch die Dorfleute – ein alter Mann von Stäfa, der allwöchentlich seine Spanferkel in Zürich zu Markte brachte, der Honighändler, die Fischer und ein paar Hühner- und Eierweiber – waren Stammgäste des geräumigen Bootes.

Die dunkle Nachricht, welche das Postboot von Rapperswyl brachte, versetzte dessen Insassen in ungewohnte Aufregung. Ihre vor dem Schreckbild scheuende Einbildungskraft erging sich in den abenteuerlichsten Sprüngen. Nicht zufrieden mit den überlieferten Tatsachen, vermuteten sie eine allgemeine Verschwörung der Papisten gegen das Volk, das sich zur reinen Lehre bekenne. Schließlich waren sie nicht weit davon, den ihnen allen dem Rufe nach, einigen von Angesicht bekannten Herrn Pompejus, dem sie die Hauptschuld an dem Blutbade beimaßen, zum Feldhauptmann des Antichrists zu erheben und ihm ein Heer schlauer Jesuiten und feuriger Teufel zur Verfügung zu stellen.

»Der letzte Sieg der Bosheit und das Weltgericht steht vor der Tür«, sprach feierlich der alte Ferkelhändler, welcher etwas taub war und sich um so eifriger auf die seltsame Kunst des Lesens und die selbständige Erforschung der Schrift verlegt hatte, »alle Zeichen sind da – das große Tier ...«

»Ihr könntet irren«, unterbrach ihn der Amtschreiber, der bis jetzt in sich gekehrt geschwiegen hatte. »Wißt, daß seit der Apostel Zeiten bei allen schweren Kalamitäten, die über das Christenvolk hereinbrachen, das Ende der Welt von heute auf morgen erwartet wurde. Und doch steht, wie Ihr seht, noch Albis und Uto wie zu der Helvetier Zeiten und fließt die Limmat noch ihren alten Weg. Hütet also Euern Geist und Eure Zunge vor Irrlehre und eigenmächtiger Deutung.«

Der Alte senkte den Kopf, murmelte aber zwischen den Zähnen: »Daß es so lange nicht eingetroffen ist, beweist mir gerade, daß es jetzt eintrifft.«

Kuri Lehmann, der, hart neben Waser stehend, sein langes Ruder führte, streifte jetzt diesen mit einem scharfen Blicke aus seinen wasserhellen, von niedrigen, schwarzbuschigen Brauen beschatteten Augen. Diese durchdringenden, sonst kalt verständigen Augen brannten in frechem Feuer.

»Warum, Herr Amtschreiber, schicken die Gnädigen in Zürich nicht uns Seebuben gegen die Spaniolen und Jesuiten im Veltlin? Ist ihnen das Herz in die Hosen gefallen?« sagte er.

»Halt das Maul, um Gottes willen, Bub!« rief erschrocken der alte Lehmann, der am Steuer diese respektlose Rede gehört hatte, und fuhr mit der rechten Hand in die Höhe, als wollte er ihm das Wort im Munde zerschlagen. Aber er faßte sich und fügte mit

ungewohnter Süße hinzu: »Die Herren in Zürich werden in ihrer Weisheit das Rechte schon treffen.«
Kuri aber fuhr unbekümmert fort: »Ihr wißt mehr als wir, Herr Waser! Hab ich Euch nicht mit einem Reisebündelein vor vierzehn Tagen nach Rapperswyl geführt? Ihr wolltet ein wenig in die Berge hinein, sagtet Ihr. Beim Eid, Ihr seid beim Jenatsch gewesen! War denn der nicht zur Stelle? Der Jürg hat sich doch, beim Strahl, von denen Äsern von Pfaffen nicht abtun lassen! Ihr blickt so traurig drein! Es ist ihm doch nichts passiert? Oder hat es gefehlt, hat er dran glauben müssen?«
»Er lebt, Kuri«, versetzte Waser, wie einer, der seine Worte wägt und keines zuviel sagen will.
»Nun, dann zählt darauf, eh' ich diese Schuhe verbraucht habe« – Kuri schonte sie freilich, denn er hatte sie ausgezogen und neben sich auf den Schiffskasten gestellt, um erst in Zürich damit Staat zu machen – »eh' ich diese Schuhe verbraucht habe, hat der Jenatsch den Pompius Planta kaltgemacht. Sonst ist er nicht der Jenatsch mehr! Denkt daran! Leid tut es mir um das Jüngferchen, und wird dem Jürg auch leid tun.«
Dieses in den Tag hineingesprochene Wort machte auf Waser einen peinlichern Eindruck, als er sich nicht gestehen wollte, und hätte Kuris Vater von neuem erbost, wäre nicht sein Auge unweit vom Dorfe Küßnach auf einer grünen, von hohen Nußbäumen beschatteten Landungsstelle haften geblieben. Es ergoß sich dort zwischen steilen, mit Holunderbüschen und Wurzelwerk überwucherten Borden ein Bach in den See, ein stilles und durchsichtiges Wässerchen, dessen unterhöhlte, ausgewaschene Ufer aber verrieten, wie heftig es im Frühjahr toben konnte. Von der Anhöhe blickte ein Landhaus herab. Dort unter den Bäumen stampfte ein kleiner ungeduldiger Junge mit Degen und Federhütchen auf dem schattigen Rasen herum, während die würdige

Gestalt eines Präzeptors beschwichtigend daneben stand.

»Hoheho, hieher, Lehmann! Ich will in die Stadt!« schrie der Kleine, während sein Mentor ein Tuch aus der Tasche zog, um das Boot heranzuwinken.

Überflüssige Bemühung! Der alte Lehmann hatte schon mit dem Rufe: »Aha, der Junker Wertmüller vom Wampispach!« sein Schiff der Nußbaumgruppe zugelenkt und die Planke zum Einsteigen bereit gemacht. Nach wenigen Minuten saß der zapplige Kleine auf der Ehrenbank zwischen seinem Erzieher und Herrn Waser, deren Beinbekleidung er mit seinen unruhigen Füßen, die den Boden des Schiffes noch nicht erreichten, mutwillig und unaufhörlich in Gefahr brachte.

Herr Verbi divini Minister Denzler, so nannte sich der Erzieher, ließ sich mit Waser über den Junker hinweg in ein lispelndes Gespräch ein. Er beklagte höchlich die haarsträubenden Wirkungen des Fanatismus, und obgleich Waser das von ihm Erlebte so knapp als möglich erzählte und seine eigene Person dabei bescheiden in den Hintergrund stellte, konnte sich der Präzeptor nicht genug entsetzen über die unerhörte Gefahr Leibes und Lebens, welcher sich der Herr Amtschreiber durch seine Kühnheit ausgesetzt. Dann steuerte er seinen persönlichen Angelegenheiten zu, wobei er gut fand, der lateinischen Sprache sich zu bedienen.

»Niemalen, Herr Amtschreiber«, bemerkte er, »hätte ich diese schwierige Erziehung übernommen, denn der Kleine, obgleich ein ausgezeichnetes Ingenium, ist, unter uns gesagt, ein bösartiges Dämönlein, wenn mir nicht der Herrn Obersten Schmid Gnaden heilig versprochen hätten, daß ich bei Zufriedenheit mit meinen Leistungen später diesen seinen Stiefsohn auf einer Bildungsreise begleiten dürfte, wie sie noch selten gemacht worden ist. Die deutschen Lande, Italien, Frankreich sollen besucht werden, und wie Cäsar werden wir bis nach Britannia vordringen.«

»Ja, der Verbi divini muß mit!« rief hier plötzlich der kleine Kobold, der den Gegenstand der Unterhaltung erraten hatte. »Aber vorher muß er mich alle Sprachen lehren, daß ich in allen kommandieren kann!«

»Was willst du denn eigentlich werden, Rudolf?« fragte Herr Waser, um die Blöße, die der Magister sich gegeben, zu decken.

»Ein General!« rief das Bübchen und sprang von der Bank, denn eben war man durch das Wassertor des Grendels gefahren und legte jetzt vor der Schifflände an. –

Bald bewegte Herr Waser sich wieder in den gewohnten Geschäften und saß wie früher täglich auf der Ratskanzlei; aber die staatsrechtlichen Handlungen waren für ihn keine leeren Formeln mehr, keine bloße Übung seiner behenden Gedanken, er war davon durchdrungen, daß dabei Wohl und Wehe der Völker auf dem Spiele stehe, er hatte der Wirklichkeit ins drohende Antlitz geschaut.

Infolge seiner Reise nach Bünden und seiner Rettung aus dem in allen protestantischen Landen Entsetzen verbreitenden Veltlinermorde war das Ansehen des jungen Amtschreibers in seiner Vaterstadt außerordentlich gestiegen. Ja, es geschah eines Sonntags, als er hinter dem Herrn Amtsbürgermeister in seinem Kirchenstuhle saß, daß er aus dem Munde des Antistes der zürcherischen Kirche, während alle Augen sich teilnehmend auf ihn richteten, folgende seiner Bescheidenheit unwillkommenen Worte vernahm:

»Ihr seid durch die Posaune der die Welt durchfliegenden Fama davon unterrichtet«, tönte es von der Kanzel herab, »welch schreckliche Hekatombe der papistische Fanatismus in einem uns verbündeten Lande gehäuft hat – wie sechshundert unsrer protestantischen Brüder ausgerottet wurden durch die Schärfe des Schwertes – wie die blutgerötete Adda geschändete Leichen wälzte, während die verstümmelten Reste anderer auf offenem Felde liegen, dem krächzenden Gevögel ein scheußlicher Fraß. – Aber daß der Himmel sogar in allgemeiner Vernichtung seine auserwählten Rüstzeuge zu bewahren weiß, dafür gab er uns, Geliebteste, ein den innigsten Dank erweckendes Zeugnis in der lebendig hier anwesenden Person eines unsrer Herren Mitbürger, den er durch das menschliche Medium von dessen Fürsichtigkeit und Tapferkeit voraussichtlich zu höhern Zwekken mitten aus diesem Verderben gerettet hat.« ...

Eine andere Folge war, daß Wasers Vorgesetzte seit seiner Reise sich von ihm als einem tüchtigen und in Bündnerdingen bewanderten jungen Manne die ersprießlichsten Dienste versprachen. Man berücksichtigte sein Urteil, und vorzugsweise seiner gewandten Feder ward der öffentliche Verkehr mit den bündnerischen Behörden und der geheime Briefwechsel mit den zürcherischen Vertrauensmännern in diesem schicksalsvollen Lande zugewiesen. Und, wunderbar, die toten Buchstaben der jetzt Schlag auf Schlag aus Chur eintreffenden Berichte bewegten, was sonst nicht der Fall gewesen war, sein Herz noch mehr, als sie seinen Scharfsinn beschäftigten. Zwischen den Zeilen blickten die kraftvollen Köpfe des stolzen Planta, des feurigen Jenatsch, des kalt fanatischen Blasius Alexander hervor und verdeutlichten ihm die Natur dieses ungebändigten, parteisüchtigen, unter einer ruhigen Außenseite tief leidenschaftlichen und seine wilde Freiheit über alles liebenden Volksstammes.

Oft, wenn er ungestört an seinem Arbeitstische saß, ward er unversehens zurückgetragen in die Vergangenheit. Er stand wieder in Berbenn vor dem brennenden Hause und sah den Schulfreund aus den Flammen treten, sein noch im blassen Tode wunderschönes Weib über der Schulter, er sah ihn unausgesetzt, unermüdet, wortlos voranschreiten auf den gefährlichen Bergpfaden und über die zerrissenen Gletscher, bis der Schweigsame seine Last niederlegte auf dem Kirchhofe von Vicosoprano, um sie dort in Bündnererde zu bestatten. Immer mehr wurde Heinrich Waser von dem Eindrucke bewältigt, die Lohe, welche den häuslichen Herd des Bündners verzehrt, flamme fort als verborgener, unauslöschlicher Rachebrand in seiner Brust, von einem eisernen Entschlusse bis zur günstigen Stunde niedergehalten, und als Jürg tränenlos am Grabe seiner Lucia gestanden, habe er mit ihr alle Harmlosigkeit der Jugend, alle weichen Gefühle und vielleicht jedes menschliche Erbarmen versenkt. Hatte doch Wasers herzliche Teilnahme bei ihm keine Stätte, nicht ein einziges erwiderndes Wort gefunden. Jenatsch war dem Freunde gegenüber zu Stein geworden, und die letzte Rede, fast die einzige auf der Reise, die er beim Scheiden in Stalla an ihn gerichtet, hatte dem jungen Zürcher beunruhigend und verhängnisvoll nachgeklungen. »Du wirst von mir hören!« hatte er ihm zugerufen. Mit Jürg war Blasius Alexander fortgegangen als einziger Begleiter. Dieser auch hatte das Gebet über Lucias Grabe gesprochen und dabei schreckliche alttestamentliche Worte so zusammengestellt, daß Waser sie kaum mehr erkannte und sie ihm als der Ausdruck gotteslästerlicher Rachsucht erschienen. Überhaupt war Blasius nicht sein Mann. Noch nie war seine heitere, für die verschiedenen Seiten der Dinge empfängliche Natur auf einen schrofferen Gegensatz gestoßen, und ihm graute, seinen Freund in dessen jetziger Stimmung mit diesem kalten Fanatiker zusammen zu wissen.

Wie gesagt, eine Hiobspost folgte der anderen. Unmittelbar nach der Schlächterei besetzten die Spanier, von Fuentes her eindringend, mit Heeresmacht das ganze Veltlin. Die beiden Planta führten die Österreicher ins Münstertal, und zwei Versuche, die verlorenen Landschaften wieder zu gewinnen, blieben fruchtlos. Im Innern von Bünden wuchs täglich die Wut gegen die landesverräterischen Anstifter des Veltlinermordes, besonders gegen den verfemten Pompejus Planta, der in der allgemeinen Verwirrung sich seines festen Hauses Riedberg wieder bemächtigt hatte.

So war Waser, als eines Tages durch einen reitenden Boten die Nachricht von dem Überfalle des Schlosses und der Ermordung des Herrn Pompejus eintraf, mehr erschrocken als erstaunt. Das Schreiben kam vom Ritter Doktor Fortunatus Sprecher. Dieser gelehrte Jurist behauptete in der von politischer Leidenschaft beherrschten Zeit eine geachtete und verhältnismäßig unangefochtene Stellung. Von ihm war bekannt, daß er, dem die waghalsige Demokratenwirtschaft und die spanischen Intrigen gleichermaßen verhaßt waren, in stillen Stunden beflissen sei, die in ihm aufsteigende Bitterkeit bestmöglich zu versüßen durch tägliche genaue Aufzeichnung aller Fehlgriffe und Greuel, welche sich die ihm widerwärtigen extremen Parteien zuschulden kommen ließen. Dies tat er aber mit dem Vorsatze, die unter dem Eindrucke des Tages entstandenen Aufzeichnungen im Laufe der Jahre gemächlich zu einer ausführlichen und, wie er sich schmeichelte, völlig vorurteilslosen Geschichte seines Vaterlandes zu verarbeiten. Mit diesem wohlunterrichteten Manne unterhielt die Regierung von Zürich Beziehungen, um, wie sich Jenatsch ausgedrückt hatte, auf dem laufenden zu bleiben. Der Ritter beobachtete die Vorsicht, seine Briefe nicht an die Staatskanzlei, sondern an Heinrich Waser, den Privatmann, zu richten.

Das Schreiben, welches dieser in schweren Gedanken immer und immer wieder las und unbewußt mit häufigen Tränen benetzte, trug das Datum: Chur, den 27. Februar 1621. Es erzählte das verhängnisvolle Ereignis in einer Sprache, welche die zornige Erregung des Berichterstatters verriet.

In der Nacht vom vierundzwanzigsten auf den fünfundzwanzigsten hätten sich die Führer der Volkspartei von Grüsch im Prätigau, dem Sitze ihrer Verschwörung, aufgemacht, zwanzig Mann stark, alle gut bewaffnet und beritten, voran der wahnwitzige Blasius Alexander und der teuflische Jenatsch. In rasendem Ritte durch das schlafende Land und die finstere föhnwarme Nacht brausend, seien sie im Morgengrauen wie Gespenster vor Riedberg aufgetaucht, haben das Tor mit Axthieben gesprengt, seien ohne ernstlichen Widerstand der schlummertrunkenen, entsetzten Dienerschaft in die Schlafkammer des Herrn Pompejus eingedrungen, diese aber sei leer gewesen. Im Begriffe, fluchend und lästernd wieder abzuziehen, habe sie Jenatsch in einem engen Vorzimmer auf ein altes blindes Hündlein aufmerksam gemacht, das winselnd in den Rauchfang des Kamins hinaufschnoberte. Aus diesem sei dann Herr Pompejus mit frevler Faust an seinem langen Schlafkleid heruntergerissen und mit wütenden Beilhieben zu Tode gebracht worden. Unbegreiflicherweise seien die Mörder unangefochten in frechem Triumphe durch das rings von den Sturmglocken aufgestörte Land nach Grüsch zurückgekehrt, am hellen Tage durch die Straßen von Chur im Schritte reitend, wo er, Sprecher, durch das Pferdegetrappel ans Fenster gerufen, selbst die Entsetzlichen erblickt und von dem blutigen Jenatsch hohnlächelnd begrüßt worden sei. Gegen Mittag habe der Briefsteller im Auftrage der Gerechtigkeit und mit hinlänglicher Bedeckung nach Riedberg sich begeben, wo Herr Pompejus noch in der Lache seines Blutes gelegen, jämmerlich zerhauen, aber stolz und verachtungsvoll noch in der Todesruhe. Das Mordbeil habe der alte Kastellan Lukas den Gerichtsleuten vorenthalten und es in ein unzugängliches Versteck gebracht, um es, wie er gesagt habe, der göttlichen Gerechtigkeit scharf zu behalten, worunter der Alte wohl die Blutrache der Planta verstanden. Über der Todesstätte seines Herrn aber habe er die Mauer mit einem großen Kreuze bezeichnet.

Sprechers Brief endigte mit der schwarzsichtigen, dem Tacitus entliehenen Bemerkung: in dieser Zeit, wo den

Guten jede Macht genommen sei, bleibe die Bestrafung der Bösen das einzige Zeichen einer waltenden Vorsehung, und mit dem trostlosen Ausrufe: »Wehe, Rhätia, wehe dir!«

Dieser Weheruf war nicht unberechtigt, das lehrte die nächste Zukunft. Nach einigen flüchtigen Sonnenblikken, die eine bessere Wendung der Dinge für Bünden zu versprechen schienen, erfüllten sich seine Geschicke. Bevor seit der Ermordung des Herrn Pompejus ein Jahr um war, überschwemmten österreichische und spanische Heerhaufen die rhätischen Lande. Das Volk erhob sich zum Verzweiflungskampfe, selbst Frauen und Mädchen schwangen rohe, todbringende Waffen.

Eines Tages, da die Bedrängten in der Kirche zu Saß den helfenden Gott anriefen, verirrte sich ein weißes Lamm von der Weide in die offene Sakristei und erschien neben dem Taufbecken vor den Augen der bewaffneten Landleute. Das bedrohte Volk erblickte darin einen göttlichen Zeugen von der Unschuld und Gerechtigkeit seiner Sache.

Georg Jenatsch war der Vorkämpfer des Aufstandes. Er troff von Blut, und seine übermenschliche Tapferkeit wurde zur Legende. So erschlug er Hunderte von Österreichern, meldet die Sage, bei Klosters in offener Feldschlacht, er allein mit drei Genossen.

Die heldenmütigen Bündner wurden von der Übermacht erdrückt. Waser sah eines nach dem andern ihrer flüchtigen Häupter in Zürich anlangen. Es kam ein Salis, ein Ruinell, ein Violand – Jürg Jenatsch kam nicht. Wohl mochte es ihm schwer werden, das Bollwerk seiner Berge zu verlassen.

Furcht vor dem übermächtigen Österreich lähmte diesmal die Gastfreundschaft der Stadt Zürich, die sie sonst keinem Vertriebenen versagt. Beim Pokale auf den Zünften hatte die junge Bürgerschaft den bündnerischen Tellen, so nannte man die Mörder des Herrn Pompejus Planta, stürmisch zugejauchzt, jetzt aber streckten sich den Flüchtigen nur wenige Hände entgegen. Man ersuchte sie, sich stille in den Häusern zu halten, damit in Wien ihre Anwesenheit geleugnet werden könne. Die Geister waren von dunklen Ahnungen erschreckt, dreißig kommende Kriegsjahre warfen ihren Schatten vor sich her.

An einem Winterabend verließ Waser ernster als gewöhnlich und in tief bewegter Stimmung das Haus seiner jungen Braut, die er nächstens heimführen sollte und in deren angesehener Familie er das Nachtessen einzunehmen pflegte. Hier ließ er sonst die Staatssorgen vor der Tür und freute sich in Züchten des Lebens; heute aber quoll ihm der Bissen im Munde. Sein Schwager, ein junger Geistlicher, hatte aus der eben versammelten Synode eine ergreifende Nachricht nach Hause gebracht. Von seiner Hochwürden dem Antistes war ein Schreiben verlesen worden mit der Nachricht von dem standhaften Ende des Märtyrers Blasius Alexander. Da wurde ausführlich von einem seiner Kerkergenossen erzählt, wie man ihn auf der Flucht ergriffen und nach Innsbruck gebracht habe; wie er sich in der Gefangenschaft unerschütterlich geweigert, den reformierten Glauben abzuschwören, und wie er schließlich zum Verluste der rechten Hand und des Hauptes verurteilt wurde. Da seine Rechte abgeschnitten auf dem Blocke lag, habe er bereitwillig auch die Linke ausgestreckt, als könne er sich des Martertums nicht ersättigen.
Um sein Gemüt zu beruhigen, machte Waser gegen seine Gewohnheit einen raschen Gang um die beschneiten Stadtmauern. Als er in seine dunkle Stube zurückkehrte und Feuer schlug, um seine Lampe anzuzünden, gewahrte er in der Fensternische eine hohe Gestalt, die ihm nun festen Schrittes entgegentrat und ihm die Hand auf die Schulter legte. Es war Jürg Jenatsch.
»Erschrick mir nicht, Heinrich«, sagte er sanft, »ich

komme nur für eine Nacht und verlasse Eure Mauern, sobald in der Frühe ein Tor aufgeht. Hast du Platz für mich in deinem Kämmerlein, wie ehedem? . . . Du schwankst, ob du mir die Hand drücken willst . . . sie hat gerecht gerichtet . . . Doch jetzt ist in Bünden nichts mehr zu tun. Da ist alles verloren – wer weiß für wie lange. Ich gehe zum Mansfeld. Dort auf dem großen deutschen Kampfplatze entscheidet sich mit Sieg oder Niederlage der protestantischen Waffen auch das Los meiner Heimat.« –

ZWEITES BUCH

Lukretia

ERSTES KAPITEL

Ein durchsichtig blauer Winterhimmel umfing die Lagunenstadt und schaute sich mit gleicher Kraft und Helle tief aus dem Spiegel eines ihrer vielen schmalen Wasserbänder wieder entgegen. Hier zeigten die stillen Wasser auch das scharfe, dunkle Ebenbild einer schlank gewölbten Marmorbrücke, die das engste und bewohnteste Quartier Venedigs mit dem Campo dei Frari verbindet. Dieser kleine Platz bildet den spärlichen Vorraum zu dem fremdartig erhabenen Meisterbau Niccolò Pisanos, dem rotschimmernden Dome der Maria gloriosa de' Frari.

In der engen Pforte eines an die Lagune gebauten Hauses jenseits der Brücke stand ein Mann von mittleren Jahren mit einem ernsten, bärtigen Kopfe und von gedrungener, kurzer Gestalt. Sein Blick folgte ruhig den lautlos geführten, von Zeit zu Zeit unter dem Brückenbogen durchgleitenden Gondeln oder betrachtete die Bettler, welche auf den Stufen des Domes lagerten und eben ihr Frühstück verzehrten. Ihm zu Häupten war an der Mauer, dem Halbrunde der Türwölbung folgend, in kolossalen schwarzen Lettern und italienischer Sprache zu lesen: Lorenz Fausch, Pastetenbäcker aus Bünden.

Aus den herrschaftlichen Gondeln, die an der Landungstreppe des Campo anlegten, war schon manche zarte Dame gestiegen; manche zierliche Gestalt, umhüllt von den weichen Falten dunkler Seide und das Antlitz durch die sammetne Halbmaske vor der Kälte geschützt, war die Stufen hinauf über den Platz in die Kirche geglitten, ohne daß die Züge des Bündners sich im mindesten verändert hätten. Jetzt aber ging etwas Seltsames auf dem ernsthaft gleichmütigen Gesichte vor. Unter der Brücke war der wetterbraune, weißbärtige Kopf eines Ruderers zum Vorschein gekommen, der, aus seinen ungelenken Bewegungen zu schließen, mit der Lagune nicht vertraut war. Während sein Gefährte, der auf dem Hinterteile des Fahrzeuges stand, ein jugendlich behender, ein echter Gondoliere, dieses mit schlanker Ruderbewegung an die Mauer drückte, öffnete der Alte langsam die niedrige Gondeltüre und schickte sich an, einer nur leicht verschleierten, offen und groß blickenden Frau beim Aussteigen behilflich zu sein. Sie aber hatte seine Hand nicht angenommen. Unversehens stand sie auf der Treppe und schritt, ohne sich umzublicken, der Pforte des Domes zu.

Ehe der in der Gondel beschäftigte Alte seiner Herrin folgen konnte, trat Herr Fausch, dessen Miene sich plötzlich erhellt hatte, an den Rand der Lagune vor und rief ihm mit gedämpfter Baßstimme den romanischen Gruß: »Bun di« zu; aber jener wandte sich nicht nach dem seine Bekanntschaft Suchenden um, er streifte ihn nur mit einem Blitze unter seinen buschigen Brauen hervor, halb mißtrauisch, halb verständnisvoll, dann zog er langsam einen Rosenkranz aus der Tasche und schritt, Herrn Fausch den Rücken zukehrend, nach der Kirche.

Noch folgte ihm dieser mit nachdenklichen Blicken, als, aus dem Seitengäßchen rasch herauslenkend, ein kleiner hagerer Kavalier an ihm vorüberschoß und mit einem stählernen Sprung auf der Brücke stand. Hier bemerkte er zu seiner Rechten den Bäcker und dessen behaglichen Gruß, wandte ihm einen Augenblick sein junges, nichts weniger als hübsches, aber höchst originelles Gesicht zu und sagte: »Augenblicklich noch im Dienst! Holt mir ein Fläschchen Zyprier, Vater Fausch – wohlverstanden, von der Sorte, der Ihr persönlich huldigt. In zwei Minuten bin ich hier.«

Fausch trat aus dem fröhlichen Sonnenlichte in sein etwas düsteres, zu dieser Morgenstunde noch leer stehendes Schenkzimmer zurück, das jedoch mit seinen zahlreichen Sitzen und reinlichen weißen Marmortischen offenbar auf den Besuch von Gästen nicht geringen Standes eingerichtet war. Während er sich in den geheimen, wohlverschlossenen Raum begab, der ihm in der Meerstadt als Keller diente, um ein strohumflochtenes Fläschchen von seinem dunkeln Ehrenplatze herunterzuholen, dem Befehle des jungen Kavaliers gemäß, doch alles mit würdiger Bedächtigkeit, hatte dieser seinen Gang gemacht und kam schon wieder über die Brücke zurück.

Er hatte, die Kirche betretend, sogleich die hohe Gestalt wieder entdeckt, die sein Blick aus der Tiefe des Gäßchens im Fluge erfaßt hatte und die ihm durch ihre dunkle kräftige Schönheit anziehend erschienen war. Andächtig kniete sie, das Antlitz zum Gekreuzigten erhoben, mit gefalteten Händen auf den Stufen des Hochaltars. Nicht Zweifel, nicht Trostbedürfnis, nicht Sehnsucht schien sie hergeführt zu haben. Keine innere Aufregung, keine unstete Leidenschaft bewegte die hochgewachsene Gestalt. Feste Ruhe lag in den schönen, noch jugendweichen Zügen. Aber nicht klösterlich kalt war ihr Ausdruck, sondern von kräftigem Leben durchglüht. Sie flehte nicht, rang nicht um Erhörung. Sie brachte, so schien es, ein tägliches Opfer, ein gewohntes Gelübde dar, das ihre Seele erfüllte und dem ihr Leben geweiht war.

In steigender Neugier war der junge Kavalier immer näher herangetreten, da hatte sie sich erhoben und war seinem unbescheidenen Auge unverschleiert mit einem stolzen, fremden Blicke begegnet. Dann hatte sie die Kirche verlassen. Zwiefach enttäuscht – denn in der Ferne war ihm die Dame jünger erschienen und auf ihre

einfache Hoheit war er nach seinen venetianischen Erfahrungen und Gewohnheiten nicht gefaßt –, hatte er noch einen Blick auf die verschiedenen Kirchenbilder geworfen und ein Wort mit dem Küster gesprochen.
Als Fausch, das Fläschchen auf einen silbernen Teller mit einiger Feierlichkeit vor sich her tragend, in der Hinterpforte seines Schenkraumes erschien, hatte sich der Gast schon in nachlässigster Haltung auf einer Ottomane nächst der Türe niedergelassen. Er zog jetzt seine Füße von dem Marmortischchen, auf das er sie gelegt hatte, der Bäcker aber holte ein fein geschliffenes kleines Kelchglas herbei, stellte es neben die Flasche und begann nach seiner Gewohnheit selbst das Gespräch.
»Und wer war denn, mit Eurer Gnaden Erlaubnis, das Herz und Augen erfrischende Frauenbild, dem der Herr Lokotenent nachschoß wie eine Kugel aus dem Rohre?«
»Wie, Vater Lorenz, das solltet Ihr nicht wissen«, meinte der Angeredete, »Ihr, die lebendige Tageschronik und Fremdenliste von Venedig?« –
»Sie kommt mir sonderbar bekannt vor und wer sie ist, werd ich herausbringen. Sicher keine dieser trägen Venetianerinnen, dafür erfreut sie sich zu leichter Füße. Wißt nur, Herr Wertmüller, als ich sie vorhin so schön und frei über das Campo schreiten sah, da überkam mich eine Rührung. Mir war, als schritte sie nicht neben dieser faulenden Lagune, sondern auf den Bergpfaden meiner Heimat neben senkrechten Präzipizien und schäumenden Bächen. Noch eins! Ihr Diener, der alte weißbärtige Spitzbube mit den Jägeraugen und dem Rosenkranze, ist ein Bündner so gewiß als ich.«
»Also aus Euern Bergen«, versetzte Wertmüller, »und von Euerm Schlage.«
»Was Wunder übrigens«, meinte Fausch, »wenn ein Salis oder ein anderes Haupt unserer französischen Partei in diesem Augenblicke in der gastfreundlichen Venezia zu tun hätte; zweifelt ja von uns keiner mehr

daran, daß Euer Herr, der vieledle Heinrich Rohan, von Richelieu Vollmacht erhalten hat, eine Heerfahrt nach Bünden zu rüsten. Nun kommt endlich die Stunde, da mein Land der österreichisch-spanischen Gewalt entwunden wird.«

»Gut«, sagte der andere, ihn spöttisch ansehend, »der gallische Hahn also, Vater Fausch, soll sich für euch mit dem österreichischen Adler zausen, daß die Federn fliegen! Ihr traut ihm viel Großmut zu, denn ihr sitzt fest in den spanischen Krallen. In meiner Stellung als Adjutant des Herzogs bin ich freilich weniger in diese geheimen politischen Pläne eingeweiht als Ihr, das von dem venezianischen Müßiggange inspirierte Lagunen- und Lügenorakel. Übrigens«, fuhr er, seine Schärfe mäßigend, fort und blickte dem Bäcker in die Augen, der, in seinem Innersten beleidigt, sich mit gerötetem Angesicht vor ihn hingestellt hatte und nach dem kräftigsten Ausdruck zur Abwehr solcher Mißachtung rang, »übrigens ist heute nicht Politik, sondern Kunst bei uns im herzoglichen Palazzo an der Tagesordnung. Eben war beim Frühstück von Tizian die Rede. Eine mit unserer Herzogin befreundete Nobildonna behauptete, unsere kunstsinnige Dame habe bis heute eines der edelsten Werke des Meisters übersehen, das sich hier bei den Frari befinde. Es erwies sich, daß es bei der Herzogin letztem Aufenthalte in Venedig aus irgendeinem Grunde sich in der Werkstätte eines Malers befand. Ich ward von ihr abgesandt, um den jetzigen Tatbestand festzustellen. Es hängt wieder drüben, und ich fliege, es den Herrschaften zu melden. Sie werden ihre Wallfahrt zu dem Tizian gleich antreten wollen.«

»Herr, so dürft Ihr mir nicht fort«, sagte Fausch und vertrat ihm mit seiner breiten Figur den Ausweg. »Ihr verkennt mich grausam in dem, was mir hoch und heilig ist. – Was hielte meinen Geist in diesem schmerzvollen Exil lebhaft und aufrecht, wenn nicht die Tag und Nacht genährte Hoffnung, mein jahrzehntelang zerfleischtes, verheertes, gefesseltes Bünden wieder befreit zu sehen! – Und ich soll mich nicht um Neuigkeiten kümmern? Soll nicht die Fühlhörner nach allen Seiten ausstrecken? Nicht jede günstige Nachricht mit durstigen Poren einsaugen? – Pocht denn Euch nichts hier fürs Vaterland, Herr Wertmüller? . . .« Er drückte tief atmend die fette Hand auf die Brust. »Glaubt nicht, daß mir die für Bünden unrühmliche Hilfe der Franzosen willkommen sei; ich heiße das den Teufel durch Beelzebub vertreiben, aber sie ist, Gott sei's geklagt, der letzte Ausweg aus der härtesten Sklaverei! Auch lebt jetzt in Bünden ein matteres Geschlecht. In jener großen Zeit freilich, wo ich, der Würgengel Jenatsch und der Märtyrer Blasius Alexander die Taten eines Leonidas und Epaminondas vollbrachten, hätten wir alle uns lieber, die Brust mit Wunden bedeckt, in ein breites Grab reihen lassen als in das welsche Heer und unsere Seelen eher dem leibhaftigen Teufel übergeben als dem französischen Kardinal!«

Der junge Wertmüller, den die Szene insgeheim köstlich belustigte, war im Begriffe, den begeisterten Bäcker auf die Seite schiebend, die Tür zu gewinnen, konnte sich aber die Schlußbemerkung nicht versagen: »Soweit ich die Weltgeschichte kenne, Vater Lorenz, seid Ihr darin nicht berücksichtigt.«

Jetzt ergriff ihn Fausch heftig, aber freundschaftlich bei der Hand: »Wie wird heutzutage Historia geschrieben, Herr Lokotenent? Saftlos und ohne Gewissenhaftigkeit! Die Tradition jedoch der volkstümlich großen Taten erlischt nicht, auch wenn ein pedantischer Geschichtschreiber sie heimtückisch unter den Scheffel stellen sollte. Sie geht über Berg und Tal von Mund zu Munde, und aus dem meinigen sollt Ihr ein Euch unbekanntes, wichtiges Blatt unserer Bündnergeschichten kennenlernen.

Anno zwanzig, als die edle Demokratie in unserem Lande herrschte, vollzog sie einen großartigen, einen wahrhaft weltgeschichtlichen Akt. Frankreich zweideutelte damals zwischen Licht und Nacht, zwischen protestantischer und katholischer Politik. Dem beschloß das zu Davos versammelte Strafgericht in seiner Weisheit herzhaft ein Ende zu machen. An den Gesandten Frankreichs – der Gueffier war's, er hielt damals Hof in Maienfeld – schickte es eines seiner Mitglieder, einen schlichten Bürger, einen einfachen Prädikanten, der dem Franzosen Befehl überbrachte, augenblicklich einzupacken . . . und dieser tapfere Republikaner, Euer Gnaden, war niemand anders als Lorenz Fausch, der hier vor Euch steht. Jetzt aber hättet Ihr sehen sollen, wie der Franzose seinen Hut vom Kopfe riß und ihn wie toll mit den Füßen zerstampfte. ›Einen Salis oder Planta mindestens hätte man an mich abordnen sollen‹, schrie er wütend, ›nicht einen solchen . . .‹« hier hielt Fausch inne und besann sich –

»Weinschlauch! – dies ist des denkwürdigen Dialogs beglaubigter Wortlaut«, erscholl es mit heller, mächtiger Stimme von dem offenen Eingange her, der in diesem Augenblicke durch eine große Gestalt, welche auf die Schwelle trat, verdunkelt ward, und vor dem erstaunt sich umwendenden Bäcker stand ein Kriegsmann von gewaltiger Statur und herrischem Blick.

»Sagte er wirklich so, Jürg?« faßte sich der betroffene Herr Lorenz; aber statt ihm zu antworten neigte sich der stattliche Fremde mit leichtem Anstande gegen den jungen Offizier, der den Gruß militärisch erwidernd durch die freigewordene Tür hinaus in den Sonnenschein eilte.

ZWEITES KAPITEL

Der Kriegsmann schritt klirrend dem Hintergrunde des schmalen, tiefen Gemaches zu, schnallte den Degen ab, legte ihn mit dem Federhute und den Handschuhen auf einen leeren Sitz und warf sich mit einer unmutigen, harten Bewegung auf einen andern.

Fausch hatte gerade diesen Gast heute am wenigsten erwartet, auch entging ihm der mit den übermütigen Worten auf der Schwelle im Widerspruch stehende Ausdruck des Kummers und der Abspannung auf dem kühnen Gesichte nicht. Nachdem er noch einen besorgten Blick auf dieses geworfen, schloß er behutsam die Türe seines Schankes.

Das schmale Gemach lag jetzt im Halbdunkel, nur durch ein hochgelegenes Rundfenster über der Tür drang ein rötlicher, von goldenen Stäubchen durchspielter Sonnenstrahl in seine Tiefe und blitzte in den aufgereihten, fein geschliffenen Kelchen und funkelte in dem Purpurweine, welchen Meister Lorenz dem in sich Vertieften unaufgefordert vorgesetzt hatte. Eine gute Weile noch schwieg dieser, das Haupt auf den Arm gestützt, während Fausch die Hände auf die glänzende Marmorplatte stemmte und, einer Anrede gewärtig, nachdenklich vor ihm stand.

Endlich entrang sich der Brust des Gastes ein schwerer Seufzer: »Ich bin ein Mann des Unglücks!« sprach er vor sich hin. Dann richtete er sich mit einem trotzigen Rucke auf, als ob ihn sein eigenes mutloses Wort aus einem bösen Traume geweckt und seinen Stolz beschämt hätte, heftete seine finstern Augen fest, aber voll inniger Freundlichkeit auf Meister Lorenz und begann: »Du wunderst dich, Fausch, mich hier in Venedig zu sehen! Du glaubtest, ich hätte noch eine lange Arbeit in Dalmatien, aber ich bin zuletzt rascher damit fertig geworden und unblutiger, als ich selber es dachte. Die dalmatischen Räuber sind zu Paaren getrieben, und die Republik von San Marco kann mit mir zufrieden sein. Es war kein leichtes Spiel. Bei Gott, ich kenne den Gebirgskrieg von der Heimat her, aber hätt' ich nicht Verräter unter ihnen gefunden und sie entzweit durch mancherlei List und Vorspiegelung, ich säße noch vor ihren Bergmauern drüben in Zara. Auch eine hübsche Beute habe ich gemacht, und dein Teil daran, Lorenz, ist dir wie immer gewiß. Ich bin nicht Jenatsch, wenn ich je vergesse, daß du mich aus deinem schmalen Erbe in den ersten Harnisch gesteckt und auf einen Kriegsgaul gesetzt hast.«

»Ein dankbares Gemüt ist ein ebenso schönes als seltenes Juwel«, sagte Fausch erfreut, »aber wo drückt Euch denn der Schuh, Hauptmann Jenatsch, wenn Ihr Ruhm und Beute vollauf zurückbringt?«

»Ich bin noch mit dem letzten Schritte in eine Falle meines tückischen Schicksals getreten«, versetzte der Hauptmann, die Brauen schmerzlich zusammenziehend. »Gestern mittag landete meine Brigantine an der Riva, ich meldete mich pflichtschuldig bei dem Provveditore, der mich, da ich seine besondere Gunst nicht besitze, ohne weiteres zu meinem Regiment nach Padua beorderte. Dort langte ich bei einbrechender Nacht an und fand meinen Obersten in einer Locanda eine halbe Meile vor dem Tore, aufgeregt von Becher und Würfel und in bestialischer Laune. Er stand gerade mit rotglühendem Gesicht am Fenster, um Luft zu schöpfen, als ich vorritt. ›Prächtig‹, schrie er mich an, ›da weht uns der Teufel noch sein Schoßkind den Jenatsch her! Herauf, Hauptmann, mit Eurem vollen Beutel aus Dalmatien!‹ – Ich stieg ab und erstattete Bericht, dann setzt' ich mich zur Gesellschaft, und wir spielten bis zum Morgenlicht. Dabei verlor der Oberst an mich etwas wie hundert Zechinen, doch verbiß er seinen Grimm, und ohne Streit erreichten wir die Stadt. Aber er ließ den Mißmut an seinem feurigen Rappen aus, und das schaumbedeckte Tier traf am Gemüsemarkt mit den fliegenden Hufen ein Bübchen, welches dem Schulmeister und der zur Frühmesse ziehenden Schule nachtrottelte. Wir saßen beim Petrocchi ab und nahmen ein Frühstück. Natürlich war bald auch der Schulmeister da mit einer feierlichen Jammermiene und forderte für das

Schülerlein ein dem Edelmut und dem hohen Stande des Herrn angemessenes Schmerzensgeld. Ruinell aber fuhr den armen Wicht so wütend an, daß mich ein Mitleid überkam und ich mich dazwischenlegte. So empfing denn ich die volle Ladung, und der Oberst, der seiner Sinne nicht mehr mächtig war, vergaß sich soweit, daß er mich am Wams packte und einen schurkischen Demokraten schalt, der mit dem paduanischen Lügenpöbel unter einer Decke stecke ...«

»Das bist du auch, herrlicher Jürg«, rief der Bäcker dazwischen, sobald das Wort Demokrat sein Ohr erreichte, denn dieser Zauberformel hatte er nie widerstehen können. »Das bist du auch! Dein treues Gemüt hat es mit dem gedrückten Volke stets redlich gemeint!«

... »Je gelassener ich mich verteidigte, desto unbändiger wurde der Rasende. ›Der Degen soll entscheiden, Hauptmann‹, tobte er, ›kommt mit mir vors nächste Tor.‹ Ich beschwor ihn, wenigstens bis morgen davon abzustehen und mich nicht zu nötigen, gegen meinen Obern zu ziehen. Aber er bedeckte mich mit Schmähungen und nannte es eine Feigheit, wenn ich es nicht auf die Waffen ankommen lasse. Da endlich, um dem ehrrührigen Ärgernis ein Ende zu machen, folgte ich ihm, ungern genug, auf den Wall hinter St. Justine. Wir waren stattlich geleitet, auch vom Stadthauptmann und seinen Sbirren, tapfern Leuten, wie du dir's denken kannst, Lorenz! die sich mit vollkommener Rücksicht hüteten, in fremde Händel einzugreifen. Draußen aber warf der Unselige sich meiner Klinge in so blindem Zorne entgegen, daß er sich nach wenigen Gängen – – aufrannte.«

»Brrr«, fuhr Fausch zusammen, obwohl er diesen Schluß der Erzählung ahnungsvoll vorausgesehen hatte. Dann setzte er sich hinter sein Rechenbuch, das auf einem kleinen Pulte zwischen dem Tintenfasse und einem umfangreichen, bis auf eine kleine Neige geleerten Kelchglase lag, und schlug bedächtig blätternd eine Seite desselben auf, die den Namen: »Oberst Jakob Ruinell« als Überschrift trug. Sie war von oben bis unten mit langen Zahlenreihen bedeckt. Er tunkte die Feder ein und zog zwei dicke Striche kreuzweis über das ganze Blatt. Dann setzte er ein Kreuzchen auch neben den Namen und schrieb dazu: obiit diem supremum, ultimus suae gentis und das Datum. »Requiescat in pace. Seine Schuld sei ihm erlassen«, sagte er. »Man versenkt den Letzten seines Geschlechts mit Wappen und Helm. Ich begrabe mit dem Ruinell seine Rechnung. Bezahlen würde sie mir doch niemand.«

»Nun schleppe ich auch das noch hinter mir her!« seufzte der andere.

»Werdet Ihr Euch flüchten?« fragte Fausch.

»Nein, ich gehe nicht aus Venedig, ich lasse mich nicht vom Herzog Rohan hinwegreißen«, versetzte Jenatsch leidenschaftlich, »jetzt, da der Kampf zur Befreiung meines Vaterlandes wieder entbrennen soll.«

»Merkt wohl, Jenatsch«, sagte Fausch, den Zeigefinger an die Nase legend, mit listigem Blicke, »der Provveditore hat Euch nicht umsonst hinüber nach Dalmatien geschickt. Sein Zweck ist, Euch von Rohan fernzuhalten. Ahnt er doch, daß Euer gerades, natürliches Wesen im Fluge das Vertrauen des edlen Herzogs gewänne und daß Ihr in Bünden seine rechte Hand werden müßtet. Wegen Eurer schon im Jünglingsalter verrichteten demokratischen Großtaten seid Ihr dem weichlichen Venezianer verhaßt und erscheint ihm gefährlich.«

»Himmel und Hölle scheiden mich nicht von den Geschicken meiner Heimat«, brauste Jenatsch auf, »und diese liegen jetzt in den Händen des Herzogs! Übrigens«, fuhr er bitter lächelnd fort, »hat sich Grimani verrechnet. Ich bin schon seit Monaten mit dem gelehrten Herzog in einem militärischen Briefwechsel; denn ich habe Ernst gemacht aus dem Handwerke, Lorenz, das mir einst die Not der Zeit aufgedrungen, und von Bünden zeichnet niemand eine bessere Karte als ich.«

»Gut«, sagte Fausch, »aber wie denkt Ihr Euch das Nächste? Ihr habt nach venezianischem Kriegsgesetze das Leben verwirkt, denn es verbietet bei Todesstrafe, sich mit einem Vorgesetzten zu schlagen.«

»Bah, es fehlt mir nicht an Zeugen, daß ich knapp nur mein Leben verteidigt habe«, warf der Hauptmann hin. »Grimani freilich haßt mich noch von Bünden her – wo er früher, wie du dich wohl erinnerst, venezianischer Gesandter war – so gründlich, daß er den Anlaß willkommen hieße, mich in den Kanal werfen zu lassen. Diese Lust aber wird er sich versagen müssen. Ich habe einen Vorsprung von mehreren Stunden. Gleich nach dem Zweikampfe warf ich mich zu Pferde und eilte nach Mestre zurück. Der amtliche Bericht an den Provveditore kann nicht vor Mittag in Venedig ankommen. Das kleine Geschäft, das mich zu dir führte, ist gleich beendigt, dann fahre ich ohne weiteres nach dem Palazzo des Herzogs am Canal grande. Ich weiß nicht, ob ich dort gerade willkommen sein werde; aber Schutz und Sicherheit als seinem Gaste versagt mir der Herzog nicht.«

»Keinen Schritt aus meiner Bude, Jürg!« eiferte Meister Lorenz. »Der Herzog wird in wenigen Augenblicken hier sein. Er will drüben bei den Frari den Tizian besehen. Das hat mir eben sein Adjutant gesagt, der Wertmüller von Zürich, ein gebildeter Mensch, ein feiner Kopf; aber noch grün, grün! Er spricht häufig hier ein, um mit mir die öffentlichen Angelegenheiten zu verhandeln und sich ein gesundes politisches Urteil zu bilden.« – Inzwischen hatte er leise die Tür etwas geöffnet und sein großes Gesicht lauschend an die Spalte gelegt. »Sieh, sieh«, fuhr er fort, »drüben setzen sich die Bettler schon in Bewegung und bilden in rührenden Gruppen auf beiden Seiten Spalier. Der Herzog ist im Anzuge.«

Mit diesen Worten stieß er beide Flügel weit auf. Der dunkle Steinrahmen der Tür umschloß ein Bild voll Farbenglanz, Leben und Sonne.

Im Vordergrunde wurden eben an den Ringen der Landungstreppe zwei mit zierlichem Schnitzwerke und wallendenĪbedersträußen geschmückte Gondeln befestigt. Zwölf junge Gondoliere und Pagen in Rot und Gold, die Farben des Herzogs, gekleidet, blieben zur Hut der Fahrzeuge auf dem von der Mauer grün beschatteten Kanale zurück und kürzten sich in den Gondeln mit allerlei Scherz und Neckerei die Zeit. Die Herrschaften waren ausgestiegen und hatten sich die Treppe hinauf nach dem hellen Platze vor der Kirche begeben. Hier standen sie noch, die Schönheit der Fassade bewundernd und lebhaft besprechend.

Leicht zu erkennen an seinem vornehmen, hagern Wuchs und der würdevollen, aber anmutigen Haltung war der mit kalvinistischer Schlichtheit in dunkle Stoffe gekleidete Herzog. Die schlanke Dame, die er führte, war nach allen Seiten in beständiger Bewegung. Jetzt neigte sie sich gefällig einem kurzen, untersetzten Herrn zu, der ihr mit einiger Gravität die gotische Architektur des Doms zu erklären bestrebt war. Ein Gefolge von jungen Edelleuten in militärischer Tracht hielt sich in angemessener Entfernung und setzte mit französischer Lebendigkeit eine Unterhaltung fort, in der offenbar die Maria gloriosa keine Rolle spielte. In ihrer Mitte stolzierte der kleine kecke Wertmüller und schien, wie ein kampflustiger Sperling seinen Raub, eine These gegen alle gewandten Angriffe seiner jugendlichen Genossen zu verfechten.

Jenatsch hatte sich, die Pforte leer lassend, mit Fausch etwas in den Hintergrund des Gemaches gestellt, doch dergestalt, daß sein Auge den Platz beherrschte, und blickte über des Bäckers Schulter mit gespannter Aufmerksamkeit auf die Gruppe. Die Erscheinung des Herzogs fesselte seine ganze Seele. Dies war wieder das ihm unvergeßlich eingeprägte blasse Antlitz, in welches er einmal vor langen Jahren am Comersee geschaut hatte. In diesem Augenblicke zeigte ihm der Herzog seine scharf gezeichneten Züge im Profil und der Ausdruck langgeübter Selbstbeherrschung und schmerzlicher Milde, der auf dem etwas gealterten geistvollen Gesichte unverkennbar vorherrschte, überwältigte seltsamerweise den Bündner wie mit der Macht einer erwachenden alten Liebe. Dieser Mann, der ihn magnetisch anzog, der in der Stunde, die über sein Leben entschied, einen wunderbaren Einfluß auf ihn geübt, dieser edle Mensch, an den er sich immer noch in verborgener Weise gekettet fühlte, hier stand er vor ihm und erschien ihm, als der bestimmt sei, in das Los seiner Heimat entscheidend einzugreifen. Rohan hielt wieder die Urne des Schicksals in den Händen.

»Erkennst du in dem schneeweißen Rundkragen dort, dem ansehnlichen Herrn, der vor der Herzogin scharwenzelt, unsern alten Schulkameraden Waser von Zürich?« unterbrach Fausch den stürmischen Gedankenflug des Hauptmanns. »Seine Manschetten sind so sauber und schmuck wie vordem sein Schulheft im Loch.«

»Richtig! dort steht Waser! – Was sucht der in Venedig?« flüsterte Jenatsch.

»Da hab ich meine Vermutungen ... Vielleicht hat Zürich irgendeine Rechnung für seine Kompanien im Dienste von San Marco zu ordnen – das ist aber nur Vorwand, sicherlich – und der Fuchs dort hat wohl mehr mit dem französischen Herzog als mit dem geflügelten Löwen zu tun. Das französische Heer, das der Herzog auf das Kriegstheater führen wird, sammelt sich, sagt man, im Elsaß, und er kann es nur über den Boden der protestantischen Kantone nach Bünden bringen. Die Herren von Zürich aber berühmen sich, ihre Neutralität zwischen Frankreich und Österreich streng und peinlich aufrecht zu halten ... Nur durch einen unvorhergesehenen raschen Durchbruch könnte sie vorübergehend perturbiert und die scharfsichtigste Wachsamkeit betrogen werden. Dieses jeder Vorsicht der zürcherischen Regenten spottende Ereignis kartet ihr braver Kanzler dort mit dem Herzog ab.«

»Vortrefflich!« sagte Jenatsch, den Degen umschnallend, »aber nun zu unserm Geschäft!«

Er zog Brieftasche und Beutel hervor.

»Diese zweihundert Zechinen sind dein, Fausch«, und er steckte ihm eine Rolle zu, »für Gaul und Harnisch. Meine übrige dalmatische Beute – hier ist sie in Briefschaften und Gold – bring mir bei dem Wechsler a Marca in Sicherheit. Ich hoffe die Bleidächer zu vermeiden; aber es ist gut, auf alles gefaßt zu sein. Addio.«

Fausch ergriff mit Wärme die dargebotene Hand und sagte: »Lebe wohl, Jürg, du mein Stolz.«

DRITTES KAPITEL

Auch der Hauptmann trat durch die Pforte der Maria gloriosa. Er sah sich mit einem schnellen Blicke um und wandte sich dann unbemerkt links unter die hohen Bogen des Seitenschiffs, in dessen Mitte die Gesellschaft des Herzogs ein Altarblatt betrachtete. Langsam vorschreitend näherte er sich der Gruppe.

Der Herzog schien gedankenvoll in das Bild vertieft, während ihm seine Gemahlin mit entzückten Gebärden und einem Strome von Worten ihre Bewunderung des von ihr bis jetzt ungenossen gebliebenen Meisterwerks ausdrückte. – Einen Schritt abseits ließ sich Herr Waser von dem hinter ihm stehenden Küster mit leiser Stimme die verschiedenen Figuren des Bildes erklären und schrieb deren Namen in feiner Schrift über die Köpfe einer in Kupfer gestochenen winzigen Kopie, die er aus seiner Brieftasche gezogen hatte.

»Die edle Familie Pesaro«, erläuterte in gedämpftem,

singenden Tone der Küster, während um seine Füße schmeichelnd ein weißes Lieblingskätzchen strich, das, ebenso heimisch im Dom wie sein Meister und ebenso scheinheilig wie er, ihm auf Schritt und Tritt folgte, »die edle Familie Pesaro, der allerheiligsten Madonna vorgestellt durch die Schutzpatrone St. Franziskus, St. Petrus und St. Georg.« – Hier verbeugte er sich gegen die Heiligen und machte eine ehrerbietige Pause. Dann bat er im Flüstertone, auf das dem Beschauer zugewandte lieblich blasse Köpfchen der jüngsten, höchstens zwölfjährigen Pesaro hinweisend, den aufmerksamen Herrn Waser, eine wundersame Eigenschaft ihrer durchsichtigen braunen Augen nicht außer acht zu lassen. ». . . Diese zaubervollen Blicke, Herr, richten sich unverwandt auf mich, von woher ich immer das süße kleine Fräulein beschaue. Sie begrüßen mich, wenn ich zum Altar trete, und wohin ich immer geschäftig mich wende, die leuchtenden Sterne verlassen mich niemals.«

Während Herr Waser seine Stellung zu wiederholten Malen wechselte, begierig zu erfahren, ob sich diese Behauptung auch zu seinen Gunsten erprobe, wurde das Interesse der jungen Edelleute, welche sich, um die Herzogin ungestört ihrem Kunstgenusse zu überlassen, etwas im Hintergrunde hielten, durch ein anderes Augenspiel angezogen. Die Blicke, die sie fesselten, waren nicht die wunderbaren des von Tizian gemalten Kindes, auch durfte der Küster sich nicht erst bemühen, sie auf diesen natürlichen Zauber aufmerksam zu machen. Am Fuße des nächsten Pfeilers knieten ein paar Venezianerinnen. Jugendlich weiche Gestalten! Durch die das Angesicht verhüllenden schwarzen Spitzenschleier schienen schwärzere Brauen und Wimpern und flogen Blicke, deren schmachtendes Feuer zwischen der Himmelskönigin und ihren kriegerischen Beschauern sich teilten. Nicht zuungunsten der letztern, die ihrerseits den Dank nicht schuldig blieben.

»Wie schön wäre diese Gruppe«, sagte jetzt die ebenso kunstbegeisterte als gut protestantische Herzogin, indem sie den Arm erhob und mit dem geöffneten Fächer die Madonna mit den drei Heiligen ihrem Blicke verdeckte. »Wie schön wäre diese Gruppe, wenn die gottesfürchtige Familie ihre Andacht ohne die Vermittlung dieses obern Hofstaates vor den Thron des Unsichtbaren brächte!«

»Ihr sprecht als gute Protestantin«, lächelte der Herzog, »aber ich fürchte, Meister Tiziano wäre nicht mit Euch zufrieden. Ihr müßtet schließlich über die ganze heilige Kunst den Stab brechen; denn unser Himmel und was darinnen ist läßt sich nicht mit Linien und Farben darstellen.«

Bei den Worten der Herzogin wagte es der kleine Wertmüller hinter dem Rücken der Dame seinem Landsmanne Waser einen spöttischen Blick zuzuwerfen, worüber dieser in Entsetzen geraten wäre, wenn nicht beide nun plötzlich den Fremden wahrgenommen hätten, welchem Wertmüller schon eine Stunde früher auf der Schwelle des Zuckerbäckers begegnet war.

»Für den heiligen Georg, gnädigste Frau, muß ich ein Wort einlegen«, sagte jetzt, aus dem Schatten tretend und vor der Herzogin sich verbeugend, Hauptmann Jenatsch. »Ich bin ein erprobter Protestant; wenigstens habe ich für die reine Lehre geblutet; doch zu St. Jürg, meinem Namenspatron, halt ich jeweilen Andacht. Der heilige Drachentöter befreite vorzeiten mit seiner tapfern Lanze das kappadozische Königstöchterlein. Ich aber weiß ein viel beklagenswerteres Weib, das an den starren Felsen geschmiedet und von den Krallen eines feuerspeienden Drachen zerfleischt, den vom Himmel gesandten Retter mit Sehnsucht erwartet. Die edle Magd, sie ist mein armes Vaterland, die Republik der drei Bünde; der sie aber aus den Klauen des spanischen Lindwurms reißen wird, ihr siegreicher St. Georg, steht leibhaftig vor mir.«

»Ihr seid ein Bündner?« sagte der Herzog, angenehmer berührt durch die hinreißende Wärme des Redenden als durch die stark aufgetragene Schmeichelei, die der Herzogin ein gewogenes Lächeln entlockt hatte. »Irr ich mich, oder seid Ihr der Hauptmann Georg Jenatsch?«
Dieser verneigte sich bejahend.
»Ihr habt aus Zara an mich geschrieben«, fuhr der Herzog fort. »Aus den Antworten meines Adjutanten Wertmüller«, und er stellte dem Hauptmann den schmächtigen Zürcher vor, der des Bündners Auftreten nicht ohne Mißtrauen scharf beobachtet hatte und bei der Nennung seines Namens nun hinzutrat, »aus Wertmüllers Antworten habt Ihr ersehen, daß Eure Mitteilungen über die Zustände Eures Vaterlandes mir alle Beachtung zu verdienen scheinen und die beigelegten Karten mir von Nutzen waren. Wäre meine Zeit durch die Vorbereitung des Feldzuges nicht vollständig aufgezehrt, so hätt' ich mir nicht versagt, Euch persönlich meine Zustimmung in den meisten Fällen, in andern meine Zweifel und Einwürfe mitzuteilen. Um so willkommener ist mir nun Eure Gegenwart in Venedig. Mehr als einmal, seit ich in brieflichen Verkehr mit Euch getreten, hab ich mich bei meinem Freunde, dem Provveditore Grimani um Eure Rückberufung aus Dalmatien verwendet. Immer vergeblich. Ich erhielt die Antwort, Ihr wäret dort unentbehrlich. Eure Gegenwart überrascht mich. Was ist der Grund Eurer beschleunigten Rückkehr?«
»Größtenteils mein glühender Wunsch, Euch zu sehen, erlauchter Herr, und mein Eifer, Euch zu dienen«, sagte Jenatsch. »Dies Verlangen stärkte meine Erfindungskraft und ließ mich zur Erreichung des Ziels die kühnsten Mittel ergreifen. Meine Aufgabe in Zara ist gelöst, und wenn ich nach Venedig zurückeilte, bevor der Provveditore mir eine neue Herkulesarbeit auf irgendeiner fernen Insel aussann, so wird es Euch leicht

werden, wofern Ihr mir geneigt seid, diese Dienstunregelmäßigkeit in ein günstiges – in ihr wahres Licht zu stellen und bei meinem Vorgesetzten zu entschuldigen.«

Der forschende Blick des Herzogs versenkte sich eine Weile in das feurige Gesicht des Bündners, das für ihn mit irgendeiner fernen Erinnerung zusammenhing; doch dieser Blick wurde immer wohlwollender, bestochen durch die innige Bitte der finster beschatteten Augen.

Während dieses Gesprächs hatte sich die Gesellschaft dem Ausgange zu bewegt. Der Küster hob den schweren Damastvorhang der Pforte und empfing mit devoten Bücklingen das Goldstück des Herzogs und die sorgfältig in ein Papier gewickelte Gabe des Herrn Waser.

»Ein gutes Wort bei Grimani für Euch einzulegen, Signor Jenatsch, das werd ich mir noch heute angelegen sein lassen«, sprach der Herzog, als sie draußen in der sonnigen Luft standen. »Er speist bei mir. Diesen Abend, nachdem Ihr mir Zeit gelassen habt, ihn zu Euren Gunsten zu stimmen, stellt Euch bei mir ein, ich habe dann Muße, mich mit Euch über Eure Angelegenheiten zu unterhalten. Die Interessen Eures Vaterlandes sind auch die meinigen. Ich erwarte Euch zu früher Abendstunde in meiner Wohnung am Canal grande. – Wertmüller«, rief er, »bis dahin begleitet den Hauptmann. Ihr haftet mit Eurer Liebenswürdigkeit dafür, daß mein Gast nicht anderwärts in dem verlockenden Venedig gefesselt wird. Unterhaltet ihn geistreich, bewirtet ihn standesgemäß und bringt mir ihn pünktlich.«

Die Herzogin war schon huldvoll grüßend in eine der harrenden Gondeln getreten. Nun schied auch der Herzog, und nur Waser, welcher mit einigen Herren des Gefolges die zweite zu benutzen willens war, blieb noch einen Augenblick zurück.

Er hatte die Unterredung des Herzogs mit seinem Jugendgenossen, den er eine Reihe von Jahren aus den Augen verloren, nicht stören wollen. Auch hatte er nicht ungern die Erkennungsszene um einen Moment hinausgeschoben, den er benutzte, um sich in Jürgs gegenwärtiger Gestalt zurechtzufinden. Seit jenem hoffnungslosen Abschied in Zürich waren nur zufällige Nachrichten von Jenatsch und dessen Schicksalen in verschiedenen protestantischen Heeren an sein Ohr gelangt. Da war die Rede gegangen von häufigen Lagerduellen mit unvermutet tödlichem Ausgange für den oft höher gestellten Gegner, halsbrechenden Abenteuern und blutigen Überfällen. Auch von bewunderten Kriegstaten in ehrlicher Feldschlacht sprach das Gerücht, doch alles schwebte und schwankte in unbestimmten Umrissen. Im Laufe der Zeit hatte sich Jürgs Bild in Wasers Seele zu einer rätselhaften Traumfigur verzogen. –

So drückte er ihm denn freundschaftlich, aber etwas förmlich und verlegen die Hand und beschränkte sich darauf, angelegentlich nach seinem gegenwärtigen Befinden und jetzigen Range sich zu erkundigen. Dann bestieg auch er die Gondel, und die beiden Offiziere standen sich auf dem Campo dei Frari allein gegenüber.

»Wenn es Euch genehm ist, Herr Hauptmann«, begann Wertmüller, »erfülle ich von meinen drei Aufträgen den mittleren zuerst und führe Euch auf den Markusplatz in das von mir erprobte und gutgeheißene Gasthaus zu den Spiegeln. Hernach lustwandeln wir ein Stündchen in den Arkaden unter den venezianischen Schönheiten. Erfreut sich dieses Programm der Zustimmung des Herrn Kameraden?«

Der streng wissenschaftlich geschulte, ehrsüchtige Wertmüller glaubte sich die vertrauliche Anrede dem älteren, aber in regelloser Laufbahn vorgedrungenen Kriegsmanne gegenüber erlauben zu dürfen.

»Wie Ihr meint, Wertmüller«, sagte Jenatsch anscheinend mit heiterer Einwilligung, »doch schlag ich zuerst noch eine kleine Spazierfahrt vor – nach Murano?« Diese laut mit fröhlicher Stimme gesprochenen Worte wurden augenblicklich von zwei Gondolieren aufgefangen, die im Vorüberfahren die beiden Offiziere auf dem Campo erblickt und an der Landungstreppe auf die glänzende Beute gelauert hatten. Schon hatten sie ihr leichtes offenes Fahrzeug von der Mauer gelöst und die Ruder ergriffen.

Der Hauptmann sprang rasch in die Gondel, und Wertmüller folgte.

VIERTES KAPITEL

Der Auftrag des Herzogs war der unruhigen Neugier des jungen Zürchers in hohem Grade willkommen. In seiner Heimat hatte er vordem den bündnerischen Parteiführer aufs verschiedenste beurteilen hören. Auf den lärmenden Zunftstuben der Handwerker galt damals Jürg Jenatsch als ein volkstümlicher Held, in den landesväterlichen, diplomatisch gefärbten Kreisen als ein gewissenloser, blutbefleckter Abenteurer. Aber Rudolf Wertmüller hatte seiner Heimat frühzeitig den Rücken gewandt, um einen militärischen Bildungsgang anzutreten, der den Begünstigten schon mit sechzehn Jahren in das Kriegsgefolge und die persönliche Nähe des edeln Herzogs Heinrich geführt hatte.

Noch war ihm gegenwärtig, wie einst die unglaubliche Verwegenheit und Zähigkeit, welche Jenatsch in den Volkskämpfen gegen die Spanier bewiesen, seine junge Phantasie beschäftigte. Doch aus noch früherer Zeit erinnerte er sich auch, daß der wilde Anteil des protestantischen Prädikanten an den ruchlosen demokratischen Strafgerichten mit ihren Erpressungen und politischen Morden in seiner Familie Abscheu erregt hatte und daß es ihm besondern Spaß gemacht, als sein Präzeptor darüber wehklagend die Hände gen Himmel erhob.

Daneben schwebte ihm ein anderes Erlebnis seiner Kinderjahre mit frischester Deutlichkeit vor. Am städtischen Jahrmarkte stand er einst mitten in der gespannt lauschenden Volksmenge vor dem Schauergemälde eines Bänkelsängers und lauschte den endlosen Versen einer tragischen Mordgeschichte. Die ruckweis wandernde Gerte des Leiermanns wies auf die Szenen einer mit den grellsten Farben bemalten Tafel. Auf dem Mittelstück umstanden die sogenannten drei bündnerischen Telle ihr nur mit dem Hemde bekleidetes, aus einem Schlot heruntergerissenes Opfer, den unglücklichen Herrn Pompejus. Einer von ihnen schwang ein langgestieltes Fleischerbeil – das war der berühmte Pfarrer Jenatsch! – Als dann der aufgeregte Knabe beim Abendbrot vor seinem Stiefvater, dem Obersten Schmid, von den neuen Tellen erzählte, verbot ihm dieser zornrot, der blutdürstigen Kanaillen in seiner Gegenwart Erwähnung zu tun.

Jetzt schaute er dieser Persönlichkeit von bestrittenem Werte Aug' in Auge, und sie war anders, als sie in seiner Vorstellung gelebt hatte. Statt der rohen und zweideutigen Erscheinung eines geistlichen Demagogen saß ein weltgewandter Mann mit der Sicherheit und Freiheit des Kavaliers in Wort und Bewegung vor ihm. – Von der ungewöhnlichen militärischen Begabung des ehemaligen Pfarrers hatte ihn der im Namen des Herzogs mit diesem geführte Briefwechsel genügend überzeugt, aber was ihn überraschend berührte, war ein gewisser Zauber der Anmut, der die kühnen Züge und warmen Worte des Bündners verschönt hatte, als dieser mit dem Herzog sprach. – Der nichts weniger als arglose Zürcher fragte sich, ob diese Herzlichkeit echt sei. Ja, sie sprudelte voll und natürlich, aber es war ihm nicht entgangen, daß die unausbleibliche Wirkung dieses warmen Eindringens auf den Herzog eine gewollte, vielleicht im voraus berechnete war.

Nachdem die Gondel einige schmale Wassergassen durchglitten, folgte sie auf kurze Zeit der Hauptader des venezianischen Verkehrs, dem Canal grande, wo in der Ferne mitten im Gewimmel der Gondeln und Fischerbarken noch das langsam und stolz dahinziehende Fahrzeug des Herzogs sichtbar war; dann, aufs neue in die Schatten enger Lagunen sich vertiefend, eilte sie der die Stadt nördlich begrenzenden stillen Meerfläche zu.

»Ihr fochtet in Deutschland, Hauptmann, bevor Ihr der Republik von San Marco Eure Dienste angeboten habt?« begann der ungeduldige Wertmüller das Gespräch, da sein Gefährte eigenen Gedanken nachzuhängen schien.

»Unter Mansfeld. Dann folgte ich der schwedischen Fahne bis zu dem unseligen Tage von Lützen«, war die zerstreute Antwort.

»Unselig? Es war eine entschiedene Victorie!« meinte der junge Offizier.

»Wäre es doch lieber eine Niederlage gewesen und hätten zwei strahlende Augen sich nicht geschlossen!« sagte der Bündner. »Durch den Tod *eines* Mannes ward die Weltlage eine andere. Unter Gustav Adolf war der Krieg kein mutwilliges Blutvergießen: er führte ihn für seinen großen Gedanken, zum Schutze der evangelischen Freiheit ein starkes nordisches Reich zu gründen, und ein solches Reich wäre der Halt und Hort aller kleinen protestantischen Gemeinwesen, auch meines Bündens, geworden. Dies ersehnte Ziel ist uns mit dem großen Toten entrückt, und der seiner Seele beraubte Krieg entartet zur reißenden Bestie. Was bleibt übrig? Zweckloses Morden und habgierige Teilung der Beute. Unter Gustav Adolfs Fahne konnte ein Bündner freudig fechten; Blut und Leben für die protestantische Sache verströmend, war er sicher, daß es in Segensbächen zurückrinne in sein kleines Vaterland. – Jetzt sehe jeder zu, daß er heimkehre und für das Seine sorge.«

»Glaubt Ihr denn, daß ein einzelner Mann, und wäre er Gustav Adolf, so schwer in der Schicksalswaage der Welt wiege?« fragte rasch der widerspruchslustige Wertmüller. »Die Eifersucht der deutschen Fürsten hätte wie ein Geschling von Sumpfpflanzen seinen Fuß gehemmt, sein neidischer Bundesgenosse Richelieu hätte ihn, sobald er die Hand nach der deutschen Krone ausstreckte, arglistig zu Falle gebracht, und erreicht hätte er nichts als das Zusammenkrachen der alten verrosteten Maschine des heiligen römischen Reichs. – Im Grunde erscheint mir der Schwedenkönig als ein frommes Gegenstück zum Wallenstein. Dieser wird als gottloser Empörer schwarz wie der Teufel an die Wand gemalt, und jener ist im Geruche der Heiligkeit gestorben; meines Erachtens aber haben beide unberechtigterweise der Welt ihre willkürlichen Pläne aufgedrängt, und beide sind wie feurige Meteore nach kurzem Glanze erloschen. Heute geht nun das Räderwerk der Welt wieder seinen geregelten Gang, wir rechnen wieder mit den gebräuchlichen Zahlen und nach den bekannten Gesetzen. Frankreich und Schweden verschaffen den deutschen Protestanten die von ihnen so heftig begehrte evangelische Freiheit, aber die beiden Gönner werden sich diesen Liebesdienst mit fetten Stücken deutschen Landes nach Gebühr bezahlen lassen.«

»Wie, junger Freund«, sprach der Bündner aufmerksam werdend, »von schmählichem Länderraube muß ich Euch reden hören wie von alltäglichem Schacher? Euch, einen Schweizer! – Schämt Euch, Wertmüller . . . müßt' ich sagen, wenn ich es für Euern Ernst hielte! – Und das nennt Ihr den geregelten Lauf der Dinge? Ihr anerkennt das Recht des Stärkern in seiner rohesten, seelenlosesten Gestalt und leugnet seine göttliche Erscheinung in der Macht der Persönlichkeit?«

Hier blickte Wertmüller mit einem unmerklichen Zuge des Hohns zu ihm auf und ließ einen leisen Pfiff hören. Die vor ihm sitzende, nach seinen Begriffen immerhin schwankende und zweideutige Persönlichkeit schien ihm wenig berufen, in die Weltgeschicke einzugreifen. Der andere aber maß ihn mit einem zornigen Blicke. »Ihr mißversteht mich kläglich«, sagte er, »wenn Ihr meint, ich denke an die vom Boden abgelöste Persönlichkeit des einzelnen Mannes, wie sie entwurzelt und eigensüchtig sich umhertreibt, sondern ich rede von der Menschwerdung eines ganzen Volkes, das sich mit seinem Geiste und seiner Leidenschaft, mit seinem Elende und seiner Schmach, mit seinen Seufzern, mit seinem Zorn und seiner Rache in mehrern oder meinetwegen in *einem* seiner Söhne verkörpert und den, welchen es besitzt und beseelt, zu den notwendigen Taten bevollmächtigt, daß er Wunder tun muß, auch wenn er nicht wollte! . . .

Blickt umher! Seht Euer und mein kleines Vaterland, wie es zusammengedrückt wird von der Wucht ringsum sich bildender großer Monarchien, und sprecht! Genügt da, wenn wir ein selbständiges Leben behaupten wollen, eine gewöhnliche Vaterlandsliebe und ein haushälterisches Maß von Opferlust?« . . .

Diese mit der Heftigkeit eines verwundeten Gefühls hervorstürzenden Worte ließ der Lokotenent anfangs ohne Entgegnung. In seinen gescheiten grauen Augen lag die Frage: Bist du ein Held oder ein Komödiant? Er spielte mit seinem jungen, spitzen Kinnbarte und schaute nach der Stadt zurück, wo sich auf dem in diesem Augenblicke hervorragendsten Bauwerke, der neuen Jesuitenkirche, die effektvolle Statuengruppe des Daches von der Rückseite in den wunderlichsten Verkürzungen zeigte. Die von eisernen Stangen gestützten Engel und Apostel mit ihren Flügeln und flatternden Mänteln erinnerten auffallend an kolossale gespießte Schmetterlinge. –

»In Zürich«, warf er jetzt hin, »sind die Menschen so klein wie die Verhältnisse, und Bünden, haltet es mir zugut, Hauptmann, kenne ich bis jetzt nur durch mein Fachstudium, das heißt als eines der interessantesten Operationsfelder. Wollt Ihr dort den Leonidas spielen, und mit mehr Glück als der erste, so will ich's Euch nicht neiden. – Ich aber meine, das Auftauchen außerordentlicher Menschen und das Aufflackern großer Leidenschaften, das bei der mißlichen Beschaffenheit der menschlichen Natur doch einmal nicht von Dauer ist, reiche nirgends aus. Um aus den durcheinandergewürfelten Elementen der Welt etwas Planvolles zusammenzubauen, braucht es meines Bedünkens kältere Eigenschaften: Menschenkenntnis, will sagen Kenntnis der Drähte, an welchen sie tanzen, eiserne Disziplin und im Wechsel der Personen und Dinge festgehaltene Interessen. – Aus diesem Gesichtspunkte muß ich jene dort als Meister loben!« und er wies mit einer komischen, zwischen Ernst und Spott schillernden Miene hinüber nach dem Prachtgiebel der Jesuiten.

Und der Lokotenent ließ sich von der Muße und Laune des Augenblickes verlocken, eine Lobrede auf den berühmten Orden zu halten, welche aus dem Munde des Zürchers und eines Adjutanten des kalvinistischen Herzogs den gelassensten Zuhörer befremden mußte.

Erst begann er mit einzelnen Probewürfen. Als aber der Hauptmann, den zu reizen und bloßzulegen er sich heute zur besondern Aufgabe gemacht hatte, den Ball nicht auffing und zurückschickte, setzte er den frommen Vätern immer phantastischere Kronen auf. Sie waren es, behauptete er dreist, die zuerst Sinn und Verstand in die sich widersprechenden, menschen- und staatsfeindlichen Lehren des unvermittelten Christentums gebracht hatten. Erst durch die Umarbeitung der christlichen Moral, die der kluge Orden unternommen, sei diese annehmbar, ja verlockend geworden. So hätten die unvergleichlichen Väter etwas ursprünglich

Dunkles, Unberechenbares, Weltfeindliches mit erstaunlicher Geschicklichkeit praktisch verwertet und allen Bedürfnissen und Bildungsstufen angepaßt.

»Kennt Ihr das Innere ihrer neuen Kirche?« fragte er plötzlich, »sie ist, meiner Treu, so lustvoll und heiter eingerichtet wie ein Theater.«

Der Bündner ließ dieses kecke und sprunghafte Geplauder schweigend über sich ergehen – wie die große Dogge, die in ihrer Hütte liegt, ungern, aber nur mit leisem Knurren die Neckerei eines unterhaltungslustigen kleinen Kläffers erträgt, der als überlästiger Gast zu ihr hineingekrochen ist.

Die Gondel hatte inzwischen Murano erreicht, wo sie unfern der Kirche anlegte.

Jenatsch wandte sich nach der nächsten Locanda, forderte ein einfaches Mahl und entschuldigte sich bei seinem Gefährten, er sei abgespannt und hungrig von der gestrigen Seereise und einem scharfen nächtlichen Ritte nach Padua. Er schlage vor, hier im Anblicke des Meeres eine Stunde zu rasten und diesmal auf die Mahlzeit in den Spiegeln und die Venezianerinnen auf dem Markusplatze zu verzichten.

Wertmüller, der sowohl durch diesen Tausch der Mittagstafel als durch das beharrliche Schweigen des Bündners etwas verstimmt war, erging sich, die Kosten der Unterhaltung allein bestreitend, in immer willkürlicheren Gedankensprüngen. Er kam, wie gestachelt durch einen geheimen Groll, von neuem auf seine Vaterstadt zu sprechen, und da der Bündner sich der edlen Zürich und seines dortigen Jugendfreundes Waser nur zu rühmen hatte, so riß den Lokotenenten der Widerspruch und der feurige illyrische Wein so weit fort, daß er von den angesehensten heimischen Persönlichkeiten frevelhafte Zerrbilder entwarf und bei der dritten Flasche Seine Gestrengen den Herrn Bürgermeister einen Gokkel auf dem Mist und Seine Hochwürden den Herrn Antistes einen steif gehörnten Farren nannte.

Der Hauptmann, der diese tollen und geschmacklosen Ausfälle der Eingebung des Weines zuschrieb, wie sie sich bei dieser ehrgeizigen und auf jedes fremde Verdienst eifersüchtigen Natur äußerte, ließ den jungen Offizier, der den Gegenstand nicht erschöpfen konnte und dem darüber die Zeit verging, seine Laune weidlich tummeln und blieb dabei, Zürich habe in den letzten gefahrvollen Zeiten ebensoviel Klugheit als Festigkeit gezeigt, und wenn es sich mit dem Schilde vorsichtiger Neutralität gedeckt, sei das, wie der Schweiz, so Graubünden zustatten gekommen.

Dann trat der in Venedig sich unsicher fühlende Bündner, welcher, ohne daß Wertmüller es ahnte, allem, was im Bereiche seines geübten und weittragenden Auges sich begab, die schärfste Aufmerksamkeit zuwandte und auch in dieser abgelegenen Locanda keine Rast fand, hinaus an den schmalen Strand, ohne auf Wertmüllers spöttisches Gelächter zu achten.

»Neutralität!« rief dieser, dem Hauptmann in die Gondel nachspringend, aus. »Da hat mir der Witz des Zufalls ein Zettelchen in die Hand gespielt, das für unsere aufrichtige, streng abgewogene Neutralität und nebenbei für unsere schlichte Bürgertugend ein rührendes Zeugnis ablegt. – Die Gleißner und Pharisäer! . . . Wollt Ihr wissen, Hauptmann, was jeder unsrer Ratsherren und Zunftmeister wert ist? Ich hatte neulich im Namen meines Herzogs«, sagte er, seine Brieftasche hervorziehend, »dem französischen Gesandten in Solothurn ein Heft zu überschicken, worin ihm sein Verhalten in den verschiedenen Möglichkeiten des bevorstehenden Feldzuges im Veltlin von meinem Herrn vorgezeichnet wurde, und erhielt es mit Randbemerkungen und Einlagen der Gesandtschaft zurück. Seht hier, was ich in Form eines zufällig steckengebliebenen Buchzeichens zwischen den Blättern fand!« – Er entfaltete einen schmalen Papierstreifen, auf dem eine Reihe von Namen zürcherischer Standespersonen ver-

zeichnet stand mit beigesetzten höhern und niedrigern Zahlen, neben welchen das verräterische Livreszeichen unverkennbar zu lesen war. Das Ganze stellte freilich eine nur unbedeutende Summe dar.
Diesmal konnte sich Jenatsch eines herzlichen Lachens nicht enthalten. »Das gesteh ich! Eine großartige Bestechung!« spottete er. »Wer konnte das ahnen! Aber gerade daß sie dieses Taschengeld so verschämt und vorsichtig einstecken, das dürfen wir als einen ganz anständigen Rest von Tugend nicht unterschätzen. Unsre Salis und Planta nehmen ausländisches Gold mit edler Unbefangenheit am hellen Tage, auch sind es ganz andere Summen.«
Während Wertmüller noch die Papiere seiner überfüllten Brieftasche musterte, durchlief Jenatsch mit einiger Spannung die unrühmliche Liste, auf welcher er zu seiner Befriedigung den Namen Waser nicht fand. Jetzt zerriß er sie plötzlich in kleine Stücke. Erst als die weißen Fetzen schon fern auf der von der Abendbrise bewegten Flut schwebten, ward Wertmüller seinen Verlust gewahr und hielt mit Mühe einen Ausbruch seines Ärgers zurück.
Jenatsch erklärte ihm ruhig, er habe als Freund sein Bestes wahrgenommen, dies Papier würde ihm und andern nichts als Verdruß gebracht haben. Zürich sei seine Wiege, und Sohnespflicht sei's, die kleinen Schwächen einer treuen Mutter zu verheimlichen.
»Was mich abhielt, Euch auf die Finger zu sehen, Hauptmann, war dieser Brief«, sagte der Lokotenent. »Er ist noch uneröffnet, wie ich gewahre, und steckt schon seit drei Tagen in meiner Brieftasche. Ich habe wahrhaftig vergessen, ihn zu lesen. Er kommt von meinem Vetter, der in Mailand trotz seines Protestantismus als Handelsherr gute Geschäfte macht und beim Gubernatore Serbelloni in Gunsten steht. Gestattet mir, in Eurer Gegenwart von dem Inhalte des Schreibens Kenntnis zu nehmen.«

Jenatsch winkte bejahend, und Wertmüller vertiefte sich eine geraume Weile in den Brief, erst um sich Haltung zu geben, denn das eigenmächtige Tun des Hauptmanns hatte ihn beleidigt, nach und nach mit immer größerem Interesse.

»Eine gloriose Geschichte! Beim Jupiter, eine alte Römerin!« rief er endlich aus. »Ich kann Euch das nicht vorenthalten, obgleich Ihr eben, Hauptmann, mein kameradschaftliches Vertrauen hinterlistig mißbraucht habt! Um so weniger, da Euch das Ereignis sozusagen persönlich angeht, denn die Hauptrolle hat eine Bündnerin! Mit den Worten dieser Krämerseele – ich meine den Briefsteller, meinen langweiligen Vetter – mag ich es Euch freilich nicht mitteilen, es wäre schade darum! Erlaubt mir, Euch die seltene Historie frei vorzutragen. Also:

In Mailand lebt, wie Euch nicht unbekannt sein wird, Euer alter, bissiger Herr Rudolf, der Planta von Zernetz mit seinem gleichnamigen, die brave Bärentatze mit Unehren im Wappen führenden Sohne in den ärmlichsten Umständen. Jener intrigiert und speist bei dem Gubernatore, und dieser treibt sich mit dessen Neffen in den eines weiten Rufs genießenden Spielhäusern und Spelunken der Stadt herum. Die zwei jungen Gesellen sind von der gleichen Gemütsart, und während der alte Planta vom Oheim mit politischen Hoffnungen kärglich genährt wird, erhält der junge vom Neffen, dem ein Gefährte seiner Tollheit erwünscht und ein waffenkundiger Gehilfe seiner nicht über jeden Zweifel erhabenen Tapferkeit unentbehrlich ist, reichliche Mittel zum ausgiebigen Genusse der Gegenwart. Dafür wollte sich der Knabe Rudolf dankbar erweisen, und da es ihm an Herz und Geist fehlt, um seinem freigebigen Freunde einen ehrenvollen und guten Dienst zu leisten, verfiel er auf einen schlechten und schimpflichen. Bei dem alten Planta, der einen verfallenen Palast im einsamsten Stadtquartiere bewohnt, hatte eine verwaiste

Nichte, ich weiß nicht von welcher geächteten Seitenlinie des Hauses, Zuflucht gefunden. Dies Mädchen, eine seltene Schönheit, soll auf einen großen Besitz in Bünden gerechten, aber unter den gegenwärtigen politischen Umständen unsichern Anspruch haben und wurde um dieser Aussicht willen von dem alten Rudolf seinem Sohne zur Frau bestimmt. Lukretia jedoch ist edlen Sinnes und verschmäht den nichtswürdigen und unnützen Gesellen. Nun mag Rudolf, um auf einen Wurf seinen Groll zu kühlen und seine Schuld abzutragen, mit dem jungen Serbelloni, dem die nur in der Kirche sichtbare bündnerische Schönheit als das höchste Gut erschien, einen niederträchtigen Handel abgeschlossen haben. Genug, in einer Nacht, da der alte Rudolf beim Gubernatore, der junge im Spielhaus sitzt und Lukretia mit einer bejahrten lombardischen Dienerin in dem öden Hause allein ist, hört sie verdächtiges Geräusch im Nebengemache. Diebe vermutend, ergreift sie das erste beste Messer und tritt in ihre vom Monde nur schwach erhellte Kammer. Da drückt sich eine dunkle Gestalt in den Schatten. Lukretia schreitet auf sie zu und ruft sie an. Der junge Serbelloni tritt ihr entgegen, stürzt ihr zu Füßen und umfängt ihre Knie mit den glühendsten Liebesbeteuerungen. Sie nennt ihn einen Nichtswürdigen und behandelt ihn mit so kalter Verachtung, daß sein Flehen sich jäh in Drohung verwandelt und er ihr sagt, sie sei in seiner Gewalt, die Türen seien bewacht. Doch Lukretia, von stattlicher Gestalt und hohem Gemüt, hält den Emporspringenden mit der Linken kraftvoll nieder und stößt ihm mit der Rechten von oben das Messer in die Brust. Er schwankt und schreit nach seinen Knechten. Jetzt stürzt die bestochene Kammervettel, die an der Tür gehorcht hatte, mit Jammergeschrei ins Gemach und schreckt mit ihrem mörderlichen Hilferufen die Nachbarschaft aus dem Schlafe. Die gewaltsame Entführung ist vereitelt, man hebt den blutenden Serbelloni auf und trägt ihn weg.

Die Wahrheit wird vertuscht, der Vorfall durch einen unzeitigen Besuch bei dem jungen Planta notdürftig erklärt und als ein Mißverständnis achselzuckend beklagt. Die schöne Lukretia aber begibt sich schon am nächsten Morgen in den Palast des Gubernatore, bittet um seinen Schutz, wird, da der Neffe nicht auf den Tod verwundet ist, vom Oheim mit höchster Auszeichnung, ja mit Bewunderung aufgenommen und tut ihm den Entschluß kund, welches Schicksal ihrer dort warte, in ihre bündnerischen Berge zurückzukehren, denn es sei besser daheim zu darben als das schmachvolle Brot der Verbannung zu essen.« –

Nach einer längern Pause fuhr Wertmüller fort: »Der Schluß des Briefes ist merkwürdig. Man meint, sie habe sich nach Venedig gewandt, um von meinem Herzog einen Freibrief zur Heimreise zu begehren. – Seid Ihr nicht stolz auf diese bündnerische Judith? Diesmal hätte ich für meine Erzählung sicher auf Euern Beifall gerechnet, und Ihr schweigt wie eine Statua, Herr Hauptmann?«

Mit neugierigen Augen schaute der Lokotenent dem gegenübersitzenden Jenatsch, der sich zum Schutze gegen den Abendwind fest in seinen Mantel gewickelt hatte, in das von dem spanischen Hute beschattete Gesicht; aber ein Scherzwort, das er ihm zuzuwerfen im Begriffe war, erstarb auf seiner Lippe und ihn fröstelte.

Das braune Antlitz des in der Gondel Zurückgelehnten, das er im Laufe dieses Tages immer belebt und bewegt gesehen hatte von den verschiedensten Äußerungen eines feurigen Temperamentes und geschmeidigen Geistes, es war wie erstorben und erkaltet zu metallener Härte. Unverwandt staunte es vor sich hin auf die dämmernd geröteten Wellen und erschien fremdartig verzogen und drohend in seiner Erstarrung.

Der Zürcher indessen ließ sich nicht gerne verblüffen, und da ihm nichts Schickliches und Kluges einfiel, kam er noch einmal mit bewundernden Ausführungen auf die bündnerische Judith zurück.

»Laßt doch die unwürdige, die überaus unpassende Vergleichung!« fuhr jetzt der andere heftig und scharf aus seinem Traume auf. – »Jede Bündnerin hätte an Lukretias Stelle wie sie getan.«

Dann schien er plötzlich die nahenden Lichter der Stadt zu bemerken und sprang, auf sie hinweisend, ohne jede Vermittlung in einen liebenswürdigen Ton über. »Da langen wir ja schon an«, sagte er leichthin. »Könnten wir nicht, bevor wir an der Treppe des Herzogs anlegen, hinaus an die Zattere fahren, wohin ich meine Dienerschaft mit den aus Dalmatien zurückgebrachten Habseligkeiten beordert habe? Ich möchte diese gleich im Palaste des Herzogs in Sicherheit bringen.«

»Das geht kaum an, Hauptmann. Der Umweg wäre bedeutend, und die Nacht bricht ein. Ich hafte für Euch, und der Herzog ist pünktlich bis zur Peinlichkeit!« erwiderte der Zürcher, und er wunderte sich insgeheim und fragte sich, warum Jenatsch für sich und das Seinige wohl Schutz bedürfe.

Noch einmal suchte er auf dem tiefbeschatteten Gesichte vor ihm zu lesen, aber die Gondel bog eben in eine schmale, finstere Lagune ein, und nur zwei glühende Augensterne blickten ihm, wie die eines Löwen, aus der Nacht entgegen.

Als die Gondel im Canal grande vor den Marmorstufen des herzoglichen Palastes neben einer andern, zur Abfahrt bereiten, anlegte, zeigten sich auf der Schwelle des schön gewölbten Tores zwei Männergestalten in Staatstracht, die sich in ausdrucksvoller Silhouette vom hellen Hintergrunde der glänzend erleuchteten Halle abhoben. Die eine zeigte den feinen Bau und die ruhige, geschmeidige Bewegung des vornehmen Venezianers, die andere, von behaglicher Fülle und deutschehrbarem Ansehen, weigerte sich mit etwas kleinstädtischer Höflichkeit, den Vortritt zu nehmen.

»Voran, Herr Waser! Ihr seid mein verehrter Gast«, sagte der Schlanke, den jetzt Jenatsch und Wertmüller als den Provveditore der Republik mit höchster Ehrerbietung begrüßten. Grimani wandte sich dem Bündner mit gewinnender Freundlichkeit zu.
»Für diesmal keine Auseinandersetzung«, sagte er. »Ich darf Euch, da Ihr von dem edlen Herzog erwartet seid, hier nicht aufhalten. Von minder Wichtigem später. Wir sehen uns wieder.«
Herr Waser konnte es nicht unterlassen, auch seinerseits, bevor er den Fuß in die Gondel setzte, dem Jugendfreunde die Hand zu reichen und ihm zuzuflüstern: »Der Herzog ist dir überaus günstig, und auch Grimani, mein gütiger Wirt in Venedig, äußerte sich wohlwollend über deine Person und rühmte deine Leistungen.«
Die Gondel fuhr ab. Während sie die Halle durchschritten, sagte Jenatsch lächelnd zu Wertmüller: »Ich bin in den dalmatischen Bergen verwildert und soll jetzt ohne Vorbereitung die Sphäre der zarten Herzogin betreten. – Sie ist ohne Frage an Rang und Geist die vornehmste Dame, der mich meine Sterne zu Füßen legten. Erlaubt, Lokotenent, daß ich in Eurer Kammer mein Wams bürste, und leiht mir Euern schönsten Spitzenkragen!«
Damit eilten die beiden Offiziere in raschen Sätzen die breitgestuften Treppen hinauf.

FÜNFTES KAPITEL

»Der Herzog ist allein, er wünscht Euch wohl vertraulich zu sprechen«, sagte Wertmüller zu Jenatsch, als er ihn einige Augenblicke später in die herzoglichen Gemächer einführte. Er ließ ihn zuerst in ein mäßig beleuchtetes, mit dunkelm Holzwerke bekleidetes Vor-

zimmer treten, das durch eine von Säulen geteilte dreifache Bogenpforte den vollen Blick in den einige Stufen höher gelegenen Prachtsaal gewährte.
Dieses reich vergoldete längliche Gemach mit seiner Reihe von fünf Fensterbogen mochte die auf den Kanal schauende Fassade des prunkenden Bauwerks bilden. Der Herzog kehrte der dämmerigen Fensterwand den Rücken zu. Er saß, in einem Buche lesend, vor dem hohen, mit verschlungenen Figuren und Fruchtschnüren von Marmor umrahmten und überladenen Kamine, in welchem ein lebhaftes Feuer flammte.
Schon setzte Wertmüller den Fuß auf die mit türkischen Teppichen belegten Stufen, um den Hauptmann anzumelden, als der Herzog sein Buch schloß und, sich von seinem Sitze erhebend, es auf den Kaminsims legte, ohne jedoch den Eintretenden, die er noch nicht bemerkt hatte, sich zuzuwenden.
Im gleichen Augenblicke hielt Jenatsch den jungen Offizier, der ihn vorstellen wollte, mit einem raschen Griffe seiner eisernen Hand zurück. »Halt«, flüsterte er, auf die Türe eines zweiten, ihnen gerade gegenüberliegenden Nebenraumes hinweisend – »ich komme zur Unzeit.«
Durch diese Türe trat mit lebhafter Bewegung und verweintem Angesichte die Herzogin und führte an der Hand eine große, ruhige Frauengestalt ihrem Gemahle entgegen, in welcher Wertmüller auf den ersten Blick die Beterin vor dem Hochaltare der Frari wiedererkannte.
Unwillkürlich dem Gefühle des ihn Zurückziehenden gehorchend, wich er mit Jenatsch hinter die Draperie des Einganges zurück und blieb dort stehen als ein verborgener, aber aufmerksamer Zeuge auch des Geringsten, was im Saale vorging.
»Hier bring ich Euch eine vom Schicksal Verfolgte, mein Gemahl«, begann die erregte Herzogin. »Sie ist Eurer christlichen Hilfeleistung und Eures ritterlichen

Schutzes bedürftig und, wahrlich, es ist Eurer hohen Tugend würdig, ihr Schirmvogt zu werden. – Sie hat mir ihr volles Vertrauen geschenkt und ihr schmerzenreiches Los ohne Rückhalt entschleiert. Dabei war mir vergönnt – ich kann es auch in ihrer Gegenwart nicht verschweigen –, einen erhebenden Blick in die Tragödie eines mit dem ehernen Schicksale kämpfenden, antiken Charakters zu tun. Dieses edle Wesen trägt nicht ohne Bedeutung den Namen Lukretia. Sie stammt aus einem der besten Geschlechter jenes wilden Berglandes, das Euch als seinem Retter entgegenharrt. Noch war sie ein harmloses Kind, als ihr Vater, der einzige Gegenstand ihrer Liebe, von grausamen Feinden nächtlich gewürgt und sie schutzlos und geächtet dem Elende und der Bosheit dieser gottlosen Welt preisgegeben wurde ... Aber ihr Herz blieb rein, und ihre tapfere Hand zerschnitt mit dem Dolche die Schlingen des Lasters. Seid ihr hilfreich, teurer Herr! Alle dieser geliebten Lukretia erzeigte Gnade seh ich an, als hättet Ihr sie mir erwiesen; denn ihr Unglück erfüllt meine ganze Seele!« –

Hier brach die gerührte Fürbitterin von neuem in Tränen aus und warf sich, das Antlitz mit den Händen bedeckend, in einen Lehnstuhl.

Während dieser Rede der vornehmen Hugenottin, in welcher sich der Schwung des damals Mode werdenden Corneille fühlbar machte, hatte der Herzog seine Blicke voller Güte auf die schweigend und bescheiden vor ihm stehende Bündnerin gerichtet, als suchte er in ihren ruhigen Zügen und in ihren warmen dunkeln Augen das Anliegen zu lesen, welches sie zu ihm führte; denn dieses war ihm bis jetzt trotz der eifrigen Verwendung seiner Gemahlin vollkommen unverständlich und verborgen geblieben.

»Ich bin des Pompejus Planta Tochter, Lukretia«, beantwortete jetzt die Fremde seine stumme Frage. »Als mein Vater in Bünden geächtet ward, brachte er mich, die Fünfzehnjährige, zu den Klosterfrauen nach Monza, und dort traf mich die Kunde seiner Ermordung. Erlaßt mir, Euch zu sagen, wie sie mein Leben zerstörte und wie völlig ich seither verwaist bin. Heim in mein Bünden konnte ich nicht kehren, und kann es auch jetzt nicht ohne Eure Hilfe. Es ist geschlagen von Krieg und schwerer innerer Zwietracht, denn der Fluch ungerochener Mordtat ruht auf ihm, und das Blut meines Vaters schreit gen Himmel. – Wohl lebt mir noch ein Ohm in Mailand, der geächtete Rudolf Planta, der bis heute mit mir das Brot der Verbannung teilte; denn in das Stift zu Monza trat ich nicht, weil ich zu arm war und meine Berge nicht auf ewig missen wollte. Warum ich jetzt den Ohm verlasse, gestattet mir zu verschweigen. – Ich bin ein vom Stamme gerissener, auf dem Strome treibender Zweig und kann nicht Wurzel schlagen, bis ich den Boden der Heimat erreiche und getränkt werde mit dem Blute gerechter Sühne.

Gebt mir einen Freibrief nach Bünden, edler Herr! Ich habe vernommen, daß Euer Einfluß schon jetzt dort mächtig ist und sich bald auf Eure siegreichen Waffen stützen wird. Ich habe gegen mein Vaterland nie gefrevelt und bin den Anschlägen meines Ohms und der spanischen Partei in Gedanken und Taten völlig fremd geblieben. Ich will mein Erbhaus zurückfordern und das Recht meines Vaters suchen, denn allein dazu bin ich noch da.«

Der Herzog hatte der schönen Fremden mit Aufmerksamkeit zugehört, jetzt ergriff er väterlich ihre Hand und sagte mit überlegener Milde: »Ich begreife den Schmerz Eurer Verlassenheit, mein Fräulein, auch bin ich damit einverstanden, daß Ihr Euren heimatlichen Boden wieder gewinnt und dort dem Andenken Eures Vaters lebt. Gern werd ich durch einen Freibrief Euch dazu behilflich sein. – Anders verhält es sich mit dem, was Ihr Sühne nennt. Bedarf es einer solchen, so, glaubt es, wird sie nicht ausbleiben. Unser ganzes Leben, ja das

Leben der Menschheit seit ihrem Anfange ist eine Verkettung von Schuld und Sühne. Schwer aber ist es dem menschlichen Kurzblicke, die richtige Vergeltung zu wählen, und sicherer in jedem Falle, Frevel durch Opfer der Liebe zu tilgen, als Gewalttat durch Gewalttat zu rächen und so Fluch auf Fluch zu häufen. – Besonders die unsichere Frauenhand berühre niemals in den Leidenschaften des Bürgerkriegs die zweischneidige Waffe persönlicher Rache. Mehr als einmal in unsern heimischen Kämpfen war auch ich von Mörderhand bedroht, aber, hätte sie mich getroffen, mit dem letzten Atemzuge hätte ich Frau und Kind angefleht, sich mit keinem Rachegedanken, geschweige mit einer Rachetat zu beflecken. Denn: Ich will vergelten, spricht der Herr.«

Lukretia sah den Herzog mit ernsten, zweifelnden Blicken an. Die christliche Milde des Feldherrn befremdete sie, und sein Tadel traf sie unerwartet. Aber bevor sie noch ihre Gedanken zur Antwort gesammelt hatte, veränderte sich plötzlich ihr Angesicht, als erblicke sie etwas Unmögliches. Ihre ganze Seele trat in die erschrockenen Augen, die wie gebannt auf der mittleren Säulenpforte haften blieben.

Dort erschien, festen Trittes die Stufen herankommend, die hochaufgerichtete Gestalt eines Mannes. Stolz und gefaßt, wie ein verurteilter König sein Blutgerüst besteigt, schritt Jürg Jenatsch der Erstarrenden mit entblößtem Haupte entgegen.

Nach einer stummen Begrüßung des herzoglichen Paares trat er vor die Tochter des Herrn Pompejus hin, heftete seinen Blick auf die lange nicht Gesehene und sprach in abgebrochenen Sätzen: »Dein Recht soll dir werden, Lukretia. Der Mann, der den Planta erschlug, ist dir von Rechts wegen verfallen. Er stellt sich dir und erwartet hier deinen Spruch. Nimm sein Leben. Es ist dein – zwiefach dein. Schon der Knabe hätte es für dich geopfert. Seit ich die Hand an deinen Vater legen mußte, ist mir das Dasein verhaßt, wo ich es nicht für das von Tausenden meines Volkes einsetzen kann. Darnach dürstet meine Seele, und dazu bietet mir dieser edle Herr vielleicht morgen schon Gelegenheit. Das bedenke, Lukretia Planta! Bei dir steht die Entscheidung, wer von euch beiden das größere Recht auf mein Blut habe, ob Bünden oder du.« –

Der Eindruck dieser Erklärung auf das Fräulein war ein gewaltsamer und beirrender. Der Mörder, in dessen Verfolgung sie die Pflicht ihres Lebens sah, legte aus freiem Entschlusse das seinige in ihre Hand, und er tat es mit einer Hochherzigkeit, die eine ebenbürtige Seele reizen mußte, sich ihr mit einer großen Tat der Verzeihung gleichzustellen. Diesen Wetteifer edler Gefühle schien wenigstens die Herzogin zu erwarten, die aus der Rede des Bündners und der Gewalt ihres Eindrucks auf Lukretia leicht erraten hatte, daß eine gemeinsam verlebte Jugend und warme Neigung die beiden verkette. Sie glaubte, nach der eigenen Gemütsstimmung urteilend, Lukretia werde ihre Arme, die sie einen Augenblick in inniger Bewegung gegen den Jugendgenossen erhoben hatte, rasch um seinen Hals werfen und den gerechten, langjährigen Haß gegen den Mörder ihres Vaters dem Zauber einer alten Liebe und der Unwiderstehlichkeit dieses wundersamen Mannes zum Opfer bringen.

Aber es geschah nicht also. Die erhobenen Arme sanken, und die Herzogin sah Lukretias schöne Gestalt erbeben, vom tiefsten Jammer erschüttert. Sie stöhnte laut auf, dann machte sich ihr ein Jugendleben lang stolz getragenes Elend Luft und, sich und ihre fremde Umgebung gänzlich vergessend, brach die qualvoll Bedrängte in einen Strom leidenschaftlicher Klage aus.

»Jürg, Jürg«, rief sie, »warum hast du mir das getan? Gespiele meiner Kindheit, Schutz meiner Jugend! Oft im finstern italienischen Kloster oder in der unheimlichen Behausung meines Ohms, wenn mein Herz nach der Heimat schrie und ich sie doch nicht betreten durfte, ohne die Rache meines Vaters besorgt zu haben, dann im bangen Halbtraume sah ich dich, den treuen Gesellen, zum gewaltigen Kriegsmanne erwachsen, und ich rief dich an: Jürg, räche meinen Vater! Ich habe niemand als dich! Du tatest mir ja sonst alles zuliebe, was du mir nur an den Augen absehen konntest. Jetzt hilf mir, Jürg, meine heiligste Pflicht zu erfüllen! . . . Und ich ergriff deine starke Hand . . . Aber weh mir, sie trieft von Blut! Du Entsetzlicher, du bist der Mörder! Mir aus den Augen! Denn meine Augen sind mit dir im Bunde – und sündigen – und sind mitschuldig am Blute des Vaters. Hinweg! Kein Friede, kein Vertrag mit dir.«

So klagte Lukretia und rang die Hände in innerm Zwiespalte und trostloser Verzweiflung.

Die Herzogin legte beschwichtigend ihren feinen Arm um den Nacken der Haltungslosen, und die weinende Lukretia ließ sich willig von ihr in das Nebengemach zurückführen. Dann erschien die edle Dame noch einmal auf der Schwelle und flüsterte dem ihr entgegentretenden Gemahle zu: »Ich werde sie mit Eurer Bewilligung, sobald sie sich erholt hat, persönlich in meiner Gondel nach ihrer Wohnung bringen. Sie ist bei a Marca, Eurem Wechsler, abgestiegen, dessen Frau ihre entfernte Verwandte ist. Die treue Echagues mag uns begleiten.«

Der Herzog bezeugte der Hilfreichen seine freundliche Beistimmung, und die gefühlvolle Dame verschwand mit einem letzten, halb vorwurfsvollen, halb bewundernden Blicke auf den Bündner.

»Ihr tragt ein schweres Schicksal, Georg Jenatsch«, sagte, als sie jetzt allein waren, der Herzog zu dem Hauptmanne, dessen Blässe ihm auffiel und der einen harten Ausdruck auf dem Antlitze trug, als bekämpfe und verberge er gewaltsam den stechenden Schmerz einer alten Wunde. »Euch aber ist die Sühne für das mörderisch von Euch vergossene Blut gezeigt. Was Ihr in wildem Jugendfeuer verbrochen, dafür sollt Ihr mit der Arbeit geläuterter Manneskraft zahlen. In rasender Selbsthilfe, mit willkürlichen Taten des Hasses wolltet Ihr Euer Vaterland befreien und habt es dem Verderben zugeführt; heute sollt Ihr es retten helfen durch selbstverleugnende Taten des Gehorsams und kriegerischer Zucht, durch die Unterordnung unter einen leitenden, planvollen Willen. – Wo die Tollkühnheit nützt, da will ich Euch hinstellen; ich weiß nun, warum Ihr die Gefahr sucht und liebt. – Von jetzt an betrachtet Euch als in meinen Diensten stehend, denn ich habe mich heute überzeugt, daß mein Einfluß genügen wird, Euch hier frei zu machen. Ich glaube nicht, daß der Provveditore Grimani Euch mir streitig machen wird. Sein Interesse an Euch schien mir lau. Er äußerte sich gleichgültig über die Möglichkeit Eurer Beurlaubung. Wann wird Eure venezianische Kapitulation abgelaufen sein?«

– »Vor Monatsfrist, erlauchter Herr.«

– »Dann ist es gut. Überlaßt mir die Vermittelung. Am einfachsten nehmt Ihr schon heute bei mir Wohnung und sendet sogleich nach Dienerschaft und Gepäck.«

Hier näherte sich Wertmüller, der bis dahin im Vorgemache unsichtbar geblieben war, mit einer ingrimmigen, tragikomischen Miene, denn die von ihm scharf beobachtete Szene hatte einen gemischten Eindruck auf ihn gemacht, und meldete, der Hauptmann habe Gepäck und Leute an der Landungsmauer der Zattere zurückgelassen. Sofern ihm dieser Vollmacht gebe, werde er sie abholen.

Jenatsch war in einen Fensterbogen getreten und überstreifte mit scharfem Blicke den mondbeschienenen Kanal, bis in die von den Uferpalästen geworfenen tiefen Schatten hineinspähend. Aufwärts, abwärts bot

die Wasserstraße das gewohnte friedliche Nachtbild. Nun wandte er sich rasch und beurlaubte sich beim Herzog, um selbst nach seiner Habe und seiner Bedienung zu sehen, welcher er, wie er sagte, strengen Befehl hinterlassen habe, keiner anderen Weisung Folge zu leisten als seiner eigenen mündlichen.
Der Herzog trat auf den schmalen Balkon und blickte, noch unter dem Eindrucke der seltsamen Vorgänge des Abends, in die ruhige Mondnacht hinaus. Er sah, wie Jenatsch eine Gondel bestieg, wie sie abstieß und mit schnellen, leisen Ruderschlägen der Wendung des Kanals zuglitt. – Jetzt hielt sie wie unschlüssig still – jetzt strebte sie eilig der nächsten Landungstreppe zu. Was war das? Aus einer Seitenlagune und gegenüber aus dem Schatten der Paläste schossen plötzlich vier schmale, offene Fahrzeuge hervor, und darin blitzte es wie Waffen. Schon war die Gondel von allen Seiten umringt. Der Herzog beugte sich gespannt lauschend über die Brüstung. Er glaubte einen Augenblick im unsichern Mondlichte eine große Gestalt mit gezogenem Degen auf dem Vorderteile des umzingelten Nachens zu erblicken, sie schien ans Ufer springen zu wollen – da verwirrte sich die Gruppe zum undeutlichen Handgemenge. Leises Waffengeräusch erreichte das Ohr des Herzogs und jetzt, laut und scharf durch die nächtliche Stille schmetternd, ein Ruf! Deutlich erscholl es und dringend:
»Herzog Rohan, befreie deinen Knecht!«

SECHSTES KAPITEL

In einer vorgerückten Morgenstunde des folgenden Tages saß der Provveditore Grimani in einem kleinen, behaglichen Gemache seines Palastes. Das einzige hohe Fenster war von reichen, bis auf den Fußboden herabfließenden Falten grüner Seide halb verhüllt, doch streifte ein voller Lichtstrahl die silberglänzende Frühstückstafel und verweilte, von den verlockend zarten Farben angezogen, auf einer lebensgroßen Venus aus Tizians Schule. Von der Sonne berührt schien die Göttin, die auf mattem Hintergrunde wie frei über der breiten Türe ruhte, wonnevoll zu atmen und sich vorzubeugen, das stille Gemach mit blendender Schönheit erfüllend.

Dem Provveditore gegenüber saß sein ehrenwerter Gast, Herr Heinrich Waser, diesmal mit sorgenbelasteter Stirne. Er war nicht gestimmt, auf die feine, über das Gewöhnliche mit Geist und Anmut hinspielende Unterhaltung seines Gastfreundes einzugehen, und hatte sogar versäumt, seinen hochlehnigen Stuhl so zu setzen, daß er dem verlockenden Götterbilde den Rükken zuwandte, was er sonst nie zu tun vergaß, denn die schmiegsame Gestalt mit dem Siegeszeichen des Parisapfels in der Hand pflegte ihn allmorgendlich zu ärgern und zu betrüben. Sie erinnerte ihn gewissermaßen an seine jung verstorbene selige Frau; aber wie ganz verschieden war hinwiederum dieses reizende Blendwerk von der Unvergessenen, deren Seelenspiegel nie ein Anhauch von Üppigkeit getrübt und die einen ausgesprochenen Abscheu empfunden gegen alles, was sich im mindesten von sittsamer Bescheidenheit entfernte.

Heute aber nahm er an der Göttin keinen Anstoß, er war weit davon entfernt, sie nur zu beachten. Sein ganzes Denken war darauf gerichtet, das Gespräch auf seinen Freund Jenatsch zu bringen, ohne durch die sichere Unterhaltungskunst des Provveditore von der Fährte abgebracht und spielend im Kreise herumgeführt zu werden.

Er hatte heute schon in der Frühe, wie er daheim in Zürich zu tun pflegte, einen kurzen Morgengang gemacht, was hier in dem Gäßchen- und Wasserlabyrinthe der Lagunenstadt seinen vorzüglichen Ortssinn in spannender Übung erhielt. Er hatte zuerst den durch seine weltlustige Pracht ihn täglich überraschenden Markusplatz aufgesucht und sich hierauf sinnreich durch die enge lärmende Merceria nach dem Rialto durchgefunden. Dort hatte er von der Höhe des Brückenbogens mit aufmerksamem Auge den unendlichen Handel und Wandel der meerbeherrschenden Stadt gemustert. Dann war ihm plötzlich eingefallen, hinunterzusteigen auf den nahen Fischmarkt und die eben anlangenden seltsam geformten Seeungetüme zu besichtigen. Hier fiel sein Blick auf den von Herzog Rohan bewohnten Palast, und in seinem Herzen erwachte der Wunsch, den gestern zweimal nur flüchtig begrüßten Jugendgenossen zu besuchen und sich nach dessen Fahrten und Schicksalen freundschaftlich zu erkundigen. Sicher, im Palaste des Herzogs ermitteln zu können, wo Jenatsch hause, und nicht ohne Hoffnung, ihn dort vielleicht persönlich zu treffen, winkte er einem Gondolier, der ihn mit wenigen Ruderschlägen an die Aufgangstreppe des Palastes brachte. Da er von der Dienerschaft erfuhr, Jenatsch sei nicht hier und der Herzog beschäftigt, ließ er sich bei der Frau Herzogin anmelden.

Die hohe Dame hatte ihm dann die gestrigen Ereignisse bewegt und wirkungsvoll, aber höchst unklar geschildert und dabei Andeutungen gemacht über das seinen Freund zermalmende Verhängnis, die den nüchternen Mann befremdeten und höchlich beunruhigten. Der Verhaftungsszene nächtliches Dunkel hatte sie mit der Fackel ihrer Einbildungskraft keineswegs aufgehellt; dennoch wurde es dem klugen Zürcher sofort klar, daß Jenatsch in keiner andern Gewalt als in der Grimanis sich befinden könne. Er war dessen vollkommen gewiß, denn er erinnerte sich jetzt der nachlässigen Ruhe, mit welcher dieser Meister der Verstellungskunst gestern an der Tafel des Herzogs über die unbefugte Rückkehr des Bündners weggeglitten war, die er unter andern

Umständen sicherlich als einen schweren Disziplinarfehler gerügt hätte.
Waser war sogleich nach Hause geeilt, und jetzt saß er dem undurchdringlichen Grimani gegenüber, aus dem er des Bündners Schuld und Schicksal herausbringen mußte.
Der Provveditore war in glänzender Laune. Er erging sich in heitern Reiseerinnerungen, erzählte von London und dem Hofe Jakobs I., wohin ihn vor einigen Jahren eine diplomatische Sendung geführt hatte, und entwarf von dem wunderlich pedantischen, aber, wie er hinzuzufügen sich beeilte, keineswegs auf den Kopf gefallenen König ein ergötzliches Bild. Auch gedachte er in liebenswürdigster Weise seiner Einkehr im Waserschen Hause zu Zürich, dessen patriarchalische Einfachheit und fromme Zucht ihn nach dem lärmenden und sittenlosen London wahrhaft erquickt hätte. Dies brachte ihn auf den besondern Charakter der schweizerischen Eidgenossenschaft und ihre Stellung in der europäischen Politik. Er beglückwünschte den Zürcher, daß dem kleinen Lande aus dem erwarteten Friedensschlusse ohne Zweifel eine durch feste Verträge verbürgte staatliche Unabhängigkeit erwachsen werde.
»Auf die von Niccolò Machiavelli euch vorausgesagte Weltstellung werdet ihr freilich verzichten müssen«, sagte er lächelnd, »aber ihr habt dafür euer eigenes Herdfeuer und eine kleine Musterwirtschaft, in der auch große Herren manches werden lernen können.«
Da hierauf Waser mit leisem Kopfschütteln bemerkte, dieses an sich wünschenswerte Resultat dürfte neben schönen Lichtseiten auch manche Schattenseiten zeigen, und er persönlich sehe sich nur mit Schmerz von dem protestantischen Deutschland abgedrängt, nickte ihm der venezianische Staatsmann einverstanden zu und sagte, staatliche Unabhängigkeit sei eine schöne Sache, und es lasse sich dabei auch bei kleinem Gebiete ein gewisser Einfluß nach außen üben, vorausgesetzt, daß

politische Begabung vorhanden sei und auf ihre Ausbildung aller Fleiß verwendet werde; aber um weltbewegend einzuwirken, sei nationale Größe notwendig, wie sie gegenwärtig nur das durch seinen genialen Kardinal zusammengefaßte Frankreich besitze. Das Wesen dieser Größe und in welchem letzten Grunde sie wurzle habe er oft mit forschenden Gedanken erwogen und sei zu einem eigentümlichen Schlusse gekommen. Es erscheine ihm nämlich, als beruhe diese materielle Macht auf einer rein geistigen, ohne welche die erste über kurz oder lang zerfalle wie ein Körper ohne Seele. Dieser verborgene schöpferische Genius nun äußere sich, nach seinem Ermessen, auf die feinste und schärfste Weise in Muttersprache und Kultur.

»Hier ist allerdings die Schweiz mit ihren drei Stämmen und Sprachen im Nachteile«, fuhr der Provveditore fort, der offenbar mit Vorliebe an Italien gedacht hatte, »aber mir ist um euch nicht bange. Ihr haltet durch andere zähe Bande zusammen. Für unsere gesegnete Halbinsel aber gereicht mir diese meine Wahrnehmung zum Troste. Heute unter verschiedene, zum Teil fremde Herren geteilt, besitzt sie immer noch das gemeinsame Gut und Erbe einer herrlichen Sprache und einer unzerstörbaren, in das leuchtende griechisch-römische Altertum hinaufreichenden Kultur. Glaubt mir, diese unsterbliche Seele wird ihren Leib zu finden wissen.«

Waser, dem diese mystischen Gedankengänge sehr ferne lagen und aus dem Munde seines sonst so kalten, diplomatischen Gastfreundes befremdlich klangen, bemächtigte sich jetzt der Rede, um in ein glänzendes Lob der Republik von San Marco auszubrechen, die, einzig in Italien, mit der Staatsweisheit und dem Rechtssinne der alten Roma eine Parallele bilde.

»Was die Fabeleien von willkürlicher Justiz und geheimen nächtlichen Hinrichtungen betrifft, so bin ich nicht der Mann, mein verehrter Gastfreund, an solche

Märlein zu glauben«, schloß der Zürcher, erfreut mit einer, wie er überzeugt war, ungezwungenen Wendung an das heiß erwünschte Ziel zu gelangen, »und darum kann ich ganz ohne Rückhalt ein mir unerklärliches Ereignis mit Euch besprechen, das sich gestern im Canal grande begab und wobei mein Jugendfreund, der Hauptmann in venezianischen Diensten Georg Jenatsch, ohne Spur verschwunden sein soll. Die durchlauchtige Frau Herzogin Rohan, welche die Gnade hatte, mich mit dem Vorfalle bekannt zu machen, schien mir, soweit ich ihre Andeutungen zu fassen vermochte, nicht ferne zu sein von der Ansicht, der Hauptmann wäre seiner unbefugten Abreise aus Dalmatien wegen den venezianischen Bleidächern verfallen. Eine Vermutung, die ich bei dem eine höchste Kulturstufe erreichenden venezianischen Gesetze und der Milde seines Vollstreckers«, hier machte er eine verbindliche Handbewegung gegen den Provveditore, »– auch nach dessen gestrigen Äußerungen an der Tafel des Herzogs, unmöglich teilen kann.«

»Von Hauptmann Jenatsch habe ich sichere Kunde«, sagte Grimani mit einem unmerklichen Lächeln über die Gewandtheit seines Gastes. »Er sitzt unter den Bleidächern; aber, lieber Freund, nicht wegen eines Disziplinarfehlers, sondern belastet mit einer Mordtat.«

»Gerechter Gott! Und Ihr habt Beweise dafür?« rief Waser, dem es schwül wurde, sprang auf und schritt in dem kleinen Gemache bestürzten Gemüts auf und nieder.

»Ihr werdet, wenn Ihr es wünscht, die Akten lesen«, versetzte Grimani ruhig und ließ seinen Schreiber rufen, dem er befahl, ein Portefeuille, das er ihm bezeichnete, sogleich zur Stelle zu bringen.

Nach wenigen Minuten hielt Waser zwei Aktenstücke über den Zweikampf zwischen Jenatsch und Ruinell hinter St. Justina zu Padua in den Händen, mit denen

er sich, eifrig lesend, in die etwas erhöhte Fensternische zurückzog.
Das eine dieser Schriftstücke war das mit dem Magister Pamfilio Dolce aufgenommene Verhör, worin derselbe den Unfall des ihm zu Erziehung und Schutz befohlenen unschuldigen Knäbleins mit beweglichen Worten schilderte, alsdann zu der großen Szene bei Petrocchi überging, wo der barbarische Oberst sein in rühmlichen Studien ergrautes Haupt mit Schimpf bedeckt, der großherzige Hauptmann aber, von seiner – des Magisters – ehrwürdiger Erscheinung und bescheidener Forderung gerührt, mit schöner Menschlichkeit und antikem Edelmute für ihn eingetreten sei. – Dem mörderischen Duell hatte der Magister nicht beigewohnt, dagegen vom Gerichte sich die Gunst erbeten, dem Protokoll eine wichtige Papierrolle beilegen zu dürfen. Diese fiel Waser in die Hand; aber er warf jetzt nur einen flüchtigen Blick auf deren erste Seite. Er ergreife, sagte der Magister in der auf diesem Blatte stehenden Widmung, einem Meisterstücke kalligraphischer Kunst, die durch das Schicksal unverhofft ihm gewährte Gelegenheit, dem erlauchten Provveditore, als dem hohen Gönner aller Wissenschaft, die gesammelte Frucht eines arbeitsamen, langen Lebens in Demut ersterbend anzubieten: eine Abhandlung über die Patavinität seines unsterblichen Mitbürgers Titus Livius, das heißt, über die in dessen unvergleichliches Latein eingeflossenen charaktervollen paduanischen Provinzialismen.
Das zweite Schriftstück, das Waser entfaltete, war die Relation des Stadthauptmanns, die sich ausschließlich mit der Schlußszene des Handels beschäftigte.
Ein erschreckter Bürger habe ihn benachrichtigt, hinter St. Justina stehe ein gefährlicher Zweikampf bevor zwischen zwei Offizieren der venezianischen Armee. Er sei hingeeilt, von seinen tapfern Leuten zusammenraffend, was er auf dem Wege gefunden, und habe schon von ferne die Gruppe der Kampfbereiten und der

um sie versammelten Neugierigen erblickt, auch deutlich erkennen können, wie nur der eine der Herren Grisonen mit grausamer Wut und rasenden Gebärden auf dem Kampfe bestand, der andere aber kaltblütig mit Ernst und Würde ihn zu beschwichtigen suchte, von den vernünftigen Vorstellungen und höflichen Bitten der anwesenden paduanischen Bürger hierin unterstützt, und sich dann mäßig und nur gezwungen verteidigte. Er habe sich seinem Gefolge voran aufs eiligste genähert, um, wie sein ehrenvolles Amt erheischte, seinen Leib als Schranke zwischen die Frevler am Gesetze zu werfen und den Degenspitzen im Namen der Republik Halt zu gebieten. Als er dies mit eigener Lebensgefahr getan, sei zwar der eine gehorsam zurückgewichen, der andere aber durchbohrt mit einem Fluche zusammengestürzt. Nach seinem Dafürhalten habe sich der Sinnlose mit blinder Wut in die nur zur Verteidigung ihm entgegengehaltene Waffe des andern geworfen, einen Augenblick eh' er die beiden Degen mit dem seinigen niedergeschmettert. – So glaube er seine Pflicht mit Aufopferung erfüllt zu haben und auf die Anerkennung der erlauchten Republik sowie auf ein angemessenes Ehrengeschenk ohne Unbescheidenheit rechnen zu dürfen. –

»Mit diesen Papieren, Herr Provveditore, läßt sich eine Anklage auf Mord nie begründen«, sagte Waser vor seinen Gastfreund hintretend und die Akten nicht ohne sichtbare Zeichen der Entrüstung auf den Tisch legend, wobei der Traktat über die Patavinität des Livius auf den Marmorboden fiel. »Sie sprechen durchaus zugunsten des Hauptmanns und bezeichnen den Fall als strikte Notwehr.« –

»Wollt Ihr noch von den Aussagen der andern Zeugen Einsicht nehmen?« sagte Grimani kalt. »Sie stimmen übrigens durchaus überein mit denjenigen des bettelhaften Pedanten und des prahlerischen Eisenfressers. Die Zeugnisse dieses Gesindels« – er stieß mit der Fußspitze an die gelehrte Arbeit des Magisters Pamfilio, die langsam über die Mosaiksterne des glatten Bodens rollte – »führen nur den Gutmütigen irre, der nicht versteht, zwischen den Zeilen zu lesen. Verzaubert und belügt doch dieser ungesegnete Jenatsch mit seiner heuchlerischen Herzenswärme und seiner ruchlosen Kunst, auch das Absichtlichste als Eingebung des Augenblicks oder harmlosen Zufall darzustellen, ohne Ausnahme alle von oben bis unten, von dem edlen Herzog Rohan bis zu diesen Larven hinab. – Angenommen, daß diese Zeugnisse den Sachverhalt in völliger Wahrheit darstellen, so führt sie doch erst die Kenntnis der Verhältnisse des Hauptmanns und seines ränkevollen Charakters auf ihren richtigen Wert zurück, und mittels dieser Kenntnis bin ich imstande, mein werter Freund, Euch, vielleicht zum Schrecken Eures harmlosen Gemüts, die Geschichte der Tötung des Obersten Ruinell in ihr wahres Licht zu stellen.

Ich will mich kurz fassen. Jenatsch hatte sich zum Ziele gesetzt, um jeden Preis eines der vier bündnerischen Regimenter zu erlangen, die Herzog Rohan zum bevorstehenden Veltliner Feldzuge mit französischem Solde bildet. Alle vier aber waren schon vergeben, eines davon an Ruinell; folglich mußte einer der Obersten, am bequemsten Ruinelli, den der Degen des Ehrsüchtigen erreichen konnte, weggeräumt werden. Als nun der Schulmeister den heißblütigen Oberst mit seinem unverschämten Bettel belästigte, ergriff der geistesgegenwärtige Jenatsch blitzschnell die Gelegenheit, ihn zu reizen, indem er für den Pedanten Partei nahm. Wie die Flamme einmal aufstieg, war es dem Kühlgebliebenen ein leichtes, sie mit seinem boshaften Hauche zu schüren. Er wußte mit seiner absichtsvollen Sanftmut den Zornigen bis zur Raserei zu reizen und als geschickter Fechter den Degen so zu führen, daß keiner den sichern leisen Todesstoß gewahr wurde. – So trug die Sache sich zu, mein braver Herr, wenn die Republik nicht einen menschenunkundigen Neuling zu ihrem Provveditore hat. Euer Signor Jenatsch hat bei seiner dalmatischen Sendung zehnmal mehr List aufgewendet, als es nicht brauchte, diesen armen Trunkenbold aus dem Wege zu räumen.«

Waser hatte diese Auseinandersetzung mit Grauen angehört. Ihn fröstelte beim Gedanken an die Gefahr, die jedem Angeklagten aus dieser scharfsinnig argwöhnischen Auslegung an sich unverfänglicher Tatsachen erwachsen mußte. Sogar ihn, den wohlwollenden, dem Hauptmanne befreundeten Mann, durchfuhr einen Augenblick der Gedanke, des Venezianers grausame Logik könnte recht haben. Aber sein gerader Menschenverstand und sein rechtliches Gemüt überwanden rasch diesen beängstigenden Schwindel. So hätte es sein können; aber, nein, es war nicht so. – Er erinnerte sich indessen, daß der Argwohn in Venedig ein Staatsprinzip sei, und verzichtete darauf, in diesem Augenblicke Grimanis Voreingenommenheit zu bekämpfen.

»Die Tatsachen entscheiden«, sagte er mit überzeugter Festigkeit, »nicht deren willkürliche Interpretation, und Hauptmann Jenatsch ist nicht ohne Schutz in Venedig, denn in Ermangelung eines bündnerischen Gesandten bei der Republik von San Marco glaube ich Geringer im Sinne meiner Obern zu handeln, wenn ich die Interessen des mit Zürich verbündeten Landes in Venedig nach Kräften wahrnehme.« –

»Da verwendet sich noch ein anderer Schutzpatron für die Unschuld, die ich in der Person des Hauptmanns Jenatsch verfolge«, sagte der Venezianer mit schmerzlichem Spotte, denn eben wurde ein in rote Seide gekleideter französischer Edelknabe eingelassen, um in des Herrn Provveditore eigene Hand ein Schreiben seines Gebieters, des Herzogs Heinrich Rohan zu legen.

»Der erlauchte Herzog will mir die Ehre eines Besuches erweisen«, sagte Grimani, die Zeilen durchlaufend, »das darf ich nicht zugeben. Meldet, daß ich mich ihm in einer Stunde vorstellen werde. – Eure Begleitung, Signor Waser, würde mich erfreuen.«

Damit erhob sich der feine, bleiche Mann mit den melancholischen Augen und zog sich in sein Ankleidezimmer zurück.

Waser blieb zögernd stehen. Dann trat er zum Tische und durchlas sorgfältig die übrigen Zeugenaussagen. Zuletzt fiel sein Blick auf die unter einen Stuhl gerollte Abhandlung des Magisters Pamfilio Dolce aus Padua. Ihn jammerte ihr schmachvolles Schicksal.
»Da klebt viel Schweiß daran«, sagte er und hob die Rolle auf. »Ein Plätzchen in unsrer neu gegründeten Stadtbibliothek wird sich schon für dich finden, Werk eines dunkeln Daseins!« –

SIEBENTES KAPITEL

Der Provveditore und Herr Waser wurden vom Herzog in seinem Bibliothekzimmer empfangen, wo dieser, der wenig Schlaf bedurfte und die Einsamkeit der Morgenfrühe liebte, schon manche Stunde des Vormittags in ungestörter Arbeit mit seinem Schreiber, dem Venezianer Priolo, verbracht hatte.
Der Herzog begann mit einigen Worten des Dankes für Grimanis Zuvorkommen.
»Ihr errietet sicherlich aus meinen Zeilen«, sagte er, »das persönliche Anliegen, welches mich schon heute wieder eine Unterredung mit Euch dringend wünschen ließ. Ich war gestern von meinem Balkon aus Zeuge einer nächtlichen Szene, unter der ich mir nichts anderes als die Verhaftung eines Übeltäters denken konnte. Verschiedene Umstände lassen mich mit Sicherheit schließen, daß dieser Gefangene der Republik der Bünd-

ner Georg Jenatsch sei. Ich hatte nun, wie ich Euch, mein edler Herr, schon gestern andeutete, auf die Dienste desselben Mannes für meinen bevorstehenden Feldzug in Bünden gezählt und mir davon bei seinem militärischen Talent und seiner mir höchst wertvollen Kenntnis seines Vaterlandes großen Vorteil versprochen. Ihr seht ein, wie sehr mir daran liegen muß, zu erfahren, welcher Übertretung des Gesetzes er sich schuldig gemacht, und, wenn sein Verbrechen kein schweres und schmachvolles ist, mein Fürwort für ihn einzulegen.«

»Niemand ist williger, Euch zu dienen als ich, erlauchter Herr«, antwortete Grimani, »und in Wahrheit glaubte ich gerade Euch einen nicht geringen Dienst zu leisten, wenn ich diesen mir schon längst verdächtigen Menschen, in dem die Keime vieler Gefahren liegen, jetzt, da er sich durch eine blutige Tat in meine Hand gegeben hat, auf die Seite räumte. Er ist, wie Ihr aus der aktenmäßigen Darstellung erfahren werdet, dem Wortlaute unseres Gesetzes nach der Todesstrafe verfallen. Ob ich ihn, mildernde Umstände annehmend, begnadigen will, das steht vollkommen in meiner Willkür. Ist dies Euer Verlangen an mich, so werdet Ihr keine Weigerung erfahren; aber höret vorher gütig an, was ich von dieser Persönlichkeit denke. – Den Vorfall selbst bitte ich meinen würdigen Freund Waser Euch zu berichten. Er hat soeben von den Akten Kenntnis genommen, und es ist mir angenehm, den Vortrag ihm zu überlassen, da er mich insgeheim vergiftenden Argwohns und schnöder Menschenverachtung bezichtigt.« –

Der Zürcher entledigte sich dieses Auftrags mit Freundeseifer und sachkundiger Gewandtheit. Zum Schlusse faßte er seine Meinung dahin zusammen, daß hier ein Fall reiner Notwehr vorliege.

»Und nun erlaubt mir, meinerseits Euch auszusprechen«, sagte Grimani, und seine Stimme trübte sich vor innerer Bewegung, »daß ich die Tat für eine vorbedachte, absichtsvolle und diesen Charakter kennzeichnende halte. Georg Jenatsch ist unermeßlich ehrsüchtig, und ich glaube, er sei der Mann, jede Schranke, welche diese Ehrsucht eindämmt, rücksichtslos niederzureißen. Jede! Den militärischen Gehorsam, das gegebene Wort, die heiligste Dankespflicht! Ich halte ihn für einen Menschen ohne Treu und Glauben und von grenzenloser Kühnheit.«

Mit wenigen, aber noch schärfern Zügen, als er es Waser gegenüber getan, bezeichnete er sodann dem Herzoge die selbstsüchtigen Ziele, welche nach seiner Beurteilung Jenatsch durch die Ermordung seines Landsmannes habe erreichen wollen.

Der Herzog warf ein, es sei ihm kaum glaublich, daß eine so ursprüngliche und warme Natur wie dieser Sohn der Berge eines so kalt konsequenten und verwickelten Verfahrens fähig sei.

»Dieser Mensch erscheint mir unbändig und ehrlich wie eine Naturkraft«, fügte er hinzu.

»Dieser Mensch berechnet jeden seiner Zornausbrüche und benützt jede seiner Blutwallungen!« erwiderte der Venezianer, gereizter, als es von seiner Selbstbeherrschung zu erwarten war. »Er ist eine Gefahr für Euch, und wenn ich ihn verschwinden lasse, so hab ich Euch noch nie einen bessern Dienst erwiesen.«

Der Herzog verharrte einige Augenblicke in schweigendem Nachdenken, dann sprach er mit großem Ernste: »Und dennoch ersuche ich Euch um die Begnadigung des Georg Jenatsch.«

Grimani verbeugte sich, trat an den Arbeitstisch des Geheimsekretärs Priolo, der in seiner Fensternische ruhig weiter geschrieben hatte, warf ein paar Worte auf ein Papier und bat den jungen Mann, den Befehl in das Staatsgefängnis zu bringen. Herzog Rohan fügte bei, sein Adjutant Wertmüller möge den Schreiber begleiten.

Jetzt heftete Grimani seine ruhigen, dunkeln Augen auf den Herzog und fragte plötzlich, ob er ihm nicht die Gunst gewähren könne, die Unterredung noch eine kurze Zeit ohne Zeugen fortzusetzen. Rohan wandte sich zu Herrn Waser und sagte lächelnd:

»Gerade wollt' ich Euch bitten, die Herzogin über das Los des Hauptmanns Jenatsch, an welchem sie mitleidigen Anteil nimmt, an meiner Statt vorläufig zu beruhigen.«

Geschmeichelt durch dies Wohlwollen und erfreut, der Überbringer einer guten Botschaft zu sein, beurlaubte sich der Zürcher und folgte einem Pagen, der ihn der ungeduldig harrenden hohen Frau zuführte.

»Betrachtet, edler Herzog, es als ein Zeichen meiner besonderen Ergebenheit«, begann der Venezianer, »wenn ich ganz gegen meine Gewohnheit mich nicht scheue, aufdringlich zu sein und den Vorwurf unzarten Eingreifens in fremde Verhältnisse mir zuziehe. Abgesehen von unsern gemeinsamen politischen Interessen bin ich überzeugt, daß Ihr meine hohe Verehrung für Euren Charakter genugsam kennt, um sie als einzige Triebfeder und als Entschuldigung dieses außerordentlichen Schrittes gelten zu lassen.

Für Euch wollte ich diesen Mann unschädlich machen. Ich kenne seine Vergangenheit. In Bünden, wo ich vor Jahren die Interessen meiner Republik als Gesandter wahrnahm, habe ich ihn an der Spitze rasender Volkshaufen gesehen, und seine Herrschaft über die tobenden Massen hat mich entsetzt.

Mein erlauchter Freund erlaube mir, einen Blick auf das Werdende zu richten. Denselben Blick, den ich wider Willen auf die sich vollziehenden Geschicke unsrer Republik wende und der mir in unsern Räten den trübseligen Namen Kassandro zugezogen hat. Und nach Verdienst: denn mir ist wehe dabei, und mir wird nicht geglaubt! – Nicht Apollo aber hat mich zum

Seher gemacht, sondern ein enttäuschter Geist und ein erkältetes Gemüt. –
Ihr seid im Begriffe, Bünden der spanischen Macht zu entreißen, und ich zweifle keinen Augenblick am Erfolge Eurer Waffen. Aber was dann? Wie werden sich nach Vertreibung der Spanier die Absichten der französischen Krone, die das strategisch wichtige Land bis zum allgemeinen Frieden unmöglich aus den Händen geben darf, mit dem stürmischen Verlangen seiner wilden Bewohner nach der alten Selbständigkeit vereinigen lassen? Da Richelieu – ich will sagen der allerchristlichste König, Euer Herr – nur den kleinsten Teil seiner in Deutschland unentbehrlichen Truppen Euch zur Verfügung stellt, werdet Ihr in Bünden selbst werben und dem durch jegliches Elend erschöpften Lande neue Opfer zumuten müssen. Das aber – ich schäme mich zu sagen, was Ihr sicherlich längst bedacht habt – wird Euch nur durch das Mittel weitgehender Versprechungen gelingen. Ich wenigstens kann mir nichts anderes denken, als daß Ihr mit Eurem persönlichen Werte den Bündnern Euch werdet verbürgen müssen, ihnen, sobald Euer Sieg erfochten ist, ihr ursprüngliches Gebiet und ihre alte Selbständigkeit unvermindert zurückzugeben. – Darum sendet, wie ich vermute, Richelieu gerade Euch, dessen Name von reiner Ehre leuchtet, nach Bünden, weil Eure Gewalt über die protestantischen Herzen ihm dort ein Heer ersetzt. So werdet Ihr mir einräumen, edler Herr, daß Euer eine schwere Stunde und eine peinliche Doppelstellung zwischen dem Kardinal und Bünden wartet. Wohl wird es Eurer Weisheit gelingen, das Interesse der französischen Krone, welcher Ihr dient, und die von Euch verbürgten Ansprüche des Gebirgsvolkes, ohne jenes zu verleugnen oder diese zu täuschen, durch umsichtige Politik und kluge Zögerung in der Schwebe zu halten und endlich auszugleichen; aber nur unter der Bedingung, daß das hingehaltene Bünden in keiner Weise gegen Euch und Frankreich

eingenommen und aufgestachelt werde. – Ihr lächelt, gnädiger Herr! – In der Tat, wer in Bünden sollte es wagen, gegen das mächtige Frankreich sich zu verschwören oder gar mit offener Gewalttat zu erheben! Gewiß keiner, Ihr habt recht, wenn nicht vielleicht jener Heillose – Euer Schützling, Georg Jenatsch.«

Der Herzog lehnte sich mit einer abwehrenden Handbewegung und dem schmerzlichen Ausdrucke verletzten Selbstgefühls zurück. Eine Wolke zog über seine Stirn. Das Bild des Bündners, wie es der Haß Grimanis entwarf, schien ihm vergrößert und entstellt; doch nicht die seine Menschenkenntnis in Frage stellende, übertrieben schlimme und große Meinung, die Grimani von dem begabten Halbwilden hatte, welchen er sich zum Werkzeuge erlesen, war ihm empfindlich, wohl aber, daß der Venezianer die geheime Wunde seines Lebens, seine schiefe Stellung zu Richelieu, scharfsinnig erkannte und zu berühren sich nicht scheute. Der Frankreich nach großem Plane regierende, aber ihm persönlich abgeneigte Kardinal war im Stande – Rohan wußte es wohl –, seine protestantische Glaubenstreue als Mittel zum Zwecke auszubeuten und ihn persönlich aufzuopfern. Die Gefahr, welche er selbst sich auszureden suchte und in schlaflosen Nächten doch immer und immer wieder sorgenvoll erwog, war also fremden Augen offenbar.

– »Verzeiht, teurer Herr, meine vielleicht schwarzsichtige Sorge für Euch«, sagte Grimani, der den verborgenen Kummer des Herzogs in seiner erkälteten Miene las. »Frankreich darf und wird sich gegen seinen edelsten Sohn nicht undankbar erzeigen. – Nur um eines bitte ich Euch, flehe ich Euch an: Wenn Ihr an meine Ergebenheit glaubt – hütet Euch vor Georg Jenatsch.«

Kaum war das Wort ausgesprochen, so klirrten rasche Tritte im Vorsaal, und der Genannte trat mit dem Adjutanten Wertmüller in das Gemach, wo eben noch edelmütige Größe und menschenverachtender Scharfsinn über ihn zu Gerichte gesessen und um ihn gestritten hatten. Jenatsch sah finsterer als je und tief bewegt aus. Den Provveditore, der ihm zunächst stand, bedachte er mit einem untertänigen Gruße und einem Blicke voll tödlichen Hasses, welchem dieser mit vornehmer Ruhe begegnete. Dann trat er raschen Schrittes vor den Herzog. Er schien in leidenschaftlichem Dankgefühle seine Knie umfassen zu wollen; aber er ergriff nur Rohans Hand und ließ, das gesenkte Auge verbergend, eine heiße Träne auf dieselbe fallen.

Der kalte Grimani, dem diese glühende Bewegung einen widerwärtigen Eindruck machte, brach zuerst das Schweigen und bemerkte mit scharfer leiser Stimme: »Vergeßt nie, Signor Jenatsch, daß Ihr nicht der Güte Eurer Sache, sondern nur und allein der Fürsprache dieses hohen Herrn Euer verwirktes Leben verdankt.«

Der Hauptmann schien in seiner Bewegung das Wort des Venezianers nicht gehört zu haben, er richtete seinen feurigen Blick auf den Herzog und sprach:

»Meinen Dank, teuerster Herr, laßt mich Euch sofort durch die Tat bezeugen. Ich hoffe, Ihr habt manche Gefahr für mich bereit – laßt mich eine vorwegnehmen. Übertragt mir ein Geschäft, das ich allein, wie Ihr bedürft, verrichten kann, bei dem ich das mir geschenkte Leben zehnfach auf das Spiel setze und welches doch nicht rühmlich genug ist, daß es mir irgendeiner neide oder streitig mache. – Ich rede hier frei, ich bin unter Eingeweihten. – Wie mir mein Kamerad Wertmüller in seinen Briefen Euern Plan angedeutet hat, werdet Ihr von Norden über die Bernina ins Veltlin vordringen, um mit dem Scharfblicke des großen Feldherrn die feindliche Stellung in der Mitte zu fassen und, Spanier und Österreicher auseinanderwerfend, die einen zurück in das Gebirge, die andern hinunter nach den Seen zu jagen. Nun ist von höchster Bedeutung, die von den Spaniern vielfach neu angelegten Verschanzungen des Veltlins genau zu untersuchen. – Laßt mich hin! Ich nehme Euch Pläne davon auf, kenne ich doch das Land wie wenige.«

»Davon reden wir morgen, mein Georg«, sagte der Herzog und legte ihm seine schmale Hand auf die mächtig gebaute Schulter. – – –

Am Abende des Tages, der den Hauptmann Jenatsch zum Kameraden des Lokotenenten Wertmüller im Dienste des Herzogs machte, fiel es diesem ein, den Brief seines Vetters in Mailand zu beantworten.

Er meldete, daß er einen kurzen Urlaub nach Zürich genommen, obschon er sich nicht absonderlich freue, den Duft seines Nestes wieder zu riechen, aber verschwieg dabei natürlich, daß er sich dort dem Herzoge bei seinem Durchbruche aus dem Elsaß nach Graubünden anschließen und die Wartezeit zu Werbungen für Frankreich verwenden werde. Dagegen berichtete er weitläufig, die aus Mailand entflohene dolchführende Schönheit habe er nicht nur kennengelernt, sondern es werde ihm sogar die Ehre zuteil, besagte tapfere Person auf Geheiß des Herzogs über das Gebirge nach Bünden zu geleiten, was ihn von seiner eigenen Reiseroute nicht abführe. – Als Belohnung für die vom Vetter ihm zum besten gegebene Geschichte und als deren Vervollständigung erzählte er ihm den unerwarteten Auftritt im Saale des Herzogs, dem er, persönlich unbeteiligt, mit gekreuzten Armen als vergessener Beobachter hinter einer bergenden Säule beigewohnt habe – halb gerührt, halb ärgerlich –, denn er sei eigentlich kein Liebhaber heftig ausbrechender Gefühle. In einen solchen vulkanischen Ausbruch aber habe die bescheidene, von der sentimentalen Herzogin in Szene gesetzte Vorführung einer Schutzflehenden plötzlich umgeschlagen. Er selbst habe die Lunte angezündet, indem er den Heldenspieler eingeführt, einen tapfern Soldaten, aber leider ehemaligen Pfarrer, der ihm trotz einiger tüchtiger Eigenschaften wenig sympathisch sei, da demselben gewisse pompöse Manieren, wahrscheinlich von der Kanzel her, ankleben und ein leidiger Hang zu grandiosem Komödienspiele. In seiner Jugend sei der Pfarrer ein wütender Demokrat gewesen und einer der bösen Gesellen, die den Pompejus Planta umgebracht. Statt nun still, wie er, der taktvolle Wertmüller, es getan, im Hintergrunde zu bleiben, habe sich der Abenteurer sofort der bündnerischen Dame als Mörder ihres Vaters und zugleich als ehemaligen zärtlichen Liebhaber vorgestellt. Daraus sei plötzlich eine solche Explosion verrückter Dinge entstanden, ein so einziges Spektakel, daß ihm heute noch der Kopf davon schwirre. Für die Herzogin, deren poetischer Schwung allen Verstand übersteige, sei es eine Wonne gewesen. Sie habe schnatternd auf dem Tränenmeere herumgerudert wie die Enten im Teiche. – Jetzt arbeite sie daran, einen würdigen Schlußakt herbeizuführen nach dem Muster der gegenwärtig in Paris Furore machenden Komödie, deren Autor einen Vogelnamen – etwas wie Dohle oder Krähe – trage und die einen ganz ähnlichen Gegenstand behandle. Dort schließe der Konflikt mit Heiratsaussichten; hier aber werde es hoffentlich, und wenn noch Vernunft im Leben sei, nicht dazu kommen. Es wäre schade um das Mädchen, er gönne sie dem Volkshelden nicht. Sie sei zwar keine blondlockige, üppige Schönheit, wie sie Paul der Veroneser und der flotte Tintorett, die Naturmöglichkeit überbietend, aus golddurchwirktem Damaste hervorquellen lassen, noch habe sie die nächtlichen halbgeschlossenen Augen und die blauschwarz schimmernden Flechten um die sanfte, listige Schläfe, die ihn an andern Töchtern der Lagunenstadt berücken; aber sie habe es ihm nun einmal angetan mit einem gewissen ehrlichen, großen Wesen. Was bei Lukretia Wahrheit sei, halte er bei Jenatsch zum guten Teil für Schein: gerade jene große Manier, von der er gesprochen.

Sei übrigens der Hauptmann Jenatsch auf hohes Spiel erpicht, so habe er gestern abend seine Lust büßen können.

Mitten aus der Rührung sei er von Sbirren herausgeholt und unter die Bleidächer gesetzt worden. Der Provveditore Grimani, der den Bündner merkwürdigerweise für ein wichtiges und staatsgefährliches Subjekt halte, hätte ihn gern sogleich in den Kanal versenkt. Aber der umständliche alte Herr habe dabei eine kostbare Zeit verloren, die sich der Herzog zunutze gemacht, um seinen neuen Günstling sich wieder zurückliefern zu lassen. Ihm persönlich sei das nicht gerade unlieb, denn er verspreche sich bei den merkwürdigen Lebensumständen des neuen Kameraden noch manchen schlagenden Witz des Zufalls und freue sich besonders darauf, mit dem gewesenen Pfarrer an seinen ehemaligen Kirchen in Bünden vorüberzureiten, wo ihn dann ein Gewisser darüber zur Rede stellen werde, was alles er da drinnen dem Volke vorgemacht.

Hier strich sich der Lokotenent vergnügt das magere Kinn und schloß das Schreiben an seinen Vetter in Mailand.

DRITTES BUCH

Der gute Herzog

ERSTES KAPITEL

Auf einer Erhöhung des linken Rheinufers am Fuße des lieblichen Heinzenbergs überschauen die Mäuerlein und anspruchslosen Gebäude des Frauenklosters Cazis die Hütten eines dem katholischen Glauben zugetan gebliebenen Dorfes. Am schmalen Bogenfenster einer Zelle, die nach dem grauen, jetzt vom Morgenlichte beschienenen Schloßturme von Riedberg hinüberschaute, saß die schöne Lukretia Planta.

Der Frühling war vorübergegangen. Auch auf der Nordseite der rhätischen Alpen hatte der laue Föhn schon längst den Schnee von den Halden weggeschmolzen und in tobenden Wildbächen dem Rheine zugeführt. Durch die Felsspalten der Via Mala hatte der Südsturm gebraust mit dem jugendlich unbändigen Strome um die Wette. Wochenlang hatte der schäumende Rhein zornig an seinen engen Kerkerwänden gerüttelt und herausstürzend die flacheren Ufer verheert. Jetzt führte er ruhiger die gemäßigten Wasser zu Tal, umblüht von den warmen Matten und üppigen Fruchtgärten des gegen die rauhen Nordwinde geschützten Domleschg.

Es war ein klarer Morgen zu Anfang des Juni, und die älteste Ordensschwester Perpetua hatte eben nach einer längern Unterredung das edle Fräulein verlassen.

Die frommen Frauen von Cazis hegten schon längst einen Herzenswunsch. Das Amt ihrer Priorin war während langer Kriegsjahre unbesetzt geblieben, und sie sehnten sich darnach, daß es endlich wieder würdig bekleidet und geehrt werde von einem bei Gott und Menschen angesehenen Sprößlinge einer großen Familie. Wen konnten die Heiligen dazu auserwählt haben, wenn nicht die im Tale aufgewachsene und begüterte Lukretia Planta!

Das Kloster hatte den Planta schon aus den Zeiten vor der Reformation manche Schenkung zu verdanken. Nun waren mehrere Glieder der berühmten Familie, voran Herr Pompejus, in den Schoß der alleinseligmachenden Kirche zurückgekehrt; dieser edle Herr aber hatte ohne letzte Wegzehrung einen bösen, jähen Tod erlitten. – Was war natürlicher und christlicher, als daß seine vereinsamte Tochter den Schleier nehme, um für das Heil seiner Seele zu beten und das Kloster in diesen möglicherweise noch nicht sobald endenden schlimmen Zeiten mit ihrem edeln Namen zu schirmen, es mit ihrem Erbe zu bereichern.

Die Zurückgabe ihrer väterlichen Güter, von welcher wegen der Planta Landesverrat und Mitschuld am Veltlinermorde selbst zur Zeit der Unterjochung durch die Spanier nicht die Rede sein konnte, stand jetzt in naher Aussicht, sonderbarerweise durch die Vermittelung des Obersten Georg Jenatsch. Die Taten des jetzt im Veltlin unter Herzog Rohan fechtenden Scharanser Pfarrsohns gingen in seinem Heimatstale von Mund zu Munde, und sein Ruhm im ganzen Lande stieg täglich.

Zu dieser Fürsprache hatte den Obersten Jenatsch wohl ein nagender Gewissensbiß getrieben, oder wenn sie einen weltlichen, dem Verstande der Frauen von Cazis undurchdringlichen Grund hatte, so wußte Gott von jeher auch die Gedanken der Bösen zu seinen Zwecken zu biegen. Daß aber das edle Fräulein in Cazis eine bleibende Stätte finde und als Priorin die verlassene Herde weide, das war offenbar die Meinung des heiligen Dominikus selber, dessen Regel das Haus befolgte.

Lukretia hatte schon im Kloster zu Monza sein himmlisches Wohlgefallen auf sich gezogen. Damals hatten kaiserliche Kriegsbanden die Kirche zu Cazis geplündert und darin so unchristlich gehaust, daß, wie Perpetua dem Fräulein schrieb, von der heiligen Muttergottes nichts als das nackte Holz zurückblieb. Das junge Mädchen hatte dann in der Schule der geschickten italienischen Nonnen ein kostbares Kleid für die beraubte heimische Gottesmutter gestickt und bald Gelegenheit gefunden, es durch den herzhaften und wanderlustigen Pater Pankraz an seine Bestimmung gelangen zu lassen.

Seither hatte der heilige Dominikus der unwürdigen Schwester Perpetua seinen Wunsch und Willen in wiederholten Erscheinungen kundgetan. Am deutlichsten und wunderbarsten aber war dieses in der verwichenen Nacht geschehen. Die betrübte Ordensschwester hatte in gottbegnadetem Traume die öde Zelle der Priorin betreten und dort plötzlich Lukretia erblickt, wie sie leibte und lebte, doch mit demütigem Angesichte und gesenkten Augen. Neben ihr aber stand St. Dominikus selbst im Glanze des Himmels und seiner schneeweißen Kutte, der ihr einen Lilienstengel überreichte. Der Träumenden war alsdann vorgekommen, als lege sich ein Abglanz seines Heiligenscheins um Lukretias erwähltes Haupt.

Die Schwester öffnete die Augen voller Freude und durchdrungen von dem Gefühle, daß sie diese Offenbarung nicht für sich behalten dürfe. So war sie denn gekommen, das Gesicht Lukretia mitzuteilen und mit ihr dessen Bedeutung zu besprechen.

Der Eindruck des Traumbildes auf das Fräulein war indessen weniger erfreulich und überzeugend gewesen, als die Nonne gehofft, und sie hatte sich darauf lange bemüht zu ergründen, welche Wurzeln der Weltlust oder der Weltsorge das Fräulein immer noch draußen zurückhielten, denn dieses sprach von dem Kloster, trotz seines Wohlwollens für dasselbe, nur als von seiner einstweiligen Herberge.

An irdischem Besitz schien Lukretias Herz nicht zu hangen, noch weniger an irdischer Liebe; denn einige bescheidene Klosterscherze, die sich Schwester Perpetua einzig in der Absicht, das Fräulein zu erforschen, in dieser Richtung erlaubte, wurden mit stolzem Lächeln abgewiesen.

Noch eine Möglichkeit hatte die Schwester beunruhigt: Lukretia wolle in der Welt bleiben, bis sie einen würdigen Bluträcher finde, der nach altem Landesbrauche den Tod ihres grausam erschlagenen Vaters mit demjenigen der Mörder sühne, oder sie trage am Ende selbst blutige Gedanken mit sich herum, die sich mit dem Frieden des Klosters nicht vertrügen.

Diese schreckliche Vermutung, die ursprünglich ihrem zahmen und frühe durch Klosterzucht geregelten Gemüte ferne lag – Perpetua war keine schwerblütige Bündnerin, sondern entstammte einer ehrbaren Zugerfamilie –, hatte ihr der alte Lukas zu Riedberg noch vor der Fahrt, die er nach Italien getan, um das Fräulein heimzugeleiten, zu wiederholten Malen nahegelegt. Er selbst war ganz davon durchdrungen, wie von einer unabwendbaren Notwendigkeit. Aber auch diese Mutmaßung hielt nicht stand. Lukretia war der Schwester heute so kindlich weich und versöhnlich erschienen, daß sie sich einen derartigen Verdacht als ein Unrecht gegen das verwaiste Fräulein vorwarf.

In Wahrheit, heute hegte Lukretia keine Rachegedanken. Sie sann mit einer Trauer, die ihre geheime Süßigkeit hatte, den Erlebnissen ihrer Heimreise aus Venedig nach. Ein seltsames Verhängnis hatte das Leben des ihrer Rache Verfallenen in ihre Hand gegeben, und sie hatte es nicht genommen, sie wußte heute mit voller Herzensüberzeugung, daß sie es nicht nehmen dürfe. Der Widerstreit ihrer Gefühle hatte sich gelegt, sie war zur Ruhe gekommen.

Lukretia hatte Venedig, begleitet von ihrem treuen Lukas, im Frühjahr verlassen und die lange Strecke bis nahe an die Grafschaft Chiavenna erst über Verona und Bergamo und dann längs der blühenden Ufer des Comersees in mäßigen Tagritten ohne Aufenthalt und Abenteuer zurückgelegt. Grimani hatte sie mit einem Geleitbriefe durch das Venezianische versehen – im Mailändischen genügte ihr Name –, und von Rohan war ihr als schützender Kavalier der junge Wertmüller mitgegeben worden.

Wohl hatte die Herzogin gegen dieses für die schöne Reisende, wie sie behauptete, in keiner Weise passende Geleite zuerst Einspruch erhoben; aber der Herzog kannte die guten und schlimmen Eigenschaften seines Wertmüller nicht erst seit gestern und wußte, daß sein wunderlicher Adjutant sich noch in jeder ernsten Probe ehrenhaft, zuverlässig und tapfer erwiesen hatte.

So strebte Donna Lukretia, von dem triumphierend neben ihr reitenden Lokotenenten geistvoller, als ihr wohltat, unterhalten, den täglich sich vergrößernden Silberspitzen ihrer heimischen Gebirge entgegen, und eines Tages gelangte der kleine Reisezug in die sumpfige Ebene, durch welche die Adda sich langsam dem Nordende des Comersees zuwindet. Da sie am Morgen in der kühlen Frühe aufgebrochen waren, beschlossen sie an einem Kreuzwege unfern der drohenden Festung Fuentes vor einer Locanda kurze Mittagsrast zu halten, um dann heute noch Chiavenna zu gewinnen und am nächsten Tage den Saumpfad über den Splügen einzuschlagen.

Lukretia zog es vor, die unreinliche Herberge nicht zu betreten; sie setzte sich allein in eine Weinlaube, deren blasses Frühlingsgrün sich eben aus den springenden Knospen entwickelte. So hatte sie eine Weile den Hühnern zugesehen, die neben der Krippe das von den fressenden Pferden herausgeworfene Futter aufpickten, da erblickte sie zwischen den zarten Blättern und jungen Ranken hindurch auf der staubigen Landstraße einen Zug Leute, der sogleich ihre ganze Aufmerksamkeit fesselte. Sie erriet, daß ein Gefangener eingebracht werde, und als er näher kam, erbebte ihre Seele. Ein halbes Dutzend spanischer Soldaten, voran ein alter, dürrer Hauptmann zu Pferde, führten in ihrer Mitte einen Mann in der Alltagstracht des Veltlinerbauers, dessen Kleider zerrissen und über und über von Sumpfwasser geschwärzt waren. Staub und Blut entstellten sein Angesicht, und die Hände waren ihm mit groben Stricken hinter dem Rücken zusammengebunden. Das Fräulein erkannte mit Entsetzen die hohe Gestalt und die trotzige Haltung des Jürg Jenatsch. Auf den Spuren des eingeholten Flüchtlings schnüffelten spanische Bluthunde, welche wohl bei dieser Menschenjagd Dienste geleistet hatten, und gelbe halbnackte Jungen und blödsinnige Zwerggestalten liefen johlend hinter dem gewaltigen wehrlosen Manne her. Beim Herannahen des Trupps eilten die Bewohner des Hauses vor der Türe zusammen, auch Lukas kam herbei, der eben die Pferde wieder gesattelt hatte, und Wertmüller trat hinter Lukretia.

Der spanische Hauptmann gebot seinen Leuten Halt, stellte sich in den Schatten der Hauspforte und nahm seine Sturmhaube von dem totenkopfähnlichen Haupte, dessen braune Knochen nur durch zwei erhitzte, tiefliegende Augen belebt erschienen. Dann hieß er sein abgejagtes Tier, dessen Riemenzeug zerrissen war, zur Zisterne führen und fragte kurz und barsch: »Ist jemand hier, der in diesem Späher den vormaligen ketzerischen Prädikanten und vielfachen Mörder Georg Jenatsch erkennt?«

Es schlurfte in zerfetzten Schuhen ein ältlicher Knecht herbei und sagte mit kriechender Miene: »Zu dienen, Exzellenz. Ich hauste anno 1620 in Berbenn und war dabei, als dieser Gotteslästerer mit verfluchter Hand meinen leiblichen Bruder gegen den Hochaltar von

St. Peter schleuderte, daß der Ärmste für sein Lebtag ein Gebresten davontrug.« –
»Das paßt«, sagte der Spanier, »ich betraf denselben Prädikanten im gleichen Sommer an der Zugbrücke unserer Festung. Eure Ausflüchte, Mann, helfen Euch nicht, und der Strick ist Euch gewiß.«
Lukretia hatte im Hintergrunde der Laube den Auftritt mit laut klopfendem Herzen angesehen. Konnte sie Georg retten: Wollte, durfte sie es? . . . Hinter ihr stand Wertmüller, dessen angriffslustige Ungeduld sie fühlte und den sie leise den Hahn seines Pistols spannen hörte. Lukretia erhob sich und schritt, von einer unwiderstehlichen Macht gezogen, langsam vor. Bei des Spaniers letzten Worten stand sie zwischen ihm und dem an einen steinernen Stützpfeiler der Laube geschnürten Gefangenen. In diesem Augenblicke flog eine Handvoll Kot und Steine von einer lachenden Kropfgestalt geworfen an die blutende Stirne des Gefesselten, aber seine Miene blieb stolz und ruhig, nur seine Lippen bewegten sich flüsternd: »Lukretia, deine Rache vollzieht sich!« klang es in romanischen Lauten, ohne daß sein Blick sich nach ihr gewendet hätte.
»Sennor«, redete die Bündnerin den spanischen Hauptmann mit fester Stimme an, »ich bin Lukretia, die Tochter jenes Planta, den Georg Jenatsch erschlagen hat. Ich habe seit dem Tode meines Vaters keinen liebern Gedanken gehabt als den der Rache; aber in diesem Manne hier erkenne ich den Mörder meines Vaters nicht.«
Der Spanier richtete seinen bösen Blick erst fragend und dann höhnisch auf sie, aber Lukretia beachtete ihn nicht. Schon hielt sie ihren kleinen Reisedolch in der Hand und begann ohne Zögern die Bande des Gefangenen zu durchschneiden.
Was jetzt um sie vorging, traf ihre Sinne kaum. Sie vernahm noch den raschen Befehl Wertmüllers an Lukas: »Pferde vor!«, gewahrte noch, wie der Lokotenent

dem Spanier mit dem Pistol in der Hand entgegentrat und dieser den Degen aus der Scheide riß. Dann wurde sie rasch aufs Pferd gehoben, das, Musketenschüsse hinter sich hörend, in wilden Sprüngen sie von dannen trug und in jagendem Laufe an der Festung Fuentes vorüber der Straße nach Chiavenna folgte. Auf dem staubigen Heerwege sprengte sie vorwärts, mit Mühe sich auf dem erschreckten Pferde haltend und doch angstvoll zurücklauschend, ob ihr Freund oder Feind nacheile. Noch fielen, schon aus der Ferne, vereinzelte Schüsse, sonst hörte sie nichts als das Schnauben und den Hufschlag ihres eigenen Tieres.

Endlich brauste Galopp hinter ihr, und schon ritt an ihrer rechten Seite, zerrissen und blutig, aber in hellem Übermute Georg Jenatsch, hinter welchem, ihn mit grimmer Miene umfassend, der alte Lukas zu Rosse saß. Zu des Fräuleins Linken schnaubte einen Augenblick später ein zweites Roßhaupt, und über demselben grüßte das aufgeregte Gesicht des kleinen Lokotenenten, der den Rückzug gedeckt hatte und von der Rolle, die er gespielt, höchlich befriedigt schien.

»In der Festung wird Alarm geschlagen«, sagte Jenatsch. »Hinter jenem Waldhügel biegen wir links ab von der Heerstraße, auf der man uns verfolgen wird, reiten durch die seichten Nebenwasser der Adda und gewinnen auf Wegen, die ich als gangbar kenne, längs des Sees und über die Berge das sichere Bellenz.« –

Als die Pferde den beweglichen Kiesboden des Flußbettes betraten, sprang Lukas ab und ergriff, sich vor das Pferd seiner Herrin stellend, mit treuer Hand dessen Zügel. »Im Grunde habt ihr recht«, sagte der Alte und blickte zu Lukretias glücklichem Angesichte auf, »es war heute nicht der passende Anlaß und nicht der richtige Ort. – Euch zuliebe würd' ich mit dem leidigen Satan selbander reiten, aber – wahr bleibt's – einem ehrlichen Gaul und einem gut katholischen Christen wird heutzutage viel Geduld zugemutet.« –

Die darauf folgenden beschwerlichen Reisetage lebten als selige Erinnerungen in dem Herzen Lukretias fort. Nach dem ermüdenden Zuge quer über die südlichen Vorberge der Alpen hatte die Gesellschaft in Bellenz gerastet und Jenatsch sich beritten gemacht. Dann zogen sie langsam durch das von Wasserstürzen rauschende Misox, das südlichste und schönste Tal des Bündnerlandes. Über dem Bergdorfe San Bernardino begann der Paß jäh zu steigen und führte zu dieser frühen Jahreszeit bald über eine blendende Schneedecke. Der Himmel war von tiefer Klarheit und noch südlicher Bläue. Lukretia fühlte sich umweht von den kräftigen Alpenlüften der Heimat, und ihr war auf Augenblicke, als sei sie in die fröhlichen Reisetage der Kindheit zurückgekehrt; denn Herr Pompejus war häufig mit ihr aus einem seiner festen Häuser ins andere über die Bergjoche des tälerreichen Bündens gezogen. Ihre Augen suchten mit Ungeduld den kleinen Bergsee, der, wie sie sich deutlich erinnerte, auf keiner der heimischen Wasserscheiden ausblieb. Da endlich, nahe dem nördlichen Abhange, leuchtete er ihr entgegen, unter den heutigen scharfen Sonnenstrahlen aufgetaut. Gewiß nur eine kurze Befreiung, denn der Sommer kehrt spät ein auf diesen Höhen, trotz seiner täuschenden Vorboten, und das den Himmel spiegelnde Auge mußte sich unter eisigen Stürmen wohl bald wieder schließen.

Auf der halb geschmolzenen Schneedecke kamen die Pferde nur mühsam vorwärts. Die Bündner – auch Lukretia – waren auf der Höhe abgestiegen, nur der eigensinnige Wertmüller beharrte im Sattel und blieb, wo der Berg sich zu senken begann, mit seinem bei jedem Schritte gleitenden Tiere immer mehr hinter den andern zurück. Zuletzt versank er in eine vom Schnee verräterisch bedeckte Spalte, aus welcher ihm der die übrigen Pferde am Zügel führende Lukas nur mit Zeitverlust und Mühe heraufhalf. Während dieser bei dem

fluchenden Lokotenenten zurückblieb, schritten Jenatsch und Lukretia rüstig und allein bergab und überließen sich der ungewohnten Lust, die Heimatluft in vollen Zügen einzuatmen. Das Fräulein dachte nicht daran, daß sie zum ersten Male auf der Reise mit Jenatsch allein sei. Waren ihr doch, wenn sie still neben Jürg einherritt, ihre beiden andern Begleiter – der Lokotenent, trotz seines unausgesetzten Bestrebens, sich angenehm oder unangenehm geltend zu machen, der alte Knecht, trotz seiner unverhohlenen Rachegelüste – in gleichgültige, unpersönliche Ferne getreten.
Sie lebte in einem traumartigen Glücke unter dem Zauber ihrer Berge und ihrer Jugendliebe, den sie furchtsam sich hütete, mit einem an die grausame Gegenwart erinnernden Worte zu zerstören.
Jetzt hatten sie das erste Grün über einem schmalen, baumlosen Tale erreicht und setzten sich auf ein besonntes Felsstück, um den zurückgebliebenen Lokotenenten zu erwarten. Ein Wässerchen quoll daneben aus dem feuchten, dunkeln Boden. Lukretia kniete nieder und bemühte sich, mit der hohlen Hand einen Trunk daraus zu schöpfen. »Ich muß doch sehen«, sagte sie, »ob das bündnerische Bergwasser noch so gut schmeckt wie in meiner Jugend!«
»Nicht!« warnte Jenatsch. »Ihr seid der eiskalten Quellen entwöhnt! Hätt' ich ein Becherlein, so mischt' ich Euch einen gesunden Trank mit ein paar feurigen Weintropfen aus meiner Feldflasche.«
Da blickte ihn Lukretia liebevoll an, holte aus ihrem Gewande einen kleinen Silberbecher hervor und ließ ihn in seine Hand gleiten. – Es war das Becherlein, das ihr einst der Knabe zum Gegengeschenk für ihre kecke kindliche Wanderfahrt nach seiner Schule in Zürich gemacht und das sie nie von sich gelassen hatte. Jürg erkannte es sogleich, umfing die Kniende und zog sie mit einem innigen Kusse an seine Brust empor. Sie sah ihn an, als wäre dieser einzige Augenblick ihr ganzes

Leben. Dann brachen ihr die Tränen mit Macht hervor.

»Das war zum letzten Male, Jürg«, sagte sie mit gebrochener Stimme. »Jetzt mische mir den Becher, daß wir beide daraus trinken! Zum Abschiede! Dann laß meine Seele in Frieden!« –

Schweigend füllte er den Becher, und sie tranken.

»Siehe dieses Rinnsal zwischen uns«, begann sie wiederum, »es wird unten zum reißenden Strome. So fließt das Blut meines Vaters zwischen dir und mir! Und überschreitest du es, so müssen wir beide darin verderben. – Sieh«, fuhr sie mit weicher Stimme fort und zog ihn neben sich auf den Felssitz, »als ich dich unten in den Händen der Häscher sah, hätt' ich dich lieber mit eigener Hand getötet, als dich ein schmähliches Ende nehmen lassen. Du hast mir das Recht dazu gegeben! Du bist mein eigen! Du bist mir verfallen. Aber ich glaube dir: diesem Boden, dieser geliebten Heimaterde bist zu zuerst pflichtig. So gehe hin und befreie sie. – Aber, Jürg, sieh mich niemals wieder! Du weißt nicht, was ich gelitten habe, wie sich mir alle Jugendlust und Lebenskraft in dunkle Gedanken und Entwürfe verwandelte, bis ich zu einem blinden, willenlosen Werkzeuge der Rache wurde. Hüte dich vor mir, Geliebter! Kreuze nie meinen Weg! Störe nie meine Ruhe!« –

So saßen die beiden in der Einöde.

Seit Jenatsch die Tochter des Herrn Pompejus bei der Herzogin wiedergesehen, war die in den Wagnissen und Verwilderungen eines stürmischen Kriegslebens nie ganz vergessene Liebe seiner Kindheit flammend aus der Asche erstanden und mit ihr ein trotziger Geist der Empörung gegen sein Schicksal. Mit einer Bluttat, die dem Jünglinge als Vollstreckung eines gerechten Volksurteils erschienen war und die der jetzt Gereifte und Welterfahrene als eine unnütze Befleckung seiner Hände verwünschte, hatte es ihn für immer geschieden von einem großen und hilfreichen Herzen, das von jeher sein eigen war.

Dieser Geist der Auflehnung und Verzweiflung reizte ihn jetzt, die als begehrenswertes Weib vor ihm stehende Lukretia um jeden Preis zu gewinnen und, wenn sie ihm verderblich werde – denn er kannte sie –, triumphierend mit ihr unterzugehen.

Aber er erdrückte den Dämon. Stand er nicht mitten in einem andern Kampfe, der den Einsatz des ganzen Mannes forderte und alle seine Kräfte und Leidenschaften in *eine* Anstrengung zusammenfaßte? Auch war seine Natur von jenem Stahl, der aus den Steinwänden der Unmöglichkeit immer wieder die hellen Funken der Hoffnung herausschlägt. Er war gewohnt, an nichts zu verzweifeln und nichts aufzugeben.

Konnte sich Lukretias Gemüt nicht wieder erhellen? War es gänzlich unmöglich, das Vergangene zu sühnen durch Taten von ungewöhnlicher Größe? Mußte denn unabänderlich auf den liebsten Kampfpreis verzichtet sein im Augenblicke, da sich des Ruhmes glänzende Staffeln hart vor seinen Augen erhoben?

Auch war Lukretia heute so weich, und als sie ihm den kleinen Silberbecher in die Hand drückte, hatte ihn aus ihren vertrauensvollen braunen Augen das Mägdlein angeschaut, das ihn einst beim Kinderspiele zu seinem Beschützer und Hüter erkoren! . . .

So bezwang er mit starkem Willen seine Leidenschaft, legte ihr Haupt sanft an seine Brust, drückte noch einen leisen Kuß auf ihre Stirn und sagte, wie er vor vielen Jahren zu dem weinenden Mägdlein zu sagen pflegte, wenn sie sich einmal entzweit hatten: »Sei gut und stille, Kind! Der Friede ist geschlossen.« –

Lukretia hatte damit Ernst gemacht. Ruhe war über ihr Gemüt gekommen mit dem Gefühle, daß die Höhe des Lebens überstiegen und die Erinnerung ihr größter Besitz sei. Nun wohnte sie seit Monaten in den Klostermauern von Cazis. Das Wort des frommen Herzogs, daß es sicherer sei, Frevel durch Opfer der Liebe zu sühnen als durch neue Gewalttat, begann in ihrer gestillten Seele Wurzel zu schlagen. – Wenn sie den Wunsch der Frauen von Cazis nicht erfüllte, so war der herüberschauende Turm von Riedberg daran schuld, der sie an ihre freien Kindertage erinnerte und ihr das unabhängige Leben einer Burgherrin im Ringe ihres Gesindes und ihrer Dorfleute vor Augen stellte. Sie sehnte sich nach den alten Schloßräumen, um darin den Haushalt ihres Vaters wieder aufzurichten. – Auch schlummerte, ihr unbewußt, ein anderer Widerspruch in ihrem Herzen: sie konnte der Welt nicht klösterlich entsagen, solange Jürg in Taten schwelgte und immer größere Kampfbahnen sich vor ihm aufschlossen.

In dem Meßbuche, welches aufgeschlagen neben dem Fräulein auf dem Sims lag, hatte der durch das offene Fenster spielende Bergwind schon lange ungestüm hin und her geblättert, ohne daß Lukretia es gewahrte. Jetzt aber wurde sie durch den Ton einer wohlbekannten Stimme aus ihren Träumen aufgeschreckt.

Sie trat an den Fensterbogen und erblickte neben der Pförtnerin die braune Kutte des Paters Pankraz. Sein keckes, sonneverbranntes Gesicht schaute diesmal noch zuversichtlicher als gewöhnlich in die Welt, und er verlangte dringend, ohne Aufschub vor das Fräulein geführt zu werden, dem er glückhafte Nachricht zu bringen habe.

Kurz darauf trat er ein und verkündete seine Botschaft: »Freuet Euch, Fräulein Lukretia! Ihr seid wieder Herrin von Riedberg. Es beginnen die verdienstlichen Werke, mit denen unser großer Oberst für seine alte, schwere Schuld Buße tut. – Morgen kommen die Staatskrägen von Chur, um die Siegel zu lösen und Euch das Haus Eurer Väter wieder aufzutun. Gott gebe Euch einen gesegneten Einzug.«

Während der Sommer- und Herbstmonate eines einzigen Jahres hatte Herzog Heinrich Rohan seinen Feldzug im Veltlin mit raschen, entscheidenden Schlägen zu Ende geführt. Die frischen Lorbeeren von vier Siegen, wie sie nur selten ein Feldherr erficht, verherrlichten seinen Namen.

Diesmal hatte sich sein Talent kühn und freudig entfaltet, denn der Kampf hatte den äußeren Feinden Frankreichs gegolten, nicht auf französischem Boden zwischen Kindern derselben Erde gewütet. Während er früher gezwungen gewesen, Landsleute gegen Landsleute, seine kalvinistischen Glaubensgenossen gegen das katholische Frankreich mit blutendem Herzen zu führen, so befehligte er jetzt zum ersten Male ein aus beiden Bekenntnissen verschmolzenes französisches Heer. Vor der Schlacht von Morbegno, wo seine Schar vor einer in günstigen Stellungen drohenden spanischen Übermacht stand, ließ er seine Leute gegen gallische Kriegssitte auf den Knien den göttlichen Beistand anrufen. Der kalvinistische Kaplan des Herzogs betete mit den Protestanten, während ein katholischer Priester über seinen Glaubensgenossen das segnende Zeichen des Kreuzes machte.

Noch nie hatte Rohan einen so genialen Feldherrnblick bewiesen wie jetzt auf diesem von tiefen Talschluchten zerrissenen und von Gletscherbergen eingeengten, schwer zu übersehenden Kriegsfelde. Seinem raschen, unfehlbaren Eingreifen kam seine bewundernswerte Ausdauer gleich und eine asketische Natur von seltener Bedürfnislosigkeit zu Hilfe. Er war imstande, vierzig Stunden lang angespannt tätig zu sein, ohne der Erfrischung des Schlafes zu bedürfen.

So eilte er in der Mitte zwischen zwei gegen ihn vordringenden Heeren, deren jedes dem seinen fast doppelt überlegen war, talauf-, talabwärts und warf sich jetzt dem einen, dann, die Stirne wendend, dem andern entgegen, immer siegreich, bis er sie beide, Spanier und Österreicher, vom Bündnerboden verdrängt hatte und das ganze langgestreckte Tal der Adda, das seit Jahrzehnten herrenlose und streitige Veltlin in der Gewalt seiner Waffen war.

Bei dem dritten dieser Siege, der Schlacht in Val Fraele, grenzte die Ungleichheit des Verlustes an das Unglaubliche. Der Herzog büßte nach seinem eigenen Zeugnisse nicht sechs Mann ein, während zwölfhundert Feinde auf der Walstatt blieben. Es gibt nur eine Erklärung für eine so ungleiche Verteilung der Todeslose; der französische Feldherr hatte vor den Österreichern die vollkommene Kenntnis dieser verlorenen Hochtäler voraus. Rohan hatte Bündner neben sich, die das Bergland wie die mit Arvholz getäfelte Stube ihres Vaters und das Stammwappen über dem Haustore kannten, und keiner war mit Bündens Bergen vertrauter als Georg Jenatsch.

In dem Schreiben, das der Herzog über diesen Sieg an die bündnerischen Behörden richtete, hebt er die Tapferkeit des Obersten Jenatsch und des von ihm geführten heimischen Regimentes mit dem wärmsten Lobe hervor. Diese schrankenlos erscheinende und doch besonnene Tollkühnheit, die schwer glaubliche Sage der frühern Volkskämpfe im Prätigau, wurde jetzt von dem geschulten französischen Heere und besonders von dem respektlosen Lokotenenten mit kritischen Augen gemessen und aufrichtig bewundert. Überhaupt stieg Georg Jenatsch unaufhaltsam in der Achtung und im Vertrauen des Herzogs und wurde, ohne daß Rohan selbst sich dessen bewußt war, sein am liebsten gehörter Ratgeber. Versammelte der Feldherr in Fällen, wo sich Kühnheit und Vorsicht bestreiten mochten, einen Kriegsrat, so trieb Jenatsch immer zu den gewagtesten Angriffen und beanspruchte für sich selbst den gefährlichsten Posten; aber seine Ratschläge bewährten sich und seine Verwegenheit mißglückte nie, denn die Gunst des Schicksals war mit ihm. –

Er aber ergriff jede Gelegenheit, der Person des Herzogs nahe zu bleiben und sie in jeder Fährlichkeit mit der seinigen schützend zu decken. Weniger noch im Gedränge der Feldschlacht als auf den einsamen Gebirgspfaden, welche er ihn zuweilen führte, um die feindlichen Stellungen zu erforschen. So gelang es ihm einst, da sich ein tückisches Felsstück unter den Füßen des Herzogs löste, denselben mit raschen Armen am Rande des Abgrundes festzuhalten, und ein andermal zerhieb er, schnell zielend, eine Otter, die aus dem Gestrüppe zischend nach der Hand des Herzogs fuhr.

So trat er dem Herzog immer näher, der sich freudig bewußt war, diesen bedeutenden Geist aus schmählichem Dunkel gezogen und durch seinen Einfluß entwickelt zu haben. Oft mußte Rohan sich wundern, wie willig und streng der unbändige Grisone der Kriegszucht sich unterwarf und, was er ihm ebenso hoch anrechnete, mit welch unbedingtem Vertrauen der vormalige bündnerische Volksführer jede besorgnisvolle Äußerung über das letzte Ergebnis des Krieges und die Zukunft Bündens unterließ, ja vermied.

Dies Ergebnis war der Herzog gesonnen, für Bünden so günstig als möglich zu gestalten. Er täuschte sich nicht über die Abneigung des französischen Hofes gegen seine Person, aber dennoch hoffte er dort mit seinen billigen und weislich erwogenen Vorschlägen durchzudringen. Eine Reihe mit geringer Truppenmacht durch seinen individuellen Wert erfochtener Siege, welche die französischen Waffen mit einem blendenden Glanze umgaben, mußten bei dem Sohne Heinrichs IV., mußten sogar bei Rohans altem Gegner, dem immerhin das Banner mit den französischen Lilien hoch emporhaltenden Kardinal, entscheidend ins Gewicht fallen. Was noch aus der Zeit der Bürgerkriege im Gemüte des Königs gegen den ehemaligen Kriegsführer der

Hugenotten geschrieben stand, hatten – sagte sich der Herzog – die von ihm jetzt in die französischen Annalen eingezeichneten Triumphe gänzlich verwischt und unleserlich gemacht.

Rohan hatte das Land Bünden und sein zugleich nordisch mannhaftes und südlich geschmeidiges Volk liebgewonnen. Der Aufenthalt in diesen Bergen ruhte seinen Geist aus und erfrischte seine Lebenskraft. Aber nicht die ernsten, kühl durchwehten Hochtäler, wo er Siege erfochten, mit ihren Felshörnern und Schneehäuptern übten einen Zauber auf ihn aus, sondern er zog dem Geschmacke der Zeit und seinem eigenen milden Gemüte gemäß die mittlern, mit weichem Grün bekleideten Alpen vor, die mit Hütten und läutenden Herden bedeckt waren. Seine Lieblinge waren die Höhen, die das warme Domleschg einrahmen, und er pflegte zu sagen, der Heinzenberg sei der schönste Berg der Welt.

Das Geschenk seiner Neigung gaben ihm die Bündner mit Wucher zurück. Im ganzen Lande wurde er nur »der gute Herzog« geheißen. In Chur war er der Abgott aller Stände; denn die vornehmen Familien fesselte er an sich durch die Feinheit seiner adeligen Sitte, das Volk aber bezauberte er durch eine aus dem Herzen kommende, unbeschreibliche Leutseligkeit. In den protestantischen Gemeinden des Landes hörten überdies die Bündner fast allsonntäglich sein Lob von der Kanzel verkündigen. Er ward ihnen gezeigt und gerühmt als ein Muster evangelischer Glaubenstreue und als ein Hort der bedrängten Protestanten in allen Landen.

Der glückliche Stern, der seine kriegerischen Unternehmungen begünstigt hatte, schien jetzt auch über seinen politischen zu leuchten. Er beschied einige ausgezeichnete Bündner zu sich nach Chiavenna, beriet mit ihnen Satz um Satz den Entwurf eines Übereinkommens, und dieses wurde kurz darauf von dem in Thusis versammelten bündnerischen Bundesrate angenommen. Man machte sich von beiden Seiten die äußersten Zugeständnisse. Um die Bündner in ihrer Hauptforderung zu befriedigen, gab ihnen Rohan durch diesen Vertrag das Veltlin im Namen Frankreichs zurück. Aber er sicherte zugleich das militärische Interesse und die katholische Ehre seines Königs, indem er festsetzte, daß die bündnerischen Bergpässe bis zum allgemeinen Friedensschlusse von Bündnertruppen in französischem Solde gehütet werden müßten und die katholische Religion im Veltlin als die herrschende anerkannt werde.

So lauteten die von Herzog Heinrich mit den Häuptern Bündens zu Chiavenna beratenen und im Domleschg bestätigten Vertragspunkte, die sogenannten Thusnerartikel.

Genehmigte der König von Frankreich diesen von Rohan für ihn geschlossenen Vertrag – und wie hätte er es nicht tun sollen! –, so waren Bündens alte Grenzen hergestellt und Heinrich Rohan hatte sein gegebenes Wort gelöst, denn in der Tat, für diese Herstellung ihrer alten Grenzen hatte er sich den Bündnern vor dem Feldzuge persönlich verbürgt – verbürgen müssen. Dies Versprechen zu verweigern war ihm unmöglich gewesen, sollte sich das erschöpfte, elende Land noch einmal zum Kriege aufraffen. Darin hatte die unerbittliche Logik des scharfsinnigen venezianischen Provveditore das Richtige vorausgesagt; aber wie sehr, wie vollständig hatte er sich geirrt, als er den Herzog vor Georg Jenatsch glaubte warnen zu müssen!

Gerade für die Annahme der Thusnerartikel hatte der Oberst das Unglaubliche getan; es war wahrlich kein leichtes gewesen, es hatte Gewandtheit und Ausdauer genug auch den Liebling des Volkes gekostet, um diese bei den argwöhnischen, auf ihre Unabhängigkeit eifersüchtigen Bündnern durchzusetzen. Aber Jenatsch hatte sich vervielfacht und von Tal zu Tale, von Gemeinde zu Gemeinde eilend, hatte er überall den Zauber seiner Rede ausgeübt, überall seinen willensstarken, feurigen

Einfluß geltend gemacht. Er hatte darauf gedrungen, das sichere Teil nicht aus der Hand zu lassen um eines ungewissen, ja undenkbaren größern Gewinns willen. Er hatte geraten, sich mit der Hauptsache zu begnügen, dem edeln Anwalte Bündens bei der französischen Krone nicht sich undankbar zu erzeigen und den mit jedem Jahre sich mindernden Rest des französischen Druckes willig in den Kauf zu nehmen.

Doch noch eine Sorge drückte die Ehrenhaftigkeit des Herzogs. Der ungeheure Summen verschlingende Krieg in Deutschland hatte den französischen Schatz erschöpft. Die Sendungen des Schatzmeisters an Herzog Rohan flossen schon lange spärlich und blieben jetzt aus; es war diesem seit einiger Zeit nicht mehr möglich, seine Bündnertruppen zu besolden. Freilich teilten die französischen Regimenter dasselbe Los. Man schien am Hofe zu St. Germain des Glaubens zu leben, die Ehre, unter dem ruhmreichen Feldherrn zu dienen, ersetze dem Soldaten Nahrung und Kleidung. Rohan sandte Schreiben auf Schreiben und erhielt als Antwort Versprechen auf Versprechen. Die Erhebung einer neuen Kriegssteuer in Frankreich, so schrieb man dem Herzog aus St. Germain, sollte dem Mißstande nächstens ein Ende machen.

Welche Hemmungen und Säumnisse also das Werk des Herzogs erfuhr durch den Menschen und Dingen inwohnenden Widerstand gegen gerechte, einen selbstsüchtigen Interessenkreis durchbrechende Lösungen – nun stand er hart vor seinem Ziele, und die Bündner erreichten, dank der ihnen von Rohan auferlegten Mäßigung, die Befreiung ihres Landes.

Da plötzlich verbreitete sich zur Zeit der fallenden Blätter eine unheimliche Botschaft durch die bündnerischen Täler. Der gute Herzog, hieß es, weile nicht mehr unter den Lebenden. Er sei in seinem Palaste zu Sondrio einem Sumpffieber zum Opfer gefallen. Schon habe ein Bote das Stilfserjoch überschritten und sei nach Brixen geeilt, um die Spezerei zur Einbalsamierung seines Leichnams zu holen.

Dieses Gerücht erschreckte die Gemüter, wo es hingelangte. Man ward sich plötzlich sorgenvoll bewußt, was alles an diesem edeln Leben hing. Wie in den Bergen, wenn eine Wolke vor die Sonne gleitet, die Landschaft mit einem Schlage dunkel wird und zugleich in ihren einzelnen schroffen Zügen schärfer hervortritt, so erschien den Bündnern, als sie den Herzog sich hinwegdachten, die unsichere Abhängigkeit und die Gefahr ihrer Lage mit drohender Deutlichkeit. War ihnen doch nur in seiner Vertrauen erweckenden Person Frankreich als helfende Macht nahe getreten! Er war es, der für seinen König mit ihnen unterhandelt, den von ihnen begehrten Kampfpreis zugesagt, für Frankreichs Rechtlichkeit im Worthalten dem kleinen Lande gegenüber sich verbürgt hatte. Was geschah, wenn ihr Mittler, der gute Herzog, verschwand? Wen gab ihm Richelieu zum Nachfolger? War der die Welt mit kalter Berechnung überschauende Kardinal, der rücksichtslose Staatsmann gesonnen, das unbequeme Erbe der Gerechtigkeit des Protestanten Heinrich Rohan anzutreten?

Das Unheil ging diesmal noch vorüber. Die Nachricht vom Tode des Herzogs war eine falsche. Nach einigen Wochen erfuhr man, er habe zehn Tage lang mit geschlossenen Augen bewußtlos gelegen, dann sei er wieder zum Leben erwacht und erhole sich langsam. Welcher böse Zweifel aber ihn gefoltert hatte, bis er todesmatt aufs Lager sank, das ahnte damals noch niemand.

DRITTES KAPITEL

An einem hellen, warmen Oktobertage bewegte sich in den Gassen des an der Splügenstraße gelegenen städtisch reichen Fleckens Thusis eine tosende Volksmenge.

Der Ort liegt an der nördlichen Pforte der Bergschrecknisse des Passes. Hier pflegte der aus Italien kehrende Reisende nach überstandener Mühsal und Gefahr sich einen guten Tag zu machen, der von Norden kommende dagegen seinen Mut zu stärken, Saumtiere zu mieten und für die beschwerliche Reise die letzten Einkäufe zu besorgen. Diese für Handel und Wandel günstige Lage hatte dem seit einer großen Feuersbrunst neu erbauten Orte schnell wieder zu stattlicher Blüte geholfen.
Heute wurde zudem der große Thusnerjahrmarkt abgehalten, der von nah und fern das Volk herbeigelockt und die verschiedenen Staturen, Trachten und Sprachweisen aller bündnerischen Täler am Fuße des Heinzenbergs versammelt hatte. Manche waren auch gekommen, um den guten Herzog zu sehen, der, wie die Sage ging, gestern in einer Sänfte die Paßhöhe überwunden und im Dorfe Splügen genächtigt hatte. Diesen Abend wurde er in Thusis erwartet, wo ihm in einem etwas abseits liegenden Herrenhause ein ruhiges Nachtquartier bereitet war. Einige Splügner hatten ihn gestern in ihrem Dorfe von Angesicht geschaut und beschrieben den edeln Herrn als auffallend gealtert, blaß und abgezehrt; seine Haare seien völlig gebleicht.
Auch kühne, kriegerische Gestalten schritten in der Menge. Die Obersten der bündnerischen Regimenter waren gekommen, den Herzog zu empfangen. Hatten sie über ihrem stürmischen Verlangen, ihn wiederzusehen, die kriegerische Disziplin außer acht gesetzt, welche sie an der österreichischen Grenze festhielt? Auch ihre Truppen waren sonderbarerweise zur Begrüßung des Herzogs auf seinem Wege von Thusis nach Chur in gleichmäßigen Entfernungen aufgestellt. Warum hatten die Obersten sie aus ihren Stellungen an der Grenze ins Innere des Landes zurückgezogen?
Wild und laut ging es diesen Abend in der ehrbaren Herberge zum schwarzen Adler zu. Das behäbige Haus schenkte sein Getränk, den dunkeln, mit seiner Herbe

das Blut nur langsam wärmenden Veltliner und den gefährlichern hellen Traubensaft der vier weinberühmten Dörfer am Rhein, nach Landessitte in zwei verschiedenen Stuben aus, die rechts und links von dem gepflasterten Flur sich gegenüberlagen. Der eine Raum, die eigentliche Schenke mit den rohen Bänken und Tischen aus Tannenholz war von lärmenden Marktleuten, Viehhändlern, Sennen und Jägern dermaßen überfüllt, daß es schwer wurde, sein eigenes Wort zu verstehen. Die jugendliche Schenkin, eine ruhige, dunkelhaarige Prätigauerin, hatte mehr zu tun, als ihr lieb war, um die bauchigen Steinkrüge wieder und wieder zu füllen, und warf, von allen Seiten gerufen und festgehalten, immer trotziger den Kopf zurück, zog immer finsterer die Brauen zusammen. In der Herrenstube gegenüber ließen sich die vornehmen Kriegsleute nicht weniger laut vernehmen und setzten dem Becher noch schärfer zu.

Zwischen beiden Räumen schritt, das Chaos überblikkend, der feste Wirt, Ammann Müller, in unerschütterlicher, gelassener Gutmütigkeit hin und her. Eben füllte seine breite viereckige Gestalt wieder die Tür der Schenke. Hier wurde gerade Politik getrieben, natürlich wie es der gemeine Mann zu tun pflegt, nur von dem Standpunkte persönlicher Bedrängnis aus.

»Eine Schande vor Gott und Menschen ist es«, übertönte ein Engadiner Viehhändler das Stimmengebraus, »daß wir Bündner unsere eigene Landesgrenze nicht mehr überschreiten dürfen ohne einen französischen Passaport! Jüngst wollt' ich mit einer Rinderherde ins Werdenbergische hinüber, da wurd' ich an der Grenze schnöde zurückgewiesen, weil ich versäumt hatte, mir einen solchen Fetzen auf der französischen Kanzlei in Chur einzuhandeln. Noch von Glück konnt' ich sagen, daß ich alle meine Stücke zurückbrachte. Sie wollten die glänzenden Rinder in ihr verwünschtes Viereck bei Maienfeld treiben und begehrten sie mir abzukaufen zur Verproviantierung der Festung, wie sie sagten! Abkaufen! Schöner Handel das! Ihr Schlächter, ein ruppiger kleiner Kerl, dem solche Prachtstücke offenbar noch nie zu Gesicht gekommen, schätzte sie mir zu einem Schandpreis!« –

»Und diese Knirpse wollen behaupten, ihr Brot zu Hause sei besser als meine vortrefflichen Laibe«, sagte der Bäcker, ein Bürger von Thusis. »Als sie voriges Jahr hier im Quartier lagen, warf mir einer mein Roggenbrot vor die Füße, weil er nur an zarten weißen Weizen gewöhnt sei. Nicht genug. Ich mußte gleich darauf als Hausvater Ordnung schaffen und dem Affen unsre kleine braune Magd, die Oberhalbsteinerin, aus den Pfoten reißen. Die fand er nach seinem Geschmacke, obschon sie wahrlich schwärzer ist als mein Roggenbrot und nicht halb so appetitlich.« –

Hier ging ein seltsames Lächeln über das finstere Gesicht eines Gemsjägers, der dem Bäcker gegenüber, den Rücken an die Wand gestemmt, mit gekreuzten Armen hinter dem Tische saß und jetzt, ohne einen Zug zu verändern, unter seinem Schnurrbarte eine Reihe blendend weißer Zähne zeigte.

Der Bäcker gewahrte dies stille Hohnlächeln und sagte im Tone vorwurfsvoller Rüge: »Ans Leben aber griff ich ihm nicht um seines wüsten Gelüstens willen, wie du, Joder, dem armen Korporal Henriot, dessen Seele Gott genade. Das war eine unnötige Grausamkeit, denn deine schlanke Bride, der er zärtliche Blicke zuwarf, ist ein herbes und scheues Weib.«

Der Angeredete erwiderte mit der größten Ruhe: »Ich weiß nicht, wer das tolle Zeug über mich ausstreut, das du da vorbringst. Was jenen Vorfall betrifft, so hab ich ihn selbst damals ohne Arg und Aufschub dem Amte dargetan. Die Sache verhält sich einfach. Der Franzose machte sich täglich mit meinem Gewehr zu schaffen und lag mir an, ihn auf die Gemsjagd mitzunehmen, auf die er sich besser als ich zu verstehen behauptete.

Ich nahm ihn mit und stieg mit ihm am Piz Beverin herum. Als wir über den Gletscher kamen, hatten sich die Spalten während des langen Regens etwas verändert. Ich sprang über ein paar breite hinweg, und als ich mich umsah, war der Franzose nicht mehr hinter mir. Er muß den Schwung zu kurz genommen haben. So war es und so hab ich es vor Gericht niedergelegt – das müßt Ihr mir bezeugen, Ammann Müller.«

»Das bezeug ich dir amtlich, schwarzer Joder«, bestätigte der Gelassene mit großer Gutmütigkeit, während auf den Gesichtern einzelner Gäste zweifelndes Nachsinnen oder einverstandene Schadenfreude deutlich zu lesen war.

»Nun, das ist abgetan«, sagte der Viehhändler kaltblütig, »und es geht keinen etwas an. Auch die Franzosen werden sich nicht mehr darum kümmern, denn in wenigen Wochen sind wir, Gott und dem guten Herzog sei's gedankt, die fremde Brut samt und sonders los. Das steht voran in den Thusnerartikeln, die kräftig werden, sobald der Name des Königs darunter steht, und diese Unterschrift, geht die Rede, bringt uns heute der Herzog.« –

»Wenn er sie bringt!« sagte langsam ein prächtiger Alter aus dem Lugnetz mit feurigen Augen und weißem Barte, der bisher, die Hände auf seinen dicken Hakenstock und das Kinn auf die Hände gestützt, aufmerksam geschwiegen hatte.

»Kein Zweifel!« meinte Ammann Müller, »Jürg Jenatsch hat uns versammelten Leuten vom Heinzenberg und Domleschg die schwere Sache erklärt und stand uns dafür, daß sie richtig abgewickelt werde. Er muß das wissen, Casutt, denn er ist des guten Herzogs rechte Hand.«

»An Jürg will ich mich auch halten«, sagte der Weißbart, »denn er hat sich bei uns im Lugnetz gleichermaßen dafür verbürgt, daß wir durch Annahme der Thusnerartikel in Kürze das fremde Volk los würden und wieder zu Freiheit und Ehre kämen. Sitzt er drüben bei den Raufdegen? Ich möchte wohl ein Wort mit ihm reden.«

»Drüben hab ich ihn noch nicht erblickt«, antwortete Müller, »aber angekommen ist er, das ist sein Rappe.«

Damit wies er durch das Fenster auf die Straße, wo eben ein schäumendes, kohlschwarzes Tier in prächtigem Geschirr von einem Reitknechte abgeführt wurde. Durch das Gewühl des andrängenden Volkes ward auf dem Platze vor der Herberge von Zeit zu Zeit der Schimmer eines Scharlachkleids und eine hochragende blaue Hutfeder sichtbar.

Der Alte schritt rasch auf den Flur hinaus. Die volltönende Stimme des Obersten Jenatsch klang jetzt von den Steinstufen vor der Hauspforte her, wo er, von einem Haufen umringt, neue ungestüme Frager zur Ruhe wies. Der greise Lugnetzer bemächtigte sich seiner, und jetzt erschienen beide vor dem offenen Eingange der Schenkstube, deren Türe dem Jahrmarkte zu Ehren ausgehoben worden war, um den Gästen freien Ein- und Austritt zu gönnen.

»Hier hinein, Jürg!« rief der Alte, »und gib mir und allem Volke Rechenschaft.« Willig ließ sich der Oberst von dem Lugnetzer Gewalt antun und trat neben ihm in den Kreis, der sich rasch durch die von ihren Sitzen Springenden um ihn bildete und immer dichter wurde.

»Was ist denn für ein Geist des Zweifels in euch gefahren?« sagte Jenatsch, indem seine Augen freundlich blitzten. »Ihr bestürmt mich um Gewißheit, ob der Vertrag von Chiavenna unterschrieben sei? Natürlich ist er's. Jetzt komme ich von Finstermünz, wo ich Grenzstreitigkeiten zu schlichten hatte, wie sollt' ich da um das Neueste wissen! Aber als ich den Herzog verließ, war er der Sache gewiß, und der erlauchte Herr wurde wohl nur durch seine Krankheit abgehalten, die Akte allem Volke kundzugeben.«

»Höre, Jürg«, erwiderte nach einigem Nachdenken der Lugnetzer, »den Herzog kenne ich nicht; aber dich kenn ich, und bin schon zu deinem gottesfürchtigen Vater nach Scharans hinübergekommen, als du noch ein blödes, schamhaftes Büblein warst. Deshalb habe ich zu dir Vertrauen, denn ich weiß, aus welchem Stoffe du gemacht bist – nicht aus dem unsrer Salis und Planta, die das Vaterland nach rechts und nach links verkaufen und ein groß Teil des Elends auf dem Gewissen haben, das über uns gekommen ist. Von den Schlichen der Politiker versteh ich nichts; du aber bist ihnen gewachsen. Mit deiner golddurchzogenen Schärpe werden dir die Herren die Hände nicht binden, und unter diesem Scharlachrocke«, er berührte den feinen Stoff des geschlitzten Ärmels, »klopft dein Herz dennoch für dein Volk und für dein Land. Schaff uns die alte Freiheit wieder – *mit* dem Herzog, wenn er dazu taugt – *ohne* ihn, wenn es nicht anders gehen will! Du bist der Mann, das auszurichten.«

Der Oberst schüttelte lachend sein kühnes Haupt. »Du hast eigne Begriffe vom Weltlauf, Casutt!« sagte er. »Dein Vertrauen aber sollst du nicht weggeworfen haben. Bleibe hier. Vielleicht bring ich euch heut nacht noch selber sichere Nachricht.«

»Têtebleu«, erscholl hinter Jenatsch eine fröhliche Baßstimme, »du hast die rechte Türe verfehlt, Herr Kamerad! Drüben erwartet man dich mit Ungeduld!«, und ein gewaltiger Kriegsmann schob seinen Arm unter den des Obersten Jenatsch und zog ihn ohne Umstände in die Herrenstube hinüber, wo er mit lärmendem Willkomm empfangen wurde.

Der Oberst grüßte, aber ließ keinen seiner Kameraden zu Worte kommen. »Vor allem gebt mir über *eines* Auskunft, Herren«, rief er ihnen entgegen, »was ficht euch an, daß ihr eure Stellungen an der Grenze verlassen und eure Regimenter im sichern Domleschg aufgestellt habt? Dazu kann euch der Herzog nicht Ordre gegeben haben. Still, Guler, dir steigt das Blut zu Haupt! – Gebt Ihr mir geneigten Aufschluß, Graf Travers, Ihr seid der Ruhigste.« –

Der Graf, ein noch jugendlicher Mann mit scharf ausgeprägten italienischen Zügen und fester Feinheit des Ausdrucks, erzählte, alle hätten sie bei der Nachricht vom Tode des Herzogs, dessen Ehre und Persönlichkeit ihre einzige Bürgschaft gewesen, den gänzlichen Verlust des rückständigen Soldes ihrer Regimenter befürchtet, der, wie Jenatsch wisse, eine Million Livres übersteige. Dieser Verlust, für den sie bei ihren Soldaten, wie der Kontrakt einmal sei, persönlich einzustehen hätten, wäre ihrem völligen Ruin gleichgekommen. Um diesem vorzubeugen, hätten sie nur ein Mittel gekannt und es zu ergreifen einstimmig beschlossen: Das Verlassen ihrer Stellungen an der Grenze mit der Erklärung, dieselben erst dann wieder beziehen zu wollen, wenn der französische Kriegsschatzmeister die Rückstände ausgeglichen habe. Die Kunde vom Tode des Herzogs hätte sich glücklicherweise nicht bestätigt; aber nachdem der Schritt einmal getan gewesen, hätten sie vorgezogen, statt ihn zurückzutun, auch dem von ihnen allen hochverehrten Herzog Heinrich gegenüber auf ihrem Entschlusse zu beharren, bis ihre gerechte Forderung befriedigt sei.

Als dieser davon gehört, habe er ihnen den Kriegsschatzmeister Lasnier mit einer kleinen Abschlagszahlung, der unbedeutenden Summe von dreiunddreißigtausend Livres, zugesendet und zugleich die Weisung, ohne Verzug ihre früheren Stellungen an der Grenze wieder zu beziehen . . .

»Was moralisch unmöglich war«, brach Guler los, »da dieser kleine Bösewicht uns mit Gift und Galle überschüttete und die unglaubliche Drohung ausstieß, er wolle uns den Bauch zertreten!« . . .

»Passer sur le ventre«, spottete Jenatsch, »das ist unendlich unschuldiger als es klingt. Du scheinst vom

Französischen unsrer Kriegskameraden nur die Flüche erlernt zu haben.«

»Morbleu«, rief Guler hitzig, »da will ich dir ein anderes beweisen. Ich weiß einen häßlichen Witz des boshaften Kobolds, den ich ganz allein verstanden habe. Er höhnte, der Herzog habe ihn gesandt, uns an die Grenze zurückzutreiben und solcherweise das Amt auszuüben, das sein Name bedeute. Dieser Ausspruch ließ mir keine Ruhe. Ich suchte das Wörterbuch hervor, welches mir mein in Paris verstorbener Bruder – gewissermaßen ein verlorner Sohn – als einziges Erbstück hinterlassen hat. Was heißt nun Lasnier, ihr Herren? – Der Eseltreiber. Hätte ich's gewußt, als er noch da war, ich hätte das Männchen trotz seines Skorpionengifts zwischen Daumen und Zeigefinger zerrieben.«

Jenatsch, der während dieser Rede mit zusammengezogenen Brauen nachgedacht hatte, wandte sich auf einmal zur ganzen Gesellschaft mit den Worten: »Haltet ihr mich für zahlungsfähig? . . . Ihr wißt, ich war immer ein guter Haushalter. Aus meiner Kriegsbeute habe ich mir in Davos ein stattliches Haus erbaut und mir ringsum schöne Alpen erworben. Überdies liegen mir Summen bei a Marca in Venedig, welche der kluge Wechsler nicht müßig gehen läßt. Das alles deckt euch freilich nicht, aber mein Kredit ist aufrecht, und es wäre mir nicht unmöglich, das Fehlende herzuschaffen. Ich verbürge mich euch mit schriftlichem Kontrakt für die ganze Summe, die euch der Herzog schuldet. Ihn sollt ihr mir heute nicht belästigen, denn er ist müde und krank. Zur gelegenen Stunde werde ich beim Herzog für euch reden und auch für mich, denn eure Sache ist die meinige und ich werde zum Bettler, wenn sie scheitert.«

Jetzt erhob sich ein Sturm der Rede, in dem Stimmen des Bedenkens, des Beifalls, des Erstaunens sich bekämpften und mischten. Eine lärmende Begeisterung behielt die Oberhand.

Da öffnete sich die Tür, und das scharfe Gesicht, die kleine straffe Gestalt des herzoglichen Adjutanten Wertmüller wurde auf der Schwelle sichtbar. Sein schnelles graues Auge erfaßte die zügellose, stürmische Szene, und sie erregte seinen entschiedenen Widerwillen. Er meldete in kurzen Worten, der erlauchte Herzog nähere sich Thusis, verbitte sich aber jeden öffentlichen Empfang. Er wünsche auszuruhen.
»Nur dieser Herr wird in einer Stunde bei ihm vorgelassen«, schloß der einsilbige Lokotenent und grüßte den Oberst Jenatsch gerade so flüchtig und so knapp, als es der militärische Anstand noch erlaubte.

VIERTES KAPITEL

Als der Oberst Jenatsch zur Zeit des Sonnenuntergangs die für die kurze Ruhe des Herzogs bereitete Wohnung betrat, fand er, die Steintreppe hinaneilend, in der offenen Vorhalle des ersten Stockes den zürcherischen Lokotenenten. Mit der Wachsamkeit einer bissigen Dogge hütete Wertmüller die Türe seines Feldherrn vor jedem unbefugten Eindringen.
Eben durchschritt eine schlanke feine Gestalt, abschiednehmend, leisen Fußes die Halle, der herzogliche Privatsekretär Priolo, den der Adjutant mit bösen Blicken begleitete – denn er war in seiner stachlichsten Laune – und mit stillen Wünschen, die offenbar keine Segenswünsche waren.
»Aus welcher Himmelsgegend hat der Wind diesen hergeweht?« fragte der Oberst mit gedämpfter Stimme.
»Er ist, soviel ich weiß, nicht mit dem Herzog über den Berg gekommen.«
»Er wurde schon vor einer Woche nach Chur vorausgesandt, um die neuesten Pariser Depeschen abzuholen,

nach denen der Herr Verlangen trug«, versetzte Wertmüller.

»Und sie sind in des Herzogs Händen?« fragte Jenatsch leise und mit ungewohnter Hast, denn sein Herz fing an zu pochen. »Kennt Ihr den Entscheid? Ist die Unterschrift des Königs da?«

»Ich kenne nur meine Ordre«, sagte der andere unhöflich, »und diese ist, den Obersten Jenatsch ohne Zeitverlust einzulassen.«

Wertmüller schritt voran in ein vom Widerschein des Abends erhelltes, wohnliches Zimmer, dessen Fenster auf die sonnig leuchtenden Halden und herbstlich geröteten Wälder des schönen Heinzenbergs hinausschauten. Der Oberst trat in den kleinen Erker, während Wertmüller sich leise in ein Nebenzimmer begab, wo der Herzog noch ausruhte.

»Es belieb' Euch einen Augenblick zu warten!« schnarrte zurückkommend der Lokotenent, der sich unverzüglich wieder auf seinen Posten in der Vorhalle zurückzog.

Der Blick des Alleingebliebenen haftete auf einer geöffneten Ledertasche und zwei daneben auf den Tisch geworfenen, entsiegelten Briefen. Die Federzüge, welche sie bargen, entschieden über das Wohl oder Wehe seines Landes.

Jetzt öffnete sich langsam die Türe der Kammer und Heinrich Rohan erschien blaß und hager auf der Schwelle. Mit einer unwillkürlichen, freudigen Bewegung schritt er dem Bündner entgegen, der dem hohen Herrn in raschem Diensteifer einen tiefen Lehnstuhl neben das Fenster rückte, wo der Blick des Reisemüden sich an der goldenen Abendruhe seines Berges erquicken konnte. Der Herzog ließ sich mit jetzt sichtbar werdender Abspannung nieder und richtete sein klares Auge auf Georg Jenatsch; dann begann er mit leiser Stimme und in fragendem Tone: »Ihr kommt von Finstermünz?«

Dieser hatte sich ehrfurchtsvoll vor den in den Sessel Zurückgelehnten gestellt und betrachtete unverwandt die edlen Züge, welche in mehr als einer Weise ihm verändert erschienen. Neben den erwarteten Spuren der schweren Krankheit befremdete ihn darin ein tief eingegrabener Zug verschwiegenen, hoffnungslosen Grames, der peinlich hervortrat, wenn der Herzog seinen lautern, strahlenden Blick zeitweise senkte.

Jenatsch brannte vor Begierde zu erfahren, ob der von ihm mit rastloser Anstrengung in Bünden durchgesetzte Vertrag in St. Germain durch die Unterschrift des Königs endgültig geworden sei; aber diesem Antlitze gegenüber hatte der sonst vor nichts Zurückschreckende keinen Mut zur Frage. Er begnügte sich auf des Herzogs Erkundigung zu antworten und ihm einen genauen Bericht über die Feststellungen der Grenze zwischen Tirol und Unterengadin zu geben, wie sie während des Waffenstillstandes gelten sollten.

»Die Österreicher sind langsam und umständlich; ich wurde hingehalten und bis nach Innsbruck gezogen«, sagte er. »Wär' ich im Lande gewesen, niemals hätten mir meine störrischen Kameraden ohne Euren Befehl, erlauchter Herr, ihre Posten verlassen, niemals Euch in Thusis als erste Begrüßung den widerwärtigen Anblick ihres Ungehorsams entgegengebracht.

Einen schlimmern Ausbruch vor Euern Augen«, schloß er zögernd, »habe ich nur mit Mühe verhütet und indem ich mich, da mir kein anderes wirksames Mittel mehr zu Gebote stand, meinen Kameraden mit Hab und Gut für den rückständigen französischen Sold verbürgte. Ich hoffe, daß Ihr mir meine ungemessene Ergebenheit nicht verargen werdet!« fügte er schmeichelnd hinzu.

Der Herzog lehnte, zusammenzuckend, tiefer in die Kissen zurück, und der schmerzliche Zug in seinem Angesichte trat schärfer hervor. Es durchblitzte ihn der Gedanke, welche gefährliche Gewalt in die Hand des

Menschen falle, dem er einen so unerhörten, von ihm nie begehrten Dienst schulde. Aber er hielt an sich.

»Ich danke Euch, mein Freund«, sagte er, »Ihr sollt nicht zu Schaden kommen, solange ich selber noch etwas besitze. Ich fürchte, Lasnier, den ich zur Beruhigung der Obersten mit Geldern an sie voraussandte, hat im Verkehr mit ihnen nicht den rechten Ton getroffen.«

»Er hat sie aufs tiefste beleidigt. Darin muß ich zu ihnen stehn, erlauchter Herr, und mit ihnen verlangen, daß er abberufen werde. Nicht seine Zornausbrüche noch seinen unsere Personen treffenden Spott will ich ihm verdenken; aber daß er, wie ich aus sicherer Quelle weiß, unserm Vaterlande das Recht bestreitet, überhaupt da zu sein, weil es ein kleines Land ist, und diese vernichtende Behauptung uns auf unserm eigenen Bündnerboden entgegenwirft, daß er uns als ein verachtetes Anhängsel Frankreichs behandelt, das dreht jedem Bündner das Herz um, und unmöglich ist es, daß ein solcher Mann länger unser Brot esse und unsern Wein trinke!

Tut mir die Liebe, edler Herr«, bat er in gemäßigtem Tone, »und sorgt für seine Abberufung.« –

»Lasniers Abberufung ist auch mein entschiedener Wunsch, den der Kardinal ohne Zweifel erfüllen wird. Betrachtet es als abgetan.

Um auf Wichtigeres zu kommen«, lenkte Rohan ab, der die auflodernde Vaterlandsliebe des Bündners in diesem Momente der Abspannung zu scheuen schien, »Ihr waret in Innsbruck, da habt Ihr wohl etwas von der Stimmung des erzherzoglichen Hofes gegen uns erfahren. Gedenken uns die Österreicher noch einmal im Veltlin anzugreifen?«

»Dazu sind Eure Lorbeeren noch zu frisch, erlauchter Herr. Solange Eure Hand den Feldherrnstab führt, dürfen sie's nicht wagen. – Aber«, der Bündner seufzte tief, »laßt mich mein ganzes Herz vor Euch ausschütten! Bei der falschen Kunde von Eurem Hinscheiden regte

sich wieder alles kriechende Gewürm der Kabale, und unsere Landesverbannten von der spanischen Partei fingen wieder an, unterirdisch zu wühlen. Diese ekeln Totengräber glaubten schon, Bündens zwei höchste Kleinodien: Eure geliebte Person und seine teure Freiheit, deren Bürge Ihr seid, in die gleiche Gruft versenkt.
In Innsbruck«, fuhr er nach einer beobachtenden Pause mit unverhehlter Bewegung fort, »glaubt man auch jetzt, da Gott Euch uns wieder zum Leben erweckt hat, nicht an den Vertrag von Chiavenna. Wie hätten sie es sonst gewagt, mir spanischerseits Bündens Unabhängigkeit in seinen alten Grenzen als Preis unserer Trennung von Frankreich anzubieten, ja versucht, mich durch gemeines Gold von Euch zu scheiden! ... Ich beschwöre Euch, edler Herr, macht diesen Vorspiegelungen ein Ende, indem Ihr die zwischen uns vereinbarte und von Eurem König unterschriebene Akte allem Volke kundgebt. Sonst wird Bünden an Frankreichs Absichten irre, die spanischen Versprechungen verwirren die Gemüter, und wir versinken wieder in das Blutbad des Bürgerkrieges, aus dem Ihr uns emporzogt!«
Der Herzog antwortete nicht. Er erhob sich rasch, trat ans Fenster und blickte nachdenklich in die Berglandschaft hinaus, deren untere Stufen im Schatten lagen, während die höchstgelegenen Weiler noch in der Sonne glitzerten.
»Gott weiß, wie lieb mir dieses Land ist«, wandte er sich jetzt zu Jenatsch, »und wie gern ich alles daran setze, um es wieder glücklich und frei zu machen! ... Darum versteht niemand besser als ich Eure eifersüchtige Vaterlandsliebe, auch wo sie sich ungeduldig und rauh, und heute mir, dem redlichsten Freunde Bündens gegenüber, ehrlich gestanden, grausam äußert. Doch gebt Ihr mir zugleich so überzeugende Beweise von Eurer Aufopferung und Treue, da Ihr bei Euren Kameraden für Frankreichs Ehrenhaftigkeit mit all dem

Euern einsteht und mir die von Spanien versuchten Intrigen und Bestechungen aufdeckt, daß ich glaube, Euch volles Vertrauen schenken und auch in den schwierigsten Fällen auf Eure sichern Dienste zählen zu dürfen. – Darf ich das, Georg, auch wenn ich Euch viel Geduld und Selbstverleugnung zumute?«

»Wie könntet Ihr an mir zweifeln?« sagte Jenatsch mit leidenschaftlicher Wärme und einem Blicke schmerzlichen Vorwurfes.

»Offenheit also gegen Offenheit«, fuhr Rohan fort und legte die Hand auf des Bündners Schulter, »Vertrauen gegen Vertrauen. – Es ist mir peinlich auszusprechen: Der Vertrag von Chiavenna ist von Paris zurückgekommen ohne Unterschrift und mit Änderungen, die ich nicht billige, die ich Eurem Volke nicht zumuten und nicht vorschlagen will.«

Bei diesen traurig und leise gesprochenen Worten sah der Herzog dem Bündner in das ausdrucksvolle Gesicht, wie nach der Wirkung des ungern gemachten Geständnisses forschend. Es blieb unbewegt, aber überzog sich langsam mit fahler Blässe.

»Und welches sind diese Änderungen, gnädiger Herr?« fragte Jenatsch nach kurzem Schweigen.

»Zwei Hauptpunkte: Französische Besatzungen in der Rheinschanze und im Veltlin bis zum allgemeinen Frieden und für die in diesem katholischen Landesteile begüterten protestantischen Bündner Beschränkung ihres dortigen Aufenthalts auf jährlich zwei Monate.«

Ein unheimliches Wetterleuchten flog durch die Züge des Bündners, dann sagte er fast gelassen: »Das eine ist unsere politische Auslieferung an Frankreich, das andere ein unerträglicher Eingriff in die Verwaltung unseres Eigentums. Beides sind unmögliche Bedingungen.«

»Auch dürfen sie nicht im Vertrage stehenbleiben«, sagte Rohan mit Bestimmtheit. »Ich will meinen ganzen persönlichen Einfluß beim Könige in die Waagschale werfen, will meine ganze Überredungsgabe erschöpfen, den Kardinal über den entscheidenden Ernst der Lage aufzuklären, will nichts unversucht lassen, die verderbliche Einwirkung des Paters Joseph zu lähmen, denn dieser, vermut ich, ist der Böse, der Unkraut unter unsern Weizen sät. Wegen des schnöden roten Hutes, wonach dieser Kapuziner gelüstet und für den er dem Heiligen Stuhle eine Berücksichtigung in der Politik meines edlen Vaterlandes verschaffen soll, die einer fremden Macht nicht gebührt, darf das Ehrenwort eines Rohan keinen Schaden leiden. Schon habe ich beschlossen, meinen geschickten Priolo nach Paris zu senden mit dringenden Briefen an den König selbst und an den Kardinal. Morgen wird er abreisen. Gehorchte ich meinem verletzten persönlichen Ehrgefühle, wahrlich heute noch legte ich mein Kommando nieder; aber das darf ich nicht um euretwillen. Ich zweifle, daß meine Liebe zu euch und meine persönlichen Verbindlichkeiten mit meinem Feldherrnstab auf meinen Nachfolger in Bünden übergingen.«

»Das tut uns nicht an!« rief Jenatsch erschrocken, »bei Euerm Heil – nein, bei dem unsern beschwör ich Euch –, tut es nicht! Lasset nicht das Werk Eurer Hände! Stoßt uns nicht in einen solchen Abgrund der Ratlosigkeit!«

»Darum will ich bis ans Ende ausharren«, fuhr der Herzog mit einer Festigkeit fort, wie sie die klar erkannte Pflicht gibt. – »Aber wißt, Jenatsch, von Euch erwarte ich hier im Lande alles. Durch mein grenzenloses Zutrauen seid Ihr in meine Sorgen und in die Schwankungen des Loses eingeweiht, das ich im festen Glauben war, Eurer Heimat schon gesichert zu haben. Ihr seid es allein. Ich weiß, Ihr ehret mein Vertrauen durch unverbrüchliches Schweigen. Beruhigt Eure Landsleute. Ich sehe, welche außerordentliche, ja wunderbare Macht Ihr auf die Gemüter ausübt. Schaffet Frist! Haltet den Glauben an Frankreich aufrecht! Versichert Eure Bündner, daß der Vertrag von Chiavenna, wenn

auch heute noch nicht verkündet, doch in Bälde in Kraft treten muß, und Ihr werdet bei der Wahrheit bleiben, denn mit Gottes Hilfe überwinden wir die Widerwärtigen. – Heute nacht noch zieh ich weiter nach Chur. Bringt mir dorthin bald über die Stimmung des Landes Bericht.«
Jenatsch bückte sich tief über die Hand des Herzogs und suchte dann noch einmal sein Auge mit einem Ausdrucke sprachlosen Schmerzes. Rohan sah in diesem langen, seltsamen Blicke die Teilnahme eines Getreuen an seinem ausnahmsweise herben Lose, er ahnte nicht, welche Wandlung sich im Geiste des Bündners zu dieser Stunde vollzog und daß Georg Jenatsch nach innerm schweren Kampfe sich von ihm lossagte.
»Ihr tut wohl, edler Herr«, sagte der Oberst, sich beurlaubend, »in der guten Stadt Chur Euern Sitz zu nehmen. Ihr seid dort hochgeliebt, und solange die Churer Euer Angesicht sehen und Ihr es seid, o Herr, der den König in Bünden vertritt, wird das Land nicht aufhören, von Frankreich das Beste zu hoffen.«

Der Herzog sah dem Scheidenden sorgenvoll nach, ohne Mißtrauen, aber im Gefühle, daß, wie er selber eine Zuversicht an den Tag gelegt, die nicht in seinem müden Herzen war, auch der Bündner die Stürme seines unbändigen Gemüts niedergehalten und vor ihm verheimlicht habe. Er blickte noch eine Weile, im Innersten entmutigt und traurig, hinüber an den dunkelnden Berg. Eine Klage entwand sich seiner Brust: »Herr«, seufzte er, »warum hast du deinen Diener nicht in Ehren dahinfahren lassen!«

Jenatsch war hinausgeeilt. Ein Sturm wildstreitender Gedanken tobte in seinem Innern, den vor dem Herzog niederzuhalten ihn Anstrengung gekostet hatte. Er verabscheute die Möglichkeit, während dieses Seelenkampfes irgendeinem Menschen Rede stehen zu müssen. Mit eilenden Schritten stieg er, das Gewühl des wachen Dorfes unter sich lassend, die dämmerigen Bergwiesen hinan und ließ seine zornigen Gefühle dahinstürmen wie eine Schar ins Gebiß knirschender Rosse; aber sein berechnender Geist behielt die Zügel und lenkte die brausenden Mächte seines Gemüts auf immer neuen, immer gefahrvolleren, aber wohlbemessenen Bahnen.

Das Ziel wonach er sein ganzes Leben lang gerungen, das seine Tage beschäftigt und seine Nächte beunruhigt hatte, um das er mit den verschiedensten Kräften seines Wesens gekämpft, das Ziel, wonach er auf den blutigsten Irrwegen geklommen und dem er sich seit Jahren mit gebändigtem Willen als ergebenes Werkzeug einer edeln und, wie er glaubte, in ihrem Machtkreise unbeschränkten Persönlichkeit auf dem sichern Wege der Gerechtigkeit und Ehre genähert hatte – dies Ziel, das er noch heute mit der Hand berührte, es war ihm entrückt – nein, es war vor ihm versunken! Denn eines stand vor seiner Seele mit entsetzlicher Klarheit: Bünden sollte nie frei werden, sollte nach der Absicht des allgewaltigen und gewissenlosen Geistes, der Frankreichs schwachen König beherrschte und dessen innere und äußere Politik nach Gefallen lenkte, aufbehalten werden bis zum allgemeinen Frieden. Dann von Richelieu in die zu verteilende Masse verfügbarer Länder geworfen, unter die übrigen Tauschobjekte gemengt, war seiner armen Heimat unvermeidliches Schicksal, beim Länderschacher des Friedensschlusses auf den Markt gebracht und diesem oder jenem günstigen Handel Anbietenden zugewogen zu werden.

Der Herzog trug keine Schuld daran. Er liebte Bünden und wollte es freigeben; aber er war nicht stark genug, seinen Willen gegen den ihn mißbrauchenden des Kardinals durchzusetzen. Er wagte es nicht, sich mit einem Nebenbuhler zu messen, der über den Schranken der Gewissenhaftigkeit stand; er scheute sich, seinen Gegner mit jenen wirksamsten Waffen zu bekämpfen, die Richelieu mit Meisterschaft führte! – War es nicht möglich, diese von Rohan kindisch verschmähten Waffen zu ergreifen? Dem Jäger selbst eine Schlinge zu legen?

Wo galt die menschliche Gerechtigkeit, die der Herzog verwirklichen wollte – wo war ihr Urbild, die göttliche, um sie zu Ehren zu bringen und zu belohnen? Eitle Träume beides! Ein frommer Tor nur konnte daran glauben! . . . Der Herzog war blöde genug zu meinen, der Kardinal anerkenne die Gültigkeit des von dem Mächtigen einem Schwachen gegebenen Wortes! Er war töricht genug zu wähnen, ein zugunsten der Hugenotten im Bürgerkriege gezogenes Schwert könne jemals von Richelieu vergeben und vergessen werden, es sei möglich, durch ruhmreiche Dienste den Haß des mächtigen Ministers auszulöschen! . . . Er war so blind, nicht einzusehen, daß gerade seine zu Frankreichs Ehre verrichteten Heldentaten für den Eifersüchtigen ein Grund mehr waren, ihn zu beargwöhnen und ihn aufzuopfern!

Wohin aber war es gekommen mit diesem christlichen Ritter? Er stand am Rande des Abgrundes, ein verlorener Mann! . . . Und Jenatsch haßte ihn zu dieser Stunde darum, daß er ein Betrogener und Besiegter war. Doch unglaublich! er selber hatte sich ja verblenden lassen durch ein Gefühl bewundernder Liebe zu diesem edlen Menschenbilde! Er hatte geglaubt, daß der Wert reiner Gesinnung, der ihn berückt hatte, auch in der Rechnung des Kardinals eine Zahl sei . . . Ja, wohl hatte Richelieu mit dieser Zahl gerechnet – wie der schlaue Fischer auf seinen Köder zählt – und Jenatsch selbst – doch nicht

allein er – Verzweiflung ergriff ihn –, sein Vaterland war ein Opfer dieses Betruges.
Vielleicht war noch Rettung möglich! Weg jetzt mit jedem hemmenden Bedenken, mit allen Banden der Dankbarkeit, mit allen Berückungen der Liebe, mit jeder Eigensucht eines rein gehaltenen Charakters! Hinunter mit der Vergangenheit! Weg die Fesseln ihrer liebgewordenen Überzeugungen und Vorurteile! Gelöst werde jeder Zusammenhang des Dankes und der Treue! –
Jetzt vertiefte sich Jenatsch mit einem durch das Gefühl der Gefahr geschärften Geiste in die Schlangenwege und Berechnungen der französischen Politik. – Eine Befürchtung, die Rohan ihm preisgegeben, ließ ihn einen Schlüssel finden zu den Gedanken des Kardinals. »Es ist nicht anders«, sagte er zu sich, »Richelieu überläßt uns seinen protestantischen Feldherrn, solange der selbst Getäuschte auch uns aufrichtig zu täuschen vermag. – Stirbt des Herzogs Glaube oder unser Glaube, so ruft er ihn plötzlich ab und ersetzt den christlichen Worthalter durch einen Soldaten, der seine Kreatur ist . . . Ich aber will Fuß fassen auf dieser hugenottischen Ehre! Ich stelle mich auf diesen Felsen. Ich halte es fest, dieses gute französische Pfand!« . . . und er schloß die eiserne Faust. Er sann nach, wie das möglich wäre – und es trat ein Judasgedanke aus seiner Seele und stand plötzlich in so naher Häßlichkeit vor seinem Angesichte, daß ihn schauderte. Aber er sagte sich mit einem sichern Lächeln: »Der gute Herzog wird mich nicht durchschauen wie sein Gott den Judas.«
Rasch wandte er den Blick weg von dem Verrate an diesem Reinen; er konnte ihn vollbringen, aber nicht betrachten.
Hinüber richtete er das Auge nach dem fernen Frankreich, und er forderte den großen Kardinal zum Zweikampf in die Schranken seines Berglandes, Mann gegen Mann, List gegen List, Frevel gegen Frevel.

Und sein Herz brannte in wilder Freude, weil in Bünden einer war, der sich der schlauen Eminenz gewachsen fühlte.

So durchjagte Jenatsch das Reich der Möglichkeiten mit rastlosen Gedanken. Er achtete des Weges nicht, und jetzt eilte er schon im nächsten talabwärts gelegenen Dorfe längs einer langen Kirchhofmauer dahin, als er gewahr wurde, daß ein barfüßiges Bauernkind eilig neben seinen langen Schritten einherlief. Die Kleine hielt schon längst einen Brief in die Höhe, der ihr, wie sie ehrerbietig ausrichtete, von der Schwester Perpetua für seine Gnaden den Herrn Oberst übergeben worden sei, welchen die Schwester an der Pforte des Klostergartens habe vorübergehen sehen. –
Der Oberst blickte um sich, er war in Cazis. Er verabschiedete die Kleine und lenkte, wie vom Finger des Schicksals berührt, in die Dorfgasse ein, wo sich die Lichter entzündet hatten. Er hatte auf dem Umschlage im letzten Dämmerscheine die Handschrift seines alten Freundes, des Paters Pankraz, zu erkennen geglaubt. Am Fenster eines Erdgeschosses sah er ein graues Mütterchen beim Scheine der Ampel spinnen. Er lehnte sich außen an die Mauer, so daß ein spärlicher Strahl auf das Blatt fiel und las:

Hochmögender Herr Oberst,
Ich erdreiste mich, Euch einiges zu melden, das für Euch und unser Land wichtig sein kann. Der Vertrag von Chiavenna ist ein vergängliches Blendwerk, das uns die Eminenz in Paris vorspiegelt. Seit ich in Mailand verweile, wurde mir zur Gewißheit, was mir schon früher eine in meinem Kloster am Comersee zufällig aufgefangene Rede verriet.
Kurz vor der Weinlese herbergte dort ein französischer Ordensbruder, ein beredter Pediger, der zur Erholung seiner abgearbeiteten Lunge und des ewigen

Heiles wegen – wozu Gott uns allen in Gnaden verhelfe – den Weg nach Rom angetreten hatte. Beim Nachtessen im Refektorium klagte der Prior mit ihm über die Zeitläufte und bedauerte, daß das Valtelin durch den Vertrag von Chiavenna wiederum zu Bünden geschlagen werde. »Darüber seid ohne Sorgen«, fuhr der Franzose heraus, der nicht wußte, daß ein guter Bündner am Tische saß, »daß dieser Vertrag keinen Soldo wert ist, weiß ich aus bester Quelle.« Als ich mich in Paris vor meiner Abreise bei meinem Superior, dem Pater Joseph, beurlaubte, kam ich gerade dazu, wie dieser und der Nuntius des Heiligen Vaters den Entwurf besagten Vertrages ihren prüfenden Blicken unterwarfen. Der Nuntius ließ sich hart dagegen aus, der hitzige Pater Joseph aber zerknitterte das Papier in seiner Faust, ballte es zu einer Kugel zusammen und warf es in den Winkel mit den Worten: »Dieser Vertrag eines Ketzers mit Ketzern wird niemals gelten.« –

Ich verhielt mich mausestill, aber hatte meine Gedanken; denn, was der Pater Joseph bedeutet, wißt Ihr besser als ich. –

Hier in Mailand, wo ich mich in Ordensgeschäften seit zehn Tagen aufhalte, wurde ich gestern in den Palast des Gubernatore gerufen, um seinem Gesinde wegen eines häuslichen Diebstahls ins Gewissen zu reden. Da beschied mich der Herzog, der meine bündnerische Herkunft erfahren, zu sich und sagte mir halb ernst, halb scherzweise: »Wie ich jetzt Euch vor Augen habe, Pater Pankraz, möcht' ich wohl den Obersten Jenatsch leibhaft vor mir sehen. Es wäre mir ein leichtes, dem verständigen Manne darzutun, daß der Vertrag von Chiavenna nichts ist als ein verdorbenes Pergament, daß euch Frankreich das Veltlin nie zurückgibt und daß Spanien euch Bündnern Bedingungen machen könnte, bei denen ihr euch ganz anders stündet. – Pater Pankraz, Ihr habt mir den gestohlenen Siegelring hervorgezaubert, könntet Ihr mir Euern Jenatsch, den einzigen, mit dem mir zu verhandeln möglich ist, auf dieselbe stille und prompte Weise in dies Kabinett bringen, so solltet Ihr Eurerseits Wunder erleben.« – Da kam es wie eine Erleuchtung über mich, Euch von dieser merkwürdigen Rede Kunde zu geben.

Kommt Ihr, so werde ich dafür sorgen, denn ich bleibe einstweilen in Mailand, daß Ihr außer dem hohen Herrn von niemand erblickt werdet. Könnet Ihr Euch daheim nicht frei machen, was ein Unglück wäre, so schickt eine Vollmacht, aber nur durch einen Mann, dem Ihr traut wie Euch selbst, wenn Ihr einen solchen kennt.

Vergebt meinen Vorwitz und säumt nicht!

Der für meines Herrn Obersten zeitliches und ewiges Heil täglich betende

Pater Pankraz.

Das Schreiben des Kapuziners, dessen menschenerfahrene Klugheit und schlaue Vorsicht der Oberst zu gut kannte, um sich über das Gewicht und den Ernst dieser Mitteilung zu täuschen, deckte ihm in blitzartiger Beleuchtung die Windungen eines halsbrechenden Pfades auf. Vielleicht hatte in schlimmen, entmutigten Stunden sein Blick schon früher sich zuweilen dahin verirrt, aber immer hatte er ihn mit einem Gefühle der Verachtung seiner selbst erschrocken und ekelnd wieder davon abgewandt. Dieser Weg der Gefahr und Schande war das Bündnis mit Spanien. Jene Macht, die er von Kindheit an mit der ganzen Kraft seines jungen Herzens gehaßt, die er dann in vermessenem Jugendmute mit fast wahnsinniger, vor keinem Greuel zurückbebender Leidenschaft bekämpft, welcher er sein ganzes Leben hindurch als Todfeind gegenübergestanden und deren eigennützige und wortbrüchige Politik er auch heute noch tief verachtete – sie bot ihm die Hand. Er konnte diese Hand ergreifen – nicht in Treu und Glauben – wohl

aber um von ihr die französische Schlinge lösen zu lassen und sie dann zurückzustoßen.
Jetzt entschloß er sich dazu.
Langsam wandelte er auf der dunkeln Heerstraße nach Thusis zurück. Es ward ihm schwer, zu brechen mit der ganzen Vergangenheit. Er wußte, daß er sich selbst in seinen Lebenstiefen damit zerbrach. Dort jenseits des Rheines im Domleschg lag das Dörfchen Scharans, dessen armer Pfarrer, sein gottesfürchtiger Vater, in Geradheit und Einfalt ihn aufgezogen und ihn zur Treue im protestantischen Glauben und zum Hasse der spanischen Verführung ermahnt hatte. Dort unfern davon stand der Turm von Riedberg, wo er den Vater Lukretias, der seiner Kindheit wohlgewollt, als willkürlicher Blutrichter nächtlicherweile überfallen und grausam erschlagen hatte, das »Giorgio guardati« des treuen Mädchens schlecht vergeltend. Was dort schimmerte, waren die erhellten Fenster der einsamen Lukretia . . .
Und wieder stürzten seine Gedanken in eine neue Bahn. Er selbst konnte dem dringenden Rufe des mit Serbellonis Auftrag betrauten Pankraz jetzt unmöglich folgen. Er mußte als verderblicher Dämon unter der Maske der Treue neben dem Herzog bleiben, als argwöhnischer Wächter jede seiner Bewegungen beobachten und um jeden Preis verhindern, daß der ermattete Kranke seinen Feldherrnstab nicht am Ende doch in die Hände Richelieus niederlege.
Wer aber konnte an seiner Stelle mit Serbelloni unterhandeln? Allerdings nur einer, dem er traute wie sich selbst, aber dieser Mann war nicht vorhanden. – Noch einmal blickte er nach den Fenstern von Riedberg hinüber. Ein schneller Gedanke durchfuhr ihn und stand nach einem Augenblicke der Überlegung als klarer Entschluß in ihm fest.
Mit raschen Schritten eilte er nach Thusis zurück. Vor der Herberge stand ein Haufen Marktleute, schweig-

sam und in gedrückter Stimmung, denn sie hatten auf ihn und einen günstigen Bescheid vom Herzog lange gewartet. Der alte Lugnetzer trat ihm aus der im Dunkel zusammengedrängten Gruppe entgegen mit der Frage auf den Lippen, die ihrer aller Gemüt beunruhigte.

Aber Jenatsch ließ ihn nicht zu Worte kommen.

»Hört an, liebe Landsleute, und bewahrt es in einem feinen Herzen«, rief er mit eindringlicher, aber gedämpfter Stimme: »Der Winter steht vor der Tür, bleibet ruhig daheim in euern Dörfern und erharret den Lenz. Kommt die Schneeschmelze zu Anfang des Märzen, dann machet euch und eure Ehrenwaffen bereit. Ich lade euch zu einem Tage nach Chur. Stunde und Losung wird euch noch gesagt werden. Dort richten wir im Namen Gottes den drei Bünden ihre alte Freiheit wieder auf!« –

Die Leute hatten in feierlichem Schweigen zugehört. Als Jenatsch geendigt, dauerte die Stille noch eine Weile fort. Dann begannen sie die Sache flüsternd sich auszulegen, bis sie tief in der Nacht auf ihre Heimwege sich zerstreuten.

Aber er, der zu ihnen geredet, stand nicht mehr in ihrem Kreise. Der Oberst Guler hatte ihn weggeholt und streckte ihm jetzt in der Gaststube inmitten der Offiziere ein Papier und eine eingetunkte Feder entgegen.

»Da ist der Pakt – nach Soldatenart kurz gefaßt« – sagte er, »hast du noch die edle Courage, deren du dich heute berühmtest, Ventrebleu, so unterschreib ihn.«

Der Angesprochene stellte sich unter den Leuchter und las:

»Wenn der rückständige Sold der bündnerischen Regimenter binnen Jahresfrist von Frankreich nicht ausgezahlt wird, haftet den Bündnerobersten für ihr Guthaben, sei es Ganzes oder Rest, der Endunterzeich-

nete mit seinem sämtlichen liegenden und fahrenden Gut.«
Jenatsch ergriff die Feder, strich die zwei einzigen Worte: »von Frankreich« und unterschrieb.

SECHSTES KAPITEL

Kurze Zeit nachdem Schwester Perpetua den ihrer Klugheit als sehr wichtig empfohlenen Brief des abwesenden Beichtigers glücklich bestellt hatte, trippelte sie, ein Arzneikörbchen am Arme und eine kleine Hornlaterne in der Hand, über die Rheinbrücke bei dem Dorfe Sils. Jenseits derselben besaß das Kloster einen Hof, dessen Pächter krank darniederlag. Die Heilkundige war heute für den vom Fieber geschwächten Mann durch eines seiner Kinder, das die Klosterschule besuchte, um Rat und Hilfe angerufen worden. Sie scheute den nächtlichen Gang nicht – so wenig, daß sie, nachdem der Sieche sich ihrer Tröstungen erfreut, statt das Angesicht wieder der Brücke und ihrem Kloster zuzuwenden, auf dunkeln, aber ihr wohlbekannten Straßen in der Richtung weiter eilte, aus welcher ihr die Lichter des Schlosses Riedberg entgegenschimmerten.
Schon klopfte sie ans Tor, das der alte Lukas ihr brummend aufschloß, und bald darauf saß sie neben der edeln Herrin in einem altertümlich schmucklosen, aber lieblich erleuchteten Gemache vor einem herbstlichen Kaminfeuer und trocknete die vom Nachttaue durchnäßten Ränder ihres Klostergewandes, die schweigsame Lukretia mit erbaulichen Gesprächen ergötzend.
Das Schreiben des Paters, von dessen Überredungsgeist die Nonne eine hohe Meinung hatte, die flüchtige Erscheinung des Obersten vor der Klosterpforte, das glänzende Geldstück, das er der kleinen barfüßigen Botin gereicht, arbeiteten in ihrer frommen Einbil-

dungskraft. Dies alles hatte sie, der Himmel weiß durch welche Gedankenverknüpfungen, bewogen, dem Fräulein unverzüglich einen nächtlichen Besuch abzustatten und diese Ereignisse haarklein zu erzählen. Der Oberst war, meinte sie, wie ein von Gewissensbissen gefolterter Kain um die Mauern der heiligen Zufluchtsstätte geirrt. Sie würde lobpreisen und anbeten, aber nicht erstaunen, wenn Gott hier ein großes Wunder vorbereitete, um diesen wütenden Feind des christkatholischen Glaubens, den Ketzern zum beschämenden Zeichen, in den Schoß der alleinseligmachenden Kirche zurückzuführen.

Da Lukretia nach ihrer stillen Weise nur mit einem traurigen Lächeln darauf antwortete, fuhr die fromme Schwester mit steigendem Eifer fort: »Bleibet, liebe Tochter, nicht kalt und ungläubig vor der glückseligen Aussicht auf die mögliche Bekehrung eines so gewaltigen Sünders! Betet lieber, daß dies Unerhörte geschehe! Denn Euer Gebet, Fräulein Lukretia, die Ihr den blutigen Mann nach dem natürlichen Menschen hassen und verabscheuen müßt, wäre allerdings bei den Heiligen besonders wirksam und ihnen als ein schmerzliches Opfer vorzüglich angenehm. Noch kräftiger wäre es freilich, wenn Ihr dieses Gebet als verlobte Braut Gottes mit einem durch das dreifache Gelübde von allen weltlichen Erinnerungen gelösten Herzen darbringen könntet.«

Schwester Perpetua sagte dies mit einem tiefen Seufzer und machte sich in Erwartung einer Antwort, die ausblieb, mit dem Feuer zu schaffen. Ach, ihr war nicht entgangen, daß der klösterliche Beruf Lukretias, an den sie unentwegt glaubte, dieser noch immer nicht klargeworden, ja seit die Verwaiste in ihr väterliches Haus eingezogen, ihr wieder mehr in die Ferne gerückt war. Sie stand allein unter dem in diesen kriegerischen Zeitläuften verwilderten Schloßgesinde und den verarmten, über die französische Bedrückung tägliche Klagen vor ihr Ohr bringenden Dorfleuten. Und diese Einsamkeit tat ihr offenbar nicht wohl. Da war Lukas, der rachsüchtige Graubart, der das schwarze Kreuz an der Mordmauer nicht erblassen ließ und der das immer scharf gehaltene Todesbeil wie eine Reliquie in einer wurmstichigen Eichentruhe sorgfältig verwahrt hielt. Das Fräulein mußte, fürchtete die Schwester, immer tiefer in sich selbst und die ihr Gemüt von allen Seiten umrankenden, jeden neuen Lebenskeim erstickenden Erinnerungen versinken. Sie konnte den Riß nicht überwinden, der altes und neues für sie trennte. Sie lebte wenig in der Wirklichkeit, sondern verkehrte im Geiste mit ihrem toten Vater, von dessen Gemütsart sie viel geerbt hatte und dem sie mit jedem Jahre in auffallender Weise auch in ihrem Aussehen ähnlicher wurde. Es war dieselbe Pracht der Gestalt, dieselbe stolze Haltung: Ihr Ohm, der Freiherr Rudolf, war in der Verbannung gestorben, und sie hatte außer seinem niedriggesinnten und eigennützigen Sohne keine nähern Sippen. Eine Verwandte ihrer Mutter lebte noch in Chur, und sie pflegte sie zu besuchen; aber diese Gräfin Travers war durch schwere Schicksale und ein überlanges Leben versteinert und wenn auch gut katholisch, kaum mehr als ein stumpfes Echo längst verschollener Tage. Daß Lukretia mit den Juvalta auf Fürstenau und dem auf den andern Nachbarschlössern sitzenden Adel keinen Umgang pflog, das freilich konnte ihr Perpetua unmöglich verdenken, denn jene alle waren Protestanten und gehörten zu der französischen Partei. So war Lukretia völlig allein, warum denn verließ sie ihren düstern, einsamen Pfad nicht? Warum trat sie nicht in die Gemeinschaft der demütigen Töchter des heiligen Dominikus?

Während die Schwester dergestalt diesen ihren Lieblingsgedankengang durcheilte, drehte Lukretia schweigend ihre Spindel und verfolgte einen andern.

Sie fragte ihr Herz, wie es denn möglich sei, daß Jürg

in seiner wildesten, blutigsten Zeit ihrem Gefühle und Verständnisse weniger fremd gewesen als jetzt, da er in den Räten des Landes und im Heergefolge des französischen Herzogs unter die Geachteten und Angesehenen zählte.

Zweimal seit ihrer Heimkehr hatte sie Georg, wenn sie zu Besuch bei ihrer Muhme in Chur war, von ferne erblickt. Eines Abends stand sie neben dem Lehnstuhle der alten Dame und schaute durch das eiserne Laubwerk am Gitterkorbe des Fensters, während der Sonnenschein gradweise das Pflaster des Platzes verließ und nur noch auf dem sprudelnden Wasser des Marktbrunnens blitzte. Der Oberst schritt längs der gegenüberstehenden Häuserreihe auf und nieder an der Seite einer gravitätischen Magistratsperson, die jedes Wort, das von seinen Lippen fiel, mit begieriger Aufmerksamkeit anhörte und seine Aussprüche mit beistimmendem Kopfnicken begleitete. Es schien sich um einen schweren Rechtsfall zu handeln.

Ein andermal umgab den Obersten ein Kreis französischer Edelleute, mit denen er nach der Mittagstafel in schneller, lustiger Scherzrede sich erging. – Immer aber klang es so hell von seinem Munde und leuchtete es so geistvoll von seiner Stirn, daß er als einer jener seltenen Günstlinge des Glückes erschien, die sich alle Wege des Erfolges zu öffnen und zu ebnen wissen und die das Vergangene und Unabänderliche wie eine lästige Fessel abwerfen.

Ich weiß es jetzt – gestand sie sich –, dieser Freund von jedermann ist nicht der Jürg mehr, den ich liebte – nicht der scheu verwegene Knabe mit den dunkeln verschwiegenen Augen, der mein Beschützer war – nicht der zornig Dahinbrausende, der mein Glück wie ein die Ufer zerreißender Wildbach in Trümmer warf – nicht der Mann, gegen den ich in meinen Racheträumen die Hand erhob – nicht der Traute, den ich nach Jahren des Jammers auf dem Bernhardin wiederzuerkennen glaubte und in die Arme schloß –, nein! es ist ein weltgewandter Höfling, ein berechnender Staatsmann aus ihm geworden ... Er will sich von mir scheiden und loskaufen, darum gab er mir mein Riedberg wieder. Er scheut mich wie einen Vorwurf, er flieht mein Antlitz wie das einer Toten! – Und sie vergaß, daß sie selbst ihn drohend beschworen, die Schwelle ihres Hauses nimmermehr zu überschreiten. –

»Heilige Mutter Gottes, was ist das für ein Lärm!« fuhr jetzt Schwester Perpetua auf, denn im Schloßzwinger erscholl ein rasendes Gebell der Hofhunde. Man hörte das Schelten der sie beschwichtigenden Knechte, dazwischen wiederholte Schläge gegen das Tor und, als Lukretia das Fenster öffnete, eine mit langsamer Bedenklichkeit geführte Unterhandlung zwischen Lukas und der gebieterischen Stimme eines Einlaß Begehrenden.

Nun erschien der Alte selber mit der bestürztesten Miene, deren seine felsenharten Züge fähig waren. »Es verlangt einer allein mit Euch zu reden, Fräulein . . .« sagte er, »der Oberst Jenatsch, den Gott strafe!« – setzte er leiser und mit innerer Empörung hinzu.

Lukretia stand groß und bleich. Sie hatte die Stimme vor dem Hoftore am ersten Laute erkannt.

»Laß ihn nicht warten! Führe ihn hieher!« befahl sie dem Alten, der sie fragend ansah und nur zögernd gehorchte.

Die Nonne hatte sich erhoben und eine still beobachtende Stellung in der tiefen Fensternische eingenommen. Dort lag auf der Bank ihr Nachtmantel; sie strich ihn zurecht, aber legte ihn nicht um.

Rasche Schritte näherten sich, und Georg Jenatsch stand vor Lukretia mit entschlossenem, freudigen Antlitze und grüßte sie als Bekannte, doch mit großer Ehrerbietung.

Schwester Perpetua betrachtete mit einem Ausdrucke

frommer Einfalt, aber den schärfsten Blicken ihrer halbgeschlossenen Augen, die beiden großen Gestalten – und sie wunderte sich.

Kein Kainszeichen war auf der hohen offenen Stirn des Obersten zu entdecken, und – merkwürdig – die Planta stand neben ihm mit strahlenden Augen, kühn und trotzig, wie einst Herr Pompejus geblickt, und schien zur Höhe ihres gewaltiges Feindes emporzuwachsen.

Das von Perpetua sehnlich erwartete Gespräch jedoch begann nicht. Die Schloßherrin richtete das Wort an Lukas, der mit drohender Miene an der Türe stehengeblieben war: »Die fromme Schwester begehrt nach Haus. Die Nacht ist dunkel und der Weg weit. Begleite sie mindestens bis jenseits der baufälligen Rheinbrücke.« Und damit nahm das Fräulein von Perpetua herzlichen Abschied.

So stand die Schwester, ehe sie sich dessen versah, am Hoftore, Lukas aber entzündete eine Pechfackel und schritt mit der rauchenden Leuchte vor ihr her in die Nacht hinaus. »Jetzt schickt sie mich weg«, murrte er, hörbar, als wollte er es der frommen Schwester klagen, »und es wäre gerade der rechte Ort und Augenblick!«

Als Jenatsch mit dem Fräulein allein war und ihm gegenüber am Feuer saß, begann er mit kurzen, klaren Worten:

»Ihr seid gerechtermaßen erstaunt, Lukretia, daß ich das Haus Eures Vaters betrete. Doch ich weiß, Ihr traut mir zu, daß ich nicht gekommen bin, Euch zu verwirren mit Wünschen, die ich in meinem geheimsten Herzen gefangen halte – sonst hättet Ihr mich nicht in den wiederhergestellten Burgfrieden von Riedberg eingelassen. – Und doch komme ich, etwas von Euch zu verlangen – einen großen Dienst, den Ihr mir leisten werdet, wenn Ihr unser Land so liebhabt, wie ich von Euch glaube und wie ich selbst es liebe; denn an meiner Statt müßt Ihr handeln. – Ich schließe ein Bündnis mit

Spanien. Dies ist unsere einzige Rettung. Richelieu verrät uns, und der gute Herzog ist sein Spielzeug – ein schönes Scheinbild, womit der Gewissenlose uns täuscht und blendet. Aber wer knüpft das rettende Tau? – Ich selbst kann hier nicht fort, weil ich unser Volk zum Bewußtsein der über ihm schwebenden Gefahr aufwecken und den Herzog, den ich als Pfand behalte, mit Beweisen meiner Ergebenheit einschläfern muß ... Ihr staunt, daß ich, Spaniens Feind, zu diesem Gifte greife! ... Wundert Euch nicht. Wenn ich nicht meine Vergangenheit zerstöre und mein altes Ich von mir werfe, so kann ich nicht meines Landes Erlöser sein, und Bünden ist verloren. Serbelloni erwartet mich selbst oder einen, dem ich traue wie mir selber – wenn ich, sagt er, einen solchen kenne. – Ich traue nur Euch.«

Lukretia richtete den Blick mit zweifelnder Frage auf das von der Flamme beleuchtete, altbekannte Antlitz und las darin die höchste Spannung der Tatkraft und einen tödlichen Ernst.

»Ihr wißt, Jenatsch«, sagte sie, »welcher Partei mein Vater angehörte, wie und warum er starb. Ihr wißt, wie ich ihm glaubte und ihn liebte. Ich konnte mich nie mit Gedanken befreunden, die nicht die seinigen waren. So ist das französische Wesen – trotz der väterlichen Güte des Herzogs gegen mich Heimatlose – mir immer fern und fremd geblieben. Ich habe mich nie darin zurechtgefunden. Ihr aber seid von Spanien durch viele Blutschuld von alters her getrennt. Ihr, Jürg, verdankt dem guten Herzog das Leben und Euern Ruhm! Er hat Euch mit Vertrauen überschüttet, und Ihr kennt seinen herzlichen Willen gegen unsere Heimat – habt Ihr ihn denn nicht lieb? ... Könnet Ihr – ich will glauben der Heimat zum Besten – immer nach Neuem greifen und, ohne daß Ihr daran untergehet, das alte Wesen wie eine Schlangenhaut abstreifen?«

»Was ist dir der Herzog, Lukretia!« rief er. »Wie magst du um einen Fremdling sorgen! Bist du noch so weichlichen Herzens nach allem, was du gelitten, nach allem, was ich selbst an dir und deinem Hause gefrevelt habe? . . . Schau um dich . . . in allen unsern Tälern Trümmer und Brandstätten! Soll hier nie Friede werden, nie Freiheit und Gesetz hierher zurückkehren? Der Herzog kann uns nicht herausziehen. Er will sein frommhochzeitlich Kleid nicht beflecken. Doch auch ich habe eine Rede Gottes für mich. Ich wölbe mir die Himmel – spricht der Herr –, den Spielraum der Erde aber überließ ich den Menschenkindern . . . Siehst du nicht, Lukretia, wie wir alle in diesen Bürgerkriegen Gebornen ein freches, schuldiges Geschlecht sind! . . . und ein unseliges. Dort hat der Bruder den Bruder erschlagen, und hier liegt trennend eine Leiche zwischen zweien, die sich lieben und angehören. Darum laß uns nicht kleiner sein als unser Los! Ich stehe am Steuer und lenke Bündens Schifflein durch die Klippen mit schon längst blutüberströmten Händen. – Nimm ein Ruder und hilf mir! Zweifle nur jetzt nicht an mir, hilf mir, Lukretia!« drang er in sie.

»Und was willst du, daß ich tun soll?« sagte die Bündnerin, und ihre Augen begannen unternehmend zu leuchten.

»Gehe nach Mailand«, fiel er rasch und freudig ein, »dort findest du den Pankraz, der dich beim Gubernatore einführen wird. Serbelloni kennt dich von früher her als die, welche du bist. Unterhandle mit ihm über die Bedingungen, die ich dir niederschreiben will. Hast du mir etwas zu berichten, so tue es durch den Pater, dessen Beistand dir in allen Fällen gewiß ist.«

»Ist es dein Ernst«, fragte sie erstaunt, »wenn du mich als deine Unterhändlerin nach Italien schickst? Wie will ich mich im Labyrinthe der Politik zurechtfinden!«

»Ich verlange nichts von dir«, ermutigte er, »als was du kannst und ich dir auch sonst zutraue: daß du mein

Geheimnis bewahrest, und müßtest du es mit dem Leben schützen, und daß du in der Unterhandlung von meinen Bedingungen nicht um eine Linie abweichest. Im übrigen wird dich der brave Pankraz vortrefflich beraten. Gib mir Tinte und Feder, ich will dir die Punkte aufzeichnen, die du festzuhalten hast.«

Lukretia erhob sich und schritt zu der mit astreichem Nußbaumholze bekleideten Rückwand des Turmzimmers. Dort ließ sie die Platte ihres in das Getäfel kunstreich eingefügten Schreibtisches auf die gabelförmige Eisenstütze nieder, und der Oberst schrieb, während ihm das Fräulein aufmerksam über die Schulter blickte:

»Donna Lukretia Planta, meine Bevollmächtigte, wird mit der Exzellenz des Herzogs Serbelloni für mich auf Grund folgender Bedingungen unterhandeln:

Der Gubernatore stellt einen Heerhaufen von über zehntausend Mann bei Fort Fuentes an den Eingang des Veltlins.

Er trifft das Abkommen mit dem Hofe in Innsbruck, daß ein kaiserlicher Heerhaufe von derselben Stärke gegen die bündnerische Nordgrenze bei Finstermünz und am Luziensteig vorrücke.

Die Führer beider Heere gehorchen dem Obersten Jenatsch und betreten den Bündnerboden nicht ohne dieses Obersten schriftlichen Befehl.

Der Oberst Jenatsch verpflichtet sich gegenüber Spanien in weniger als Jahresfrist den Abzug aller in Bünden stehenden französischen Truppen bis auf den letzten Mann zu bewirken.

Dafür verspricht die Krone Spanien, die völlige Unabhängigkeit der drei Bünde in ihren alten Grenzen anzuerkennen und zu gewährleisten.«

Noch einmal überschaute Jenatsch die trocknenden Federzüge, dann setzte er seinen vollen Namen unter das Schriftstück.

Während er vor der ihm entgegentretenden Gestalt einer ungeheuern Tat insgeheim erbebte, wie vor einem heraufbeschworenen Dämon, der ihm helfen oder ihn verderben konnte, war das Fräulein mit ihren Blicken den seinigen über das Blatt gefolgt und hatte sich mit einem Unternehmen, dessen praktische Seite ihr einleuchtete, schneller als zu erwarten war vertraut gemacht. Es schien ihr, daß es sich um einen raschen, klar geplanten, vielleicht unblutigen Handstreich handelte, und das war ihr lieber, als wenn ihrer einfachen Natur zugemutet worden wäre, die Fäden eines verwickelten Intrigennetzes in die Hand zu nehmen und zusammenzuknüpfen.

In dem Augenblicke, als Jenatsch die Vollmacht zusammenfaltete und dem Fräulein übergab, zeigte sich der alte Kastellan, der seine Rückkehr möglichst beschleunigt hatte, auf der Schwelle, und der Oberst befahl ihm, seinen Rappen vorzuführen.

»Diesen grauen Bären vergiß mir nicht auf die Fahrt mitzunehmen, Lukretia, seine Treue ist alt und seine Tatzen sind noch gefährlich«, sagte er freundlich, sprang auf und trat mit dem Fräulein ans Fenster. Er zögerte zu scheiden. »Die Nacht ist klar geworden«, sprach er hinausblickend, »wann gedenkst du zu reisen?«

»Morgen vor Tag«, erwiderte Lukretia. »Durch Pankraz wirst du zuerst von mir hören. Jürg, du bist ein gar großer Herr geworden – wie könnt' es dir fehlen, wenn Kapuziner und Frauen für dich botenlaufen!« Und die Tränen traten ihr in die Augen.

Dieses halb mutwillige, halb traurige Wort gehörte wieder ganz der Lukretia seiner Jugendtage. Sie stand neben ihm, nur größer und herrlicher, neu erblüht zu bräunlicher Gesundheit im Hauche ihrer Berge. Der Nachtwind bewegte die Löckchen an ihren Schläfen, die sich aus der Krone der dicken, dunkeln Flechten gelöst hatten, und ihre leuchtenden Augen blickten ihn an mit

einer lautern Kraft, wie sie unter dem ermattenden Himmel des Südens nicht gedeiht.
Alte liebe Erinnerungen erwachten in ihm, er widerstand nicht und umfing sie.
»Mir ist, es sei noch nicht lange her, daß wir da unten miteinander spielten«, sagte er weich und zeigte auf die im Herbstwinde leise rauschenden Bäume des Riedberger Schloßgartens nieder.
Sie fuhr schaudernd zusammen – ihr Vater war vor ihr aufgestiegen – und blickte, von Jürg sich abwendend, ins Dunkel hinaus.
»Was ziehn dort für Lichter auf der Straße längs dem Heinzenberg, ist es ein Totengeleit?« fragte sie, auf das jenseitige Rheinufer deutend.
Jenatsch warf einen scharfen Blick hinüber. »Es sind die Fackeln des Herzogs, der im Schutze der Nacht hinunter nach Chur fährt«, sagte er, blickte noch einmal in ihre nassen Augen, küßte ihr dann rasch die Hand und eilte von hinnen.

SIEBENTES KAPITEL

Herzog Heinrich hatte sich in Chur das stattliche Haus der Ritters Doktor Fortunatus Sprecher zum Quartier erwählt. Der gelehrte Bündner stellte es ihm mit freudigem Diensteifer zur Verfügung, denn es war von jeher sein Ehrgeiz und sein Glück gewesen, sich edeln historischen Persönlichkeiten zu nähern und mit ihnen in einem seinem Geschichtswerke gedeihlichen Verkehr zu bleiben.
Kaum hatte sich der herzogliche Haushalt so standesgemäß, wie es in dem republikanischen Berglande möglich war, in den besten Gemächern der raumreichen patrizischen Wohnung eingerichtet, als nach einer Reihe von düstern stürmischen Tagen der Schnee in schweren

Flocken zu fallen begann. Der Winter brach früh herein, und die weiße Decke blieb auf den steilen Dächern und ernsthaften Stufengiebeln der alten Bischofsstadt fast ohne Unterbruch liegen, bis am Ende des Hornungs die Föhnstürme das Land fegten und mit den ersten Märztagen die Sonne Kraft gewann.

Der Winter war dem guten Herzog in gezwungener Muße verflossen, denn er war von seinem Heere im Veltlin durch den unwegsamen Schnee der Berge getrennt, und auch seine Verhandlungen mit dem französischen Hofe stockten und wollten zu keinem Ziele führen. Wäre die Sorge um den Abschluß des Vertrags neben andern Sorgen und Ungewißheiten und wäre die an dem tätigen Geiste des Feldherrn zehrende gezwungene Muße nicht gewesen, er hätte sich im Sprecherschen Hause nicht unwohl gefühlt und nicht ungern unter seinen schlichten protestantischen Glaubensgenossen verkehrt.

Der Doktor Sprecher achtete sich durch die Gegenwart Rohans hochgeehrt. Erfüllte sich ihm doch der langgehegte Wunsch, den Lebenslauf seines erlauchten Gastes an der Quelle schöpfend aufzeichnen zu dürfen. Mit der liebenswürdigsten Herzensgüte bequemte sich dieser dazu, seinem Wirte täglich ein Bruchstück seiner Schicksale in italienischer Sprache zu erzählen und in dieser Sprache verfaßte der Doktor auch das Lebensbild, das ein Geschenk werden sollte, denn so hatte es der edle Gast ausdrücklich verlangt, für die Frau Herzogin, die sich noch immer in Venedig aufhielt, und für Rohans Tochter, die dem Herzog Bernhard von Weimar anverlobte Marguerite. Mit dieser erfreulichen, aber privaten Bestimmung seiner gewissenhaften und schönen Arbeit war der Doktor Sprecher nur halb einverstanden. Er hätte sie lieber zum Ruhme des Herzogs und nicht zur Unehre des Verfassers ohne falsche Bescheidenheit alsbald durch die Presse verewigen und in die Welt ausgehen lassen.

Auf andere Weise betätigte sich des Herzogs Adjutant, der junge Wertmüller. Ruhelos trieb er sich in allen hohen und niedern Regionen der kleinen Stadt um. In kürzester Frist war er in Chur eine bekannte Persönlichkeit vom bischöflichen Palaste an, wo er seiner scharfen Augen und boshaften Zunge wegen gescheut, am Spieltische dagegen jederzeit willkommen war, bis hinunter in die dunkelsten Winkelschenken, wo man ihn, wie dort, an den gedehnten Winterabenden gerne kommen und nicht selten noch lieber wieder gehen sah. Es gelang ihm hier, die phlegmatischen Bündner durch seine Sticheleien, politischen Vexierreden und mancherlei andere Brennesseln so lange zu reizen, bis ihnen Dinge entfuhren, die sie nachher schwer bereuten über die Lippen gelassen zu haben.
War das Publikum empfänglich und regte es ihn durch phantasievolle Beschränktheit an, so entfaltete er noch andere, in den herzoglichen Gemächern nicht verwendbare, geheime Wissenschaften, die er seinen gründlich getriebenen mathematischen und physikalischen Studien verdankte. Es waren Kartenkünste und Zauberstücke, die dem Lokotenenten in den untersten Schichten seines Wirkungskreises den ernstgemeinten Ruf eines Hexenmeisters eintrugen, eine Auszeichnung, die ihm behagte, die aber in Regionen, wo der Weg aus dem erschreckten Kopfe in die derbe Faust ein kurzer ist, mit mancher Leibesgefahr verbunden war.
Diese nächtlichen Anfälle und Handgemenge reizten übrigens die kaltblütige Tapferkeit des Lokotenenten mehr, als daß sie ihn von seiner tollen Kurzweil gebracht hätten. Auch wußte er sich immer glücklich daraus zu ziehen und so rasch, daß seine militärische Ehre nie Schaden litt und die Verwirrung der Geister und die Arbeit der Fäuste erst dann ihren Höhepunkt erreichte, wenn er schon in den stillen Räumen des Sprecherschen Hauses an den herzoglichen Gemächern vorüber auf den Zehen seiner Kammer zuschritt.

Den Herzog, welchem Wertmüller mit unbedingter Treue und rastlosem Diensteifer ergeben war und der ihm deshalb vieles nachsah, beunruhigte er ohne Unterlaß durch seine scharfsinnigen Entdeckungen und warnenden Berichte. Wahrlich, er schien es darauf anzulegen, den hohen Herrn zu keinem Behagen kommen zu lassen.

Auf Jenatsch, dessen aufopfernde Treue mit den schweren Verhältnissen wuchs, der den Herzog täglich besuchte und es sich zur Aufgabe machte, seine Sorgen zu verscheuchen, seine leisesten Wünsche zu erraten, seine Befürchtungen ihm abzulauschen und sie entweder durch die eigene fröhliche Zuversicht zu entwurzeln oder mit beredten, überzeugenden Worten zu widerlegen – auf Jenatsch, den nützlichsten Ratgeber des Herzogs und den Liebling des Volkes, hatte es der verhärtete Lokotenente besonders abgesehen. Wertmüllers Gedanken spürten dem Obersten auf allen Schritten und Tritten nach, und er wollte aus der Haut fahren, wenn der Herzog seine Warnungen lächelnd fallenließ, weil er sie maßloser Eifersucht auf seinen Günstling oder der Unverträglichkeit dieser zwei grundverschiedenen Temperamente zuschrieb.

Was behauptete Wertmüller nicht alles!

Das Scheitern des Vertrags von Chiavenna, welches Rohan von dem einzigen in das Geheimnis gezogenen Bündner verschwiegen wußte, war, wenn man den Lokotenenten hörte, schon längst allgemein bekannt, ja wie absichtlich bis in die fernsten Hütten verbreitet, eine Kunde, die man sich nicht verhohlen ins Ohr sagte, nein, von der die Täler dies- und jenseits der rhätischen Alpen widerhallten.

Aber das war das geringste – Schlimmeres drohte – Bünden unterhandelte mit Spanien, behauptete Wertmüller. Und nicht etwa einzelne Parteigänger und Unruhstifter zettelten, sondern das gesamte Volk war in Gärung und Verschwörung gegen Frankreich begriffen, und Jenatsch, der heillose Heuchler, hielt das ganze Spiel des Betrugs in der Hand.

Der Herzog pflegte gemeiniglich leichthin zu erwidern, derartiges habe sich noch nie ereignet, es sei schlechterdings undenkbar, daß ein ganzes Volk sich wie eine geheime Gesellschaft verschwöre, unmöglich, daß nicht mindestens einer ihn warnte unter seinen vielen redlichen Anhängern im Lande. Im schlimmsten Falle würde ihn sein Gastfreund, der ruhige, wohlunterrichtete und keiner Partei pflichtige Doktor Sprecher, gegen dessen ehrenwerte Gesinnung selbst der Lokotenent nichts werde einwenden können, vor solchen unerhörten verräterischen Anschlägen sicherstellen.

Der unbekehrbare Zürcher ließ das nicht gelten.

Was die Verschwörung eines ganzen Volkes betreffe, so wolle er gerne zugeben, sagte er, daß sie nirgends möglich wäre, als unter den Bündnern, die mit dem nordischen Phlegma die südliche Verschlagenheit in glücklicher Mischung vereinigten. Der erste beste dieses Volkes könne dem geriebensten Diplomaten zu raten geben. Die Staatskunst sei hier so allgemein verbreitet und landesüblich, daß das ganze Volk wie *ein* Mann rede oder schweige, wenn es sich um einen deutlichen Vorteil handle; die Schwierigkeit sei also nur, den langsamen Köpfen die Rechnung klarzumachen, und dafür werde der Volksredner Jenatsch ausgiebig gesorgt haben.

Was den gelahrten Herrn Doktor angehe, so wolle er ihm nicht zu nahe treten, aber für mutig halte er ihn nicht, wenigstens nicht einer gewissen geheimen Feme gegenüber, von der man munkle. Er könne hier seine Quellen nicht nennen; aber er müsse glauben, es sei im Lande ein Geheimbund errichtet mit Statuten, die sie den Kletten- oder Kettenbrief nennen – wahrscheinlich um das feste Ineinandergreifen und Zusammenhalten der Bundesglieder zu bezeichnen. Auf Verrat stehe der Tod. Er wolle nun nicht behaupten, daß der Doktor ein Glied dieser Kette sei, er sei nicht das Eisen dazu, aber daß er sich vor diesen Banditen sträflich fürchte, das sei mehr als wahrscheinlich.

Diese Verschwörung, deren Verräter dem Tode verfalle, behandelte der Herzog als eine vom Müßiggange erfundene und geglaubte Schauergeschichte. »Man hat Euch das aufgebunden, Wertmüller«, pflegte er zu scherzen, »um Euerm Argwohne gleich das stärkste Gewürz vorzusetzen! Und gesteht nur, Ihr verdient etwas für Eure böse Zunge.«

Am verdächtigsten war dem Lokotenenten die Keckheit, mit der Jenatsch den Herzog über dessen eigene Stellung am französischen Hofe mit schmeichelnden Worten zu täuschen versuchte. Darüber mußte sich Heinrich Rohan doch selber im klaren sein. Was konnte den Bündner dazu bewegen, fragte sich Wertmüller, wenn nicht die teuflische Absicht, den guten Herzog von allen Seiten mit Netzen der Täuschung und dämonischen Irrsals zu umspinnen, um den Sichergewordenen um so gewisser zu verderben? Und sein Haß gegen den Obersten steigerte sich ins Unglaubliche.

Priolo war unverrichteterdinge von Paris zurückgekommen – Wertmüller nahm an, er sei in das Zögerungssystem des Kardinals eingeweiht und von diesem gewonnen – und wurde mit neuen Briefen wieder weggesandt, welche die dringendsten Vorstellungen enthielten, doch ja die Unterzeichnung des für Frankreich verhältnismäßig günstigen Vertrags nicht länger zu verzögern, nicht die Bündner dadurch spanischen Anerbietungen zugänglich zu machen.

Kaum war Priolo abgereist, so berichtete der tapfere Herr von Lecques, den Rohan an der Spitze seines Heeres im Veltlin zurückgelassen hatte, von drohenden Zeichen des Ungehorsams unter seinen Bündnertruppen, die auf eine allgemeine Gärung im Volke hindeuteten. Er würde, schrieb er, diesen einzelnen Vorfällen weiter keine Bedeutung beilegen, wenn nicht die Spanier in ansehnlichen Massen sich der Grenze näherten, wenn nicht der Herzog von seinem Heere getrennt wäre und sich in der Mitte eines, wie er fürchte, mit der Politik Frankreichs täglich unzufriedener werdenden Landes befände. Er schloß seinen Bericht damit, daß er den Herzog bat und beschwor, sich um jeden Preis mit seinem getreuen Heere im Veltlin zu vereinigen. Sei dies geschehen, habe er, Lecques, seiner peinigenden Verantwortung sich entledigt und den Befehl in die ruhmreichsten Hände niedergelegt, so freue er sich, an der Seite seines Feldherrn, den Degen in der Faust, der ganzen Welt zu trotzen.

Wertmüller vernahm diesen rettenden Vorschlag mit Jubel – und fluchte wütend, als er nach dem nächsten Besuche des Obersten wahrnehmen mußte, daß es diesem gelungen war, den Herzog zu überzeugen, sein Aufenthalt in Chur sei völlig gefahrlos, für die französischen Interessen in Bünden vorteilhaft, bei der Verehrung, die seine Person im Lande genieße, zur Beruhigung der Gemüter sogar unumgänglich notwendig.

Ein Augenblick des Zweifels kam auch für den edlen Herzog. Es war Wertmüller gelungen, eine Spur aufzufinden, deren Verfolgung ihn in den Stand setzen konnte, auch das blindeste Vertrauen zu erschüttern. Er hatte in der Schenke zum staubigen Hüttlein die Bekanntschaft eines welschen Quacksalbers gemacht und zufällig erfahren, dieser gedenke jetzt in das Land des Lorbeers und der Myrte zurückzukehren. Das abenteuerliche Männchen, das sich in dem kalten Klima den Magen mit dem gefährlichen weißen Completer wärmte, rühmte sich in prahlerischer Weinlaune seiner hohen diplomatischen Beziehungen und Fähigkeiten; in Wertmüller, der ihn bewundernd anhörte und ihm fleißig einschenkte, blitzte eine Erinnerung auf. Jüngst, als er spät in der Nacht den bischöflichen Palast verließ, hatte er dies unverkennbare Figürchen bei schwachem Mondscheine in einer Ecke des Hofes neben einer Holofernesgestalt und im eifrigsten Gespräche mit dieser erblickt – nur einen Moment, denn die beiden waren beim Klirren seines Schrittes unter einem Torwege verschwunden, aber genügend lang für sein scharfes Auge, um die auffallende Gestalt des Wunderdoktors deutlich gewahr zu werden und in der andern, von einem dunkeln Mantel umhüllten, den Obersten Jenatsch zu vermuten. Das genügte, um den unternehmenden und durch die Winterruhe gelangweilten Lokotenenten zu einem lustigen Handstreiche anzufeuern. Er belauerte die Abreise des Italieners, nahm auf ein paar Tage Urlaub, ritt dem fahrenden Wunderdoktor nach und holte ihn auf seinem feurigen Fuchs gegen Abend des ersten Reisetages ein. Wie ein Wegelagerer überfiel er ihn an einer einsamen Stelle der Gebirgsstraße. Der erschrockene Quacksalber mußte zuerst seinen Apothekerkasten ausräumen und sich dann einer Durchsuchung seiner Person unterwerfen. Wie triumphierte Wertmüller, als er, dem Doktor freundschaftlich auf den Rücken klopfend, ein knisterndes Papier verspürte, das zwischen Tuch und Unterfutter eingenäht war, und dann mit der Pflasterschere des Unglücklichen aus dessen scharlachrotem Rocke unversehrt ein eigenhändiges Schreiben seines Feindes an einen Kapuzinerpater herausschnitt, worin Jenatsch diesem Aufträge an den Gubernatore Serbelloni in Mailand gab. Der Wortlaut freilich war dunkel, aber die Tatsache selbst sprach um so klarer. Nachdem der Lokotenent den schlotternden Zahnausreißer beruhigt und aus seiner Reiseflasche gestärkt hatte, jagte er in freudigem Galopp nach Chur zurück. Jetzt war der Verräter Jenatsch in seinen Händen.

Er erreichte die Stadt in vorgerückter Nachtstunde und wurde kaum noch vorgelassen. Der Ungeduldige mußte sich damit begnügen, seinem Herrn den verräterischen Brief mit einer gedrängten Auseinandersetzung des Zusammenhangs zu überreichen. Als Wertmüller dann am nächsten Morgen nach einem glücklichen Schlafe sich dem Herzog vorstellte, fand er diesen in sehr getrübter Stimmung und nicht geneigt, auf eine Besprechung des ihm, wie er sagte, unerklärlichen und sehr schmerzlichen Vorfalles einzugehen. Er müsse auch von anderer Seite sich darüber Aufklärung verschaffen.

Kurz vor der Stunde, zu welcher Jenatsch täglich dem Herzog aufzuwarten pflegte, wurde der Lokotenent mit einem Tagesbefehl nach der Rheinschanze beordert, und, so scharf er auch ritt, er kam zu spät, um dem Obersten vor Herzog Heinrich Stirn gegen Stirn entgegenzutreten.

Bei seiner Rückkehr traf er diesen in der heitersten Laune und wie von einer schweren Last befreit.

»Besten Dank für Euern löblichen Diensteifer, braver Wertmüller!« empfing er den Adjutanten. »Diesmal hat er Euch freilich trotz Eures mit Argusaugen blickenden Scharfsinns in eine grobe Falle gelockt. – Ungern tue ich Eurer Eitelkeit weh. – Jenatsch war hier, und ich habe ihn mit aller Offenheit zur Rede gestellt. Er hat sich vollkommen gerechtfertigt. Der Brief ist falsch und die Handschrift auf merkwürdig geschickte Weise nachgeahmt. Der Oberst hat Feinde, in deren Interesse es liegt, ihm mein Vertrauen zu rauben. Sie ahnen nicht, daß sie es mit ihren Kabalen im Gegenteil immer mehr befestigen. Er hat deren namentlich am bischöflichen Hofe unter Euren geistlichen Genossen am Spieltische, Wertmüller. Sie kennen Euch und zählten auf Euern Argwohn und Eure Unternehmungslust. Da Ihr aus Euerm Widerwillen gegen den Oberst und, Euch zur Ehre sei's gesagt, aus Eurer Anhänglichkeit an meine Person kein Geheimnis macht, so war die Intrige der geistlichen Herrn bald eingefädelt. Der elende Dottore war ihr bestochenes Werkzeug. – Gesteht, er hat seine Rolle gut gespielt! Wo wird sich ein Italiener den Anlaß zu einer Komödie jemals entgehen lassen! – Was endlich jene nächtliche Unterredung zwischen Jenatsch und dem Quacksalber unfern der bischöflichen Residenz betrifft, die Euch zu denken gab, so hat es damit seine Richtigkeit – sie drehte sich um das Ausschneiden von Leichdornen. Erinnert Euch, daß Ihr über den Obersten gespottet habt, als er vor ein paar Tagen mit einem Pantoffel am linken Fuße einherschritt.«

Wertmüllers herbes Gesicht verfinsterte sich unter dieser Rede dermaßen, daß der Herzog ihm die Hand auf die Schulter legte und ihn freundlich mit den Worten verabschiedete: »Sprechen wir nicht mehr davon, mein Lieber, die Sache ist nicht von Wichtigkeit.«

Fruchtlos brütend, wie er dem Obersten trotz alledem noch beikommen könne, verließ Wertmüller das herzogliche Gemach. In seinem Zustande verbissener Wut bemerkte er nicht, daß ein blondes Engelsköpfchen sich die Treppen heran ihm entgegen bewegte. Es war die goldlockige Tochter des Hauses, Fräulein Amantia Sprecher, die sich mit einem Strauße erster Märzglöckchen zu dem Herzog begab. Nicht nur übersah sie der Ungestüme, er raste in so weiten Sprüngen die Steinstufen hinunter, daß er sie fast niederrannte. Bestürzt hielt sie sich an dem reich verschlungenen Eisengeländer und sah ihm mit ihren unschuldigen blauen Augen sinnend und vorwurfsvoll nach.

War das derselbe Wertmüller, der ihrer Lieblichkeit sonst in auffallender Weise huldigte, der den ganzen Winter einer ihrer bevorzugten Tänzer gewesen war? Auch auf morgen hatte er sie ja wieder zum Balle, dem letzten und glänzendsten des Faschings, eingeladen. Welche Tarantel hatte ihn heute gestochen?

Wohl war er ihr auch sonst zuzeiten rücksichtslos erschienen, wenn er sich spöttisch und wegwerfend über bündnerische Zustände und Sitten äußerte. Wer oder was blieb überhaupt von seiner scharfen Zunge verschont! Mit ihr hatte er doch bis jetzt immer eine Ausnahme gemacht, und sie war dafür nicht unempfindlich geblieben.

Ihre sanfte, kindliche Schönheit und das Gleichgewicht ihrer durchaus friedfertigen Sinnesart wirkte anziehend und beruhigend auf den quecksilbernen Offizier. Die Sprecherin ihrerseits hatte sich in allen Züchten zuweilen mit dem Gedanken beschäftigt, wie sich dieser zürcherische Unband wohl als Eheherr ausnehmen würde, und hatte seine Tapferkeit, den unbestreitbaren Wert seiner Treue an dem edlen, frommen Herzog und seine hochgehenden Lebensaussichten mit weisem Herzen in die Waage gelegt gegen seine Schroffheiten, sein absprechendes Wesen und seine Spöttereien über Geistlichkeit und Gottesdienst, die vielleicht doch im Grunde weniger schlimm gemeint waren, als sie übel klangen. Doch war sie – nach dieser rauhen Begegnung mußte sie sich's gestehen – noch keineswegs zu einem günstigen Ergebnis gekommen.

So entschlug sie sich dieser Gedanken, ohne daß es sie große Mühe kostete, und wandelte, den silberhellen Blumenstrauß in ihrer Hand ordnend, langsam die letzten Stufen hinauf.

Fräulein Amantia hegte für den edlen Gast ihres Vaters eine unbegrenzte Verehrung, welche die liebenswürdige Leutseligkeit des Herzogs von jeder Zutat beklommener Scheu befreit hatte. Sie pflegte alltäglich zu einer Stunde, wo er sich nicht ungern stören ließ, in seinem Empfangszimmer zu erscheinen und nach seinen Wünschen zu forschen. Er ermangelte dann nie, hatte er nicht dringende Geschäfte, das gute Kind zurückzuhalten und sich nach den Interessen ihres Tages zu erkundigen.

Heute kam sie eben aus der Wochenpredigt, weniger erbaut als in Zweifel versenkt, denn der Pfarrer Saluz hatte über einen außer der Reihenfolge liegenden Text mit großer Heftigkeit gepredigt, und über welchen schauerlichen Text – den Verrat des Judas Ischariot,

Matthäus am sechsundzwanzigsten! Er hatte dadurch seine Zuhörer in große Aufregung versetzt, die sich ängstlich nach dem Zielpunkte dieser Anspielung umsahen und sich, sagte Fräulein Amantia, fast wie seinerzeit die Jünger fragten: »Herr, wer ist es, der dich verrät?«

ACHTES KAPITEL

Wenige Tage später, den 19. März, eilte der gelehrte Ritter Fortunatus Sprecher die Treppe zu den Gemächern seines erlauchten Gastes herauf. Diese frühe Morgenstunde konnte unmöglich zur Fortsetzung der Biographie des Herzogs geeignet sein; auch war das Antlitz des Ritters, der krampfhaft ein großes, mit dem Bündnerwappen verziertes Druckblatt in der Hand hielt, wie solche zu öffentlichen Kundgebungen an die Mauer geschlagen werden, heute besonders schwer verdüstert.

Oben angelangt, blieb er atemlos einen Augenblick stehen und sammelte sich. Doch ließ er dem Kammerdiener kaum Zeit, ihn anzumelden und drang ohne die gewohnte Rücksicht und Höflichkeit in das Arbeitszimmer des Herzogs ein, wo dieser, seine Bibel lesend, im Erker saß und jetzt, über die Störung erstaunt, zu dem Eintretenden aufblickte.

»Es sind unerhörte Ereignisse«, begann Herr Sprecher, »die mich zwingen, erlauchter Herr, Eure Morgenandacht zu stören. Es ist, kaum wage ich es auszusprechen, die Sorge um die Sicherheit Eurer edlen Person, die mich dazu treibt. Könnt' ich Euch doch in mein Herz blicken lassen, damit Ihr darin meine aufrichtige und in jeder Probe stichhaltige Ergebenheit läset, überzeugender als mein Mund sie ausdrücken kann! – In meine geschichtlichen Arbeiten vertieft und gewohnt, auf die eiteln Geräusche des Tages wenig zu merken, habe ich

leider die Bedeutung der wirren Stimmen unterschätzt, die allerdings in der letzten Zeit an mein Ohr schlugen. Ich wollte Euch nicht unnötig damit beunruhigen.«
Der Herzog erhob sich rasch. »Kommt zur Sache, Herr!« sagte er bestimmt und ruhig. »Was ist das für ein Blatt? Gebt her.«
Sprecher überreichte das verhängnisvolle Druckblatt und stöhnte mit sinkender Stimme: »Es ist der Aufstand gegen Frankreich und die Ernennung des Jürg Jenatsch zum Obergeneral der drei Bünde!« –
Rohan durchlief das Blatt und erblaßte.
Es enthielt einen Aufruf an das Volk, der die Beschwerden der Bündner gegen die Krone Frankreich in kurzen, treffenden Worten zusammenfaßte und zum Vertrauen auf Spanien-Österreich aufforderte, das sich bereit erkläre, Bündens alte Grenzen und Freiheiten zu gewährleisten. Alle bündnerischen Waffen wurden unter den Befehl des Jürg Jenatsch gestellt.
Die Schlußworte lauteten:
»Ihr Gemeinden der drei Bünde, greift zum Schwert, erhebt euch zum Landsturm im Namen des Herrn. Sammelt euch bei Zizers nächst Chur am neunzehnten des Märzen.« Hier folgten die Unterschriften der drei Bundeshäupter, obenan diejenige des Amtsbürgermeisters Meyer von Chur.
Der Herzog warf das Blatt empört auf den Tisch. Er rief nach seinen Dienern, befahl zu satteln und fragte nach Wertmüller. Mit diesem wollte er nach der Rheinschanze reiten. Seine schnelle Geistesgegenwart und militärische Spannkraft verließ ihn nicht einen Augenblick.
Während ihn sein Diener ankleidete, wagte der geängstigte Sprecher noch einige Beteuerungen, Andeutungen und Räte.
»Die Unterschriebenen sind alle Mitglieder des Kettenbundes. Gott weiß, ich hielt ihn für eine gemeinnützige Gesellschaft ohne gefährliche Nebenzwecke! – Und

dieser Bürgermeister Meyer, der sich immer so verächtlich über den charakterlosen Jenatsch und so feindselig gegen das papistische Spanien äußerte! . . . Ich fürchte, erlauchter Herr, mein Hausrecht wird Euch hier nicht schützen können! . . . Ihr kommt durch die nach Zizers strömenden Volksmassen nicht mehr in die Rheinschanze . . . Horcht! Mein Gott, nun läutet es auch in der Stadt von allen Türmen Sturm . . . Vielleicht ließe sich nächtlicherweile ein Fluchtversuch nach Zürich wagen, und von dort würdet Ihr auf Umwegen Euer Heer im Veltlin erreichen!« –

Während dieser Worte war der Galopp eines Pferdes auf dem Pflaster erklungen, und schon stand der Adjutant Wertmüller in dienstlicher Haltung, aber mit zornblitzenden Augen vor dem Herzog.

»Die Bündnerregimenter im Domleschg meutern und marschieren mit fliegenden Fahnen auf Chur, Erlaucht«, meldete er. »Ich wäre ihnen bei einem Morgenritte nach Reichenau fast in die Hände gefallen. Sie sind mir auf den Fersen. Hier in der Stadt liegt, wie der edle Herr weiß, nur die Freikompanie der Prätigauer. Treue Leute! Ich habe sie an das nördliche Tor beordert. Ihr Hauptmann Janett schwur mir zu, er sei mit Leib und Leben der Eurige und werde gegen alle Spaniolen und Meineidigen zu Euch stehen. Eure Pferde und Leute sind unten bereit. Noch ist es möglich, wenn die Prätigauer uns den Rücken decken, nach der Rheinschanze durchzudringen. Begegnet uns Volksgesindel, so reiten wir es nieder.«

Herzog Heinrich hieß diesen mutigen Vorschlag, welcher seinen eigenen Entschluß aussprach, mit einer zustimmenden Kopfbewegung gut und schritt, Herrn Sprecher flüchtig grüßend, rasch dem Ausgange zu.

Aber schon war er ein Gefangener.

Als Wertmüller die Türe des Vorsaales aufriß, ertönte von unten her Gemurmel zahlreicher Stimmen und schleifendes Geräusch treppansteigender Füße. Man

vernahm Sporengeklirr und gedämpften Wortwechsel. Der Herzog blieb stehen und legte die Hand an den Degen.
Vor der Tür zauderten und drängten sich Gestalten, die einen in Waffen, die andern in Staatstracht. Keiner wagte es, sich voranzustellen. Jetzt wichen sie zur Seite und gaben Raum. Georg Jenatsch trat aus ihnen hervor und überschritt die Schwelle. Ihm folgten Guler, der Graf Travers und ein stattlicher Mann in bürgermeisterlichem Ornate und goldener Kette mit großgeschnittenem, fleischigem Gesicht und leicht schielenden Augen.
Der Oberst Jenatsch, hinter dessen entschlossenen Schritten die andern nicht ungern zurückblieben, näherte sich barhaupt mit starren, blassen Zügen dem Herzog, der stolz und fragend vor ihm stand. Seine Stimme klang ruhig und seltsam kalt, als er zu reden anhob:
»Erlauchter Herr, Ihr seid in unserer Gewalt. Unser Aufstand ist Gegenwehr und gilt nicht Euch, sondern der Krone Frankreich. Was Euch dunkel blieb, ist uns klargeworden: Der Kardinal will den von Euch mit uns vereinbarten Vertrag nicht unterzeichnen. Er will uns festhalten und im Tauschhandel des in Aussicht stehenden allgemeinen Friedensschlusses als französische Ware verschachern. Das Pfand Eurer reinen Ehre, das er uns in die Hände gab, würde er leicht verscherzen. So hat uns der König von Frankreich und sein Kardinal dazu getrieben, bei unserm Erbfeinde billigere Hilfe zu suchen, die uns auch gewährt wurde. Gott weiß, was es uns gekostet hat, unsere Freiheit unter Spaniens Schild zu stellen. –
Was wir von Euch verlangen und warum Ihr es uns gewähren werdet, das kann ich Euch mit wenigen Worten darlegen. Vor Eurer Rheinschanze strömt Bündens ganzer Landsturm zusammen. Die Regimenter rücken in Chur ein. Ich habe sie ihres Gehorsams gegen Euch

entbunden und den Eid ihrer Treue den Häuptern unserer drei Bünde schwören lassen. Die Österreicher stehen am Luziensteig, die Spanier bei der Festung Fuentes, beide mit Übermacht. Auf ein Wort von mir überschreiten sie die Grenze. – Seht hier meine spanisch-österreichischen, vom Kaiser selbst und vom Gubernatore Serbelloni unterzeichneten Vollmachten!« – und er entfaltete zwei Papiere. »Lecques kann Euch nicht befreien, denn bei seiner ersten Bewegung gegen die Alpenpässe rücken die Spanier von Fuentes her ins Veltlin. – Ihr seht, Euer Heer ist von allen Seiten eingeklemmt; nur Ihr könnt es Euerm Könige retten, und Ihr tut es, wenn Ihr dieses Übereinkommen unterzeichnet.« –

Jenatsch nahm ein drittes Papier aus der Hand des Bürgermeisters von Chur und las:

»Die Rheinschanze und das Veltlin werden von den Franzosen geräumt.

Sie verlassen Bünden als Freunde und in kürzester Frist.

Der Herzog Heinrich Rohan, Pair von Frankreich und Generalleutnant der französischen Armee, bleibt als unser Bürge in Chur, bis zur Vollziehung dieses seines mit uns geschlossenen Übereinkommens.

Und dies Übereinkommen verspricht der erlauchte Herzog bei seiner Ehre auch dann in Treuen zu vollziehen, wenn Gegenbefehl vom französischen Hofe einträfe. –

So steht es. Wir haben nicht das Recht, erlauchter Herr, Eure Liebe zu Bünden anzurufen, denn wir haben uns ohne Euch und wider Euch geholfen. Aber bedenkt, daß Ihr, wenn Ihr den Vertrag nicht unterzeichnet, dieses Land, das gewohnt ist, Euch als seinen guten Engel zu verehren, durch Euren Widerstand in blutiges, unabsehbares Elend stürzt.« –

Der Herzog nahm die Rolle nicht. Er wandte sich mit einer zornigen Träne ab, dann sagte er, und seine Stimme bebte: »Ich habe schon vielen Undank erfahren – aber noch nie ist mir auf so bittere Weise mein Vertrauen mit Verrat und die von mir dem Rechte des Kleinen erwiesene Ehre mit Schlangenbissen und Schmach heimgezahlt worden. – Ich unterzeichne nicht. – So tief kann ich Frankreich und seinen Feldherrn unmöglich erniedrigen.«
Die Stille, die jetzt entstand, wurde durch einen Tumult vor der offengebliebenen Türe unterbrochen. Durch das die Treppen füllende Volk drängte sich ein breitschultriger, rothaariger Kriegsmann, und man hörte ihn dringend nach dem General Jenatsch fragen. Unwirsch rief ihm dieser entgegen: »Ihr stört hier, Hauptmann Gallus! Was gibt's?«
»Ich muß Eure Ordre haben«, rief die rohe Stimme. »Janetts Prätigauer wollen den neuen Eid nicht schwören. Sie meinen, Ihr verhandelt sie an die spanischen Pfaffen, und sagen, sie hätten Frankreich geschworen und gehorchten niemandem als dem Herzog.«
Jenatsch war vor Wut totenbleich geworden. Er warf den Kopf nach dem Sprechenden herum und schrie ihn heiser an: »Mein Regiment gegen sie vorgeführt! Erschießt sie alle!« Dann wandte er sich wieder dem Herzog zu und drohte, wie außer sich, mit erstickter Stimme: »Ihr Blut über Euch, Herzog Rohan!«
Der Herzog zuckte und stand eine Weile in schmerzlichem innern Kampfe. Endlich ergriff er mit zitternder Hand die auf dem Tische liegende Rolle, wandte sich und schritt der Türe seines Arbeitszimmers zu, die der ihm folgende Wertmüller fest hinter ihm verschloß.
Jenatsch kehrte sich, immer noch tief erblaßt, zu dem Bürgermeister. »Unsere Sache ist gewonnen«, sagte er. »Man muß dem Herzog Rohan Ruhe lassen. Entfernt die Leute. Ich stehe dafür, daß er unterschreibt.«
Dann befahl er dem Hauptmann Gallus, der unschlüs-

sig stehengeblieben war: »Sagt dem Janett, seine tapferen Prätigauer sollen des Eides wegen unbehelligt bleiben. Der Herzog sei mit der Regierung der drei Bünde einverstanden und werde die Kompanie in kurzem seinen Willen wissen lassen.« – – –

Wenige Minuten waren verstrichen und die Gemächer des Herzogs hatten sich zu leeren angefangen, als die innere Türe sich öffnete und Wertmüller mit dem von Rohan unterschriebenen Vertrage in der Hand erschien.

»Wer von den Herren hier hat gegenwärtig das Ding in Händen, das in Bünden mit dem unpassenden Namen ›gesetzliche Gewalt‹ bezeichnet wird?« fragte er schneidend und streckte dem Bürgermeister von Chur, der mit ernster Amtsmiene vortrat, die Bündens Los entscheidende Rolle entgegen mit einem Ausdrucke von verächtlicher Schärfe, dessen nur sein Gesicht fähig war.

Herr Fortunatus Sprecher, der gerade oben an der Treppe einige bündnerische Staatspersonen beglückwünschend wegkomplimentiert hatte, sah jetzt einen jungen Mann in Reisekleidern atemlos die Stufen hinaneilen, ergriff seine Hand und zog ihn beiseite, um ihm das Geschehene mit bedauernden Worten mitzuteilen. Es war der längst erwartete und in diesem verhängnisvollen Augenblicke eben von Paris angelangte Priolo.

»Um Gott«, rief Priolo, »haltet mich nicht auf, Herr Doktor. Vielleicht ist es noch Zeit. Ich muß zum Herzog – der Vertrag von Chiavenna ist unterschrieben – alles und mehr gewährt! Nur schließt keinen Bund mit Spanien!« Und er durcheilte das Vorgemach.

Als ihn Jenatsch, der im Gespräche mit dem Bürgermeister stand, mit verstörtem Gesichte vorüberhasten sah, sagte er zu diesem mit bitterm Lächeln: »Der Kardinal glaubte sich des Schicksals bemächtigt zu haben, doch diesmal hat es ihn gefoppt.«

Meyer antwortete nicht, aber er umfaßte die Schicksalsrolle mit gefalteten Händen.

Eine Stunde später war es in den äußern Gemächern des Herzogs still und einsam geworden. Jenatsch allein schritt im Vorzimmer auf und nieder, die aus dem Geschehenen hervorbrechende Zukunft erwägend. Was ihn beunruhigte, war das Los seines Gefangenen, und er verweilte hier in der Hoffnung, das unlängst ihm so freundliche Antlitz noch einmal zu sehen. Daß Herzog Heinrich ein Sklave seines gegebenen Wortes sein werde, daran zweifelte der Verräter keinen Augenblick; aber es war ebenso gewiß, daß der Kardinal einen Haß werfen würde auf Rohan, das Werkzeug, dessen edler, feiner Stahl zerbrochen war in seiner es mißbrauchenden Hand, und daß der Herzog Frankreich nicht wieder betreten könne, ohne der Rache Richelieus zu verfallen. Jenatsch hätte ihn gerne vor dieser Rache sicher gewußt – aber wo? Welches war die Stätte, die dem Arme des Kardinals ihn entzog und die doch kein trostloses Exil für ihn war, das zu erwählen er sich weigern würde?
Er wartete vergebens. Der Herzog kam nicht, und als endlich die Tür sich öffnete, war es der Adjutant Wertmüller, der, ein Schreiben in seine Brieftasche steckend, heraustrat und ohne Gruß an ihm vorüberschreiten wollte.
»Könnt Ihr mir nicht eine kurze Audienz bei dem Herzog verschaffen, Wertmüller? . . . In seinen eigenen Angelegenheiten«, fragte der Bündner.
»Damit verschont Ihr ihn besser«, versetzte der Lokotenent. »Euer Anblick hat für ihn seinen Reiz verloren. Was seine persönlichen Angelegenheiten betrifft, so seid Ihr nicht der Mann, sie erfreulich zu ordnen. Er hat es eben selbst getan.«
»Er hat schon über seine Zukunft entschieden?« fragte

Jenatsch gespannt. »Geht er nach Zürich oder Genf? dort könnte er in edler Muße seinen Studien leben.«

»Ein militärisches Handbuch schreiben, meint Ihr?« höhnte Wertmüller. »Nicht doch! In der Lage, die Ihr ihm so kunstvoll bereitet habt, bleibt für Herzog Rohan nur eines übrig: der Tod auf dem Schlachtfelde. Ihr begehrt zu wissen, wohin mein Herr sich wenden wird, wenn er aus Euern Judasarmen sich losgemacht hat, und ich will Euch nicht belügen – entgegen der Sitte, die von Euch hiezulande eingeführt wurde. Ich überbringe ein Schreiben meines edlen Herrn an den Herzog Bernhard von Weimar, seinen Schwiegersohn, worin er sich zu gemeinem Reiterdienste im deutschen Heere anbietet. Kann ich Euch etwas an den Herzog Bernhard ausrichten? Besinn ich mich recht, so folgtet auch Ihr einst seiner Fahne. Er wird sich über Euch wundern. Noch heute reit ich ab und genieße so auch meinerseits zum letzten Male Euern Anblick. Wäre ich dessen nie teilhaft geworden! Besonders jenes Mal vor der Festung Fuentes nicht, als Ihr in gebührenden Ehren einherschrittet . . . schon damals mit spanischem Gefolge! Manches stünde besser und Ihr wäret schon längst an Euern richtigen Platz erhöht.«

»Ihr reizt mich nicht«, sagte der andere finster. »Ich bin des Blutes satt und an Eurer persönlichen Achtung liegt mir nicht das mindeste. – Was ich für mein Land tue, versteht Ihr nicht. – Geht und sagt dem Herzog Bernhard«, schloß Jenatsch und schritt, das Haupt übermütig zurückwerfend, dem Eingange zu, »er möge sich vorsehn, daß er sein Elsaß so glücklich den Krallen Frankreichs entwinde wie ich mein Bünden.«

Der warme Mai hatte das Tal des Rheines mit Blüten und üppigem Grün bedeckt, als das französische Heer auf seinem durch den Märzvertrag erzwungenen Rückmarsche aus dem Veltlin sich auf der staubigen Landstraße von Reichenau her den Toren der Stadt Chur näherte.

Das dem Herzog Rohan abgerungene und von Priolo nach Paris gebrachte Übereinkommen war dort genehmigt worden, wenn auch in gewundenen Ausdrücken, aus welchen das widerwillige Sträuben des Kardinals deutlich hervorblickte. Der Schrecken und Ärger am französischen Hofe über den in einem fernen Bergwinkel mit beispielloser List geplanten Gewaltstreich war groß gewesen. Niemand hatte bis jetzt den Namen des unbekannten Abenteurers, der ihn ausgeführt, der Beachtung wert gehalten. Dennoch ging man auf das Übereinkommen ein, mußte darauf eingehen. Der dem Kardinal an kluger Berechnung gleichstehende Bündner hatte die Maschen des Netzes zu fest geknüpft und zu sicher zusammengezogen, als daß selbst die Schlauheit Richelieus eine Lücke zum Durchschlüpfen gefunden hätte. Vielleicht dachte dieser noch an die Möglichkeit, es mit Gewalt zu zerreißen, aber dafür war der sein gegebenes Wort hoch und heilig haltende Rohan nicht zu verwenden.

Dieser war seinem anrückenden Heere nicht entgegengeritten und befand sich nicht in dessen Mitte. Nach dem grausamen Auftritte im Sprecherschen Hause hatte ihn ein Rückfall seines Übels aufs Krankenlager geworfen, und jetzt war er kaum soweit genesen, um in eigner Person sein Heer über die wenige Meilen von Chur entfernte bündnerische Grenze führen zu können. In der frischen Morgenstunde des nächsten Tages wollte er sich zum letzten Male als Feldherr an die Spitze seiner Truppen stellen, um mit ihnen das Land zu ver-

lassen, für das er soviel getan und das ihm seine Liebe so schlecht gelohnt hatte.
Als die das Heer verkündende große Staubwolke sich näherte, strömte viel Volk aus der Stadt, jung und alt, den anrückenden Franzosen entgegen, welchen die Bürger von Chur niemals wie die wilden Leute der Gebirgstäler abhold gewesen und die sie jetzt umso lieber sahen, als es das letztemal war und die langjährigen Gäste am nächsten Morgen das Land für immer räumten.

Da sprengte ein Reitertrupp aus dem Tor und trieb die auf der heißen Straße ziehenden Massen auseinander. Es waren Bündneroffiziere, voran auf einem schwarzen Hengst ein Reiter in Scharlach, von dessen Stülphute blaue Federn wehten, der jedem Kinde bekannte Jürg Jenatsch.
Das Volk sah dem mit seinem Reiterbegleite in den aufgejagten Staubwolken schon wieder Verschwindenden mit Bewunderung und leisem Grauen nach, denn es ging die Sage, der arme Pfarrerssohn, welcher der mächtigste und reichste Herr im Lande geworden, habe seinen Christenglauben abgeschworen und seine Seele dem leidigen Satan verschrieben, darum habe er in den unmöglichsten Anschlägen Glück und Gelingen.
Lauter und näher ertönte die Feldmusik. Das Volk verteilte sich auf die grünen Wiesen und Halden zu beiden Seiten des Weges und bildete eine lebendige Hecke. Die französische Vorhut zog vorüber, aber die gebräunten Krieger schritten in raschem Tempo, ohne den grüßenden Zuruf der neugierigen Churer zu erwidern, und dieser wurde schüchterner und verstummte nach und nach.
Dort an der Spitze der jetzt heranrückenden Kerntruppen wurde neben Jürg Jenatsch der französische Befehlshaber Baron Lecques sichtbar. Aber der Franzose schien jenem für sein Geleit wenig Dank zu wissen. Stolz und

verschlossen ritten die beiden nebeneinander. Der alte Degen konnte die Gegenwart des Bündners kaum ertragen. Das jugendliche Feuer seiner Augen sprühte Funken des Hasses und strafte die Silberfarbe seines kurzgeschorenen Haares Lügen. Er hatte heute den schneeweißen Schnurrbart noch steifer und herausfordernder als sonst aufwärts gedreht, und das gesund davon abstechende, rotbraune Gesicht glühte von verhaltenem Zorn, während seine Faust kampflustig die tapfere Klinge blitzen ließ.
Die Regimenter zogen nicht durch das Tor ein, sondern vollführten eine Schwenkung links um die Mauern der Stadt. Sie sollten während der kurzen, warmen Mainacht längs der vom Nordtore nach der nahen Grenze führenden Heerstraße im Freien ein Feldlager aufschlagen. Als dies geschehen war und die Sonne unterging, beeilten sich die Offiziere, über hundert an der Zahl, die Stadt zu besuchen, um sich ihrem Feldherrn, dem Herzog Rohan vorzustellen, die Mängel ihrer persönlichen Ausstattung in den Kaufläden von Chur zu ersetzen und sich, jeder nach seinem Geschmacke, einen möglichst vergnügten Abend zu machen.
Auch Lecques ritt, nachdem er seine letzten Befehle für den Aufbruch in der Frühe gegeben, durch die Reihen der überall brennenden Feuer, an welchen die Soldaten eben ihre Abendkost bereiteten, und wandte sich, nachdem er das ganze Lager mit scharfen Blicken gemustert, langsam nach der Stadt. Hier trat er zuerst in das Gasthaus zum Steinbock, wo er seine Offiziere nach Abrede versammelt wußte, und dann begab er sich sogleich zu Herzog Rohan, den er in dieser späten Abendstunde allein zu finden hoffte.
Er traf den Herzog zur Abreise bereit. Seine Angelegenheiten waren geordnet, und der Abschied von seinen Gastfreunden war genommen. Die französischen Offiziere hatte der Feldherr zwar empfangen, aber nach wenigen liebenswürdigen Worten schnell wieder ent-

lassen. Seine letzten Stunden in Chur wünschte er in stiller Sammlung und einiger Ruhe zu verbringen.
Gerne hätte er auch für den nächsten Morgen jedes Geleit und jede Abschiedsfeierlichkeit abgelehnt, allein Herr Fortunatus Sprecher hatte mit Tränen in ihn gedrungen, doch der Stadt Chur, welche ihm, wie das ganze Land, so unendlich viel zu danken habe und deren Ergebenheit gegen seine verehrte Person trotz allen bösen Scheines immer dieselbe geblieben sei, doch ja diese unaustilgliche Schmach nicht anzutun, und der Herzog fügte sich diesem aus einer wunderlichen Gefühlsverwirrung hervorgehenden Wunsche, den er im stillen ironisch belächelte.
Als Lecques von dem Kammerdiener eingeführt wurde, trat ihm Heinrich Rohan mit vornehmer Ruhe entgegen und sprach ihm seine Anerkennung aus für die Umsicht und Raschheit, womit er seinem Befehle gemäß das Heer aus dem Veltlin zurückgeführt habe.
»Da das Unausweichliche geschehen mußte«, fügte er bei, »so war es ehrenhafter, daß es schnell geschah – und ich danke es Euch, daß Ihr meinen mir peinlich werdenden Aufenthalt in Chur durch Euern schnellen Marsch gekürzt habt.«
Baron Lecques sah seinem General forschend in das bleiche Angesicht und sagte mit einiger Schärfe: »Meinerseits, erlauchter Herr, fürchtete ich durch meinen schnellen Gehorsam die Interessen Frankreichs bloßgestellt zu haben. Es kann Euch nicht unbekannt sein, daß Euer Sekretär aus Paris Gegenbefehl gebracht hat; doch er ist, weil Ihr mir Eile befahlt, zu spät gekommen. Bedauerlicherweise traf mich Priolo schon diesseits der Berge im Dorfe Splügen.«
»Priolo hat sich gestern bei mir beurlaubt«, erwiderte der Herzog achselzuckend, »ich kann ihn nicht zur Rede stellen. Von einem zweiten, die Ordre zum Abmarsche widerrufenden Befehle, der durch meine Vermittlung an Euch gesandt worden wäre, weiß ich nichts.«

Lecques öffnete seine Brieftasche und legte dem Herzog eine vom König und Richelieu unterzeichnete, in sehr bestimmte Ausdrücke gefaßte Weisung vor, die ihm befahl, das Veltlin mit seinen Truppen zu halten und die französische Ehre mit seinen tapfern Waffen um jeden Preis herzustellen.

Die Furche des Grams auf der durchsichtigen Stirne des Herzogs zeichnete sich schärfer. Er öffnete ein Portefeuille, das auf dem Tische lag, und entfaltete die an ihn gelangte Vollmacht zum Abschlusse des von den Bündnern ihm aufgenötigten Vertrags. – Sie war St. Germain, den 30. März, datiert und von Ludwig XIII. und Richelieu unterzeichnet. Er hielt sie mit der Ordre zusammen, die ihm Lecques überreicht hatte.

»Beide Dokumente tragen die Namenszüge des Königs und des Kardinals«, sagte er ernst. »Vergleicht. Die Echtheit keiner dieser Unterschriften ist anzufechten. – Der *Euch* gegebene Befehl opferte meine Ehre und wohl auch mein Leben . . . warum habt Ihr ihn nicht ausgeführt?«

»Weil es zu spät war, denn ich hatte die Festungen schon geräumt«, sagte Lecques trocken.

»Und besonders«, fügte er rasch und mit Wärme hinzu, »weil ich, wie die Lage war, ohne Euch, erlauchter Herr, nicht handeln wollte. Ich bin der Meinung, mit diesem letzten königlichen Befehle in meinen Händen sei auch jetzt noch nichts verloren, und es sei noch früh genug, dem Wunsche und Willen des Königs nachzukommen und den Frankreich beschimpfenden Verrat zu rächen. Jetzt um so sicherer, als Feldherr und Heer wieder vereinigt sind! – Mein Plan ist gemacht, wollet ihn anhören.«

Er führte den Herzog in den turmähnlich vorspringenden Erker, dessen Fenster in der lauen stillen Mainacht offenstanden, und fuhr mit gedämpfter Stimme fort: »Es liegen keine Bündnertruppen in der Stadt und ihrer Umgebung. Jenatsch hat die Regimenter ins Prätigau verlegt, um jeder Reibung mit unsern durch den ruhmlosen Rückzug gereizten Soldaten vorzubeugen. Nur einige Haufen Landsturm bewachen die Tore. Jenatsch und die Obersten, die uns schamloserweise morgen ihr schadenfrohes Ehrengeleit bis an die Grenze geben wollen, durchzechen die Nacht zur Feier unsers Abzuges im Schenkhause zur Glocke. Die hellen Fenster dort in der zweiten Straße sind die Lichter des Gelages. –

Die Rache liegt in unsrer Hand! Hundertundfünfzig unserer Offiziere sind in der Stadt, lauter tapfere Edelleute, alle entschlossen, den Frankreich verräterisch angetanen Schimpf mit ihren Degen zu rächen.

Wir besetzen vorsichtig die Ausgänge der Glocke, dringen mit Übermacht ein und stoßen die trunkenen Meuterer bis auf den letzten Mann nieder. Auf ein von mir mit dem Lager verabredetes Zeichen werden die Stadttore von außen mit Petarden gesprengt. Unsere Truppen rücken ein und besetzen die Stadt. Die Churer sind in ihrer großen Mehrzahl immer den spanischen Kabalen entgegen und uns Franzosen zugetan gewesen. Sie rufen halb gezwungen, halb einverstanden: Vive la France! und seid versichert, Herr, in wenigen Tagen stimmt ganz Bünden ein, denn im Grunde verabscheut es das spanische Bündnis. Einer hat den ganzen Verrat gebraut, der büßt zuerst – ich nehm ihn auf mich. Hat erst einmal der Judas seinen Lohn empfangen«, rief er mit unverhaltenem Zorn, »so wird sich die Szene, glaubt mir, mit *einem* Schlage verwandeln!«

»Gedenkt Ihr den Ruhm Frankreichs mit einem Wortbruche und einer Mordnacht wiederherzustellen?« sagte der Herzog streng.

Lecques wies auf seine Vollmacht. »Ich erfülle damit den Willen des Königs, meines Herrn«, verteidigte er sich. »Der gelehrte Kardinal ist in Entscheidung von Gewissensfragen ein Meister; in seinem Katechismus steht: Verrat gegen Verrat. Das durch die rohe Gewalttat, die am 19. März dieses Hauses Gastrecht entehrte, Euch entrissene Wort verpflichtet Euch weder vor Gott noch vor den Menschen, hättet Ihr es auch auf die Hostie oder auf das Evangelium geschworen.«

»Mein Gewissen entscheidet anders«, erklärte Heinrich Rohan bestimmt und ruhig. »Noch bin ich Euer Feldherr, noch seid Ihr mir Gehorsam schuldig, und Ihr werdet ihn leisten. Sprecht mir nicht mehr von Eurem Anschlage. Er würde, wenn er gelänge, die an der Grenze stehenden Österreicher und Spanier ins Land ziehn und den furchtbarsten Krieg entflammen. Ihr selbst habt es gesagt: Ein einziger war fähig, diesen kalten Verrat zu begehen. Das Volk ist unschuldig und verdient nicht, was der eine verbrochen, durch ein so grausames Los zu büßen. Ich halte den Vertrag und glaube nicht, daß der Glanz unsrer Lilien dadurch verdunkelt werde; aber selbst wenn Frankreichs Waffenehre, wie Ihr meint, damit getrübt würde – ich müßte den Vertrag dennoch halten.«

»So spricht kein Franzose!« brauste der andere auf.

Der Herzog bewegte die Hand nach dem Herzen. Er wußte es, aber es wurde ihm heute zum ersten Male gesagt – daß er sein Vaterland verloren habe.

»Ist es für mich unmöglich, zugleich ein Franzose und ein Ehrenmann zu bleiben«, sagte er leise, »so wähle ich das letztere, sollte ich auch darüber heimatlos werden.«

Und die beiden traten in das Gemach zurück.

Es war kühl geworden, und das Fenster hatte sich geschlossen. In den Mondschein, der den stillen Platz vor dem Hause füllte, trat jetzt eine große Gestalt, die schon längst mit verschränkten Armen, den Rücken an die Mauer gelehnt und den Sprechenden unsichtbar, unter dem Erker gestanden hatte. Nachdem Herr von Lecques mit harten, klirrenden Tritten das Haus verlassen und sich um die Ecke gewendet, schritt sie noch eine Weile gesenkten Hauptes im Schatten der jenseitigen Häuserzeile auf und nieder, von Zeit zu Zeit den Blick zu dem Erker des Herzogs erhebend, bis der Lichtschein erlosch. Jetzt blieb sie an der Einmündung einer Seitenstraße stehen. Wieder ertönten Schritte. Es war ein schwankender, hagerer Mann in der Tracht der spanischen Edelleute, der sich näherte und einen Augenblick unschlüssig stehenblieb. Erst maß er den auf dem Platze nächtliche Wacht Haltenden mit scharfen Blikken, dann trat er auf ihn zu und redete ihn als Bekannten an.

»Dacht' ich mir's doch, Signor Jenatsch«, begann der im spanischen Mantel, »daß Ihr Eure Beute zärtlich hütet. In der Glocke wußte man nicht, wo Ihr hingeraten wäret. Gut, daß ich Euch finde und gerade wo ich Euch vermutet. Ihr dürft den Herzog nicht abreisen lassen! Sonst würdet Ihr Spanien einen schlechten Dienst erweisen, der auf die Aufrichtigkeit Eurer bisherigen Leistungen ein eigentümliches Licht würfe. Serbelloni hielt es für überflüssig, Euch nahezulegen, daß Ihr den Herzog in der Hand behaltet und ihn seine berühmte Waffe nicht wieder gegen Spanien-Österreich erheben lasset. Er meinte, das wäre gleichsam ein selbstverständlicher geheimer Artikel Eures Übereinkommens mit Spanien, den es nicht nötig sei, Euch besonders unterschreiben zu lassen. Ich aber sagte ihm, daß ich Euch von Kindheit an kenne und daß im Verkehr mit Euch, wie übrigens mit jedermann auf dieser, wie die neuesten Gelehrten behaupten, sich drehenden Erde, nichts besser sei als ein guter schriftlicher Kontrakt. Den hab ich nun mitgebracht, und Ihr werdet Euch wundern, welch hübsches Angebot ich Euch mache.

Gegen Heinrich Rohan die Festung Fuentes!

Das heißt natürlich ihre von Bünden längst begehrte Schleifung. Den Herzog behaltet Ihr, oder besser, da das Sprechersche Haus unter seinem Range und ihm durch Euren Besuch vom neunzehnten März verleidet sein möchte, Ihr liefert den frommen Herrn nach Mai-

land, wo ihm ein stilles und angenehmes Privatleben gesichert ist. Klüger wäre es freilich gewesen, Ihr hättet ihn, wie es der Wunsch des Herrn Gubernatore war und ich Euch schrieb, vor Wochen schon in die Hände Eures spanischen Verbündeten befördert, bevor das französische Heer über den Splügen rückte, wo es mich heute – denn ich komme stracks von Mailand – zeitraubend aufgehalten hat.
Warum habt Ihr meine Briefe nicht beantwortet? Das ist nicht klug und auch nicht hübsch von einem Jugendfreunde. Zum Glück ist es noch Zeit. Der Herzog ist noch da und krank dazu, wie man mir erzählte. Es wird einem Diplomaten von Eurer Gewandtheit nicht an einem Vorwande fehlen, den unter Eurem Zauber stehenden Herrn noch einige Zeit freundschaftlich in Chur zurückzuhalten. Kann er doch nicht in Person sein Heer nach Frankreich zurückführen! Schließen wir den Handel? Fuentes gegen den Herzog? Ihr schweigt? ... Das gilt wohl bei Euch, wie bei gemalten Heiligen und schönen Frauen, als Ja.«
Jenatsch hatte ihn mit wortloser, zorniger Verachtung angehört: »Hebet Euch von dannen, Rudolf Planta«, sagte er jetzt mit gedämpfter, aber heftiger Stimme, »noch seid Ihr in Bünden verfemt, und wer Euch hier betrifft, hat das Recht, Euch niederzustoßen. Serbelloni weiß, daß ich mit Leuten Eures Schlages nicht unterhandle. Er kennt meine Bedingungen, von denen ich nicht um die Breite einer Degenklinge abweiche. Ich bin mit Spanien in Unterhandlung getreten, um die Freiheit und Würde meines Heimatlandes zu sichern: Ihr aber habt Euch darum nie gekümmert, sonst würdet Ihr mir eine solche Niedertracht nicht zumuten. Serbelloni weiß nicht darum – das schlägt in Euer Fach und ist ein Geschäft zu Eurem Vorteile. Ist es doch nicht das erstemal, daß Ihr edles Blut verkauft und schnöden, feigen, schmachvollen Menschenhandel treibt! – Schande über Euch!«

Planta lachte höhnisch auf: »Ei, ei, edler Herr, Ihr seid den spanischen Goldstücken auch nicht abhold ... Wie wäret Ihr sonst zu Reichtum und Ehren gekommen, während ich von allen meinen angestammten Gütern und festen Sitzen in Bünden durch einen gewissen demokratischen Pfarrer, den Ihr wohl jetzt nicht mehr leiden mögt, und durch seine Pöbelhaufen verjagt wurde, und – Gott sei's geklagt – noch immer verschuldet, ein armer fahrender Ritter bin. – Doch keinen Groll! Wir essen jetzt das Brot desselben Herrn. Ich weiß, wie große Summen an Euch versandt wurden – Ihr dürft nicht scheel sehen, daß auch ich ein einträgliches Geschäft mir ausgedacht habe.«

»O Schmach«, brach Jenatsch los, »von einem solchen Schurken zu seinesgleichen gezählt zu werden. War es nicht billig, daß Spanien den Sold vergüte, um den Frankreich unsere Truppen betrog!«

»Der Dukatensegen ist durch Eure Finger geströmt«, spottete Planta, »wie sollte er sie beim Durchrinnen nicht vergoldet haben! ...«

»Zieh, Bube, damit ich dich nicht ermorde!« rief Jenatsch bebend und riß den Degen aus der Scheide.

Der andere aber hatte sich schon während seiner letzten Rede an die Ecke der Seitenstraße zurückgezogen. »Ich werde Eure guten Gesinnungen in Mailand zu rühmen wissen!« kicherte er noch aus dem Schatten der Häuser hervor und war verschwunden.

ZEHNTES KAPITEL

Kaum erglühten die Turmspitzen von Chur im ersten Morgengolde eines wolkenlosen Maitages, als es schon vor den Stadtmauern und in der langen Gasse, die vom Sprecherschen Hause zum Nordtore führte, lebendig wurde. Französische Offiziere sprengten hin und her, aus der Stadt nach dem Lager, dessen Zelte schon abgebrochen waren, und von den marschfertigen Truppen zurück zum Herzog, um ihn als ein glänzendes Gefolge zu umringen und in ihm die französische Ehre, die, wie es ihnen schien, in diesem Lande Schaden gelitten, mit ihren kriegerischen Gestalten zu decken.

In der Straße, die Rohan durchreiten sollte, standen die Churer barhaupt in zwei gedrängten Reihen längs der Häuser, und alle Fenster bis zu den Dachluken hinauf waren mit neugierigen Köpfen gefüllt. Alles Volk wollte den guten Herzog noch einmal sehen und begleitete ihn mit Wünschen und aufrichtigen Tränen.

Als er an der Spitze seines stolzen Zuges langsam dem Tore sich näherte, fand er einen löblichen Rat und die Geistlichen der Stadt zu seiner Rechten aufgestellt. Die Herren hatten sich in vollem Ornat jeder nach seinem Range auf den Stufen einer breiten Freitreppe verteilt, die zu der Pforte eines patrizischen Hauses führte. Beide Türflügel standen weit offen und im Flur wurden in schwarze Seide gekleidete Frauengestalten sichtbar, die Gattinnen und Töchter der Würdenträger, welchen ihre Stellung erlaubte, über die Häupter der Stadt hinweg dem Herzog, den sie mit Schmerzen scheiden sahen, einen letzten Gruß zuzuwinken. Ihr Zartgefühl hatte ihnen verboten, sich wie bei einem lustvollen Schauspiele auf dem Balkon und in den Fenstern zu zeigen.

In der Mitte der Ratsherren fiel der Amtsbürgermeister Meyer als wahrhaft imposante Erscheinung ins Auge. Nie hatte eine bürgermeisterliche Kette mit ihrer großen runden Schaumünze bequemer gelegen und selbstzufriedener geleuchtet als die auf seiner breiten Brust ruhende; nie hatten ein seidener Strumpf und ein Rosettenschuh knapper und schöner gesessen als heute an seinem wohlgebildeten, feierlich vorgesetzten Beine. Bei näherer Betrachtung jedoch verriet die Befangenheit des gewöhnlich gesunden und ruhigen Gesichts und der bängliche Ausdruck der irrenden Augensterne einen geheimen Widerspruch seines Innern mit der magistralen Sicherheit seiner vollkommenen Haltung.

Der Gruppe der Standeshäupter gegenüber, wo sich die Ausmündung einer innerhalb der Stadtmauer laufenden Nebengasse zu einem kleinen, viereckigen Platze erweiterte, hatten sich, als Repräsentanten der heimischen Waffen, die vornehmsten Bündneroffiziere versammelt und warteten zu Pferde, um sich dem Gefolge des Herzogs anzuschließen und ihm das Ehrengeleit bis zur Grenze zu geben. Im Gegensatze zu der gedrückten Stimmung auf der andern Seite der Gasse unter den Söhnen der Themis, herrschte hier unter den Kindern des Mars eine frische und beherzte, der sie sich unbefangen überließen, da sie sahen, daß der bündnerische Diktator zur Verabschiedung seines Opfers nicht erscheine.

Jetzt erreichte Herzog Rohan den Platz vor der Freitreppe. Huldvoll hielt er seinen schlanken Goldfuchs an, denn er sah, wie der Amtsbürgermeister einen goldenen Pokal erhob, den eben ein ergrauter Ratsherr an seiner Seite aus einer silbernen Kanne gefüllt hatte. Meyer trat entschlossen vor und bat den Herzog in gerührten Worten, den Seiner Erlaucht von der Stadt Chur mit Danksagung und Segenswunsch angebotenen Abschiedstrunk nicht zu verschmähen. Während Rohan sich die Lippen netzte, sammelte der Bürgermeister seinen Geist zu einer wohlgesetzten französischen Rede, auf die er sich sorgfältig vorbereitet hatte.

Bürgermeister Meyer war kein Redner. Im Rate und in der Gemeinde war es ihm ein leichtes, seine Gedanken schlicht und zweckdienlich auszudrücken und zu einem bündigen Schlusse zu gelangen. Aber es war ihm nicht gegeben, zwiespältige Gefühle und zweideutige Gedanken unter zierlichen Blumen der Beredsamkeit zu verbergen.

Er hatte damit begonnen, des Herzogs ruhmreiche

Tapferkeit und seine erhabene staatsmännische Weisheit zu preisen, die beide zu Bündens Rettung wie zwei geflügelte Genien herbeigeeilt seien. Dann warf er einen Blick in den Abgrund, aus welchem der Herzog das bündnerische Volk gezogen habe. Jetzt kam eine dunkle Stelle, in der von sich überstürzenden Ereignissen, seltsamen himmlischen Konjunkturen und dem großen Herzen Ludwigs XIII. die Rede war. – Hier wurde Herr Meyer warm, übersprang unversehens die logischen Hindernisse und behauptete gerührt, die Zurückgabe des Veltlins an die Bündner durch Spanien-Österreich sei und bleibe das Verdienst des Herzogs Rohan. Er sei, nächst dem gütigen Gott, ihr alleiniger Helfer und Retter gewesen.

»Des Landes Dankbarkeit gegen Euch wäre nicht genugsam ausgedrückt, edelster Herr«, rief er aus, »wenn wir Euch so viele Ehrensäulen errichteten, als Bünden Felsen und Berge besitzt! Und wenn jeder unserer Berge eine Statua wäre . . .« hier stockte der Redner und erstarrte selbst zum Steinbilde.

Ein verspäteter Reiter war durch die Nebengasse herangeeilt und auf dem kleinen Platze, dem Bürgermeister gegenüber, mitten unter die Bündneroffiziere hineingesprengt. Die Obersten wichen auf ihren stampfenden Tieren bestürzt nach beiden Seiten zurück. Auf das Kommen von Georg Jenatsch hatte keiner gerechnet. Und da war er! Auf seinem schäumenden Rappen in der Mitte des leeren Raumes, von allen gemieden!

Zugleich bäumte sich das Pferd des dicht hinter dem Herzog haltenden Lecques, der einen wütenden Blick nach Jenatsch hinüberschoß. Des Herzogs Augen ruhten mit höflicher Aufmerksamkeit auf dem Bürgermeister, aber diesem, der den verratbefleckten Befreier Bündens als eine grelle und unschickliche Verdeutlichung seiner Rede gerade vor Augen sah und dem die drohende Haltung des Herrn von Lecques nicht entgangen war, entglitt der Faden seiner Rede. Seine angstvollen

Blicke begannen mehr als gewöhnlich zu schielen, und er fuhr unsicher fort: »Und wenn in Bünden jeder Berg eine Statua ... und jede Statua ein Berg wäre ...«

»Laßt es gut sein, lieber Bürgermeister!« schnitt der Herzog freundlich ab und, sich auf die andere Seite zu den Bündneroffizieren wendend, sagte er mit ruhigem Befehl: »Ich verzichte auf das Geleit der Herren. Es wird der Schicklichkeit Genüge geschehen, wenn einer von ihnen unserm Überschreiten der Grenze beiwohnt. Ich bitte mir die Gesellschaft des Grafen Travers aus.«

Der stille junge Mann mit dem braunen scharfgeschnittenen Kopfe lenkte sofort mit dankendem Gruße sein Tier zur Linken des Herzogs.

»Gott schütze Euch und Eure gute Stadt, werte Herren!« rief dieser, griff leicht an seinen Hut und sprengte durch das Tor in die lenzduftige Landschaft hinaus.

Der alte Lecques war auffallenderweise einer der letzten zurückgeblieben. Jetzt riß er sein Pferd herum, ritt Georg Jenatsch einige Schritte entgegen, zog ein Pistol und schrie ihn an: »So scheidet Lecques von einem Verräter!«

Er drückte los, der Hahn schlug nieder, ein Pulverblick flammte auf der Zündpfanne, doch der Schuß versagte.

ELFTES KAPITEL

Während die Ereignisse des Frühjahrs die Stadt Chur und das ganze Land in aufgeregte Spannung versetzten, blieb Lukretia Planta von denselben scheinbar unberührt. Sie hauste allein auf ihrem festen Sitze Riedberg, der, an eine sonnige Halde fernab von der Heerstraße sich lehnend, inmitten seiner blühenden Wiesen und wohlgepflegten Felder und Baumgärten ein Bild ländlichen Friedens darstellte.

Von ganzer Seele fürchteten und hofften und freuten sich dagegen mit dem Lande die Frauen von Cazis. Sie hatten, als das Aufgebot des Jürg Jenatsch erscholl, zum Sturm gegen die gottlosen Franzosen alle Klosterleute bis auf das letzte Knechtlein gestellt. Als fröhliche Geberinnen leerten sie ihren kleinen Weinkeller, um die vor die Rheinschanze und wieder heimwärts ziehenden Landstürmer zu tränken. Hällebarde und Morgenstern ruhten an den friedlichen Kreuzen des Nonnenkirchhofs. Alt und jung scharte sich längs der Klostermauer, und die frommen Schwestern eilten leichtfüßig auf und nieder, in kleinen hölzernen Schalen ihren Most und Wein bis zur Neige ausschenkend.

Niemand aber ahnte in dem durch den Abzug der Franzosen mit hellem Jubel erfüllten Domleschg, welchen Anteil Fräulein Lukretia an den geheimen Verhandlungen genommen, die den Handstreich in Chur möglich gemacht hatten. Nicht einmal die Frauen in Cazis, obschon sie den Verkehr mit dem Fräulein nach dem Wunsche ihres Beichtigers immer eifriger und zutunlicher pflogen. Nicht daß Pankraz den eigensüchtigen Gedanken in ihnen genährt hätte, die Letzte der Planta von Riedberg unwiderruflich in den Ring des Klosters zu ziehen. Sie verkehrten mit Lukretia, der Weisheit des Paters vertrauend, ohne sie mit Fragen oder mit Bitten zu bestürmen, die auf ihre Zukunft und die Hoffnungen des Klosters Bezug hatten, schon aus geselliger Neigung und natürlicher Gutherzigkeit. – Das Fräulein hätte sie gedauert, wenn es von den merkwürdigen Dingen, die sich im Lande zutrugen und die sie selbst auf den verschiedensten Wegen erfuhren, nicht ungesäumt unterrichtet worden wäre.

Freilich wäre es der Schwester Perpetua gegen die Natur gegangen, sich nicht mindestens bei Lukas über die letzte lange Abwesenheit des Fräuleins jenseits der Berge einiges Licht zu verschaffen, hätte sie nicht aus der allerbesten Quelle, einem Briefe des Paters Pankratius selber, schon im Winter erfahren, daß unangenehme Erb- und Familienangelegenheiten, über die man besser nicht mit ihr spreche, die Gegenwart Lukretias in Mailand notwendig machten.

Lukretias Fahrt nach Mailand im vergangenen Jahre war ihr schwer geworden, aber sie hatte das von Jenatsch ihr vorgehaltene Ziel standhaft verfolgt und durch die Festigkeit ihres Willens auch erreicht. Nicht die Mühsale des zweimaligen Überschreitens der im Winter gefährlichen Bergpässe hatten ihren Mut auf die größte Probe gestellt; diese Schrecknisse hatte die kräftige Frau, geleitet von dem treuen, wetterharten Lukas und einem seiner berggewohnten Söhne, ohne Zagen und Ermüdung überwunden. Anders aber war es, als sie, von dem geschäftigen Pankraz in Mailand empfangen und bei Serbelloni eingeführt, sich dem klugen und zähen Staatsmanne gegenüber befand und fühlte, daß sie sich auf ein ihr fremdes Gebiet verirrt, in bisher noch nicht von ihr erwogene Fragen sich verwickelt habe.
Ihre Stellung als Bevollmächtigte des bündnerischen Kriegsobersten war eine höchst eigentümliche und mußte in den Augen aller der Verhältnisse Unkundigen als eine zweideutige erscheinen. Serbelloni, der sie kannte und wußte, daß der Mörder ihres Vaters ein Gegenstand des Hasses für sie war, verfiel nicht in diesen Irrtum und fand es begreiflich, daß sie die politischen Ziele ihres Vaters und ihres Oheims mit Aufbietung aller ihrer Kräfte verfolge; aber er geriet in einen andern.
Er glaubte, sie sei von Anfang an mit den Umtrieben der Bündnerflüchtlinge von der spanischen Partei vertraut gewesen, und wollte mit ihr als mit einer in das ganze Gewebe der sich kreuzenden Interessen Eingeweihten verkehren. Er brachte die Unschuldige mit ihrem alles um sich her durch den Hauch seiner Schlech-

tigkeit befleckenden und vergiftenden Vetter in unverdiente Beziehung politischen Einverständnisses; er verwirrte sie, ohne sie verletzen zu wollen, mit Mitteilungen über den Lohn und Anspielungen auf die Ehren, welche er den in der angeknüpften Intrige erfolgreich Handelnden zudachte, er wies auf die glänzenden Aussichten hin, die das Gelingen vor ihnen öffnete, und er ahnte nicht, daß dabei eine steigende Verachtung der niedern Schliche und geheimen Mittel der Politik sich Lukretias bemächtigte.

Auch Georg Jenatsch erschien ihr in einem andern Lichte; ihr Vertrauen auf seine reine Vaterlandsliebe wurde von dem allgemeinen Ekel, den sie empfand, angefressen und ihr Glaube an die Einheit seines Wesens erschüttert, ohne daß sie augenblicklich sich ganz bewußt wurde, wie durch diese Zweifel ihr Verhältnis zu ihm sich innerlich trübe.

Was sie aufrecht hielt, war ihre Treue an sich selbst. Sie hatte versprochen, von den ihr übergebenen fünf Bedingungen in keiner Weise abzuweichen und sich keinen Punkt davon abmarkten zu lassen. Dabei blieb sie unerschütterlich. Das Andenken ihres Vaters verließ sie niemals. Sie stärkte sich in Momenten der Erschöpfung an seinem geistigen Anblicke, und je ausschließender sie in der Erinnerung mit ihm verkehrte, desto lebendiger ward sie sich bewußt, daß sie in seinem Geiste handle, wenn sie zum Abschlusse des von Jenatsch entworfenen Vertrages mitwirke.

Nachdem sie als williges und treues Werkzeug ihre Aufgabe erfüllt und mit den von Spanien gewährten und unterzeichneten Bedingungen das Gebirge wieder überschritten hatte, kehrte sie in die Stille von Riedberg zurück und wartete dort, bis ihr die Schriften, die sie verwahrte – durch die Vermittelung des Klosters Cazis, vermutete sie –, abverlangt würden.

So war der März gekommen. Da erschien eines Abends bei einbrechender Nacht Jenatsch selbst wieder auf Riedberg. Ein Brief des Paters Pankraz hatte ihm aus Mailand gemeldet, daß Lukretia abgereist sei und die ihr gewährten spanischen Vollmachten auf ihrem Schlosse bewahre und hüte. Nun kam er, um die von Serbelloni unterzeichneten Papiere aus ihrer Hand zu empfangen.

Als er eintrat, pochte Lukretias Herz mit schweren Schlägen, aber vor jähem Schrecken mehr als vor Freude.

Noch einmal war eine Verwandlung mit ihm vorgegangen! Was heute aus seinen Augen blitzte, war nicht mehr der jugendliche Übermut von früher, war nicht die vor keinem Hindernisse zurückweichende Sicherheit, mit welcher er, seit sie ihn wieder kannte, ihr entgegengetreten, es war etwas Maßloses in seinem Wesen, eine gereizte Gewaltsamkeit in seiner Stimme und Haltung, als hätte eine übermenschliche Kraftanstrengung ihn aus dem Geleise und über die letzten seiner Natur gesetzten Marksteine hinausgeworfen.

Eine wilde Freude flammte über sein Antlitz, als er endlich die Schriften hielt und durchflog. Er wollte in seinem Triumphe die Knie seiner Botin umfassen; aber Lukretia trat stolz und zitternd zurück.

Da streckte er die Hand gen Himmel und rief in herausforderndem Jubel: »Ich schwöre es, Lukretia, wenn das gelingt, soll mir fortan nichts unmöglich sein! . . . Müßt' ich auch das Blut deines Vaters durchschreiten – müßt' ich dem Racheengel das Schwert aus den Händen reißen, um dich zu besitzen, du längst – du immer Begehrte!«

Lukretia faßte seine Hand und trat mit ihm durch eine schmale Pforte in einen gewölbten Nebenraum, ein enges Gelaß, dessen Rückwand durch einen ungebrauchten altertümlichen Kamin ganz gefüllt und durch ein grob darauf gezeichnetes Kreuz verunziert war.

»Auf Riedberg wird keine Hochzeit gefeiert!« sagte sie und flüchtete sich dann, das Antlitz mit den Händen bedeckend, in ihr innerstes Gemach.

Als wenige Wochen später der Verrat an Herzog Rohan und die Befreiung Bündens eine Tatsache wurde, von der das ganze Land erscholl, beschlich Lukretia in ihrer Einsamkeit das bange Gefühl, als sei sie durch ihre verborgene Mithilfe mit Georg Jenatsch auf immer und ewig verbunden, teilhaftig seiner rettenden Tat, teilhaftig auch seiner Schuld. Unauflöslich war sie mit ihm vereinigt im Augenblicke, da ihr Herz vor ihm zu erschrecken begann und sie, um in ihrem Gemüte eine Schutzwehr gegen ihn aufzurichten, sich täglich zurückrief, daß die Pflicht ihres Lebens noch nicht erfüllt und der Geist ihres Vaters durch die ihm gebührende Blutsühne noch nicht geehrt sei.
Zu Ende Mai nach dem Abzuge des Herzogs aus Bünden wurde Lukretia durch einen flüchtigen Besuch ihres verabscheuten Vetters beunruhigt. Er deutete ihr an, er müsse schleunig nach Mailand zurückkehren. Dort befinde sich Jenatsch und verhandle persönlich mit Serbelloni die letzten endgültigen Bestimmungen über die Stellung Bündens zu Spanien. Durch seinen charakterlosen Parteiwechsel und seine trügerische Beredsamkeit gewinne der Oberst auf den Gubernatore einen verhängnisvollen Einfluß, welcher die Interessen der alten spanischen Partei in Bünden gefährde und ihn selbst der Früchte seiner langjährigen Treue an Spanien beraube. Rudolf fügte bei, es sei die höchste Zeit, daß er sein Heimatsrecht und seine Stellung im Lande wiedergewinne. Das hoffe er bei den Verhandlungen in Mailand durchzusetzen. Er wäre der Verwendung Serbellonis zu seinen Gunsten gewiß, wenn ihm Lukretia, welcher der Gubernatore von früher her huldvoll gewogen sei, ihre Hand reiche und er durch die Verbindung mit ihr das berühmte Geschlecht der Planta zu

Riedberg wieder emporbringe. Er wisse wohl, meinte Rudolf, an welche Bedingung Lukretia ihr Jawort knüpfe – an die Vollziehung ihrer Blutrache an Jenatsch –, und diese Bedingung werde er erfüllen, was ihm jetzt leichter sei als früher, da sich die Feinde des Obersten aus den verschiedensten Gründen gemehrt hätten und noch täglich sich mehrten. Zuerst aber müsse dieser den Vertrag mit Spanien endgültig abgeschlossen haben, denn Jenatsch allein sei es imstande. –

So zog er über das Gebirge.

Der Eindruck seiner Gegenwart war für Lukretia ein häßlicher und beunruhigender gewesen. Doch achtete sie Rudolfs Persönlichkeit zu gering, als daß seine Pläne sie ernstlich erschreckt oder nur beschäftigt hätten. Das Begegnis haftete nicht lange in ihrem Gemüte, denn ihre Seele war von andern bangen Zweifeln bewegt.

ZWÖLFTES KAPITEL

Es war Hochsommer, und die Mittagssonne brannte in den Straßen von Mailand. Im Halbdunkel einer Halle, welche von den feinen Wasserstrahlen eines Marmorbeckens gekühlt wurde, saßen sich zwei Staatsmänner gegenüber, die offenbar eine wichtige Verhandlung führten. Eine von vier vergoldeten Greifen getragene große Mosaikplatte war überlegt mit Protokollen und Vertragsentwürfen in verschiedenen Sprachen und Formaten. Über diesen kühlen Tisch, darauf sie sich lehnten, streckte bald der eine, bald der andere die nachdruckgebende Rechte aus, in halblauter Wechselrede vorsichtig einen Standpunkt angreifend oder behauptend.

Der eine, in Scharlach gekleidet und von gewaltigem

Wuchs, hielt jetzt ein Papier in der Hand, das er mit finstern Blicken durchflog und worauf über der kleinern Schrift, die es bedeckte, mit großen verschnörkelten, aus einer sorgfältigen Kanzlei hervorgegangenen Buchstaben

Progetto ossia Idea

geschrieben stand.

Dies Projekt aber, oder diese Idee, leuchtete dem Lesenden nicht ein, sondern erregte seinen Unwillen; denn zuweilen zuckte es wie Schmerz und Hohn durch seine Züge, und die kräftige, mit großen Siegelringen geschmückte Hand schien das Papier zerknittern zu wollen. Doch las er zu Ende, bevor er es mit kaum beherrschter Ungeduld auf den Tisch zurückwarf.

Der andere, ein hagerer, vornehmer Sechziger, beobachtete ihn gelassen. Die Haltung dieses Edelmannes war aus italienischer Urbanität und spanischer Grandezza gemischt, aber nicht zu gleichen Teilen, denn wenn der Herzog Serbelloni von seinem berühmten Ahn, dem Feldherrn Karls V., die imposante Adlernase und die diplomatische Geschicklichkeit ererbt hatte, so war ihm dessen elastische italienische Menschenbehandlung nicht zuteil geworden. Seine Mutter, die eine Mendoza war, hatte ihm mit ihrem Blute – neben dem rötlichen Haar und der hellen Hautfarbe – einen Zug von spanischer Hochfahrt und Unnahbarkeit gegeben, den er zu verbergen wußte, der aber insgeheim sein ganzes Wesen durchdrang.

Der Herzog hielt es unter seiner Würde und Weisheit, der erste zu sein, das Wort zu ergreifen, und erwartete mit unbeweglichen Zügen und geschlossenen Augen eine Äußerung des Lesers über den empfangenen Eindruck. Da dieser aber die Arme über die Brust verschränkte und schwieg, so ließ er sich endlich vernehmen:

»Was dünkt Eure Gnade, Sennor Jenatsch?«

Georg Jenatsch lachte bitter auf.

»Eure Herrlichkeit«, sagte er, »hält mich für einen müßigen Liebhaber der Staatskunst, sonst würde sie den Ernst meiner fast zur Reife gediehenen Geschäfte nicht mit einem komischen Intermezzo unterbrechen. – Der Witz ist würdig eines Grazioso: Üppige Länder sollen wir vertauschen an ein paar verfallene Rheinstädtchen, wie Lauffenburg, Säckingen und andere, die zwei Tagritte und zwei fremde Nachtlager von uns entfernt sind und die morgen ihre vermorschten Tore öffnen, wenn der Herzog Bernhard von Weimar in seinem Elsaß einen Trompeter aufsitzen läßt und gegen sie ausschickt! . . . Fürwahr, ein Scherz ohne Salz, den ich der Hofkanzlei von Wien kaum zutrauen kann! – Ich bitte, Herrlichkeit, kehren wir zu Gesichtspunkten zurück, die unser würdig sind.«

Wenn auch der Herzog den naiven oder doch für naive Leute bestimmten Vorschlag des Hofes von Wien nur angewendet und benutzt hätte, um Zeit zu gewinnen, so fühlte er sich immerhin verletzt durch die rasche und rücksichtslose Zurückweisung desselben. Aber seine Empfindlichkeit fand kaum in einer etwas steifern Haltung Ausdruck.

»Eure Gnade«, sagte er, »hat es der eigenen Hartnäckigkeit zuzuschreiben, wenn die Verhandlung stockt und nach neuen Auskünften und Abfindungen gesucht wird, um die Herren Grisonen zufriedenzustellen.«

»Zufriedenzustellen?« wiederholte der Bündner befremdet. »Doch nicht anders als durch die volle Zurückgabe unsers Eigentums?«

»Zufriedenzustellen«, betonte der Herzog langsam, »auf billige Weise.«

»Meine durch die edle Donna Lukretia gestellte Bedingung«, versetzte der Bündner gereizt, »lautet auf völlige Zurückgabe unsrer Länder, auf die Herstellung des status ante. Diese Forderung versprach Eure Herrlichkeit zu befriedigen.«

»Nicht wörtlich diese Forderung, sondern die Herren

Grisonen überhaupt zu befriedigen«, versetzte der Herzog mit Würde.
Georg Jenatsch warf einen prüfenden Blick auf die kleine List, ob sich darunter eine Gefahr berge. Dann blitzte er den Herzog mit ausgelassenen und mutwilligen Augen an.
»Ein sinnvolles Silbenstechen, zu dem sich Eure Herrlichkeit herabläßt«, sagte er heiter. »Damals im Drange der Gefahr klügelte ich nicht über ein Wort, auf das ich, wie die Dinge liegen, auch jetzt keinen Wert setze. Größern dagegen – weil wir es einmal mit der Vieldeutigkeit der Worte zu tun haben, lege ich auf einen andern Ausdruck, der freilich auch nur aus Silben und Buchstaben besteht. Nicht ›ewiger Friede zwischen Spanien-Österreich und Bünden‹ soll über dem endgültigen Dokumente, das wir beraten, stehen, sondern – wenn ich etwas dabei zu sagen habe – ›Vertrag oder Bündnis‹.«
»Friede ist ein schönes Wort«, bemerkte der Herzog mit heiliger Miene.
»Zu schön für uns friedlose Sterbliche«, erwiderte der Bündner bitter. Dann fuhr er lächelnd fort: »Schreibt doch der heilige Augustinus, wie Eure Herrlichkeit weiß, der Krieg sei nur der Vorläufer oder die Eingangshalle des Friedens, und jener diene nur dazu, um zu diesem zu führen. – Wie dem sei, die beiden Gottheiten sind allzu nahe verwandt, als daß wir der einen gegen die andere trauen dürften! – Also: Vertrag oder Bündnis! Ein bescheidenes Wort für eine irdische Sache!«
Er setzte ernst werdend hinzu: »Der Gewissensskrupel Eures Gebieters, der katholischen Majestät, der ihr – wie mir Eure Herrlichkeit mitteilte – verbot, mit einer unkatholischen Macht ein Bündnis zu schließen, ist jetzt ohnedies gehoben.«
»Wie das?« fragte der Herzog mißtrauisch.
»Dieses Mal kann Bünden als katholische Macht gel-

ten«, behauptete Jenatsch kalt, »da, die italienischen Herrschaften mitgezählt, die Mehrzahl seiner Bewohner und das unterhandelnde Staatsoberhaupt selber diesen Glauben bekennen.«

»Eure Gnade hat den Schritt getan«, bemerkte Serbelloni unangenehm berührt. »Ich freue mich als guter Christ unendlich darüber und beglückwünsche Eure Gnade aufs aufrichtigste.« Und er warf ihm einen Blick grenzenloser Verachtung zu. »Es mag Euch hart angekommen sein.«

Jenatsch hatte ein leichtfertiges Wort auf der Zunge, aber plötzlich wurde sein Gesicht zorndunkel und er rief trotzig: »Leicht oder hart – genug – es ist getan!« Seine Heftigkeit schien ihm selbst aufzufallen, er nahm sich zusammen und fuhr flüsternd fort: »Ich vernehme, daß die katholische Majestät meiner Sinnesänderung Beifall zollt. Diesseits der Pyrenäen aber hat mich dieser reuige Schritt zu meinem freudigen Erstaunen mit dem Pater Joseph ausgesöhnt. Er schrieb mir neulich neben andern guten Nachrichten, sein Gönner, der Kardinal Richelieu, finde den Bericht des Herzogs Rohan über die Märzereignisse in Chur lückenhaft und wünsche eine vollständige Darstellung derselben von meiner Hand.«

Es entstand ein Stillschweigen.

»Bei ruhiger Betrachtung der Dinge, Sennor«, sagte dann Serbelloni, der sein Erschrecken mit bewundernswürdiger Kaltblütigkeit beherrschte, »und maßvoller Verteilung der Dinge sind wir nicht so weit auseinander, als es einem Unkundigen scheinen möchte. Zwei Punkte nur, zwei Punkte sind bestritten. Spanien verlangt, wie ich Eurer Gnade eröffnet habe und sie nun selbst billigen wird, für das Valtelin unsern katholischen Glauben als Staatsreligion – dies das Wichtigere. Daneben während der Dauer des Krieges freien Paß für die Truppen der katholischen Majestät über den Stelvio.«

»Was den größern Punkt betrifft«, erwiderte Jenatsch ohne Zögern, »so bin ich der Fanatiker meiner jungen Jahre nicht mehr. Das Veltlin bleibe katholisch, da die größere, ja die volle Zahl seiner Bewohner unsern Glauben bekennt. Wir Bündner beurlauben nach demselben Grundsatze die Kapuziner des untern Engadins, wo neun Reformierte gegen einen katholischen Christen stehn. – Gestehet, Herr, ich bin willfährig und entgegenkommend! Haltet mir Gegenrecht – verzichtet auf den Paß.« Und er reichte dem Herzog eines der auf dem Tische liegenden Papiere zur Unterzeichnung.

Dieser aber weigerte sich mit einer bedauernden Handbewegung:

»Noch nicht. Keine Überstürzung! Spanien muß den Paß besitzen.«

Ein unheimliches Feuer fuhr aus den Augen des Bündners, und es war, als ob sich seine Haare trotzig sträubten über der eisernen Stirne.

»Ich kann den Paß nicht in Eure Hände geben«, rief er mit mühsam gemäßigter Stimme, »will ich mein Bünden in redlichem Frieden halten zwischen Frankreich und Spanien. – Ihr erstickt uns! – Gebt Raum, daß wir atmen können zwischen zwei Riesen, die sich noch lange bekriegen werden!«

Und der Bündner warf seine gewaltigen Arme wie ein Schwimmer auseinander, als machte er Platz für die Ströme seiner Heimat.

Der Herzog fühlte sich von dieser alle Form verletzenden Gebärde peinlich berührt. Sie erinnerte ihn daran, welcher Mann vor ihm saß. Er dachte an das von ihm selbst begünstigte Attentat des Obersten gegen die Freiheit des guten Herzogs, und er ärgerte sich zu dieser Stunde, daß dieser rohe Emporkömmling an einem fürstlichen Manne, an einem seinesgleichen, Gewalt geübt habe.

Er richtete sich in stolzer Steifheit empor und hohnlächelte: »Will Eure Gnade mir die Hand zwingen?

Ich bin kein Herzog Rohan! Und nicht in Chur sind wir, sondern in Mailand.«
Das war ein unzeitiges Wort.
Der unvermutet ausgesprochene, dem Bündner einst so teure Name des von ihm Verratenen verwundete ihn wie eine persönliche Beleidigung, oder es starrte ihn das Medusenhaupt seiner unblutigen, aber schlimmsten Tat an. Er erbleichte und verlor die Fassung.
»Der Paß ist eine Unmöglichkeit!« schrie er den Herzog an. »Macht ein Ende und unterzeichnet!«
»Sennor«, sagte dieser kalt, »ich muß mich fragen, wen ich vor mir habe. Eure Gnade unterscheidet sich von ihren Landsleuten nicht zu ihrem Vorteil. Ich habe oft mit Bündnern, auch von der protestantischen Partei, unterhandelt und erfand sie stets als weise, mäßige, tugendhafte Männer, die sich und die Stellung ihres kleinen Landes niemals mißkannten. – Wie Eure Gnade sich eben ausdrückte, spricht nur ein Welteroberer wie Alexander, oder – ein Rasender.«
Georg Jenatsch war von seinem Sitze aufgesprungen. Mit brennenden Augen und geisterhaft verfärbtem Haupte stand er vor dem Herzog.
»Wen Eure Herrlichkeit vor sich hat? . . . Keinen weisen tugendhaften Mann, nein, wahrhaftig nicht! . . . Sondern einen Menschen, der sein Vaterland ganz und völlig retten wird – koste es, was es wolle! Das ist mein Schicksal, und ich will es erfüllen.
Hört mich, Herzog: Als ich Bünden hieherkommend verließ, strömte im Dorfe Splügen das Volk zusammen und flehte mich unter Tränen an, ihm den Frieden heimzubringen. Und ›mich jammerte des Volkes‹, wie geschrieben stehet. Da kam ein alter Prädikant mit langem weißen Haar und Barte hergewankt – er glich meinem Vater, Herzog – und warnte mich mit beweglichen Worten vor der spanischen Hinterlist. Ich aber hob mich in den Bügeln, reckte vor allem Volke die drei Eidfinger aus und schwur, daß es durch das Gebirge

tönte: ›Ich rette Bünden, so wahr mir Gott helfe! Und müßte ich Spanien und Frankreich wie zwei Rüden aneinander hetzen, bis sie sich zerfleischt haben!‹ . . . Und . . . Herrlichkeit . . .« sagte er sich besinnend, »so werde ich tun, wenn Ihr nicht heute, nicht in dieser Stunde meinen Vertrag unterzeichnet!«

Und wieder erhob Georg Jenatsch die drei Schwurfinger.

»So wahr diese Hand«, rief er, und sein Dämon trieb ihn, »den Pompejus Planta erschlagen und dieser Mund den guten Herzog betrogen hat!«

Serbelloni betrachtete den Maßlosen aufmerksam. Dieser Ausbruch ungezähmter Wildheit hätte den Bündner in seinen Augen auf die Stufe eines Ungefürchteten hinuntergesetzt, wenn ihm Georg Jenatsch im Laufe der Unterhandlung nicht tägliche Proben eines durchdringenden Verstandes und einer wildgewachsenen, aber der seinigen mindestens ebenbürtigen Staatskunst gegeben hätte. So erregte diese überreizte Tatkraft eher seine Besorgnis, und im Interesse seiner eigenen Stellung fing er an zu wünschen, diesen auf eine gefährliche Weise außerhalb aller Regeln Fechtenden ohne Schaden loszuwerden.

Inzwischen hatte sich Jenatsch wieder völlig gefaßt, und der Herzog sah einen Krieger und Staatsmann sich gegenübersitzen, der seine scharfe und besonnene Rede an ihn richtete.

Der Oberst suchte Serbelloni zu überzeugen und überzeugte ihn auch wirklich, daß ein erneutes Bündnis mit dem getäuschten Frankreich durchaus nicht zu den Unmöglichkeiten gehöre, sondern trotz seiner Abenteuerlichkeit in der Lage der Dinge begründet wäre.

»Die französische Eminenz ist ein großer Geist«, sagte er, »und wird, was sie Persönliches gegen mich hat, um der Dinge willen verwinden. Sie wird mir bereitwillig den Rücken decken, wenn ich mein Bünden wieder in den französischen Interessenkreis ziehe. Anderseits soll es an mir nicht fehlen. Die Festungen des Veltlins sind schon in meiner Hand. In wenig Tagen ist unser ganzes, noch nicht abgerüstetes Heer hinübergeworfen, und ich lasse die stets bereitwilligen Veltliner ihren bündnerischen Patronen schwören, ohne mich um irgendeinen Einspruch soviel zu kümmern!« Und er blies leicht über die Fläche seiner Hand hin.

»Gerade jetzt«, fuhr er fort, »da die launische Bellona auf dem deutschen Kriegstheater Spanien-Österreich wieder spröder sich erzeigt, müßte diese rasche Wendung der Bündnerdinge die Interessen der katholischen Majestät empfindlich schädigen. Bedenkt, ob der unwiederbringlich versäumte Augenblick der Unterzeichnung meines Vertrages nicht auch die persönliche Beziehung Eurer Herrlichkeit zum Hofe von Madrid einigermaßen erkälten könnte! . . . Ohne Vergleichung – es ist Euch bekannt, wie gänzlich der edle Herzog Rohan durch seine Unkenntnis unserer bündnerischen Art und Natur seinen staatsmännischen Ruhm zerstört hat. Das darf Euch nicht begegnen. – Für mich laßt Euch nicht bangen. Ich würde mich bei der katholischen Majestät zu rechtfertigen wissen und dieselbe von dem notwendigen Verlauf der Dinge unterrichten lassen.«

Der Oberst neigte sich geheimnisvoll gegen den Gubernatore und flüsterte etwas von einem durch seine Bekehrung ihm geöffneten geistlichen Weg und Zugange zum Ohre der Majestät von Spanien.

Serbelloni sah sich im Netze. Es wuchs in ihm ein tödlicher Haß gegen den Tollkühnen und Hinterlistigen, den er am liebsten gleich hier in Mailand aufgehoben und vernichtet hätte. Das lag in seiner Macht; aber seine Klugheit und sein Stolz verbot ihm diesen Mißbrauch derselben. Ihm geziemte, den völkerrechtlich unverletzlichen Gesandten ungefährdet heimziehen zu lassen.

Mit ununterschriebenem Vertrage?

Nein. Er traute es diesem Menschen zu, daß er seine

Drohung verwirkliche, und in diesem Falle stand ihm selbst die königliche Ungnade in sicherer Aussicht.
Was aber seine Tatkraft dem Bündner gegenüber am meisten lähmte, war der geistliche Einfluß, den der Niederträchtige durch seinen Übertritt auf die gottesfürchtige Seele Philipps IV. gewonnen zu haben schien; denn dieser entzog sich jeder Berechnung.
»Beruhigt Euch, Sennor«, sagte er majestätisch. »Eure Gnade hat sich unnötig erhitzt und ist der Ermüdung einer eingehenden, umständlichen Staatsverhandlung ungewohnt. Bedient Euch mit einer Limonade. Wir werden überlegen, wir werden eine ruhige Stunde abwarten.«
Der Bündner hatte den Vertrag, wie er in seinem Sinne und von seinem Schreiber verfaßt war, wieder zwischen den Papieren, die den Tisch bedeckten, hervorgezogen und legte ihn dem Herzog zum andern Male vor.
»Alles Heutige«, sagte er, »ging ja nur von dem leichtfertigen Vorschlage Österreichs aus und war nur ein Übungsspiel und Turnier der Geisteskräfte, über die Tatsachen hinwegfahrend, ohne sie zu ändern ... Laßt uns, Herrlichkeit, diese selbst ohne Flitter und Zutat ins Auge fassen. – So liegen sie und diese Lösung verlangen sie. – Macht ein gutes Ende«, bat Georg Jenatsch herzlich, »und ich werde Eure große und weise Politik zu rühmen wissen.«
Sei es, daß der Herzog dieser Schmeichelei recht geben, sei es, daß er den Anblick eines Menschen, der ihm gedroht hatte, nicht länger ertragen wollte, er langte, während er mit hochgezogenen Brauen die Punkte des Vertrags noch einmal langsam durchging, mechanisch nach der Feder.
Jenatsch ergriff sie, tunkte sie ein und überreichte sie mit einer liebenswürdigen Verbeugung und einem Anfluge seiner alten Unwiderstehlichkeit dem spanischen Staatsmanne.

Als die Unterzeichnung vollzogen war, wandte sich der Herzog zu dem bündnerischen Bevollmächtigten und ersuchte denselben, ihm wenigstens noch ein paar Tage zu schenken, um die bei einem Vertragsabschlusse üblichen Gaben und Gnadenketten in Empfang zu nehmen. Dann geleitete er ihn bis an die Schwelle des Gemaches.

Mit langsamen Schritten zurückkommend, blieb er in der Mitte der Halle stehen:

»Dieser Mensch ist mir zu nahe getreten«, sprach er zu sich. »Er darf nicht leben bleiben.«

DREIZEHNTES KAPITEL

Der Wald rötete sich an den Halden, und die geleerten Fruchtbäume verstreuten leise ihre goldenen Blätter, als in den letzten sonnigen Tagen der hart entbehrte Beichtiger der Frauen von Cazis nach langem Fernsein aus Mailand wieder ins Domleschg zurückkehrte. Pater Pankraz hatte die Herstellung seines Klosters in Almens, für die er sich bei den Vertragsverhandlungen in Mailand verwendete, nicht erlangt; aber er brachte andere wundersame und hocherfreuliche Nachrichten. Schon am Abende nach seiner Ankunft begab er sich nach Riedberg und begehrte eine Unterredung mit dem Fräulein, dem er mit freudeglänzenden Augen erzählte, seine Exzellenz der Herr General Jenatsch, der frühere Todfeind ihrer gut katholischen Familie, sei vor einem Monate, nachdem er die Generalbeichte seiner Sünden abgelegt und vollständige Absolution erhalten, in den mütterlichen Schoß der alleinseligmachenden Kirche zurückgekehrt.

Bei diesem Berichte schaute er das Fräulein triumphierend an. Er schien ihr Schicksal mit diesem erfreulichen Ereignisse in Zusammenhang zu bringen und anzunehmen, mit allen übrigen Freveln und Sünden sei durch diesen großen Akt der Buße auch der Tod ihres Vaters vom Gewissen des Mörders abgewaschen und vor Gott und Menschen gesühnt. Sie aber erbleichte, und als er einer Antwort der Schweigenden mit schlauen, erwartungsvollen Blicken entgegensah, sagte sie endlich, sich fassend: »Das ist ein so unerhörtes Wunder der göttlichen Gnade, daß ich ihr dafür nur auf *eine* Weise meinen Dank zu bezeugen weiß – wenn ich bei den Frauen in Cazis den Schleier nehme.« – Eine Antwort, welche die langgeschulte Menschenkenntnis des Paters zuschanden machte. Er hatte es sich leichter gedacht, das, wie er wohl wußte, seit Jahren an Jenatsch hangende Gemüt Lukretias von einer alten Rachepflicht zu befreien, die dem praktischen Manne, wenn er sie auch nicht gerade verwarf und der ehrwürdigen Landessitte gemäß achtete, doch, besonders in diesem Falle, mit der christlichen Liebe und weltlichen Klugheit unvereinbar erschien.

Lukretia war über die Mitteilung des Paters erschrokken. Daß es Jenatsch mit der Abschwörung seines protestantischen Glaubens ein Ernst sei, das, wußte sie, war unmöglich. Es kam ihr vor, als habe er damit seine erste, innerste Überzeugung verleugnet, als sei er sich nun ganz untreu geworden und habe sein Selbst vernichtet. Und was hatte ihn dazu vermocht? Konnte er diese unlautere Tat mit seiner Liebe zu Bünden entschuldigen und wie seine Untreue an Herzog Rohan als eine Notwendigkeit seines Schicksals darstellen?

Was immer ihn dazu getrieben, es konnten nur Rücksichten und Berechnungen sein, denen der Jürg von ehedem unzugänglich gewesen wäre.

Immerhin war eine Schranke zwischen ihm und ihr, deren sich ihr schwaches Herz zuletzt noch getröstet hatte, damit gefallen.

Hoher Schnee bedeckte das stille Tal und lastete auf Dach und Turm des Schlosses Riedberg. Da verlautete gegen Ende Jenner, der feste Friede mit Spanien–Österreich, der Bündens alte Grenze und Freiheiten herstelle, sei endlich abgeschlossen, dank der alles berechnenden Klugheit und eisernen Beharrlichkeit des größten Mannes, den das Land je besessen; Jürg Jenatsch habe das Bündnis im Spätsommer mit dem Herzog Serbelloni in Mailand beraten, und die Ratifikation der Höfe von Wien und Madrid sei zögernd, aber noch vor Jahresende dort eingetroffen. Es wurde bekanntgemacht, Bündens Gesandter werde in den nächsten Wochen in Chur einziehen und das mit den Bändern und Riegeln vorsichtiger Klauseln gegen jede Anfechtung gewahrte und mit den kaiserlichen und königlichen Unterschriften und Sigillen bekräftigte Dokument in feierlicher Sitzung den Räten von Bünden überreichen.

In den ersten Tagen des Februar war Tauwetter eingetreten. Der Föhn brauste durch die Schluchten der Via Mala und stöhnte und pfiff um die alten Mauern von Riedberg. Die Luft war lau, als wollte der Frühling vorzeitig ins Land brechen, aber schwer drohende Wolken bedeckten den Himmel und unheimlich klang in der Nacht das Rieseln des schmelzenden Schnees und das Brausen der übermächtigen, durch das sternlose Dunkel eilenden Bäche.
Lukretia stand am Fenster, und ihr Blick bemühte sich, die Nebel zu durchdringen, die längs der Falten des Heinzenberges krochen und über das jenseitige Rheinufer und die Heerstraße wie graue Schleier herabhingen. Es bewegte sich darin ein langer, unterbrochener Zug, und ferner verwirrter Lärm drang in einzelnen Tönen zu ihr herüber. Sprengende Reitergruppen ließen sich erraten, und leises Schellengeklingel der Lasttiere wurde vom Winde herübergeweht.

Das konnte nur der als Überbringer der Friedensurkunde nach Chur ziehende Jenatsch sein! Doch immer und immer bewegte es sich von neuem in den Nebeln, und jetzt schien ein Teil des zurückgebliebenen Trosses, da wo die Straße nach Riedberg sich abzweigt, vom Zuge sich zu trennen und die Richtung nach dem Schlosse einzuschlagen.
Sollte er es wagen, Lukretia auf seinem Triumphzug, der Welt zum Schauspiel, abholen, sie mitführen zu wollen als seine schwierigste Beute!
Doch nein – er war voraus. Sie hatte durch eine Lücke der Nebelwolken seinen glänzend geschirrten Rappen vorüberblitzen sehn, und ihr war vorgekommen, das Tanzen des Pferdes und eine Handbewegung des Reiters könnte einen Gruß für sie bedeuten.
Der Nebelstaub verwandelte sich unterdessen in Regen; die Pferde auf der Riedbergerstraße aber tauchten jetzt bei einer Wendung ganz nahe zwischen den feuchten Wiesen auf. Es war des Fräuleins Vetter Rudolf, diesmal mit einem für seine bedrängten Umstände zahlreichen Geleite berittener Knechte, der sein Gastrecht im festen Hause seines Oheims geltend machte. Die meisten seiner Leute zeigten ein verdächtiges und unsauberes Aussehen. Er mochte sie, nach ihrer Statur und Bewaffnung zu urteilen, in den nach Süden abfallenden Tälern Graubündens geworben haben. Nur einen in der Rotte sicherlich nicht. Es war ein wahrer Riese, derb von Gliedern und rot von Gesichtsfarbe, in dem Lukretia einen wegen seiner sprichwörtlichen Körperstärke weithin gefürchteten Raufbold, den Wirtssohn von Splügen, erkannte. Er hatte sich gegen den Regen eine Bärenhaut wie einen Haubenmantel übergehängt und blickte unter der Schnauze und den Ohren des erlegten Ungetüms wie ein tierischer Waldmensch hervor.
Lukretia ließ das wilde Gesinde, das seine Ankunft mit Musketenschüssen kundtat, durch ihren Kastellan

in einem Nebengebäude unterbringen und bewirten. Den unwillkommenen Vetter empfing sie erst am Abendtische, an welchem ihre Dienerschaft teilzunehmen pflegte und Lukas das Amt des Hausmeisters versah.

Nachdem die Tischgenossen sich entfernt hatten, begehrte Rudolf eine Unterredung mit seiner Base und blieb ungebeten im Gemache zurück, wo Lukas auf einen Wink des Fräuleins das Abräumen des Tafelgerätes nur langsam und zögernd besorgte. Die Gegenwart des alten Knechtes hielt ihn nicht ab, vor sie hinzutreten und ihr mit leiser Stimme Drohungen zuzuflüstern. Er warf ihr ins Gesicht, daß er wohl wisse, wer für den neuen Despoten Bündens, der morgen in Chur seinen prunkenden Einzug halten werde, in Mailand die ersten Botendienste getan. »Der Verschwender ist mir mit seinem fürstlichen Gefolge und seinen kostbaren Berberhengsten über den ganzen Berg auf den Fersen gewesen«, sagte er neidisch. »In Splügen mußte ich ihm die Straße freigeben, wenn ich nicht immerfort seine Knaben hinter mir über die Armut des Planta wollte spotten hören!«

Lukretia gab den Zweck ihrer Reise nach Mailand ruhig und stolz zu.

Da warf der Freche jede Scheu von sich und bezichtigte sie vertraulicher Abhängigkeit von dem Obersten. »Es ist Zeit, mit ihm ein Ende zu machen«, schrie er ihr zu. »An Betrogenen und Beschimpften, die wie ich nach diesem gemeinen Blute dürsten, ist heute Überfluß, seiner Feinde sind in Spanien so viel wie in Frankreich!

Du aber, Lukretia, hast die heilige Pflicht der Rache schmählich vergessen und bist deines Vaters ganz unwürdig geworden! – Weg mit ihm, lieber heute als morgen! Der Mörder des Pompejus Planta soll sich der Gunst seiner Tochter nicht berühmen! Mir fällt es zu, die Ehre des Hauses wiederherzustellen. Sobald der

Verräter auf dem Rücken liegt, werde ich dich als mein Weib heimführen. Ich lasse die Güter der Planta nicht von unberechtigten Händen verzetteln.«
Das Fräulein antwortete nicht. Aber Lukas, dem das Herz vor Ingrimm schwoll, als er seine Herrin so unwürdig behandelt sah, trat, die Fäuste ballend, neben sie. Aufrecht und bleich mit geschlossenen Lippen stand Lukretia vor ihrem Beleidiger. »O wie gut weißt du, daß jedes deiner Worte eine Lüge ist«, stöhnte sie endlich aus gepreßtem Herzen und verließ das Gemach.
Ehe sie die Tür ihres Turmzimmers hinter sich verschloß, hatte sie ein Knechtlein nach Cazis hinübergeschickt, um den Pater Pankraz auf den Riedberg zu holen. Aber der Pater war nach Almens berufen worden, und es war nicht denkbar, daß man ihn von dort in der schlimmen Sturmnacht zurückkehren ließ. Er werde morgen in der Frühe hinüberkommen, ließ Schwester Perpetua berichten.

Jetzt war Lukretia allein. Sie trat ans Fenster und schaute in das nächtliche Land hinaus. Der Sturm schwieg, aber kein Stern stand am Himmel. Schwere, niedere Dunstgebilde verdeckten den Mond und ließen kaum auf ihren zerrissenen Säumen einen schwachen Widerschein seines Lichtes ahnen. Überall schwarze, drückende Massen des Gebirgs und der Wolken. Mitternacht ging vorüber, und immer noch saß Lukretia am Turmfenster und hörte ratlos und ohne klare Gedanken dem dumpfen Rauschen des Rheines zu.
Wie ein riesenhaftes, dunkles Unheil stand vor ihr, was aus ihrem Leben geworden. Aber das Leid um ihren Vater, eine vertrauerte Jugend, ihre jetzige Verlassenheit und die Schrecken der Zukunft sanken in ein unbestimmtes, dumpfes Schmerzgefühl zurück, aus dem ein einziger, stärker und stärker ertönender Vorwurf emporstieg und ihr ans Herz griff: Sie war ihres Vaters nicht würdig. Sie hatte ihre Rache versäumt.

Konnte sie nicht jetzt noch von dieser Last sich befreien? Nicht jetzt noch einem Feigling das Recht nehmen, sie im Einklange mit ihrem eigenen Herzen einer leichtfertig vergessenen Kindespflicht anzuklagen? Nein! Sie war zu schwach dazu! – Nein, sie wollte nicht stark genug sein.

Ihr allein gehörte das Recht der Rache, und sie übte es nicht aus; aber sie erbebte vor Zorn, als sie sich es möglich dachte, daß ein anderer es ihr entreißen könnte . . . Freilich, daß Rudolf dies gelinge, das war ihr auch jetzt, da sie ihn im höchsten, widerwärtigsten Wutaufwande seiner feigen Natur gesehn, durchaus unglaublich. Wie sollte diese Viper ihren stolzen Adler erreichen!

Aber sie erschrak vor dem Zwiespalte ihrer eigenen Seele, vor ihrer Ohnmacht, die alte Rache zu hegen, und vor ihrer verzehrenden Eifersucht auf jeden, der in ihr Amt eintreten konnte.

So beschloß sie, ein Ende zu machen und der Welt abzusagen.

Jenseits der Klosterschwelle war sie sicher. Sie verzichtete ja dort auf all ihren Besitz, opferte ihre stolze, immer bekämpfte Liebe, verzichtete auf die zu lange wie ein Heiligtum bewahrte Rache. – Jenseits der Klosterschwelle konnte weder Jürgs frevelhafte Werbung noch Rudolfs ekler Eigennutz sie mehr erreichen.

Im Schlosse war es ruhig geworden. In den Dörfern brannte kein Licht; nur von Cazis drang ein matter Schimmer über den Rhein. Er kam aus der Klosterkirche, wo die Schwestern schon Frühmette sangen. Dort war ihre Friedensstatt offen, und sie zögerte nicht länger an der Pforte. Sie goß Öl in ihre Lampe, die erlöschen wollte, und begann ihre Papiere zu ordnen. Sie stellte über alle ihre Güter Schenkungsurkunden aus zugunsten der Schwestern in Cazis und gedachte, in ihrem Gemache eingeschlossen zu bleiben bis zur Ankunft des Paters Pankraz. Nachdem alles vollendet war, legte sie sich angekleidet noch kurze Zeit zur Ruhe.

Gegen Morgen erhob sich der Föhn von neuem mit heulender Wut, wie er nach der oft wiederholten Erzählung des alten Knechtes in jener Nacht getobt, als ihr Vater erschlagen wurde. Sie fiel in einen unruhigen Schlummer, aus welchem sie, von den Geräuschen des Sturmes geweckt, immer wieder emporfuhr.

Ein Traum führte sie in die Todesstunde ihres Vaters. Sie sah ihn – groß und blutig lag er hingestreckt, und jammernd wollte sie sich über ihn werfen – aber die Leiche verschwand, sie stand allein und hielt das gerötete Beil in der Hand, während sie die Rosse der Mörder mit stampfenden Hufen enteilen hörte. Ein neuer Windstoß rüttelte am Turme und ließ die Fensterscheiben des Gemaches in ihrer Bleifassung erklirren. Lukretia erwachte.

Im Hofe hörte sie Pferdegetrappel und das Knarren des sich öffnenden Tors. Sie eilte ans Fenster und sah in der stürmischen Morgendämmerung zwei Pferde wegtraben. Das eine war der Schimmel ihres Vetters. Erstaunt ließ sie Lukas rufen. Er war nicht mehr auf dem Schlosse, sondern mit Herrn Rudolf nach Chur verritten, dessen Gefolge, wie ihr gesagt wurde, Befehl erhalten hatte, später aufzubrechen, um zur Mittagszeit mit dem Herrn in der Schenke zum staubigen Hüttlein bei Chur zusammenzutreffen.

Daß der treue Lukas nach dem Auftritte von gestern mit Rudolf Planta weggeritten, daß er sie ohne Urlaub verlassen, was er noch nie getan, das war Lukretia unbegreiflich und erfüllte sie mit schlimmen Ahnungen. Sie betrat die Kammer des Alten und öffnete eine hölzerne Truhe, worin er mit eigensinniger Verehrung das Beil aufbewahrte, das ihren Vater erschlagen hatte und das sie zum schmerzlichen Ärger des greisen Knechtes nie hatte sehen wollen. Die Truhe war leer. Lu-

kretia erbleichte. Die mit dem Blute ihres Vaters benetzte Waffe also war ihr entrissen; die ihr allein zustehende Rache sollte heute schon von den Händen eines Feiglings oder von denen ihres Knechtes vollzogen werden! Das Blut der Planta stürzte ihr wild zum Herzen und empörte sich gegen solch unwürdigen Eingriff. Die Entsagung der verwichenen Nacht entschwand ihrem Gemüte. Heute war sie noch die Herrin auf Riedberg – heute war sie noch die Erbin ihres Vaters und waltete zum letzten Male ihres Amts.
Was morgen komme, war ihr gleichgültig, lag doch wie ein stiller Friedhof das Kloster Cazis dort über dem Rhein.
Noch warf sie einen Blick hinaus in die trübe, sturmgepeitschte Gegend, ob der Pater nicht komme. Sie wollte ihm die von ihr in der Nacht geschriebenen und besiegelten Dokumente übergeben. Aber Stunden verstrichen und er kam nicht. Das Gefolge Rudolfs war seinem Herrn nachgeeilt. Jetzt ließ auch sie satteln und ritt nach Chur, von ihrem jüngsten Knechte, dem Sohne des alten Lukas, begleitet.
Sie wollte zu Georg, ihn warnen und retten, oder ihn mit reinen, gerechten Händen töten. »Jürg ist mein!« sagte sie zu ihrem Herzen.

Erst gegen Mittag klopfte der verspätete Pater ans Tor und hörte mit Schrecken von dem Erscheinen Rudolfs und daß das Fräulein in der Frühe nach Chur verreist sei. Eine vertraute Magd hatte den Auftrag, den Kapuziner in das Turmzimmer zu führen, wo ihre Herrin zu schreiben pflegte. Dort fand er die Schenkungsurkunden in vollständiger Ordnung und die schriftliche Erklärung, daß Lukretia Planta der Welt entsage und im Kloster Cazis den Schleier nehme.
Nachdenklich und traurig stand der Mönch vor diesen Zeugen eines schweren und schmerzlich vollendeten Seelenkampfes. Die Entscheidung erfreute ihn weniger,

als es von einem echten Sohne des heiligen Franziskus zu erwarten gewesen wäre. Auch beunruhigte ihn Lukretias Ritt nach Chur. Er wußte, daß sein Beichtkind in schwierigen Lagen die kleinen Hilfsmittel und Auswege weltlicher Klugheit nicht fand, daß Lukretias Gefühle mit unzerstörbarer Liebe im einmal Ergriffenen wurzelten, daß ihre Gedanken mit erschreckender Gewalt in der einmal betretenen Bahn fortstürzten. Es war ihm oft aufgefallen, daß ihr nahe lag und sie natürlich fand, was andern als gefahrvoll und unerhört erschien, und daß sie es in aller Einfachheit tat.

Er horchte die Dienstleute über die Vorfälle der vergangenen Nacht aus, und ihm wurde immer bänger. Er steckte die Urkunden sorgfältig zu sich, bestieg sein Eselchen und ritt trotz Wind und Wetter ohne Aufenthalt gen Chur, wo er Lukretia bei der greisen Gräfin Travers zu finden hoffte, fest entschlossen, wenn so oder so ein Unheil geschehen sei, das Fräulein nach Cazis in Sicherheit zu bringen.

VIERZEHNTES KAPITEL

Zu derselben Stunde saß in seinem Hause zu Chur der Ritter Doktor Fortunatus Sprecher mit einem geehrten Gaste an der festlich besetzten Mittagstafel. Die erwärmte Stimmung der Tischgesellschaft und der solide Reichtum des Gemaches stand in behaglichem Widerspruche mit dem Unwetter draußen auf der Gasse, wo der rauschende Orkan den schmelzenden Schnee von den Dächern warf und mit ohnmächtiger Wut an den vergoldeten Eisengittern rüttelte, die in unten weit ausgebauchter Korbform die breiten Fenster von hellem Glase schützten.

Der mit Silber und venezianischen Kelchen besetzte Tisch nahm die Mitte des Zimmers ein. Der größte, ebenso reiche als heimatlich behagliche Schmuck dieser schönen Familienstube war ihr kunstreich geschnitztes Nußbaumgetäfel, das durch zierliche korinthische Holzsäulen in zwölf mit Trophäen gefüllte Felder geteilt war. Das oberste Gesimse wurde von Karyatiden in halber Figur getragen, zwischen welchen ein rings herumlaufender Holzfries die verschiedenen Szenen einer Jagd mit Schützen, Hunden und zum Teil fabelhaftem Getier in erhabener Arbeit darstellte, auf welches Werk der Doktor mit Recht besonders stolz war. Die Stelle des Deckengemäldes vertrat das kühngeschnitzte Wappen der Sprecher von Bernegg.

Die Ecke des Zimmers füllte, stattlich und kranzgekrönt, das warme Gebäude des Kachelofens. Ein großartiger und zugleich kurzweiliger Anblick! Denn da entfaltete sich zwischen zartgefärbten Engeln und Fruchtschnüren in mehreren Bilderreihen die ganze Geschichte des Erzvaters Abraham. Die biblischen Szenen waren in violetten, gelben und blauen Umrissen und Schattierungen mit großem Fleiße auf die weißen Kacheln gemalt und durch daruntergesetzte geistreiche Reimsprüche erklärt und nutzbar gemacht.

Der Tischgenossen waren jetzt nur noch drei. Die jüngern Kinder des Hauses, welche das untere Ende der Tafel eingenommen und in bescheidener Stille ihr Essen stehend verzehrt hatten, waren beurlaubt worden. An dem Ehrenplatze, zwischen dem Hausherrn und seinem blonden Töchterlein, saß, als gefeierter Gast, der Herr Amtsbürgermeister Heinrich Waser. Heute am Tage der öffentlichen Überreichung der Friedensakte, wozu ihn seine den drei Bünden immer besonders gewogene Vaterstadt, die Republik Zürich, abgeordnet hatte, befand er sich in voller Amtstracht und im Schmucke seiner bürgermeisterlichen Kette. Die höchste Würde des Staates war ihm um seiner besonnenen Leistungen und mit berechneter Bescheidenheit nur nach und nach ans Licht gestellten Verdienste willen ungewöhnlich früh und neidlos zuteil geworden, denn er stand, frisch und lebenslustig, erst am Eingange der vierziger Jahre. Ein Hauch von Jugendlichkeit schwebte auf seinen vom Gastmahle geröteten Zügen, deren frühere bewegliche Feinheit sich zum behäbigen Ausdrucke einer wohlwollenden, aber ans Schlaue streifenden Klugheit ausgeprägt hatte.

Heute sah er bewegt aus, besonders wenn er mit seiner Nachbarin sprach, deren Worten und Mienen er eine prüfende liebevolle Aufmerksamkeit schenkte. Ihr kindliches Köpfchen, das auf einem lichten Halse über dem blauen Tuchkleide und den von ihrer Mutter geerbten Holländerspitzen des durchsichtigen Flügelkragens schwebte, hatte für ihn etwas äußerst Anziehendes. Die weiche Rundung des hellen Gesichtes, der damit übereinstimmende sanfte Glanz ihrer unter langen blonden Wimpern und angenehm gelockten Haaren hervorleuchtenden Augen machten einen Eindruck von befriedigter Ruhe, welche Herrn Waser an die silberne Luna erinnerte, wie sie sich in den klaren Wassern des Zürcher Sees spiegelt. Immer sehnlicher wünschte er, dieses anmutige Gestirn möchte glückbringend an seinem Abendhimmel aufgehen.

Obgleich des Doktors Lebensauffassung infolge seines galligen Temperamentes im ganzen eine trübe war, sah er dem unter seinen Augen sich vorbereitenden häuslichen Ereignisse nicht ohne väterliche Befriedigung entgegen. Aber seine Gedanken waren zerstreut. Herr Waser hatte ihm in allem Vertrauen vor der Mittagstafel eine Kunde mitgeteilt, mit welcher er Fräulein Amantia nicht vorzeitig, nicht heute betrüben wollte – die Kunde vom Tode des Herzogs Rohan. Ein deutsches Flugblatt, das denselben mit rührenden Worten beschrieb, war nach Zürich gelangt, und Waser hatte es für seinen geschichtskundigen Freund mitgebracht.

Überdies beschäftigte diesen der jeden Augenblick erwartete Einzug des Triumphators in Chur, dessen Persönlichkeit ihm von jeher fremdartig und widerwärtig gewesen und dem er am wenigsten verzeihen konnte, daß er das Sprechersche Haus, eine Festung der Ehre, wie der Doktor früher mit Stolz zu sagen gewohnt war, durch Verrat befleckt hatte.

Doch sonderbar! Was der Bürgermeister dem Fräulein in dieser Stunde festlichen Zusammenseins noch verschweigen wollte, schien einen magnetischen Zug auf dessen ahnungsvolles Gemüt auszuüben, wenigstens kam Amantia heute in Gedanken und Worten von dem guten Herzog Heinrich Rohan nicht weg und konnte bei diesem Anlasse nicht umhin, auch seines tapfern Adjutanten mit Interesse sich zu erinnern.

Herr Waser ließ für seinen Mitbürger keine übertriebene Vorliebe blicken. Der Bravour und dem aufgeweckten, gebildeten Geiste Wertmüllers widerfuhr von seinem Munde Gerechtigkeit, aber er schüttelte bedenklich den Kopf über des Lokotenenten schneidiges und den Widerspruch absichtlich reizendes Wesen, womit er seine Landsleute beunruhige und sich eine unangenehme Berühmtheit in seiner Vaterstadt zugezogen habe. So selten er in Zürich verweile, sei es ihm gelungen, durch seine Ausfälle gegen eine hohe Geistlichkeit Abscheu, durch sein hochmütiges Geringschätzen der in ihrer Art interessanten städtischen Angelegenheiten allgemeine Mißbilligung und durch allerlei physikalischen Hokuspokus, der ihn dem freilich törichten Verdachte der Zauberei aussetze, bei dem gemeinen Manne unheimliche Furcht zu erregen. So habe er sich in Zürich den Weg verrammelt und das Zutrauen einer löblichen Bürgerschaft in alle Zukunft verscherzt, welches doch, nebst einem reinen Gewissen, die Lebensluft des echten Republikaners sei. – »Das schlimmste aber an dem jungen Manne«, schloß der mehr als billig erregte Bürgermeister, »ist sein Mangel an aller und jeder Pietät – denn, ich bitt Euch, innig verehrte – dürft' ich sagen innig geliebte! – Jungfer Sprecherin, was ist alles Wissen und Können der Welt ohne die Grundlage eines religiösen Gemütes!«

»Was mir den Lokotenenten wert machte«, sagte Fräulein Amantia fast beschämt, »war seine Treue an dem edlen Herzog Heinrich. Da hat er sich als echten Kavalier gezeigt neben dem Verräter Georg Jenatsch, der mir trotz seines gewinnenden Wesens immer wie ein böser Geist vorkam, wenn er über unsere Treppen zum Herzog hinaufsprang.«

»Ein schwer zu beurteilender Charakter«, sagte der zürcherische Bürgermeister, indem er, in einen traurig ernsten Ton übergehend, sich an Herrn Fortunatus wandte. »In *einem* Stücke wenigstens überragt Georg Jenatsch unsere größten Zeitgenossen – in seiner übermächtigen Vaterlandsliebe. Wie ich ihn kenne, so strömt sie ihm wie das Blut durch die Adern. Sie ist der einzige überall passende Schlüssel zu seinem vielgestaltigen Wesen. Ich muß zugeben, er hat ihr mehr geopfert, als ein aufrechtes Gewissen verantworten kann. Aber«, fuhr er zögernd und mit gedämpfter Stimme fort, »ist es nicht ein Glück für uns ehrenhafte Staatsleute, wenn zum Heile des Vaterlandes notwendige Taten, die von reinen Händen nicht vollbracht werden können, von solchen gesetzlosen Kraftmenschen übernommen werden – die dann der allwissende Gott in seiner Gerechtigkeit richten mag. Denn auch sie sind seine Werkzeuge – wie geschrieben steht: Er lenkt die Herzen der Menschen wie Wasserbäche.«

»Das ist ein seltsam gefährlicher Satz«, rief Herr Fortunatus entrüstet, »den ich erstaunt bin unter den Betrachtungen und Maximen Eurer Gestrengen zu finden! Damit ist man auf geradem Wege, die schlimmsten Verbrechen zu rechtfertigen. Bedenkt, wie leicht solch ein gesetz- und gewissenloser Mensch, einmal in seine unberechenbare Bahn geschleudert und von seinen Leidenschaften wie von einem Orkan getrieben, sein eigen gelungen Werk zerstört. Wißt Ihr, wohin es schon mit Jürg Jenatsch gekommen ist? Ich erfahre aus zuverlässigen Quellen, daß er bei den Verhandlungen in Mailand dem an seinen Vorschlägen mäkelnden Herzog Serbelloni wie ein Rasender gedroht hat, er rufe die Franzosen wieder nach Bünden, wenn Spanien nicht seinen Willen tue, ja, daß er, um den Beichtvater seiner hispanischen Majestät zu gewinnen – denn er wollte einen andern Einfluß gegen den Serbellonis zu Madrid in die Waagschale werfen –, seinen angestammten evangelischen Glauben freventlich abgeschworen hat.«

»Da sei Gott vor«, sagte der Bürgermeister aufrichtig erschrocken.

»Und was fängt unser kleines Land mit diesem jetzt müßig gewordenen und an Taten noch ungesättigten Menschen an«, fuhr Sprecher fort, »der unsern engen Verhältnissen entwachsen und von seinen beispiellosen Erfolgen trunken ist bis zum Wahnsinn? – In den Pausen seiner Unterhandlungen zu Mailand hat er in unserer Grafschaft Chiavenna, wo er sich von den drei Bünden zum Lohne seines Verrats an Herzog Heinrich die ganze Zivil- und Militärgewalt unumschränkt übertragen ließ, gewirtschaftet wie ein ausschweifender Nero und einen mehr als fürstlichen Hofhalt geführt. Ich könnte Euch manches davon erzählen, denn ich verzeichne seine Taten allwöchentlich mit dem scharfen Griffel der Klio, dessen Spitze ich übrigens zu niemandes Gunsten abstumpfen würde, nicht einmal zugunsten eines Sohnes oder – Schwiegersohnes«, schloß Herr Fortunatus mit trübem Lächeln.

»Gott genade uns, welch ein Unwetter!« rief Fräulein Amantia, unter diesem Schreckensruf ein zartes Erröten verbergend, und wirklich hatte sich der Sturm draußen verdoppelt und seine Stöße, welche die Gitterverzierungen am Fenster wegzureißen drohten, ließen das feste Haus erbeben und die Gläser auf der Tafel leise klingen. Es öffnete sich die Tür, eine erschrockene Magd erschien und berichtete, der alte Glockenturm zu

Sankt Luzi sei, nachdem man ihn einige Male habe schwanken sehen, in dem Unwetter krachend zusammengestürzt, gerade als der Oberst Jenatsch mit seinem Gefolge durch das Tor eingeritten.

»Das ist nicht ohne Bedeutung«, sagte ernst Herr Fortunatus, während die Männer ans Fenster traten. »Wir wissen aus Tito Livio und haben auch hier die Erfahrung öfter gemacht, daß die Natur mit der Geschichte in geheimem Zusammenhange steht, große Begebenheiten vorausfühlt und mit ihren Schrecknissen ankündigt und begleitet.«

Unter andern Umständen hätte wohl der Bürgermeister diese abergläubische Bemerkung mit einem feinen Lächeln beantwortet, diesmal aber konnte er sich eines peinlichen Eindrucks nicht erwehren. Das Zusammenstürzen des Luzienturmes erinnerte ihn an die dem Veltlinermord vorhergehenden Tage seines Aufenthaltes in Berbenn, an die damaligen Zeichen und Wunder und an den blutigen Tod der schönen Lucia.

Der Sturm schien sich ausgetobt zu haben, aber die Luft war feucht und schwer, und dunkle Wolken hingen tief herab. Die Gasse hatte sich mit geringem Volke von zerzaustem und verstörtem Aussehen gefüllt. Jetzt sprengte ein Reiter um die Ecke in juwelenglänzender, roter Tracht und wehendem Mantel, den Hut mit den flatternden Federn fest in die Stirn gedrückt. Es war Jürg Jenatsch, der seinen unruhigen Rappen hart vor dem Sprecherschen Hause bändigte und sich nach seinem Ehrengeleit umsah, das, vom Sturme aufgehalten, eine Straßenlänge hinter dem Voranjagenden zurückgeblieben war.

Waser konnte seinen Blick von der Erscheinung des Jugendfreundes nicht verwenden. Er hing wie gebannt an dem starren Ausdrucke des metallbraunen Angesichts. Auf den großen Zügen lag gleichgültiger Trotz, der nach Himmel und Hölle, nach Tod und Gericht nichts mehr fragte. Das Auge blickte fremd über den erreichten Triumph hinweg – welches unbekannte Ziel ergreifend? . . . Und wieder tauchte dem Bürgermeister eine alte Erinnerung auf: der Brand von Berbenn. Er sah Jürg, die schöne Leiche in den Armen, mit jenem aus Glut und Kälte gemischten Ausdrucke, den er nie hatte vergessen können. Wie kommt es, fragte er sich, daß Jürg heute auf dem Gipfel des Ruhmes gerade so dreinschaut, wie damals in der Tiefe des Elends?

»Seht einmal«, flüsterte Sprecher, durch die gleichgültige Haltung des ihn nicht beachtenden Reiters gereizt, »der Abtrünnige trägt die Ordenskette St. Jakobi von Compostella!«

Waser antwortete nicht, denn ihm zu Häupten ertönte – eine Seltenheit zu Anfang des Frühjahrs – dumpfes Donnerrollen, und jäh zerriß ein falber Blitz die niederhangenden Wolken.

»Der Strahl des Gerichts!« murmelte Sprecher erbleichend.

Auch Waser glaubte, Feuer vom Himmel habe den Trotzigen getroffen; aber als seine geblendeten Augen wieder aufblickten, saß Jenatsch unbewegt auf dem sich bäumenden, stampfenden Rappen. Er zwang sein Tier mit fester Hand. Er allein schien Blitz und Donner nicht bemerkt zu haben.

Waser verweilte nicht mehr lange. Es drängte ihn, Jürg aufzusuchen, um den peinigenden Eindruck, den dieser aus der Ferne auf ihn gemacht, durch ein paar freundschaftliche Worte von Mund zu Munde zu brechen. Dies gedachte er noch vor der feierlichen Ratssitzung zu tun. Sprechers Stimmung gegen Jenatsch konnte, war seine Befürchtung, in Bünden eine verbreitete sein. Ich will ihn beschwören, sagte sich Waser, daß er sich bescheide und, nachdem er das Friedensdokument dem Rate übergeben und so den Höhepunkt seiner ruhmvollen Bahn erreicht hat, sich eine Weile zurückziehe, um den Neid der Götter und der Menschen nicht zu reizen. Er möge, wollte Waser ihm andeuten, seine

kriegerische Laufbahn im Auslande fortsetzen oder den Versuch machen, ob es ihm gelinge, durch Begründung eines häuslichen Herdes auf seinen Gütern in Davos seine unruhige Seele auf stillere Wege zu führen.
Von Herrn Fortunatus unter die Hauspforte geleitet, hatte sich Waser bei diesem erkundigt, wo Jenatsch absteige, und der Ritter in bitterm Ton geantwortet: »Wie könnt Ihr fragen, verehrter Freund? Natürlich im bischöflichen Hof.«

Als der Bürgermeister von einem Diener geleitet durch die hallenden Gänge der bischöflichen Residenz schritt, tönte ihm durch eine Türe zur Rechten die wohlbekannte Stimme seines Freundes in heftiger Erregung entgegen. Sie war im Zwiegespräch, um nicht zu sagen im Wortwechsel, mit einer andern, etwas fetten und schwerfälligen. Er wurde von dem bischöflichen Kammerdiener in ein gegenüberliegendes Zimmer geführt, und dieser ging, ihn anzumelden. Die fernen Stimmen wurden unhörbar, kurz darauf aber wurde eine Tür im Gange aufgerissen. Es war Jenatsch, der Urlaub nahm.
»Macht Euch keine Rechnung darauf, Gnaden«, hörte Waser ihn auf dem Gange draußen mit heiserer, fast schreiender Stimme zurückreden. »Daraus wird nichts! Ich will keine hergestellten Klöster im Lande! Ich dulde keine geistlichen Übergriffe!«
»An diesem Eurem Ehrentage, Herr Oberst«, beruhigte man von innen mit salbungsvollem Tone, »will ich Euch mit unsern bescheidenen Wünschen nicht belästigen, bin ich doch gewiß, daß unsere kleinen Meinungsverschiedenheiten sich mit der Zeit von selbst ausgleichen werden, jetzt, da Ihr im Glauben wiedergeboren und aus einem Saulus ein Paulus geworden seid.« –

Die Zimmertür flog auf und Jürg schritt seinem Jugendfreunde mit ausgebreiteten Armen entgegen. Er faßte ihn an beiden Schultern: »Auch einer, der sein Ziel erreicht hat!« sagte er mit dem alten, fröhlichen Lachen. »Ich gratuliere, Herr Bürgermeister!«

»Es ist mir eine besondere Freude«, erwiderte Waser, »daß ich, kaum mit meiner neuen Würde bekleidet, von meinen gnädigen Herren zu deinem Triumphe nach Chur abgeordnet bin. Du hast, ich muß es dir sagen, das Unerhörte getan, und das Unmögliche erreicht.«

»Wenn du wüßtest, Heini, um welchen Preis und mit welchen Verrenkungen meines Wesens! Noch in den letzten Augenblicken wollten sie meine Heimat um das von mir Erraffte betrügen. – Da habe ich die letzte Karte ausgespielt – eine schmutzige Karte . . . puh! Aber ich drängte vorwärts, vorwärts, damit der Fieberschauer meines Lebens nicht ohne Frucht bleibe, nicht umsonst sei. Nun bin ich am Ziele, und gern möcht' ich sagen: Ich bin müde! wäre nicht ein Dämon in mich gefahren, der mich vorwärts ins Unbekannte, ins Leere peitscht.«

»Mit jenem letzten unsaubern Mittel«, sagte Waser bang und nur an einem Gedanken haftend, »meinst du doch nicht den Abfall von unserm helvetisch-reformierten Glauben zum Papismus? . . . das wird nicht, kann nicht sein!«

»Und ist es«, rief der andere mit frevler Heiterkeit, »so hab ich eine Fratze gegen eine Fratze getauscht!«

»Du hast in Zürich Gottesgelahrtheit studiert . . .« sagte Waser erschüttert, wandte sich ab und bedeckte das Angesicht mit beiden Händen. Schwere Tränen rannen durch seine Finger.

Da schlug Jenatsch den Arm um ihn und sagte in einem zornmütigen Humor: »Flenne mir nicht wie ein Weib, Bürgermeister! Was ist denn da Besonderes? Da habe ich ganz andere Dinge auf meinem soliden Gewissen!« . . . Dann plötzlich den Ton wechselnd, fragte er dringend: »Was habt Ihr denn in Zürich für Bericht von der bei Rheinfelden von Herzog Bernhard den Kaiserlichen gelieferten Schlacht? Ich weiß noch nichts Näheres«, fügte er bei, »in Thusis hieß es, Rohan sei leicht verwundet.«

Waser versetzte mit unsicherer Stimme: »Sein Zustand war gefährlicher, als man anfangs glaubte ...« hier hielt er inne.

»Heraus mit der Sprache, Heinrich«, rief Jenatsch rauh, »er ist gestorben?« Und es ging wie ein grauer Todesschatten über sein Antlitz.

In diesem Augenblicke ertönte – Herrn Waser sehr unwillkommen, der noch gern seinen Freund gewarnt und sein eigenes Gemüt in ruhigem Gespräch mit ihm erleichtert hätte – die Glocke, welche die beiden auf das Rathaus rief.

Jenatsch ergriff die Rolle, welche Bündens Rettung enthielt, hob sie gegen Waser empor und rief: »Teuer erkauft!«

LETZTES KAPITEL

Auf dem Rathause zu Chur wurden nach dem Schlusse der feierlichen Sitzung, in welcher Georg Jenatsch das Friedensdokument überreicht hatte, Vorbereitungen zu einem glänzenden Feste getroffen, mit dem ihn die Stadt am Abende desselben Tages ehren wollte. Es war Fastnachtszeit, und die Churerinnen freuten sich auf den fröhlichen Anlaß; der Winter war den durch die Geselligkeit der frühern Jahre Verwöhnten allzu still und ernsthaft vergangen, sie hatten die erfindungsreiche Galanterie der französischen Edelleute vermißt, die allwöchentlich aus der nahen Rheinfestung nach Chur zu eilen pflegten. Heute sollte das Versäumte nachgeholt werden. Die Väter der Stadt hatten sich nicht geweigert, die weite, bequeme Halle, wo sie zur

Sommerszeit das Heil des Landes berieten, dem wirbelnden Reigen und der Maskenfreiheit aufzutun und in den beiden zur Rechten und zur Linken auf diesen Saal sich öffnenden Sitzungszimmern die Schenktische rüsten zu lassen.

Das eine dieser Nebengemächer, vor dessen Eingang die schmale, vom Hausflur auf den weiten Saal führende Wendeltreppe ausmündete, war die Kammer der Justitia, deren aus Holz geschnitztes, buntbemaltes Bildnis, auf einem phantastischen Sitze von Hirschgeweihen thronend, an drei Ketten von der Decke herunterhing. Unter dem Bilde stand ein hoher Holzbock und auf diesem der beleibte Festwirt, der das mächtige Geweih geschäftig mit Wachskerzen besteckte. Während seine Hände sich beeilten, ging auch seine Zunge nicht müßig. Sie ließ gewichtige Worte fallen in einen Kreis junger Leute, welche das seidene geschlitzte Festwams mit dem breit ausgelegten Spitzenkragen, das reichbebänderte Beinkleid und die verwegensten Schuhrosetten zur Schau trugen, dabei schon den Becher handhabten, um, wie sie sagten, die Festweine zu prüfen, und die Aussprüche des Redseligen lustig auffingen, ihn zu immer neuen Mitteilungen ermunternd.

»Also, Vater Fausch«, lachte ein flotter Geselle, »Ihr seid es, der das Genie des Obersten aus den Windeln gewickelt hat, wodurch Ihr, ich will nicht sagen die kleine, aber die verborgene Ursache großer Dinge geworden seid! Gesteht, Ihr habt ihm auch seinen Plan eingehaucht, der eines Niccolò Machiavelli würdig ist! Warum aber habt Ihr die Hauptrolle darin nicht selbst übernommen?«

»Daß es probat sei, Frankreich gegen Hispanien und Hispanien gegen Frankreich zu hetzen«, versetzte der Kleine, eine Kerze in der Hand, von seiner Höhe herunter, »und dann den Kopf leise aus der Schlinge zu ziehn, das mag ich Jürg in vertraulichen Stunden wohl angedeutet haben zur Zeit, als wir in der schönen Stadt

Venezia zusammentrafen. Selbst aber das Geschäft übernehmen konnte ich nicht, wenn ich nicht dem herben Weine meiner Denkungsart einen unechten Beisatz geben und meine demokratische Vergangenheit beschämen wollte. Nie sah Bünden einen ehrenvollern Tag als jenen großen, da ich die französische Ambassade über die Grenze wies.« Und Fausch machte eine gebieterische Gebärde mit seiner Wachskerze.

»Bekannt! Bekannt wie die Schöpfungsgeschichte!« scholl es aus allen Ecken. »Etwas anderes, Vater Lorenz! – Erzählt uns lieber, wie Ihr, ein hartgesottener Ketzer, Kellermeister bei seiner bischöflichen Gnaden geworden seid.«

»Gern, meine Herren«, versetzte Fausch, »es ist in unsern Zeiten eine lehrreiche Geschichte.

Als seine Gnaden für ihren weltberühmten bischöflichen Keller einen Mann nach ihrem Herzen, ausgerüstet mit den erforderlichen Kenntnissen und Tugenden suchten, schrieben sie mir nach Venedig, an meiner ihnen wohlbekannten Person sei nur eines, das sie störe – die Verschiedenheit des Glaubens. Sie meinten, ihr Malanser würde ihnen nicht schmecken, wenn ihr Kellermeister und Mundschenk die bestimmte Aussicht hätte, dereinst in der Flamme ewigen Durst zu leiden, und drangen heftig in mich, zum Besten ihres Kellers und meiner Seele die protestantischen Ketzereien abzutun. Lorenz Fausch aber, meine Herren, blieb fest und gelangte doch ans Ziel. Die Unterhandlung schloß damit, daß Gnaden einsahen, ein Apostat wäre nicht der Mann, ihnen reinen Wein einzuschenken.«

Fausch verstummte, denn eben war ein junges Ratsglied zu der Gruppe getreten und erzählte mit Lebhaftigkeit, wie stolz der Oberst dem Bürgermeister Meyer die Urkunde überreicht und in wie wohlgesetzten Worten das zürcherische Standeshaupt den Glückwunsch seiner Vaterstadt zu Bündens glorreicher und wunderbarer Wiederherstellung vorgebracht habe.

»Der Heini Waser hat gleichfalls mit mir auf derselben Schulbank geschwitzt«, rief Meister Lorenz von seinem Holzbock herunter. »Auch ein Pfiffikus! Aber mit unserm Jenatio verglichen, ein Ingenium zweiten Ranges. Wenn mein Jürg mir nur nicht hoffärtig wird! – Ich will heute abend die Maskenfreiheit benützen, um ihm sein erstes geringes Kleid, den Pfarrock, und die unterste Staffel seines Ruhms, die arme Kanzel, in heilsame Erinnerung zu bringen. Gebt mir auf den Spaß wohl acht, ihr Herren! Ich schleiche als Küster hinter ihm her und spreche ihn um den Liedervers zu seiner Predigt an, so wahr ich Lorenz Fausch heiße.«

Unterdessen hatten sich alle Lichter entzündet, und der Saal begann sich zu füllen. In den Nischen der breiten Fenster flüsterten junge Damen und verzeichneten auf ihren Fächern die Tänze, welche sie den vor ihnen stehenden Kavalieren versprochen. Allmählich erschienen auch die Standespersonen, voran der Amtsbürgermeister Meyer mit seiner vornehm blickenden Gemahlin, welche den runden Hals und die vollen Arme mit Perlenschnüren umwunden, in einem golddurchwirkten Schleppkleide neben dem stattlichsten der Gatten einherschritt. Bald nach ihnen betrat den Saal der Ritter Doktor Fortunatus Sprecher, den alles sich wunderte hier zu erblicken. Auch war sein Antlitz trüb und unfestlich. Der allen rauschenden Vergnügungen abholde Doktor hatte wohl sich heute Gewalt angetan, um seines zürcherischen Freundes und Gastes willen, den er auch damit ehrte, daß er durch ihn sein liebliches Töchterlein aufführen ließ. Die Sprecherin sah in ihrem weißen Seidenkleide und dem vorn von einer Blume aus Edelgestein zusammengehaltenen Florwölklein um Nacken und Schultern an der Hand des ehren- und tugendfesten Bürgermeisters glücklich und verschämt aus, fast wie eine züchtige Braut.

Während Herr Waser sie unter ihre Freundinnen führte,

welche dem Treppenaufgang und der Kammer der Justitia gegenüber am andern Ende des Saales jugendliche Gruppen bildeten, klangen die Stufen von Männertritten, und Jenatsch betrat mit einem zahlreichen Gefolge seiner Offiziere die Tanzhalle. Sein gewaltiger Körperbau und sein feuriges Antlitz machten ihn noch immer zum Mächtigsten und Schönsten unter allen.

Noch stand er von vielen Seiten begrüßt neben dem Bürgermeister Meyer und seiner Gemahlin in der Mitte des Saales, als zu nicht geringem Schrecken dieser Magistratsperson der Doktor Sprecher mit einer Totengräbermiene sich unfern von ihnen unter den Kronleuchter stellte und, mit einer Bewegung der Rechten Schweigen verlangend, also zu reden anhub:

»Manche von euch fragen mich, werte Mitbürger, was diese Trauer meines Angesichts bedeute, die ich vergeblich um des heutigen Ehrenfestes willen unter der Maske der Heiterkeit zu verbergen trachte. Wollet es mir verzeihen, wenn ich ein großes Leid, das mir widerfahren ist, nicht länger verheimliche, weil ich überzeugt bin, daß es in vollstem Maße auch das eurige ist, und wollet es den Boten nicht entgelten lassen, der eure Freude in Trauer verwandeln muß.

Unser hoher Gönner und treuester Freund, der Herzog Heinrich Rohan, hat das Zeitliche gesegnet.«

Hier wanderte Sprechers Blick durch die erst lautlos schweigende und jetzt bei seinem letzten Worte bestürzte Gesellschaft. »Ein Flugblatt mit dem Berichte seines Endes ist eben in meine Hände gekommen. Wollt ihr die traurige Zeitung anhören?« fragte er, ein bedrucktes Papier aus der Brusttasche ziehend.

»Leset, leset!« ertönte es von allen Seiten.

Sprecher trocknete sich die Augen und begann:

»Allen evangelischen Herren, Städten und Landschaften deutscher Nation geschieht hiermit Kunde, daß Herzog Bernhard von Weimar bei Schloß und Stadt Rheinfelden eine glänzende Viktoria über die Kaiserlichen erfochten hat. In dieser Feldschlacht, die zwei Tage dauerte, wurde der in der Tracht eines gemeinen Reiters in unsern Reihen mitfechtende Herzog Heinz Rohan von dem Feinde nach tapferer Gegenwehr und erlittener Verwundung zum Gefangenen gemacht; am zweiten Tage aber bei erneuertem Angriffe von dem Hauptmann Rudolf Wertmüller und seinem Reiterfähnlein mit fürtrefflicher Tapferkeit herausgehauen und im Triumphe ins Lager zurückgeführt. Herzog Bernhard ließ ihn in sein Zelt bringen, allwo die Wunde untersucht und ungefährlich, der edle Herr aber sehr schwach befunden wurde. Herr Bernhard wich nicht von seiner Seiten. Am fünften Tage danach, als es mit Herzog Heinz zum Sterben gehen sollte, verlangte er nach einem geistlichen deutschen Lied, wie er solche im Heer sonderlich gern hatte singen hören. Da versammelten sich wohl hundert Mann aus dem Lager, Reiter und Fußvolk, alle wohl geübt und erfahren in dieser fröhlichen Kunst, vor dem Gezelt des Herzogs und sangen ihm ein neu geistlich Lied, das unlängst in das Lager gekommen war und bald große Gunst gefunden hatte. Nach dem Gesätzlein:

Wohl dir, du Kind der Treue!
Du hast und trägst davon
Mit Ruhm und Dankgeschreie
Den Sieg und Ehrenkron' . . .

tat sich sachte das Gezelt auf, und man winkete, daß der Herr selig verschieden sei. Als die Ärzte ihn öffneten, um ihn einzubalsamieren, fanden sie das Herz von Kümmernis gänzlich zerstöret. So fuhr dahin in Ehren der edle Herzog Heinz aus Welschland. Wenn einst, wie wir alle unverrücket hoffen, das deutsche Reich erneuert wird in evangelischer Freiheit und großer Gloria, so wird man auch dieses gottesfürchtigen welschen Herzogs gedenken, dieweil er glaubenshalber aus seinem Vaterlande gewichen und, nachdem er sich seiner hohen Ehren demütiglich abgetan, im evangelischen deutschen Heere einen frommen Reiterstod gestorben ist. Amen.«

Tiefe Bewegung hatte sich der ganzen Versammlung bemächtigt, es bildeten sich leise redende Gruppen. Wie damals, da der Herzog am Tore von Chur Abschied nahm, stand Jenatsch eine Weile allein mit verfinstertem Antlitz.

Da trat der Bürgermeister Meyer auf ihn zu und redete ihn herzlich und ehrerbietig an: »Wir Churer glauben Eurer Genehmigung gewiß zu sein, Herr Oberst, wenn wir Euch vorschlagen, das Euch gebotene Dank- und Ehrenfest auf einen spätern Tag zu verlegen. Habt Ihr doch selbst besser als jeder andere das unserm Lande wohlgewogene Gemüt des guten Herzogs gekannt und müßte es Euch doch selber schmerzen, wenn wir seinen Tod bei Fackelschein und Reigentanz mit hartem Herzen zu feiern den Anschein hätten.«

Der Oberst schwieg und ließ seine dunkeln Blicke verächtlich über die undankbare Menge schweifen, die über einen Verschollenen und Toten die Gegenwart ihres Retters vergaß.

An dem obern Ende des Saales wurden die Lichter schon ausgelöscht, und die geschmückten Frauen ließen sich von ihren Kavalieren zur Treppe geleiten. Herr Sprecher hatte, einer der ersten, das Rathaus verlassen. Besorglich legte sich eine Hand auf den Arm des Obersten, und als er verstimmt sich umwandte, sah er in das fragende Gesicht des zürcherischen Bürgermeisters, der die in Tränen aufgelöste Amantia wegführte.

»Ich muß mit dir reden! Heute noch, Jürg! Bleibst du hier?« flüsterte Waser, und als Jenatsch ihm leicht zunickte: »So komm ich wieder.«

Jetzt reckte sich der Oberst zu seiner ganzen Höhe empor und sagte, das Haupt trotzig zurückwerfend, zu dem noch seiner Antwort harrenden Meyer, doch so, daß seine bebende Stimme durch den ganzen Saal klang:

»Ich will mein Fest, Bürgermeister. Geht oder bleibt nach Eurem Belieben!« –

Verwirrung füllte den Saal, unheimliche Dämmerung hatte sich zu verbreiten begonnen, in deren Schutz die meisten angesehenen Churer und fast alle Frauen sich unbemerkt entfernt hatten. Doch auf des Obersten herrisches Wort entzündeten sich die Lichter von neuem und beleuchteten den beginnenden Reigen. Aber die Gäste waren andere geworden, und die Feier schien sich in eine wilde Lustbarkeit verwandeln zu wollen.
Bevor Waser die Treppe erreichte, war sein Auge an einer großen Frauengestalt in dunkler venezianischer Tracht haftengeblieben, die dem Strome der forteilenden, den Stufen zudrängenden Churerinnen allein entgegenschritt. Es war etwas in der eigentümlichen Haltung dieses edelgeformten Hauptes, in der traurigen Glut dieser durch die samtene Halbmaske blickenden, suchenden Augen, das ihn seltsam schaurig berührte.
Er sah ihr nach, wie sie, das Gewühl der Tanzenden meidend, die Kammer der Justitia betrat. Diese hohe, reiche Gestalt kannte er nicht, aber sie mußte auch Jenatsch aufgefallen sein, denn der Oberst richtete sogleich seinen Gang nach derselben Schwelle. Ob er sie überschritt, das sah Waser nicht mehr, das Gedränge auf der Treppe wurde jetzt so groß, daß der Bürgermeister seiner ganzen Würde und Vorsicht bedurfte, um die verwirrte Amantia ungefährdet durch den Engpaß zu bringen. Es war ein toller Maskenzug, der die Treppe hinaufstürmte, wilde Gesellen unter der Führung einer kolossalen Bärin, der ein großes Schild mit den Wappen der drei Bünde an einer Kette um den zottigen Hals hing.
Sobald Waser die heimgeleitete Amantia einer alten Dienerin übergeben hatte, eilte er wieder nach dem Rathause zurück, ohne nach dem Doktor zu fragen,

dem er es nicht leicht verzieh, daß er das unschuldige Flugblatt in so feindseliger und hinterlistiger Weise zur Beleidigung des Obersten ausgebeutet hatte.
Schon von fern sah er vor dem Staatsgebäude ein unsicher beleuchtetes, verworrenes Gewühl, und es ward ihm schwer, bis zur Hauspforte vorzudringen. Die gleichen Masken, denen er vor einer halben Stunde auf der Treppe begegnet war, entstürzten jetzt dem Hausflur in wilder Hast. Inmitten des an die dreißig Vermummte zählenden Haufens glaubte er plötzlich im Scheine einer sprühenden Fackel die ungeheure Bärin zu erblicken, die zerzaust und blutig mit einer über die Schultern gelegten Puppe oder Leiche davonschritt. Waser hatte die Türe erreicht. Er warf einen Blick auf die Wendeltreppe, sie füllte sich eben wieder mit taumelnden Gästen, die wirr durcheinander schrien und hastig davoneilten.
Oben verstummte mit abgerissenen Tönen die Musik.
Jetzt gewahrte Waser hart neben sich einen untersetzten Franziskanermönch, dessen von der Kapuze beschattetes Augenpaar er forschend auf sich gerichtet fühlte. Eine Maske war das nicht. Der Mönch warf seine regentriefende Kapuze zurück, und Waser erkannte das nüchterne, geisteskräftige Gesicht des Paters Pankraz und seine klug blitzenden Augen. Die beiden Männer schüttelten sich die Hände.
»Tun wir uns zusammen, Herr Bürgermeister«, sagte der Pater leis, aber eindringlich. »Welt und Kirche, Ehrenkette und Kuttenstrick im Bunde werden durch den tollsten Spuk dringen! Ich lese auf Eurem Gesicht, daß Ihr wie ich in Sorge seid um den Obersten. Etwas ist droben vorgefallen. Was sie dort fortschleppten – ich habe das niederhangende Haupt scharf angesehen –, war der tote oder ohnmächtige Rudolf Planta. Um den ist's kein Schade, und an der Fastnacht sind blutige Köpfe nichts Besonderes, aber gut ist's doch, wenn wir hinaufkommen!«

Bei diesen Worten schob er den Bürgermeister in eine gesicherte Ecke und stellte sich vor ihn, denn ein paar trunkene Offiziere stürzten sich eben, mit den Degen fuchtelnd, in die Menge hinunter.

Der Pater verschwieg seine Hauptsorge – Lukretia. Er war, durch das Unwetter verspätet, vor einer Stunde erst in Chur angelangt, hatte die alte Gräfin Travers, die, hinfällig wie sie war, sich frühzeitig zur Ruhe gelegt hatte, zwar nicht gesehn, aber von der Dienerschaft erfahren, das Fräulein sei noch vor Mittag angelangt, habe ihrer Muhme Gesellschaft geleistet und sich dann, wie sie zuweilen zu tun pflegte, in ein für ihren Besuch immer bereit gehaltenes Gemach zurückgezogen, um sich umzukleiden. Erst vor kurzem habe sie, in ein weites Übergewand gehüllt, das Haus wieder verlassen. Ihr Knecht, der Sohn des Riedberger Kastellans, sei ihr auf diesem Gange mit der Fackel vorangeschritten. Wohin sie sich habe geleiten lassen, wußte niemand zu sagen.
Pankratius hatte aus dem Berichte der Dienstleute zu Riedberg Verdacht geschöpft, der junge Planta, den er für einen Feigling hielt, möchte in Bünden beherztere Genossen gefunden haben. Er fürchtete, der Neid der mächtigen Familien, die Georg Jenatsch beleidigt hatte, könnte, durch seinen letzten größten Erfolg aufgestachelt, in mörderische Gewalttat ausbrechen. Damit mußte Lukretias Verschwinden zusammenhangen, denn bei ihrer Gemütsart zweifelte er nicht, daß sie als Mitschuldige oder als Warnerin in das Unheil verflochten sei. Dieses aber schwebte über dem Haupte des Obersten – als die eine oder die andere war sie in seine Nähe gebannt, und er eilte, sie dort zu suchen.

Und Lukretia war es gewesen, deren ernste, feierliche Gestalt dem zürcherischen Bürgermeister in der Verwirrung des Aufbruchs im Saale begegnet und deren

Schritten Jenatsch mit aufglühender Freude in die Kammer der Justitia gefolgt war.
»Willkommen, Lukretia!« rief Georg der sich nach ihm Umwendenden entgegen, »ich danke dir, daß du an meinem Feste nicht fehlst. Du bringst mir die Freude! Die Welt ist mir schal geworden, ihre Beuten und Ehren sind mir ein Ekel! Gib mir meine junge, frische Seele wieder! Sie ging mir längst verloren – sie blieb bei dir. Gib mir sie mit deinem treuen Herzen! Du hast sie darin aufbewahrt!« Er umfaßte sie mit beiden Armen und drückte ihr Haupt, dem die Maske entfiel, an seine Brust.
»Hüte dich, hüte dich, Jürg!« flüsterte sie, seiner Umschlingung widerstrebend, und erhob zu ihm Augen voll unendlicher Angst und Liebe.
Er mißverstand sie. »Ich weiß es schon«, rief er, »auf Riedberg wird keine Hochzeit gefeiert! Kehre niemals dorthin zurück! Du bleibst bei mir auf ewig! Wir verreiten noch heute nach Davos! – Jetzt aber zum Reigen!« –
Im Saale erklang eine rauschende wilde Tanzweise. Jenatsch löste seinen Degengurt, warf die Waffe auf einen Sitz und umfaßte Lukretia fester. Ihre Augen hafteten starr an der Tür, wo, hereinblickend, verlarvte Gestalten sich drängten. Sie hatte die scharfe, widrige Stimme Rudolfs vernommen.
Jetzt stellte sich eine kleine Ungestalt im langen schwarzen Rocke eines Küsters mit lächerlichen Bücklingen vor den Obersten. Die Schiefertafel in der einen, ein Stück Kreide in der andern Hand, fragte sie näselnd: »Welchen Psalm oder Liedervers belieben der Herr Pfarrer von Scharans heute vor der Predigt singen zu lassen?«
Jenatsch erkannte sogleich das große Haupt und die kurzen ehrlichen Finger des Kellermeisters Fausch. »Ei, du bist zu fett für eine Kirchenmaus!« rief er ihm zu, »doch mein Verslein sollst du haben:

Selig lebt und freudig stirbt
Wen die Lieb' umfangen! ...

Das laß mir singen.« –

Der Kellermeister warf einen listig beobachtenden Blick auf die sich umschlungen Haltenden und drückte seine dicke Person, als wollte er sie von seiner Gegenwart befreien, so rasch er konnte, durch die Masken an der Türe in den Saal hinaus, wo die Paare, vom Rasen der Geigen und Pauken fortgerissen, immer schneller vorüberwirbelten. Fausch hatte nicht bemerkt, wie ängstlich Lukretia bestrebt war, ihm, Jenatsch mit sich fortziehend, auf dem Fuße zu folgen.

Schon war es zu spät. Das Zimmer füllte sich mit einem wilden Maskenhaufen, und es war eine Unmöglichkeit geworden, den umdrängten Ausgang zu gewinnen. Auch dachte Jenatsch nicht mehr daran. Er war versunken in die wunderbare, wie von zerstörenden innern Flammen beleuchtete Schönheit seiner Braut und führte sie, dem Maskenspiel in der Mitte des Gemaches Raum gebend, in eine Fensternische. Doch das den Zug anführende Bärenungeheuer mit den Wappen der drei Bünde auf der Brust schritt schwerfällig auf ihn zu, streckte, ihm auf den Leib rückend, die rechte Tatze aus und begann mit brummender Stimme: »Ich bin die Respublica der drei Bünde und begehre mit meinem Helden ein Tänzlein zu tun!«

»Das darf ich nicht ausschlagen, obgleich ich meine Dame ungern lasse«, erwiderte Jenatsch und reichte der Bärin, den Fuß wie zum Tanze hebend, bereitwillig die Rechte. Diese aber schlug die beiden Tatzen um die gebotene Hand und packte sie mit eiserner Mannesgewalt. Zugleich zog sich der Larvenkreis eng um den Festgehaltenen zusammen, und überall wurden Waffen bloß.

Lukretia drängte sich fest an die linke Seite des Umstellten, wie um ihn zu decken. Sie hatte ihm keine

Waffe zu bieten. Wieder traf die Stimme Rudolfs ihr Ohr. »Dies, Lukretia, für die Ehre der Planta«, flüsterte er dicht hinter ihr, und sie sah, mit halbgewandtem Haupte, wie seine feine spanische Klinge vorsichtig eine gefährliche Stelle zwischen den Schulterblättern Georgs suchte. Sie hatte sich von Jenatsch vorwärts ziehen lassen, denn dieser streckte sich, den ihn umschließenden Kreis seiner Mörder mitreißend, nach dem nahen Kredenztische aus und erreichte dort mit der freien Linken einen schweren ehernen Leuchter, dessen gewichtigen Fuß er gegen seine Angreifer schwang, die von vorn fallenden Hiebe parierend.

Da schmetterte ein Axtschlag neben ihr nieder. Sie erblickte ihren treuen Lukas, ohne Maske und barhaupt, der von hinten vordringend, ein altes Beil zum zweiten Male auf Rudolfs bleiches Haupt fallen ließ und ihn anschrie: »Weg, Schurke! Das ist nicht deines Amtes!« Dann warf er den Sterbenden auf die Seite, drückte Lukretia weg und stand mit erhobener Axt vor Jenatsch. Der Starke, der schon aus vielen Wunden blutete, schlug mit wuchtiger Faust seinen Leuchter blindlings auf das graue Haupt. Lautlos sank der alte Knecht auf Lukretias Füße. Sie neigte sich zu ihm nieder, und er gab ihr mit brechendem Blicke das blutige Beil in die Hand. Es war die Axt, die einst den Herrn Pompejus erschlagen hatte. In Verzweiflung richtete sie sich auf, sah Jürg schwanken, von gedungenen Mördern umstellt, von meuchlerischen Waffen umzuckt und verwundet, rings und rettungslos umstellt. Jetzt, in traumhaftem Entschlusse, hob sie mit beiden Händen die ihr vererbte Waffe und traf mit ganzer Kraft das teure Haupt. Jürgs Arme sanken, er blickte die hoch vor ihm Stehende mit voller Liebe an, ein düsterer Triumph flog über seine Züge, dann stürzte er schwer zusammen.

Als Lukretia ihrer Sinne wieder mächtig wurde, kniete sie neben der Leiche, das Haupt des Erschlagenen lag in ihrem Schoße. Das Gemach war leer. Um die über ihr schwebende Gestalt der Justitia waren die Lichter heruntergebrannt und das Wachs fiel ihr in glühenden Tropfen auf Hals und Stirn. Neben ihr stand Pankraz und legte die Hand auf ihre Schulter, während unter der Türe Fausch dem Bürgermeister Waser das Ereignis jammernd erzählte.

Willig wie ein Kind folgte sie dem Mönch, der sie von der Unglücksstätte wegführte. Waser aber übernahm die Leichenwache.

Nicht lange blieb er allein. Als das erste Entsetzen vorüber war und die Verwirrung der Gemüter sich löste, kamen die Häupter der Stadt eines nach dem anderen in die Totenkammer und klagten um Bündens größten Mann, seinen Befreier und Wiederhersteller.

Sie verzichteten darauf, die Urheber seines Todes, die ihnen als die Werkzeuge eines notwendigen Schicksals erschienen, vor Gericht zu ziehen. Keine neue Parteiung und Rache sollte aus seinem Blute entstehen – er hätte es selbst nicht gewollt. Aber sie beschlossen, ihn mit ungewöhnlichen, seinen Verdiensten um das Land angemessenen Ehren zu bestatten.

EDITORISCHE NOTIZ

Der Roman *Jürg Jenatsch* erschien ab Juli 1871 in Fortsetzungen unter dem Titel *Georg Jenatsch. Eine Geschichte aus der Zeit des Dreißigjährigen Krieges* in der Zeitschrift *Die Literatur.* C. F. Meyer überarbeitete ihn für die Buchausgabe noch einmal bis ins Detail; die lebenslange Zusammenarbeit zwischen C. F. Meyer und seiner Schwester Betsy war dabei so intensiv, daß sich nicht feststellen läßt, wie groß der Anteil der Schwester an der endgültigen Redaktion ist. Ende September 1876 erschien die erste Auflage bei Meyers Verleger H. Haessel in Leipzig. Für die bereits 1878 notwendig gewordene zweite Auflage brachte Meyer noch einmal Verbesserungen an, mit denen er unter anderem Kritiken und Anregungen von Felix Dahn und Paul Heyse Rechnung trug. Ab 1882 folgten unveränderte Neuauflagen mit dem Titel *Jürg Jenatsch.*

Der Text der vorliegenden Ausgabe folgt:

> Conrad Ferdinand Meyer: Werke. Erster Band. Textrevision von Friedrich Michael. Leipzig: Haessel, 1924.

Orthographie und Interpunktion wurden unter Wahrung des Lautstandes behutsam modernisiert.

Erinnern wir uns an die Erstarkung des französischen Königtums und der Schwächung des deutschen Kaisertums im Übergang vom Spätmittelalter zur frühen Neuzeit. Damals zeichnete sich als einer der politischen Grundkonflikte im westlichen Europa die Rivalität zwischen zwei Mächtesystemen ab, die vereinfachend als Frankreich und Deutschland bezeichnet seien. Die Namen dieser Staaten, ihre Dynastien und Regierungsformen änderten sich im Laufe der Jahrhunderte; was blieb, war die krisengeschüttelte Beziehung, die in regelmäßigen Zeitabständen auf kriegerische Auseinandersetzungen hinauslief. Im frühen 17. Jahrhundert bestand dieser Grundkonflikt in der Feindschaft zwischen den Dynastien der Bourbonen und der Habsburger.[1] Beide Häuser hatten seit Jahrhunderten die Herrscher im französischen Königreich bzw. im Heiligen Römischen Reich Deutscher Nation gestellt, beide verstanden sich als Verteidiger des christkatholischen Glaubens zur Zeit der Reformation, und beide beanspruchten die Dominanz auf dem Kontinent. An sich standen in der Zeit um 1600 die Karten gut für das Haus Habsburg. Dank seiner Heiratspolitik stellte es nicht nur in Wien, sondern auch in Madrid die Herrscher: So war Frankreich habsburgisch eingekreist: im Norden durch den spanisch regierten katholischen Teil der Niederlande, im Osten durch Deutschland, im Süden durch Spanien. Den großen französischen Befreiungsschlag suchte Heinrich IV. von Frankreich bereits 1610 auszuführen, als er den Jülich-Cleveschen Erbfolgestreit zum antihabsburgischen Krieg umfunktionieren wollte.[2] Das Attentat, dem er

1 Vgl. Johannes Burkhardt, *Der Dreißigjährige Krieg*, Frankfurt a. M. 1992, S. 30 ff.

2 Interessanterweise hat Heinrich Mann Henri IV. in seinem historischen Roman als Friedensfürsten und Einiger Europas hingestellt. Wahrscheinlich aber wäre der König in die Annalen der Geschichte als Auslöser des Dreißigjährigen Krieges und Zerstörer des Kontinents eingegangen, wenn ihn sein Tod nicht davor bewahrt hätte, 1610 militärisch in den Jülich-Cleveschen Erbfolgestreit einzugreifen. Vgl. Paul Michael Lützeler, »Neuer Humanismus: Das Europa-Thema in Exilromanen von Thomas und Heinrich Mann, Lion Feuchtwanger und Ste-

erlag, gab Europa eine Atempause, eine Pause, die man damals auf elf Jahre berechnete. 1621 nämlich lief der Waffenstillstand zwischen Spanien und den nördlichen, d. h. protestantischen Niederlanden ab. Spanien bereitete die Wiedereroberung dieser Provinz systematisch vor. Zum einen wäre die Eindämmung und Einkreisung Frankreichs damit vollendet gewesen, und zum anderen wären die zerrütteten spanischen Staatsfinanzen dadurch saniert worden. Machtpolitisch gesehen war dies eine relativ überschaubare Krisenlage. Kompliziert aber wurde die Situation durch die innerdeutschen politischen und religiösen Entwicklungen. Politisch gesehen hatte das Haus Habsburg mit der seit langem andauernden Emanzipation der deutschen Landesherren vom Kaiserhaus zu kämpfen, und die Reformation gab den Provinzfürsten dazu Legitimationen an die Hand, wie sie vor Luther undenkbar gewesen waren. Das Heilige Römische Reich Deutscher Nation war alles andere als ein geschlossener Machtblock, dem sich Frankreich gegenüber gesehen hätte. Das Haus Bourbon nutzte diese innerdeutsche Uneinigkeit und unterstützte außenpolitisch massiv die Sache der deutschen Protestanten. Anders als vorausgesagt, begann der seit langem erwartete europäische Krieg nicht in den Niederlanden, sondern – drei Jahre früher als vermutet – in Prag. Das protestantische Böhmen wollte sich ebenfalls der habsburgischen Herrschaft entledigen.

Die Schweizer Eidgenossenschaft hat nicht zuletzt deswegen so früh ihre Eigenständigkeit im Machtsystem des Heiligen Römischen Reiches Deutscher Nation behauptet, um sich damit aus dem Grundkonflikt zwischen Frankreich und Deutschland herauszuhalten. Auch im Dreißigjährigen Krieg gelang es der Eidgenossenschaft, sich dem Sog dieses Grundkonflikts zu entziehen.[3] Eine Alpenregion, die da-

fan Zweig«, in: ders., *Europäische Identität und Multikultur. Fallstudien zur deutschsprachigen Literatur seit der Romantik*, Tübingen 1997, S. 107–125.

3 Vgl. Edgar Bonjour, *Geschichte der schweizerischen Neutralität. Vier Jahrhunderte eidgenössischer Außenpolitik*, Basel 1967; Wolfgang von Wartburg, *Die europäische Dimension der Schweiz. Zur Geschichte der Schweiz und ihrer Stellung in Europa*, Schaffhausen 1996.

mals noch nicht zur Schweiz gehörte, wurde zwischen 1620 und 1638 unmittelbar in den bourbonisch-habsburgischen Kampf einbezogen. Dieser Landstrich war Graubünden – in den Urkunden der Zeit auch Frei-Rätien genannt. Graubünden war damals ein republikanisch organisierter Bundesstaat, der enge Beziehungen zur Eidgenossenschaft unterhielt. Frei-Rätien hatte in den Mailänder Feldzügen von 1512 das Veltlin erobert und sich damit gleichsam ein Danaergeschenk bereitet. Das Veltlin gehörte jahrhundertelang zur Lombardei bzw. zum Herzogtum Mailand und hatte sprachlich und kulturell seine italienische Orientierung beibehalten. Es war katholisch geblieben, als während der Reformation Graubünden protestantisch wurde. Die Versuche des Veltlins, sich der Graubündischen Herrschaft zu entledigen, waren zahlreich. Auf Dauer gelang diese Sezession erst (nach fast dreihundert Jahren) während der Napoleonischen Herrschaft. Im frühen 17. Jahrhundert gehörte das Herzogtum Mailand schon seit fast hundert Jahren zum spanisch-habsburgischen Machtbereich. Daß die Spanier danach strebten, das Veltlin ihrem Herzogtum Mailand wieder einzuverleiben, erklärte sich aus der geopolitischen Lage dieser Region. Denn das Veltlin war »der Angelpunkt des gesamten Habsburgerreiches« und gleichzeitig das schwächste Glied in der Kette seines Verteidigungssystems.[4] Nur über die Veltliner Alpenpässe konnten Truppen- und Geldtransporte von Norditalien an den Oberlauf des Rheins (in Richtung Spanische Niederlande) und an den Inn (für Österreich) gebracht werden. Venedig, die Schweizerische Eidgenossenschaft und Frankreich achteten eifersüchtig darauf, daß das Veltlin nicht an Mailand zurückfiel, und so blieb Spanien nichts anderes übrig, als von einer gewaltsamen Eroberung abzusehen. Statt dessen wurde im Veltlin bzw. in Graubünden allgemein eine »spanische Partei«, d. h. eine Gruppe einflußreicher Habsburg-Sympathisanten gegründet, die dafür sorgen sollte, daß dort nichts

4 C. V. Wedgwood, *Der Dreißigjährige Krieg*, aus dem Engl. von A. G. Girschick, München 1967, S. 28.

gegen die Interessen Spaniens und Österreichs geschehen werde. Daraufhin suchte auch Frankreich seinen Einfluß in Graubünden zu verstärken, und schon bald drohte der kleine alpine Bundesstaat ein Spielball der Dynastien Bourbon und Habsburg zu werden. Die Persönlichkeit, der es schließlich gelang, die Alpenregion dem Zugriff der verfeindeten Großmächte zu entziehen, war Georg Jenatsch.

Etwa 250 Jahre später erlebte der Kontinent mit dem deutsch-französischen Krieg von 1870/71 eine Neuauflage des alten europäischen Grundkonflikts. Wieder verstand es die Schweiz, Neutralität zwischen den beiden Parteien zu wahren. Auch in der Schweiz hatte der deutsche Sieg von 1871 Folgen. Einerseits fühlte sich die deutschsprachige Bevölkerung in ihrer doppelten kulturellen Loyalität bestärkt, andererseits jedoch wuchs das Mißtrauen vor einem preußisch geprägten deutschen Militärstaat und seinen eventuellen Expansionsabsichten. Im Werk von Conrad Ferdinand Meyer werden beide Tendenzen reflektiert.[5] Sein Gedichtzyklus *Huttens letzte Tage* von 1871 war unter dem Eindruck des deutschen Sieges geschrieben worden, war ein Bekenntnis zur deutsch-protestantischen Kultur, die nun in Deutschland erstmals durch einen Kaiser repräsentiert wurde. Aber die Ernüchterung über das wilhelminische Deutschland ließ auch bei Meyer nicht lange auf sich warten. In den späteren Ausgaben des Hutten-Zyklus tilgte er die allzu deutlichen Anspielungen auf die Neu-Etablierung des Kaiserreiches. Als 1876 sein historischer Roman *Jürg Jenatsch* erstmals erschien, war dessen zentrale Figur kein letzter deutscher Ritter, der vom einheitlichen Reich träumte, sondern ein Held aus der schweizerischen Geschichte. Die Hauptfigur dieses Romans verkörperte das außenpolitische Ideal der Eidgenossenschaft: die Behauptung der staatlichen Souveränität gegenüber den Groß-

5 Vgl. Rosemarie Zeller, »Schweizer Autoren und die Reichsgründung. Gottfried Keller und C. F. Meyer«, in: *Literatur und Nation. Die Gründung des Deutschen Reiches 1871 in der deutschsprachigen Literatur*, hrsg. von Klaus Amann und Karl Wagner, Wien/Köln/Weimar 1996, S. 461–477.

mächten Deutschland und Frankreich. Zudem war Jürg Jenatsch ein Held, dessen Taten bis zu einem gewissen Grad an den Tellschen Gründungsmythos der Schweiz erinnerten – ein deutlich anderer Geschichtsmythos als etwa die deutsche Kyffhäuser-Sage um Barbarossa, die durch die reichsdeutsch-wilhelminische Staatsideologie wiederbelebt worden war.

Meyers *Jürg Jenatsch* gehört zur Gattung des historischen Romans. Charakteristisch für den Geschichtsroman vom Typus Walter Scott ist der »mittlere Held« als zentrale Figur des Geschehens. Das hat Georg Lukács in seiner Studie über den historischen Roman zeigen können.[6] Die beliebtesten politischen Themen im Geschichtsroman des 19. Jahrhunderts sind Bürgerkriege, dynastische Machtkämpfe und nationale Konflikte.[7] Der mittlere Held trägt diese Bezeichnung vor allem deswegen, weil er eine Figur ist, die zwischen den gegnerischen Parteien steht und Beziehungen zu Vertretern beider Gruppen entwickelt. Folgt man der Analyse Georg Lukács', kommen in dieser Figur durch die Konfrontation mit den großen gesellschaftlichen Konflikten der Epoche jene heroischen Kräfte zum Durchbruch, die in friedlichen Zeiten nur als latent vorhandene Möglichkeiten in der Bevölkerung einer Nation oder Region schlummern. Im Verlauf des 19. Jahrhunderts verliert das Vorbild der Scottschen Waverley Novels mit der klassischen Ausprägung des einen mittleren Helden als zentraler Romanfigur

6 Georg Lukács, *Der historische Roman*, Berlin 1955. Daß der mittlere Held auch einer mittleren Gesellschaftsschicht, dem Bürgertum, entstammt, gilt nur für Scotts Waverley-Folge, nicht für seine Mittelalter-Romane. Vgl. dazu: Paul Michael Lützeler, »Georg Lukács and the Historical Novel of the Restoration Period«, in: *The Modern German Historical Novel*, hrsg. von David Roberts und Philip Thomson, New York / Oxford 1991, S. 35–48. Vgl. ferner Hugo Aust, *Der historische Roman*, Stuttgart 1994, S. 42 ff. Vgl. ferner: Hartmut Steinecke, *Romantheorie und Romankritik in Deutschland*, Stuttgart 1975; Hartmut Steinecke, *Romanpoetik von Goethe bis Thomas Mann*, München 1987.

7 Vgl. Paul Michael Lützeler, »Bürgerkrieg und Legitimität: Zum romantischen Geschichtsroman«, in: ders., *Klio oder Kalliope? Literatur und Geschichte*, Berlin 1997, S. 21–50.

an prägender Kraft. Mittlerer Held kann – wie in Victor Hugos *Notre Dame de Paris* – auch ein historisches Gebäude sein (dort eine Kathedrale). In Meyers *Jürg Jenatsch* gibt es den traditionellen mittleren Helden nicht mehr. Es kommen zwar Figuren vor, die zumindest vorübergehend zwischen den Parteien stehen (wie Waser[8], Meyer und Sprecher), aber keiner von ihnen realisiert und inkarniert jene heroischen Möglichkeiten eines Volkes, wie es beim klassischen mittleren Helden in der Konfrontation mit Krieg und Chaos der Fall ist. Diese Leistung ist der Titelfigur des Buches, Jürg Jenatsch, vorbehalten. Jenatsch wiederum kann deswegen nicht als mittlerer Held verstanden werden, weil er immer Partei ist, weil er nicht die typische Position zwischen den gegnerischen Lagern einnimmt.

Aber gibt es nicht eine Instanz in Meyers Roman, die beide Funktionen des klassischen mittleren Helden übernommen hat? Gibt es nicht eine Instanz, die auf beiden Seiten der Konfliktpartner gleichermaßen engagiert ist, und die einen Heroismus, ein Über-Sich-Hinauswachsen vor Augen führt, wie es für den klassischen mittleren Helden kennzeichnend ist? Mir scheint im *Jürg Jenatsch* nicht eine Person, sondern die geschichtliche Situation selbst, nämlich der Dreißigjährige Krieg, diese Instanz zu sein. Oder, um es präziser zu fassen: Der alle Parteien beeinflussende und außergewöhnliche Leistungen provozierende Agent ist jener bourbonisch-habsburgische Grundkonflikt, der zum Motor des Dreißigjährigen Krieges wurde, der seine Dynamik, Zuspitzung und Entscheidung samt Friedensschluß bestimmte. Der Krieg, wie er in Meyers Roman vorkommt, ist nichts Akzidentielles, kein bloßer Hintergrund, sondern die Kraft, die unmittelbar die Handlungen der Protagonisten bestimmt. Dabei geht es Meyer nicht um die Darstellung von kriegsentscheidenden Schlachten und Gefechten, sondern um die Vergegenwärtigung einer abstrakten Maxime,

8 Brandt versteht Waser im Sinne des Scottschen mittleren Helden. Vgl. Helmut Brandt, *Die großen Geschichtsdichtungen Conrad Ferdinand Meyers. Ihre historische und ästhetische Problematik*, Diss. Jena 1957, S. 89.

des überall wirksamen politischen Prinzips der Feindschaft zwischen Bourbon und Habsburg.
Die Konzentration auf die bourbonisch-habsburgische Rivalität war nicht lediglich das Ergebnis von Meyers Studien zum Dreißigjährigen Krieg bzw. zur Situation Graubündens im frühen 17. Jahrhundert. Sie hatte vielmehr zu tun mit dem Wiederaufflammen dieses Konflikts in Form des französisch-deutschen Krieges von 1870/71, wie der Autor ihn als zeitgenössischer Beobachter wahrgenommen hatte. Aus den Darstellungen zur Geschichte Graubündens[9] wußte Meyer, daß die Republik Venedig in den zwanziger Jahren des 17. Jahrhunderts eine maßgebliche Rolle in der rätischen Region gespielt hatte.[10] Bei Meyer aber wird der venezianische Einfluß heruntergespielt: Die Lagunenstadt kommt in erster Linie als Ort der Begegnung und des Bündnisses zwischen Jürg Jenatsch und dem französischen Herzog Rohan vor.
Bereits auf den ersten Seiten des Romans[11] wird die Verflechtung des regionalen Bürgerkriegs mit der europäischen religiös-politischen Konfliktsituation deutlich. Der protestantische Zürcher Amtsschreiber Heinrich Waser gibt seine Sympathien für »den Hof seiner böhmischen Majestät« in Prag zu erkennen. Sein katholischer Gesprächspartner Pompejus Planta ist der vertriebene Führer der spanisch-habsburgischen Partei in Graubünden. Planta sagt jenem »kläglichen König« in Prag (also dem sog. Winterkönig) ein baldiges »Ende [...] mit Schrecken und Schande« (8) voraus. Man schreibt das Jahr 1620, und gleichzeitig werden in Graubünden und Böhmen die Vertreter der habsburgischen Interessen entmachtet. Das ist keine zufällige Koinzidenz, sondern ein politisches Zeichen, das auf

9 Vgl. dazu den Abschnitt »Quellen« im Band 10 (*Jürg Jenatsch. Eine Bündnergeschichte*) der historisch-kritischen Ausgabe der *Sämtlichen Werke* von Conrad Ferdinand Meyer, hrsg. von Alfred Zäch, Bern 1958, S. 286–288.

10 Vgl. dazu Alexander Pfister, *Jörg Jenatsch. Sein Leben und seine Zeit. Mit einem Zusatzkapitel von Jon Mathieu*, Chur [5]1991, S. 108 ff.

11 Zitiert wird in der Folge (mit der Angabe der Seitenzahl in Klammern) nach der vorliegenden Ausgabe.

den europäischen Grundkonflikt hinweist. »Ein Weltkrieg steht bevor« (17) prophezeit der Graubündner Politiker Planta dem Zürcher Amtsschreiber Waser. In diesem Gespräch sagt Planta das Veltliner »Blutbad« voraus und deutet die »spanische Hilfe« (26) bei der Vertreibung der Protestanten aus dem Veltlin an. So ahnt Waser »schweres Unheil«, versteht plötzlich, daß »ihm der Zufall einen [...] Teil sich vorbereitender ungeheurer Schicksale enthülle« (28). Von jener Massierung der habsburgischen Gegenkräfte ist dann im anschließenden Gespräch zwischen Waser und dem Prädikanten Jürg Jenatsch die Rede. Wie Planta bringt auch Jenatsch dem Zürcher Ratsschreiber das Einmaleins der regionalen Politik im Kontext der gesamteuropäischen Mächtekonstellation bei. Nur steht der junge Prediger im Konflikt auf der anderen Seite. Daß »seit Jahren Spanien-Österreich unsere Katholiken« im Veltlin besteche, um »freien Durchzug für seine Kriegsbanden zu erlangen«, und daß »die Festung Fuentes« von den Spaniern als »tägliche Bedrohung an die Schwelle« (34) des Veltlin gesetzt worden sei, diese Tatsache empört Jenatsch im gleichen Maße, wie sie Planta mit Genugtuung erfüllt. Jenatsch argumentiert: So sehr es eine »Lebensfrage für Spanien« sei, »sich die Militärstraße von seinem Mailand ins Tirol durch unser Veltlin« zu sichern, so existentiell wichtig sei es für die Graubündener, »dies um jeden Preis zu verhindern«. Deswegen habe er, Jenatsch, die »spanische Partei« des Pompejus Planta »niedergeschmettert« (ebd.). Wie Planta sieht Jenatsch die regionalen Revolten als Teilelemente der gesamteuropäischen Vorgänge. »[...] die katholischen Mächte«, so Jenatsch, hätten »zum Vernichtungskriege gegen den deutschen Protestantismus« gerüstet, und dem könne man nicht tatenlos zusehen (ebd.). In dieser frühen Phase des Konflikts sieht der militante Pfarrer seine Partei in der Gefahr, zwischen den europäischen Großmächten zerrieben zu werden. »Mit Spanien« habe man »so gut wie gebrochen und die Vermittlung Frankreichs grob abgewiesen«. Damit seien die Graubündner Protestanten »ganz auf« sich »selbst ge-

stellt«. Da »für keine Verteidigung gesorgt« sei, bestehe die Gefahr, daß Graubünden ein Opfer der »spanischen Raubgeier« (40) werde. In außenpolitischen Dingen hat auch der Ratsschreiber aus Zürich Durchblick. Die aktuelle Situation Frankreichs im alten europäischen Grundkonflikt wird von Waser hellsichtig analysiert. »Seit Heinrich IV.«, so referiert er, »setze sich die französische Politik zum Ziele, die Protestanten in Deutschland gegen Kaiser und Reich zu schützen, den Reformierten im eigenen Lande dagegen den Lebensnerv zu durchschneiden«. Es ergebe sich daraus die paradoxe Situation, »daß die französischen Protestanten unterliegen müßten, damit den deutschen die diplomatische und militärische Hilfe Frankreichs [...] gesichert bleibe« (51). Von französischer Hilfe will Jenatsch in dieser Phase des Bürgerkriegs noch nichts wissen.
Nach dem Veltliner Blutbad gewinnen die Habsburger ihren Einfluß auf Graubünden zurück. Jenatsch gibt vorläufig »alles verloren« und geht »zum Mansfeld« nach Deutschland. Wieder wird die Abhängigkeit des regionalen Kampfes vom übergreifenden kontinentalen Krieg deutlich. Jenatsch argumentiert jetzt, daß sich »auf dem großen deutschen Kampfplatze« mit »Sieg oder Niederlage der protestantischen Waffen auch das Los« seiner »Heimat« entscheiden werde (76). Der Verlauf des Krieges belehrt Jenatsch, daß ohne französische Hilfe auch Graubünden und das Veltlin nicht zurückerobert werden können. Mit dieser Einsicht endet das erste und beginnt das zweite Buch von Meyers Roman.
Das zweite Buch wird ebenfalls mit einer makro-politischen Diskussion über den großen Krieg eröffnet. Ort des Gesprächs ist Venedig; die Partner sind Fausch und Wertmüller. Fausch traut dem Herzog Rohan und seinem Auftraggeber Richelieu zu, Graubünden der »österreichisch-spanischen Gewalt« zu entwinden. Wertmüller gibt zu bedenken, daß »der gallische Hahn« sich nicht aus bloßem »Großmut« mit »dem österreichischen Adler« zause (81). Fausch räumt ein, daß die Bekämpfung der Spanier durch die Franzosen

einem Austreiben des »Teufels durch Beelzebub« gleichkomme. Die Unterstützung durch Frankreich sei halt »der letzte Ausweg aus der härtesten Sklaverei« (82). In einem anschließenden Dialog zwischen Wertmüller und Jenatsch läßt der Graubündner Oberst durchblicken, daß sein Wunschpartner im Befreiungskampf seines Landes nicht Richelieu, sondern der schwedische König Gustav Adolf gewesen wäre. »Unter Gustav Adolf«, so meint Jenatsch, sei »der Krieg kein mutwilliges Blutvergießen« gewesen. Dieser Heerführer habe einen wirklich »großen Gedanken« gehabt, nämlich »zum Schutze der evangelischen Freiheit ein starkes nordisches Reich« zu gründen. Dieser Staat wäre dann »der Halt und Hort aller kleinen protestantischen Gemeinwesen« geworden, auch seines »Bündens«. »Dies ersehnte Ziel« sei aber »mit dem großen Toten entrückt« (99). Der skeptische Wertmüller entgegnet, daß Gustav Adolfs »neidischer Bundesgenosse Richelieu« (100) die Schweden sicher daran gehindert hätte, Protektor des evangelischen Deutschlands und Friedensmacher des Kontinents zu werden. Für den Fall, daß sich eine solche Machtballung in der Hand des schwedischen Königs ergeben hätte, würde der Kardinal seinen sogenannten Verbündeten »arglistig zu Falle gebracht« haben. »Im Grunde« erscheint Gustav Adolf dem Leutnant Wertmüller nur wie »ein frommes Gegenstück zum Wallenstein«. Beide Heerführer hätten »feurige[n] Meteore[n]« geglichen, die »nach kurzem Glanze erloschen« (ebd.) seien. Mit anderen Worten: Gustav Adolf und Wallenstein intensivierten und verkomplizierten den bourbonisch-habsburgischen Antagonismus. Der französische Krieg und der deutsche Kaiser sahen in Gustav Adolf und in Wallenstein lediglich Ausführungsorgane ihrer eigenen Politik. Durch den Tod Gustav Adolfs 1632 und durch die Ermordung Wallensteins 1634 ist in den Augen der Großmächte die Gefahr einer Verselbständigung dieser politischen Größen gebannt, und der alte europäische Grundkonflikt tritt um so deutlicher wieder zutage. So sieht es auch Jenatsch im Gespräch mit Wertmüller. Sein »kleines

Vaterland« Graubünden werde »zusammengedrückt« von »der Wucht [...] großer Monarchien«, weswegen es unmöglich geworden sei, »ein selbständiges Leben behaupten« (101) zu wollen. Jenatsch strebt ein Bündnis mit Frankreich an, um die Spanier und Österreicher aus Graubünden zu vertreiben. Wertmüller befindet sich als Adjutant des Herzogs Rohan in französischen Diensten. Er gibt zu bedenken, daß Frankreich sich seinen sogenannten »Liebesdienst« bei der Hilfe für die Protestanten »nach Gebühr bezahlen« lassen werde (100). Er weist auch auf die Korruption der Parteien in Graubünden hin. Die Häupter dieser Parteien (Salis auf französischer, Planta auf spanischer Seite) hätten schon immer »ausländisches Gold« angenommen (105). Mit anderen Worten: der bourbonisch-habsburgische Gegensatz habe die Autonomie Graubündens schon seit langem zu einer Fiktion werden lassen.
In Meyers Roman wird in allen politischen Gesprächen der europäische Grundkonflikt thematisiert. In der Unterhaltung zwischen dem Herzog Rohan und dem venezianischen Provveditore Grimani gibt der Venezianer dem Franzosen gegenüber zu bedenken, daß Richelieus Kalkulation nicht aufgehen werde: auf die Bündner sei kein Verlaß. Grimani ist davon überzeugt, daß es Rohan zwar gelingen werde, »Bünden der spanischen Macht zu entreißen«, aber, so fragt er: »Wie werden sich nach Vertreibung der Spanier die Absichten der französischen Krone [...] mit dem stürmischen Verlangen seiner wilden Bewohner nach der alten Selbständigkeit vereinigen lassen?« (132) Grimani macht seinem Gesprächspartner unmißverständlich klar, daß der Hugenotte Rohan nur ein vorübergehend brauchbares Instrument französischer Machtpolitik ist. Er gleiche dem schwedischen König Gustav Adolf: beide sollen in evangelischen Ländern letztlich die Interessen der katholischen Majestät in Paris durchsetzen. »Eure Gewalt über die protestantischen Herzen« in Graubünden, so sagt Grimani dem Herzog ins Gesicht, »ersetzt« Richelieu »ein Heer« (132). Jenatsch wiederum, so prophezeit Grimani, werde die bour-

bonische Feindschaft gegenüber Habsburg für seine eigenen Zwecke nutzen. Sobald mit französischer Hilfe die Spanier und Österreicher vertrieben seien, werde der Oberst Jenatsch alles daran setzen, Graubünden gegen Frankreich aufzustacheln (133). Was Grimani voraussagt, trifft ein: »Rohan« führt »seinen Feldzug im Veltlin mit raschen, entscheidenden Schlägen zu Ende« (151), und so wird diese Region in die »Gewalt seiner Waffen« gebracht (152). Die Franzosen aber haben sich auf den deutschen Schlachtfeldern übernommen; der Krieg hat ihren Staatsschatz »erschöpft« (156). Der Sold der gedungenen Landsknechte in der Alpenregion, darunter viele Graubündner, kann nicht mehr bezahlt werden, und so beginnen Unruhe und Meuterei. Jenatsch bereitet hinter dem Rücken des Herzogs den Bündniswechsel vor, weil er überzeugt ist, daß Frankreich Graubünden bis zum Zeitpunkt eines in weiter Zukunft liegenden »allgemeinen Friedens« beherrschen wolle, um es dann im Zuge des einsetzenden »Länderschachers« in »die zu verteilende Masse« (174) zu werfen. Bald erreicht er, daß ihm »spanischerseits Bündens Unabhängigkeit in seinen alten Grenzen als Preis« der »Trennung von Frankreich« (170) angeboten wird. Jenatsch sieht sich im »Zweikampf« (176) mit Kardinal Richelieu und fühlt sich der »schlauen Eminenz« in Paris »gewachsen« (177). Das bedeutet auch, daß er sich auf das moralische Niveau Richelieus begibt: religiöse Rücksichten werden hier dem Staatsinteresse rigoros untergeordnet. Jenatsch galt bisher immer als radikaler Verfechter und Protektor des evangelischen Glaubens in seiner Heimat. Sind die machiavellistischen Grundsätze aber einmal akzeptiert, kann er ein »Bündnis mit Spanien« eingehen, mit einer Macht, der er bisher »als Todfeind gegenübergestanden« hat (179). Jenatsch »schließt ein Bündnis mit Spanien«, weil er dies als »einzige Rettung« für sein Land versteht. Er fädelt das Bündnis mit Habsburg ein, organisiert insgeheim den Widerstand, läßt sich »zum Obergeneral der drei Bünde« ernennen und führt selbst den »Aufstand gegen Frankreich« an (204). Meyer läßt den Erzähler seines Romans Jenatschs erfolgreiche Aktionen zur Befreiung Graubündens bewundernd kommentieren: »Der dem Kardinal an kluger Berechnung gleichstehende Bündner hatte die Maschen des Netzes zu fest geknüpft und zu sicher zusammengezogen, als daß selbst die Schlauheit Richelieus eine Lücke zum Durchschlüpfen gefunden hätte« (212). Rohan ist zum Abzug seiner Truppen gezwungen worden, und nun wollen die Habsburger wieder zur dominierenden Macht im befreiten Land werden. Sie verlangen, daß ihr alter Wunsch nach »freiem Paß für die Truppen« (235) erfüllt wird. Jenatsch hat keine Hemmungen, sein riskantes Spiel zwischen den Mächten fortzusetzen. Seinem Verhandlungspartner, dem mailändischen Herzog Serbelloni, sagt er, daß Graubünden keinen »Frieden« zwischen »Frankreich und Spanien« (236) halten könne, wenn die Pässe wieder in habsburgische Hand kämen. Falls die Spanier aber auf ihren Forderungen bestünden, gehöre ein erneutes Bündnis mit »Frankreich durchaus nicht zu den Unmöglichkeiten«, sondern wäre »in der Lage der Dinge begründet« (238). Diese Drohung unterstreicht Jenatsch mit dem Hinweis darauf, daß sich die Habsburger derzeit »auf dem deutschen Kriegstheater« (239) in einer ungünstigen Situation befänden. Dem Diplomaten Serbelloni macht Jenatsch ganz undiplomatisch klar, daß er bereit sei, Bünden um jeden Preis zu retten, auch wenn das bedeuten würde, »Spanien und Frankreich wie zwei Rüden aneinander [zu] hetzen, bis sie sich zerfleischt haben!« (238). Wie Richelieu sieht sich auch Serbelloni »im Netze« (239) der Jenatschschen Politik gefangen. Das Geheimnis von Jenatschs Erfolg besteht darin, den Grundkonflikt der europäischen Politik im Gegensatz zwischen Bourbon und Habsburg erkannt zu haben. Auf jener Konstante aufbauend hat er die beiden Großmächte gegeneinander ausgespielt. Mit dieser Politik kann er zwar Graubünden befreien, sein persönliches Verhängnis jedoch besteht darin, daß er sich mit den übervorteilten Politikern Richelieu und Serbelloni gefährliche persönliche Feinde geschaffen hat.

Der mittlere Held im historischen Roman ist immer die zentrale Figur, kennt die antagonistischen Parteien, übersteht alle Gefahren, setzt sich auf Dauer durch und ist der schließliche Sieger. So auch in Meyers Roman: der europäische Grundkonflikt, wie er im 17. Jahrhundert sich als Dreißigjähriger Krieg äußert, dominiert das gesamte Geschehen. Alle Personen stehen in Beziehung zu ihm, und am Ende ist er auch jener Figur überlegen, die ihn ihren Zwecken gefügig machen wollte. Am Ende des Romans verzichten beide Dynastien auf eine Besetzung Graubündens und des Veltlins. Diese Patt-Situation zwischen Bourbon und Habsburg bedeutet für den Grundkonflikt keine Niederlage. Zudem darf eines nicht vergessen werden: Mit den im Dienste Frankreichs erfochtenen Siegen des Herzogs Bernhard von Sachsen-Weimar am Oberrhein – auf die im Roman verschiedentlich angespielt wird (211, 233) – sank das französische wie das spanische Interesse an den Veltliner Pässen rapide. Hätten die spanischen Truppenkontingente die Alpenpässe überschritten, wären sie nunmehr am Oberrhein daran gehindert worden, bis zum Niederrhein, d. h. bis zu den Niederlanden, vorzustoßen. Daß aber ein Dritter es gewagt hatte, den Grundkonflikt in seinem Sinne zu instrumentalisieren, wird nicht ungestraft bleiben. Im Roman heißt es über Jenatsch: »seiner Feinde sind in Spanien so viel wie in Frankreich!« (245). Sowohl Frankreich (durch Lecques) wie Spanien (durch Serbelloni) entschließen sich zum Attentat auf Jenatsch (225, 241), zu einem Anschlag, dem er früher oder später erliegen wird. Jenatsch gerät zwischen die Mühlräder der feindlichen Parteien; letztlich wird er ein Opfer jenes Grundkonflikts, dessen Gesetze er zu beherrschen glaubte.

Paul Michael Lützeler